Edward Applegriebsch

Quecksilberfieber

Die Welt nach der Zukunft

Roman

1, Auflage

Waterproofcoast – Studios

Unger & Tschernatsch GbR

Quecksilberfieber, 1. Auflage

Untertitel: Die Welt nach der Zukunft

Autor: Edward Applegriebsch

Lektorin: Tina Schneider

Umschlaggestaltung: Laura Schöbichen

1. Auflage

Druckform: CO_2-Neutraler Druck

Druck und Bindung bei: WIRmachenDRUCK GmbH, 71522 Backnang

ISBN Nummer: 978-3-00-07-0882-4

Besuche uns unter: www.waterproofcoast.de

Unger & Tschernatsch GbR

WaterProofCoast – Studios

Unger & Tschernatsch GbR

Vorwort:

In „Quecksilberfieber" wird die Geschichte von Erik Weizholt erzählt, der in einer postapokalyptischen Welt leben muss. Durch seine Augen erfährt man vom Alltag in einer Wüste, in dem silberne Mutanten umherstreifen und die verbliebenen Menschen sich gegenseitig jagen. Als Überlebenskünstler der besonderen Art findet Erik schnell Begleiter, mit denen er versucht, der Menschheit ein Stück Hoffnung zurückzugeben.

Diese Geschichte entstand vor einigen Jahren während meiner Dienstzeit beim Bund. Dementsprechend ist dieses Thema allgegenwärtig, ebenso wie die Kritik am Militarismus. Doch ich wollte nicht nur eine Geschichte über Mutanten, Maschinen und Militär schreiben, ich möchte auch auf einen Zustand aufmerksam machen, von dem sich die Welt nicht mehr selbst heilen kann. Natürlich ist alles in diesem Buch Fiktion, doch das (Über-)Leben wird wohl ähnlich schwierig, wenn wir weiter die Welt, die uns das Leben geschenkt hat, zerstören.

Zum Autor:

Edward Applegriebsch ist als jüngster Sohn einer fünfköpfigen Familie in der Nähe der Ostseeküste in Mecklenburg-Vorpommern groß geworden. Durch die Interessen der Eltern ist er schon als Kind mit Landwirtschaft und Tierzucht in Berührung gekommen. Früh hat sich auch sein naturwissenschaftliches Interesse gezeigt, ebenso wie sein Hang zum Schreiben. Bereits in seiner Schulzeit und der Ausbildung zum Laboranten schrieb er seine ersten Kurzgeschichten, die er jedoch niemandem zeigte. Während des Wehrdienstes traf er auf seinen künftigen besten Freund, mit dem er dann seine Romane entwarf. Edward blieb aber der Wissenschaft treu und studierte in Leipzig Chemie. Durch einen Nebenjob als Automatisierungstechniker lernte er das Innere von Maschinen kennen, was er auch in seinem Buch verbaut. In dieser Zeit lernte er seine spätere Frau kennen. Immer, wenn er Zeit fand, schrieb er weiter und nach über 10 Jahren beendete er mit Hilfe seiner Freunde sein erstes Buch.

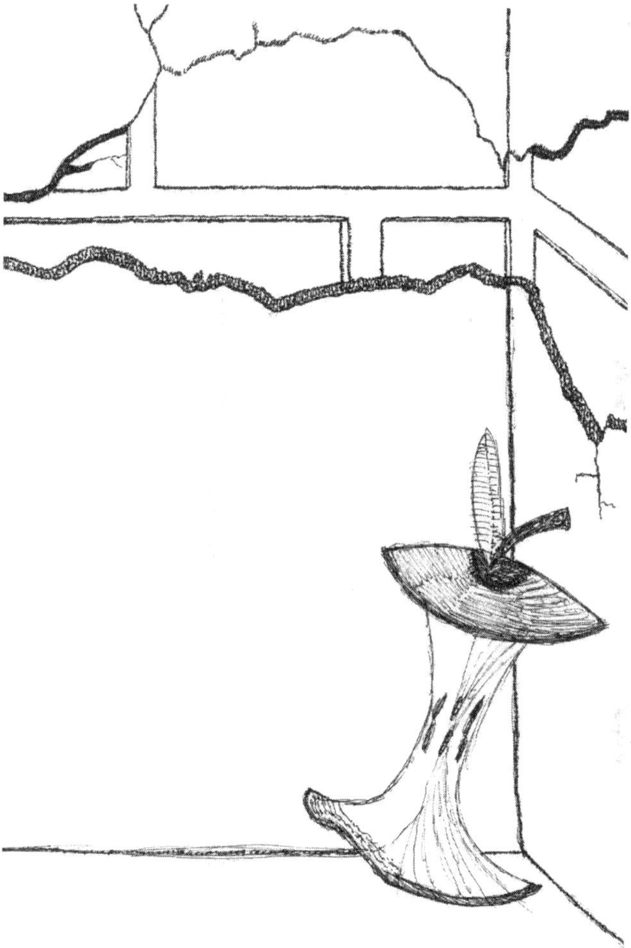

Vielen Dank an meine wirklich besten Freunde Unger, Hartmut, Clara, Susie und meine Frau Evi, da sie mich in meinem Hobby so tatkräftig unterstützt und keinen anzüglichen Witz ausgelassen haben, um dieses Buch zu verbessern. Auch danke ich Hartmut für das Bild, nachdem ich mich benannt habe. Ebenso richte ich einen großen Dank an meine Lektorin Tina, deren Hirnschmerz ich mir bei einigen Kapiteln nicht auszumalen vermag.

Ark One

Die Begegnung

Kapitel 1 Zwei Sonnen

Erik war durstig.

Er stützte sich auf seine Hände, während er auf dem Boden eines Erdloches saß und zu den sandigen Wänden hinaufschaute. Erschöpft keuchte er im Sekundentakt heiße Luft aus seinem Körper heraus und atmete warme, trockene Luft wieder ein. Schweiß lief seinen Körper hinab und tränkte seine Kleidung samt dem Tuch, das seinen Kopf verhüllte. Es schützte ihn vor dem, was diese Welt bereithielt: schmirgelnder Sand in der Luft, gerbendgrelles Licht und dessen sengende Hitze. Über die dreckigen Sandwände hinweg blickte er hinauf in den Himmel, der aus einer violetten Wolkendecke bestand. Es war keine Färbung, die durch Morgen- oder Abendrot zu erklären wäre. Das Firmament mutete ihm stets unnatürlich und schmutzig an. Genauso wie die restliche Welt um ihn herum. Die undurchdringlichen Wolken schmückten homogen das Himmelszelt. Es gab nicht ein einziges Loch, durch das Sonne hätte scheinen können. Keine Unregelmäßigkeit ließ erahnen, ob es noch etwas hinter den Wolken gab. Sie waren wie ein Käfig, der den Himmel gefangen nahm. Ein Käfig, an den sich Erik aber bereits gewöhnt hatte.

Er raffte sich auf, um den Blick von der Geißel des Himmels zu wenden und sich seiner derzeitigen Nemesis zu widmen. Er blickte hinab zu einem Wasserhahn vor sich. Stunden hatte er damit zugebracht, ihn freizuschaufeln. Es war ein alter Hahn aus Messing, der dank seines bisherigen Erdbettes nur wenig verwittert war. Das graue Tuch, das den Verdurstenden sonst vor Hitze schützte, staute nun die Wärme. Mit seiner linken Hand zog er es von seinem bärtigen Gesicht und legte seine langen, durchgeschwitzten Haare frei, die gleich wieder zurück an seinen Kopf klatschten. Das Tuch wickelte er um seinen rechten Oberarm und befestigte es mit einem Knoten, den er geübt mit Hand und Mund festzog. Sein Kopf war nun frei für neue Ideen und sein Blick wanderte zurück zu dem Wasserhahn. Obwohl er das Ergebnis kannte, öffnete und schloss er das Ventil einige Male, doch es floss weiterhin kein Wasser. Seufzend faltete Erik seine Hände über dem Kopf zusammen, nur um sie gleich wieder runterzunehmen und sich über die Lippen zu streichen. Das spröde, sandpapierartige Kratzen zeigte ihm nur zu deutlich, dass er keine zwölf Stunden mehr hatte, wenn er nicht schleunigst etwas zu trinken finden würde. Er blickte sich um. Um ihn herum lagen leere Flaschen und Kanister verteilt. Das letzte Wasser und eine Menge Energie hatte er bereits beim Graben des Loches verbraucht, doch für die Heimfahrt war er noch lange nicht bereit. Erik ärgerte sich. Er war gerade einmal etwas über zwei Tage unterwegs gewesen. Normalerweise hätte er genug Wasser für eine Woche dabeigehabt, aber in der Second Base, seiner derzeitigen Heimat, war Wasser momentan rar. Er wollte nicht, dass andere wegen seinem Wahn verzichten mussten.

Aus Trotz öffnete und schloss er erneut einige Male den Wasserhahn, der ihn mit seinen quietschenden und knarzenden Geräuschen auszulachen schien. Bis er es schließlich aufgab. „Verdammt!“, schrie er mit seiner staubigen Stimme und schlug mit seiner Rechten gegen den stählernen Tank, aus dem der Hahn ragte.

Ein lauter Glockenschlag erklang und verhallte dann gedämpft wieder. Hoffnungsvoll blickte Erik auf. Vorsichtig klopfte er erneut gegen die Außenwand des Tanks. Die dumpfe Resonanz gab ihm Gewissheit: Der Wassertank war randvoll gefüllt mit der kostbaren Flüssigkeit!

Beseelt von der Erkenntnis des erreichbaren Wassers hielt er mit seiner linken Hand den Hahn fest vor sich und erhob seinen rechten Arm wie ein Fallbeil. Einen Moment lang ragte sein Arm aus dem Schatten der Grube empor, sodass sich gleißendes Licht auf der metallischen Haut spiegelte. Ein summendes Geräusch wie das schnelle Aufziehen einer mechanischen Uhr schrillte auf, bis es mit einem Mal erstarb und die Hand blitzschnell wie eine Axt hinabfiel. Mit einem Schlag trennte er den Hahn vom Tank. Sofort sprudelte Erik kaltes Nass entgegen. Es strömte über seinen gesamten Oberkörper. Der Druck der Wassermassen ließ ihn kurz zusammenzucken, doch der Drang nach dem flüssigen Leben obsiegte und er stürzte sein Gesicht in die sich ausbreitende Pfütze. Auf seinen Armen gestützt trank er unter animalischen Geräuschen, die entfernt an einen ertrinkenden Eber erinnerten. Einige Minuten vergingen, bis der größte Durst gelöscht war. Nachdem er sich wieder erhoben hatte, wischte er erleichtert seinen Mund am Ärmel ab. Erst in diesem Moment wurde ihm vollends bewusst, dass er gerettet war. Seine Arbeit war hier aber noch nicht getan. Schnell füllte er alle leeren Trinkkanister, -säcke und -gefäße, die um ihn herum verteilt lagen. Anschließend holte er aus seiner Gürteltasche ein Stück rotbraunes Metall hervor, schob es in die Rohröffnung des Wassertanks und hämmerte mit der Rechten auf das Ende ein, bis die Öffnung vollständig geschlossen war. Kein Tropfen konnte mehr entweichen. Schließlich wollte er der rauen Umgebung nichts schenken.

Mit einem Ruck stand er auf und begann, die gefüllten Behälter aus dem Loch hinaufzuwerfen. Dann war er dran. Der lose Untergrund machte es ihm nicht leicht, doch er schaffte es schließlich, dem Loch zu entkommen. Sofort begannen seine Augen durch den sandigen Wind zu brennen und zu tränen, sodass er unentwegt blinzeln musste. Schützend legte er mit seiner flachen Hand einen Schatten über sein Gesicht. Neben dem leichten Sandsturm brannte ihm auch das grelle Licht in den Augen. Doch im Gegensatz zu den peitschenden Winden war es eindeutig das geringere Übel. Mit zwei schnellen Handgriffen förderte er aus seinem Rucksack eine breite Fliegerbrille zu Tage und setzte sie auf. Es war eine sehr alte, die er tief im Keller der Base gefunden hatte. Eine, die noch aus Glas und Leder bestand. Nur den Gummiriemen am Hinterkopf hatte er ersetzen müssen. Der gewonnene Schutz ließ ihn die Trostlosigkeit um sich herum erblicken. Überall nur lebloses Land, staubige Dünen und rostige Ruinenfragmente. Zerfallene Strukturen und zerklüftete Böden prägten das Panorama. Erik erkannte an den emporragenden Masten und Dächern die einstige Zivilisation, die unter meterdicker, vertrockneter Erde begraben war. Doch diese markanten Punkte halfen ihm immerhin, das Wasser ausfindig zu machen.

Mit den gefüllten Wasservorräten konnte er nun wieder seinem Tagewerk nachkommen. Er zog das Tuch von seinem Arm und legte es sich wieder um den Kopf. So geschützt sammelte er den Klappspaten zusammen mit den Wasserbehältern ein und verstaute alles hinten auf der kleinen Ladefläche seines Wüstenmotorrades. Das Gefährt mit den extra breiten Reifen war ein Patchwork aus anderen Fahrzeugen. Viele Teile passten vorn und hinten nicht zusammen, aber es erfüllte seinen Zweck. Als sich der Sturm langsam wieder legte, konnte Erik ein leichtes Brummen hören, das zuvor übertönt worden war. Es erinnerte an das Geräusch eines alten, lauten Ventilators... Er suchte den Himmel ab, bis er die Quelle des Geräusches einige Meter entfernt entdeckte.

„Du bist mir ja einer!“, murmelte er in das Tuch vor seinem Gesicht. Mit schweren Schritten stapfte er durch den Sand zum Ursprung des Summens.

„Beinahe hätte ich dich vergessen. Das kommt davon, wenn man sich vom Wind wegtragen lässt.“

Ein Stück über seinem Kopf schwebte ein schräg in der Luft hängendes und gegen den Wind ankämpfendes Objekt. Es sah aus wie zwei übereinandergestapelte Blechdosen mit zwei rotierenden Propellern dazwischen, die es in der Luft hielten. Erik pflückte es aus der Schwebe und drückte es vorsichtig zusammen, bis sich die Rotorblätter ineinander klappten und sich das Gerät zu einer Einheit verschloss. Erik untersuchte es.

„Vielleicht doch mehr Gewichte an den Kopf... soll ja nur die Windrichtung zeigen und nicht gleich davonfliegen“, murmelte er dabei.

Sein Blick wandte sich gen Horizont. Er hatte Glück, denn der Wind hatte sich nicht gedreht. Somit bestand keine Gefahr. Erik entschied sich, Gnade walten zu lassen und hängte das Flugobjekt zurück an seinen Gürtel zu fünf ähnlich designten Geräten. Dann packte er seinen Rucksack zusammen.

Aus einem Fach an seinem Motorrad entnahm er eine Karte und einen entarteten Kompass. Erik hockte sich auf den Boden und breitete die Karte so gut aus, wie es auf dem sandigen Untergrund möglich war. Er setzte sich auf das eine Ende und beschwerte das andere mit dem Rucksack. Anschließend nahm er den metallenen Kompass und schaute dem Horizont entgegen. In weiter Ferne erblickte er zwei gewaltige Lichtsäulen, die vom Erdboden bis hoch in den Himmel schossen. Sie waren zu weit entfernt, als dass Erik hätte erkennen können, wo sie begannen, doch waren sie immer präsent. Das gesamte Licht, das Erik umgab, stammte einzig und allein von diesen beiden Säulen. Wie zwei längliche Flammen fluteten und erwärmten sie alles in Reichweite, wobei eine weiter entfernt war als die andere. Trotzdem spürte Erik auch diesen wie einen Heizstrahler auf der wenigen noch unverdeckten Haut.

Er griff nach dem Kompass und richtete ihn nach Norden aus. Im Gegensatz zu gängigen Modellen, hatte er zwei zusätzliche Ringe, die Erik auf je eine Feuersäule ausrichtete. *63,5° und 17,0°* las er ab. Er rechnete kurz und fand schließlich seine Position auf der alten Landkarte. Sie war mit grünen und blauen Farbflecken getüncht und hatte kaum noch Ähnlichkeit mit seiner Umgebung. Viele selbstgemalte Linien, von denen die meisten mit einem großen X versehen waren, brachten zudem ein Schachbrettmuster auf das Papier. Er zeichnete ein weiteres Kreuz in eines der Kästchen und beschriftete es mit „H_2O“.

Er hob die linke Hand, um zu fühlen, aus welcher Richtung der Wind wehte, und entschied sich dann für die entgegengesetzte. Mit Schwung stand er auf und packte alles um sich herum ein. Dann ging er zur Ladefläche des Motorrades und öffnete eine der zuvor gefüllten Wasserflaschen. Schnell schraubte er einen Universaldeckel mit einem langen Schlauch darauf. Die Flasche ließ er dann in seinem Rucksack verschwinden und auf dem Motorrad sitzend nahm er ein Ende des Schlauches in den Mund. Um das Motorrad zu starten, führte er einen kleinen, länglichen Quader in das Zündschloss ein und drehte diesen. An den Seiten der Maschine leuchteten ursprünglich weiße gläserne Linien blau auf. Ein aufsteigender Ton signalisierte Erik, dass das Gefährt bereit zum Starten war. Dann gab er Gas. Die Reifen fraßen sich in den lockeren Boden und Sand wurde hinter ihm in die Luft geschleudert. Binnen weniger Momente war er so schnell, wie es der Sandsturm zuließ. Laut seinem Tacho waren es allerdings nur mickrige 58 km/h.

So vergingen einige Stunden zwischen Staub, Sand und Sturmwinden. Die Trostlosigkeit zog an Erik vorbei, während er abwechselnd seinen Kopf nach links und rechts wandte. Was er tat? Er suchte. Seit Ewigkeiten suchte er wie ein Besessener. Doch die Feuerwüste, so nannte er das Gebiet hier, machte es ihm nahezu unmöglich. Neben der schieren Größe des Gebietes ließen ihn die ewigen Sandstürme immer nur gut hundert Meter weit blicken.

Was er suchte? Er hielt Ausschau nach markanten Bergen, groben Formen oder blankem Metall. Oft brachte ihn auch Rost auf eine gute Spur. Doch was er zu Genüge fand, waren lediglich Sand, Schrott und Staub. Nur selten stieß er auf hilfreiche Bauten oder gar Wasserquellen. Noch seltener auf Menschen, doch das war ihm ganz recht, denn freundlich gesinnten Menschen begegnete man hier draußen so gut wie nie... Als wenn sie langsam ausstarben und mit ihnen die Hoffnung, dass zumindest die Menschlichkeit von früher erhalten bleiben könnte. Aber Erik ließ solche Gedanken nicht zu und kämpfte sich weiter eisern durch den Sturm. Seine Hände umgriffen fest und entschlossen den Lenker, sein Blick wanderte wie ein Adlerauge den Horizont entlang und seine Kleidung flatterte im Wind des Sturmes. Die grauweiße gefleckte Feldbluse[1] mit langen Ärmeln war am linken Arm hochgekrempelt. Den obersten Knopf ließ Erik immer offen, sodass sein olivgrünes Shirt darunter zum Vorschein kam. Dieses, so hatten es ihm damals seine Ausbilder erzählt, war das einzige, was modetechnisch noch von der alten Wehr übriggeblieben war. Was die alte Wehr, damals noch bekannt als Bundeswehr, aber genau war, das wusste Erik wiederum nur aus Ausbildungsfilmen und Erzählungen der alten Feldwebel am Stammtisch. Zusammen mit der grauen Hose und den schwarzen Stiefeln mutete Eriks Kleidung sehr militärisch an, allerdings nur im repräsentativen Sinne. Das urbane Streifenmuster hatte hier in der Wüste etwa die Tarnwirkung eines Nashorns im Streichelzoo. Vielleicht nicht ganz so schlimm, aber Tarnung war auch nicht das, was Erik mit der Kleidung vordergründig erreichen wollte. Sie war luftdurchlässig, zweckmäßig, bequem und vor allem in ausreichender Menge vorhanden. Er zweckentfremdete sie praktisch für alles: als Handtuch, Kissenfüllung, Abdecktuch. Einmal wurde sie sogar als Tischdecke benutzt, als Amelie für eine Woche krank war und er keine Lust hatte, den Tisch abzuwischen. Plötzlich fuhr ein Ruck durch das Motorrad. Das Hinterrad verlor den Kontakt zum Boden und schwebte einige Momente in der Luft. Etwas Massives musste unter ihm begraben sein. Erik bremste blitzschnell ab und fuhr langsam an die Stelle zurück. Mit einem sorgfältigen Blick prüfte er vom Sitz des Motorrades aus das kantige Objekt im Boden. Dann trat er gekonnt den breiten Motorradständer heraus und ließ die Maschine im Sand stehen. Er zog den länglichen Quader aus dem Schlüsselloch und ließ sich vom Sitz

[1] Ähnlich dem Waffenrock oder der Handtasche haben viele Begrifflichkeiten, die heute eindeutig der weiblichen Modewelt zugeordnet werden, ihren Ursprung in der Militärbekleidung. Die Feldbluse ist da keine Ausnahme. Ursprünglich bezeichnet die Bluse ein fallendes Oberbekleidungsstück aus leichtem Stoff. Im militärischen Dienst hat sich dieser Begriff bis heute durchgesetzt.

16.09.2039

Justus Struup: Die neue Wehr ist da! Und nur für Deutschland!

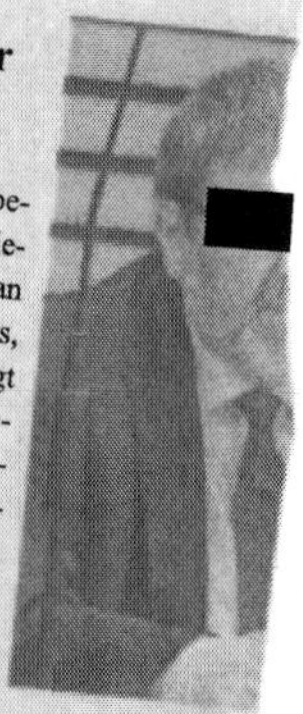

Berlin. Das Sektionsparlament Deutschlands hat nun den Segen des Föderalrates von Europa erhalten. Nach nun nicht einmal 3 Jahren nach dem Zusammenschluss der Bundeswehr mit den Streitkräften der anderen Staaten Europas wird nun ein neues Militär ins Leben gerufen. Die neue Armee, die vereinfacht den Namen „die Wehr“ erhalten soll, wird künftig die Lücke füllen, die das Verschwinden der Bundeswehr in unserer Sektion hinterlassen hat. Statt in internationalen Gefechten soll die Wehr in Bereichen innerhalb Deutschlands eingesetzt werden. Der amtierende Verteidigungsminister Justus Struup betonte bei der Vorlagenverabschiedung, dass eine Armee nicht nur an Grenzen und außerhalb des Landes, sondern auch innerhalb benötigt würde. „Die Bewachung von Lebensmitteltransporten und die Deeskalationen in Krisensituationen können nicht allein die Aufgaben von Polizisten sein. Und eigens hierfür wurden neue Klassen konzipiert. Diese werden durch das Ministerium demnächst vorgestellt.“ Inwiefern sich diese Klasse, oder überhaupt die Reinkarnation der intrasektionalen Streitkraft auf die Unruhen auswirken wird, bleibt abzuwarten.

gleiten. Den Quader ließ er in der Brusttasche seines Hemdes verschwinden und begann nun, die Unebenheit im Boden näher zu untersuchen. Mit der flachen Hand strich er einige Male über die Erhöhung, bis er sich sicher sein konnte, dass es Metall war. Massiv, starr und rostfrei. Die ausbleibende Verwitterung deutete auf ein spezielles Metall hin. Die Abwesenheit von Ruinen in der Umgebung deutete auf ein Fahrzeug hin.

Dann mal schauen, was für ein Gefährt da vom Sand begraben wurde, dachte er, während er den Klappspaten von der Ladefläche nahm und zu graben begann. Schon nach wenigen Spatenstichen hatte er ein gutes Stück des Objektes freigelegt. Dann widmete er sich einer anderen Stelle: wieder Metall. Er grub noch ein Stück weiter entfernt: Metall. Das euphorisierte ihn. Denn nach zirka zwanzig Minuten war ihm klar: Es musste sich um eine Vita Vault handeln! Seine erste seit ungefähr drei Monaten. Oder vier? Egal. Er machte sich daran, das Dach komplett vom Sand zu befreien. Es war massiv und wie aus einem Stück gegossen. Die Vita Vault war ein gigantisches Fahrzeug, so lang und breit wie ein Haus. Nicht ohne Grund waren sie schon oft als die Flugzeugträger der Straßen bezeichnet worden. Aus Erfahrung wusste Erik, dass hier irgendwo eine Ladeluke zu finden sein musste. Daher dauerte es auch nicht lange, bis er sie gefunden hatte. Seiner Meinung nach ging das Ganze jedoch zu schnell. Keine Herausforderung. Irgendwie hatte er ein Problem damit, denn er hatte seine harte Lebensphilosophie hier in der Feuerwüste gelernt: Ist etwas einfach, ist ein Haken dran!

Die Ladeluke sah schwer und massiv aus. Er wusste, selbst mit einem guten Werkzeug und viel Kraft würde er sie nicht aufgehebelt bekommen. Vorsichtig tastete er sich am Rand der Luke entlang, bis er eine unscheinbare Abdeckung fand. Mit Hilfe eines Schraubendrehers aus seiner Allzweckgürteltasche öffnete er sie schließlich. Darunter befand sich eine Notfallsteuerkonsole zusammen mit einer Öffnung für die Stromversorgung. Dieser Anschluss war klein und rechteckig und ähnelte dem Zündschloss an Eriks

Motorrad. Die vielen Kerben darauf zeigten, dass sie häufig benutzt worden war, aber das wahrscheinlich noch vor Tag Null. Soweit Erik das beurteilen konnte, liefen hier nicht gerade viele Menschen mit F^2-Sticks umher. Prüfend ließ er seinen Blick über die Öffnung wandern. *Seltsamer Anschluss. Ist wohl 'ne recht alte Vault,* dachte er sich. Aus der Hemdtasche zog er seinen eigenen F^2-Stick und musterte dessen Steckkopf.

„Zu groß", murmelte er. Dann schaute er zur Öffnung der Stromversorgung. Ein breites Grinsen breitete sich versteckt hinter seinem Kopftuch aus. Mit zwei Schrauben und der brachialen Anwendung des Hebelgesetzes passte er die Öffnung an und schob den Stick in den Anschluss. Blaue Streifen leuchteten auf der Außenhaut der Vita Vault auf. Die Ladeluke öffnete sich augenblicklich mit einem grausamen, scharrenden Geräusch. Ein staubiger, modriger Geruch stieg aus der Öffnung empor und drang durch das Tuch, das seine Nase verdeckte. Die abgestandene Luft bestätigte ihm noch einmal, dass seit Jahren niemand mehr diese Vault von innen gesehen hatte.

Köln, 25.07.2042

Deutsche Sektion erhält US-Lieferung

Neue Vita Vaults für das Land! Die EU konnte 14 neue Fahrzeuge beschaffen. Die deutsche Sektion rechnet mit zwei.

Der Krieg mit dem Oststaatenbündnis, allen voran China, hatte nun im Juni sein trauriges, siebtes Jubiläum. Immer mehr Soldaten werden in dem Konflikt um fruchtbare Böden und Süßwasserquellen schwer verletzt. Gerade vergangenen Sonntag sind die Verhandlungen der Vereinten Nationen erneut gescheitert. Die EU versucht die menschlichen Verluste zu reduzieren, indem sie aus den USA 14 neue Vita Vaults importiert.

Diese für den militärischen Einsatz entwickelten Fahrzeuge können bei der Gesundheitsversorgung vor Ort eingesetzt werden. Je nach Größe der Vault sind bis zu 36 Vitachamber installiert. Durch eine in die Chamber eingelassene Flüssigkeit werden die Verwundeten zunächst im akuten Zustand stabilisiert. Zudem aktiviert sie die Selbstheilung und versetzt die Patienten in einen schmerzfreien, komatösen Zustand. So können Verletzte noch während der Kriegshandlung versorgt und auch noch Tage und Wochen später in ein nahegelegenes Krankenhaus gebracht werden, ohne Spätfolgen fürchten zu müssen. Die 25 Vaults, die bereits im Einsatz sind, haben schon tausende Leben gerettet. Dennoch hoffen wir, dass der Krieg und die Menschenopfer bald ein Ende nehmen.[1]

Kapitel 2 Halbes Leben

Erik ließ sich schwungvoll in die Luke hinab, wobei ihn zirka ein Pfund Sand begleitete. Der staubige, dunkle Raum verschluckte ihn und er landete auf etwas Unebenem, was in einem Laderaum auch nicht weiter verwunderlich war. Vorsichtig balancierte er in der Dunkelheit über die verschiedenen Güter zum nächsten Lichtschalter. Doch der Tastendruck brachte nur einen kurzen Lichtblitz. Die Lampen in diesem Raum hatten scheinbar den Quantensprung von der Glühbirne zur LED nicht miterlebt und brannten alle gleichsam durch. Erik seufzte. Blind, aber mit geübtem Griff langte er an seinen Gürtel und nahm das gelbe der dort hängenden „Etuis“. Ruckartig zog er an beiden Seiten des Gerätes und prompt klappten sich vier Propellerflügel aus. Sie rotieren sofort zu, als hätten sie seit Ewigkeiten diesen Moment erwartet. Der Apparat begann sogleich zu schweben und an seinem unteren Ende klappte ein Lichtbogen auf, der den Raum erleuchtete.

„So, Firefly, ich zähl' auf dich“, sagte Erik zu seinem Airbot. Firefly gewann auch sofort an Höhe, bis er plötzlich davonschoss und gegen die Decke prallte. Die Rotoren stießen ihn wie einen Gummiball zurück zu Erik, der schützend seinen rechten Arm vors Gesicht riss. Ein metallischer Knall hallte durch den Raum, als der Flugkörper ihn traf. Sofort zischte der Airbot weiter zur nächsten Wand, doch noch bevor er sie erreichte, beruhigte er sich wieder und pendelte sich auf Eriks Kopfhöhe ein.

„So viel zum Thema, dass man sich auf dich verlassen kann“, murmelte Erik, während er vorsichtig unter seinem Arm hervorlugte. Doch selbst nach der Harakiri-Attacke seiner eigenen Erfindung erschien ihm das Eindringen in diese Vault noch immer zu einfach.

Mit Hilfe des schwebenden Lichts begann er nun seine Umgebung akribisch zu untersuchen. Er stand auf einem beachtlichen Stapel von Säcken und Kisten. Neugierig tastete er mit seiner menschlichen Hand den Stoffbeutel unter sich ab und spürte etliche rundliche Gegenstände. Stirnrunzelnd riss er das Leinengewebe auf und erblickte haufenweise alte Früchte.

„Äpfel! Wie GEIL!", rief er erfreut. Sofort griff er nach einem, während er gleichzeitig seinen Mund unter dem Tuch freilegte. Genüsslich biss er hinein. Der Apfel war weich und schon etwas schrumpelig, aber es war sein erster seit *Jahren*. Er liebte Äpfel. Noch mit dem Griebs im Mund ließ er den Rucksack von seinen Schultern gleiten und füllte ihn hastig mit den runden Schätzen. Dann konnte er sich wieder auf seine Mission konzentrieren. Er balancierte mühselig, aber zielstrebig durch die umgekippten Güter. Vor der nächsten Tür warf er den abgegessenen Apfel zur Seite und öffnete sie mit einem Tastendruck. Kurz darauf bereute er es schon, den Apfel gegessen zu haben. Nicht nur eine gruselige Dunkelheit stand ihm gegenüber, auch die Luft kroch ihm entgegen und legte sich sofort in seine Nase. Die trockene, staubige Atmosphäre des Laderaumes war einem feuchten, süßsäuerlichen Dunst gewichen. Tränen schossen ihm in die Augen und auch das schnelle Wedeln mit der Hand vor seinem Gesicht half kein bisschen. Es war ein widerwärtiger Geruch. Das Einzige, das ihn weiterhin dazu veranlasste, durch die Nase zu atmen, war der Gedanke daran, diese Luft ungefiltert durch den Mund in seine Lungen zu lassen.

Erik wurde speiübel, aber er wusste, er musste da durch. Er zog sich das Tuch vom Kopf und band es sich fest um Mund und Nase. Es half ihm nicht viel, aber der Geruch seines eigenen, kalten Schweißes überlagerte einen Großteil der anderen Dünste. Einigermaßen gewappnet trat er schließlich ein. Natürlich kannte er auch diesen Raum. Streng genommen war er sogar der einzige Grund, weshalb die Vaults gebaut worden waren. Vorsichtig setzte er einen Fuß vor den anderen, fast schon schleichend ging er durch den von Firefly erleuchteten Gang. Die Luft in den Vaults war schon immer recht gewöhnungsbedürftig gewesen, aber es war noch nie so schlimm gewesen wie in dieser. Als hätte die Besatzung die Ecken des Raumes extra mit verdorbenem Fleisch dekoriert. *Als wenn überhaupt noch etwas verderben würde…*, dachte Erik. Er runzelte die Stirn.

„Es muss mit Tag Null zusammenhängen", überlegte er laut. „Seit damals ist nichts mehr verwest oder verdorben, was einmal die Oberfläche erblickt hat. Aber wie ist das überhaupt möglich? Verwesung ist der natürlichste Prozess überhaupt." Bilder von fauligen Äpfeln, ranzigen Eiern und schimmligem Brot schossen ihm durch den Kopf.

Erik wurde schwummrig vor Augen. Er musste bei dem Geruch in der Nase an noch etwas anderes als nur verdorbene Lebensmittel denken. Er schaute sich so gründlich um, wie es ihm das spärliche Licht erlaubte. Dieser Raum, oder besser das Abteil, war mit 24 Glaszylindern bestückt, aufgestellt in vier Reihen, die entlang des Fahrzeuges verliefen. Nur schmale Gänge führten zwischen ihnen hindurch, die es ermöglichten, jede Einheit und auch jedes Interface zu erreichen. Die Bedienkonsolen waren jeweils fest mit einer Röhre verbunden. Zentimeterdicke Teppiche aus Staub lagen über allem, die durch das Leuchten der Interfaces in grün oder rot in Farbe getaucht wurden. In den gläsernen Zylindern konnte man trotz des Staubes humanoide Gestalten erkennen. In jedem einzelnen. Sie schwammen schwerelos in den gläsernen Röhren und schienen zu schlafen. Das rote Licht der meisten Interfaces zeigte Erik, dass sie wohl nie mehr erwachen würden. Er trat an den ersten Röhren vorbei, bis er vor einer stand, deren Konsole noch grün aufleuchtete. Mit seinem Ärmel wischte er einen Streifen am Glas frei.

Erik brach zusammen. Während er zu Boden ging, riss er sich das Tuch vom Gesicht und tränkte es dabei in Erbrochenem. Es kostete ihn seine komplette Körperbeherrschung, nicht seinen gesamten Mageninhalt auf dem Boden zu verteilen. Keuchend rang er nach Luft, bevor er tief durchatmen konnte. Die fauligen Dünste erschienen ihm plötzlich gar nicht mehr so unangenehm. Nachdem er sich langsam wieder aufgerichtet und sein Tuch ausgeschüttelt hatte, öffnete er seinen Rucksack. Er nahm einen großen Schluck aus der Wasserflasche, gurgelte kurz und spuckte es neben sich auf den Boden. Wütend darüber, das mühsam gewonnene Wasser zu verschwenden, war er gleichwohl erleichtert, den Geschmack im Mund zumindest gemildert zu haben.

Als er sich erholt hatte, kam ihm der Gedanke, ob seine Neugier sich gegen den Würgereflex durchsetzen konnte. So nahm er seinen Mut zusammen und blickte erneut in die Röhre. Es war ein Mensch gewesen, was er darin sah, mit der Betonung auf „gewesen“. Der groteske Körper ließ allerdings nur noch sehr wenig Menschlichkeit erahnen. Geschwüre bedeckten Gesicht und Oberkörper. Fangzähne breiteten sich kreisförmig um eine trapezförmige Öffnung aus, die mal ein Mund gewesen war. Zu großen Teilen fehlte die Körperbehaarung und ein Auge war im Vergleich zum anderen überproportional groß. Die Gliedmaßen waren verkümmert, an den Händen waren nur noch zwei oder drei Finger übrig. Und schließlich seine Haut. Sie war komplett grau bis auf einige Stellen, an denen sie silbern schimmerte. Zudem war sie rau, fast schon schuppig. Doch nicht der Anblick der Haut oder die Gesamtheit der Kreatur brachte Erik zum Würgen. Er hatte bereits eine Vielzahl von ihnen in den anderen Vaults gesehen. Meistens zwar nicht so fortgeschritten mutiert, aber er kannte das Erscheinungsbild des menschlichen Mutanten. Es war die Tatsache, dass „es“ noch lebte, die ihm den Magen umdrehte. Er schaute sich noch einmal argwöhnisch die Haut des Mutanten an. Dann hob er vorsichtig den linken Arm und zog den Ärmel herunter. An seiner Achsel zeigte sich Haut, die ebenfalls rau war und dieselbe Graufärbung wie die des Wesens hatte.

„Drecksfieber!“, fluchte er in den schlecht erleuchteten Raum hinein. Dann richtete er seine Kleidung wieder und beschloss, weiter die Vault zu durchkämmen. Er hielt es jedoch für besser, nicht weiter in die Röhren zu schauen. Er fand den Staub plötzlich ganz schick dort, wo er war. Dennoch verfolgte ihn der Anblick, während er weiterging. *Werden wir alle einmal so enden? Als mutierte, seelenlose Zombies in irgendeiner Röhre... oder schlimmer, draußen in der Wüste?* Zumindest war ihm bisher kein mutierter Mensch außerhalb dieser Röhren begegnet, worüber er ziemlich glücklich war. Erik erreichte schließlich das Ende des Raumes und betrat eine Art Steuerzentrale. Die Tür öffnete sich von selbst und zur Abwechslung funktionierte auch mal das Licht. Es war ihm allerdings nicht ganz geheuer. Die Erkundung dieses Fahrzeuges war bisher viel zu reibungslos verlaufen.

„Immer noch viel, viel zu einfach“, flüsterte er und griff mit seiner Rechten an den Rucksack, ohne ihn abzunehmen. Er zog ein überdimensioniertes Klappmesser aus einer unscheinbaren Seitentasche. Obwohl sie einen Großteil des Rucksackes beanspruchte, war die Waffe in seiner Tasche praktisch unsichtbar. Ein offensichtliches Schwert auf dem Rücken würde nicht gerade wie ein Eisbrecher wirken, falls Erik während seiner Touren in der Wüste doch einmal auf freundliche Menschen stoßen sollte.

Erik öffnete das Messer und mit einem bizarren, mechanischen Geräusch sprang eine dicke Klinge aus dem Schaft. Das Taschenmesser entpuppte sich als ein langes Schwert. Die Schneide war extrem scharf und erinnerte von der Stärke her eher an eine Axt. Darum hatte Erik seiner Waffe den Namen „Klappspalter“ gegeben. Mit der Klinge im Anschlag tastete er sich Zentimeter für Zentimeter voran. Er wusste nicht, was ihn erwartete. Es konnte alles sein, angefangen von Gefallenen über Selbstschussanlagen bis hin zu mehreren Fledderern. *Oder Prototypes.* Erik zog seine Augenbrauen hoch. *Ja, wahrscheinlich Prototypes...* Nur Würmer konnte er ausschließen, dafür waren die Wände hier zu dick.

Vorsichtig und angespannt schlich er weiter, immer bereit sofort zuzuschlagen. Der Airbot schwirrte plötzlich unaufhaltsam an seinem Kopf vorbei und stieß genau in der Mitte des Abteils gegen einen herabhängenden Lampenschirm. Firefly fiel wie ein Stein hinab auf einen roten Knopf. Eine Sirene heulte los und rotes Alarmlicht flutete stroboskopartig die leeren Gänge.

„Trottelgerät, dich verschrotte ich!", schrie Erik vor Wut. „Aus deinen Resten bau' ich mir ´nen Getränkehalter!". Doch das Kind war bereits in den Brunnen gefallen. Die schweren Abteiltüren und die Fensterläden verriegelten sich. Den Angstschweiß trieb ihm allerdings erst die donnernde Durchsage ins Gesicht: „Achtung, Raumevakuierung wird eingeleitet." Panisch sprang er über das Pult und landete vor der Steuereinheit mit dem berüchtigten roten Knopf. Wie ein Affe vor der Fütterungsmaschine fing er planlos an, sämtliche Knöpfe zu drücken, die wichtig aussahen. Nichts half. Die Sirenen kreischten weiter. Erik hielt einen Moment inne. *Komm, denk nach! Denk logisch! Denk komplex! Das kannst du doch. Denk rational. Denk! Denk! Denk! ... Ach, scheiß drauf.*

Er packte das Schwert und holte kräftig Schwung. Binnen weniger Sekunden ragte nur noch ein wackelnder Griff aus einem Haufen Schrott. Das Heulen der Sirenen erstarb und das Licht normalisierte sich wieder. Die Tatsache, dass er noch atmete, feierte Erik als Sieg über die Technik. Firefly schien sich ebenso zu freuen. Er regte sich wieder und begann seine Rotoren zu drehen. Langsam schwebte er hinauf auf Eriks Kopfhöhe. Aber dieser ignorierte das imaginäre, schadenfrohe Gelächter seines Geschöpfes und ging zu einem der Computer. Die Bildschirme waren noch intakt und boten einen kleinen Einblick in das Technikzeitalter, in das Erik hineingeboren worden war. Sie bestanden aus einem hauchdünnen Film zwischen zwei Halterungen, sodass es wirkte, als würde das Bild in der Luft schweben.

Als Erik sich am Kontrolltisch auf einen Sessel fallen ließ, stob eine riesige Staubwolke in die Luft. Nachdem Erik seinen Hustenanfall besiegt hatte, machte er sich an den nächsten Schritt. Auch wenn keine Lust darauf hatte – er war essenziell. Gerade für seine weitere Suche, falls diese Vault wieder ein Reinfall sein sollte. Es nahm einige Zeit in Anspruch, ein Abbild des Festspeichers zu machen und diesen dann auf einen Datenträger zu laden. Als er endlich fertig war, klackte der Computer neben ihm mechanisch und es sprang eine kleine, gläserne Scheibe hervor. Erik betrachtete noch einmal prüfend die Oberfläche, bevor er sie in eine der vorderen Taschen seines Rucksackes verstaute. Sie war vollkommen klar, rund und unbeschädigt. Nach dieser Routinearbeit stand er wieder auf und wandte sich einem der alten Blechschränke zu. Darin wurden die Akten der hier behandelten Personen aufbewahrt. Er hatte zwar die Daten gerade zusammen mit anderen Dokumenten auf die Scheibe geladen, hatte aber keine Lust, sich durch hunderte von digitalen Ordnern durchzuarbeiten. In dieser Hinsicht zog er Papier vor. Zudem war er schneller beim Durchblättern. Und ja, alle diese Menschen in den Röhren waren einmal Patienten gewesen. Keine Versuchskaninchen, wie man es beim Anblick der schlummernden Kreaturen denken könnte. Sie waren alle verletzt oder krank gewesen und diese Art der Genesung konnte fast 60 % des Körpers wiederherstellen. So hatte es zumindest im Werbespot geheißen. Erik hatte selbst schon lebende Menschen aus den Zylindern geholt. Viele sogar. Doch bisher hatte er immer verpasst zu fragen, ob sie vor der Röhre noch einen Arm oder ein Bein weniger gehabt hatten. Er sollte das bei der nächsten Gelegenheit mal nachholen, überlegte er sich, während er in den Akten blätterte.

„Vanessa... Vanessa... Vanessa...“, murmelte er, konnte aber keine finden. „Verdammte Scheiße, wieder nicht!“

Wutentbrannt schlug er die Akte zu und warf sie in die Ecke. Dabei flog ein Blatt aus dem Ordner, das lose zwischen den Seiten gelegen haben musste. Er ging darauf zu und hob es auf:

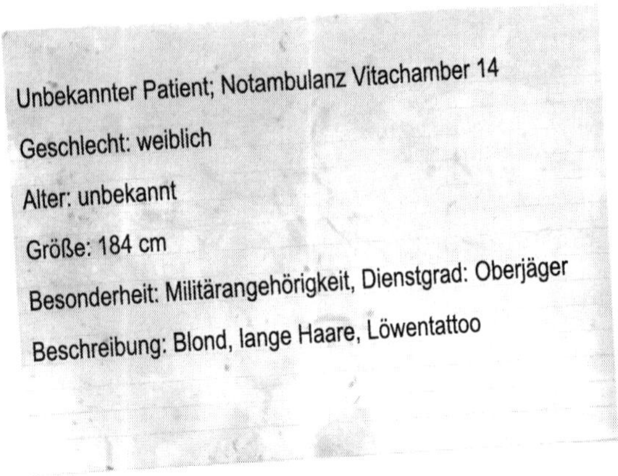

Unbekannter Patient; Notambulanz Vitachamber 14

Geschlecht: weiblich

Alter: unbekannt

Größe: 184 cm

Besonderheit: Militärangehörigkeit, Dienstgrad: Oberjäger

Beschreibung: Blond, lange Haare, Löwentattoo

Löwentattoo!

Erik stand da wie vom Blitz getroffen. Er erinnerte sich daran, wie Vanessa einmal einen gesamten Monatssold im Tattoostudio gelassen hatte. Zwar hatte er nie das Tattoo in seiner Gänze gesehen, da es sich fast über ihren ganzen Körper erstreckte, aber auf der Zeichnung war ganz klar ein Löwe zu erkennen gewesen. Doch auch ohne diese Vorlage hätte er mit Sicherheit sagen können, was für ein Tattoo sie sich geholt hätte. Vanessa war schier besessen von Löwen.

Erik ließ das Blatt fallen und bewegte sich wie ferngesteuert in den Genesungsraum. Er folgte den Nummern bis zur Röhre 14 und wischte ohne zu zögern den Schmutzfilm vom Glas. Er musste es einfach wissen.

Sie war es.

Er konnte es nicht glauben. Erik konnte es wirklich nicht glauben. Weder warum noch wie überhaupt. *Wie kann sie das überlebt haben? Und wie ist sie hier hergekommen?,* dachte er unentwegt. Doch je länger er sie anschaute, desto mehr begriff er es und umso unwichtiger wurden die Fragen in seinem Kopf. Euphorisch jauchzte er und stieß seine Hände in die Luft. Nach all der Zeit, in der er gedacht hatte, dass er einem Hirngespinst nachjagen würde, hatte er sie schließlich gefunden. Das Interface zeigte sogar an, dass sie noch lebte! Es war zu schön, um wahr zu sein. Aber es war tatsächlich real. Und sie war anscheinend unbeschadet.

In der Röhre vor ihm war eine große, gesunde Frau mit langen blonden Haaren. Also zumindest so gesund wie möglich, denn ihre sowieso schon bleiche Haut war fast vollständig von grauen Flechten übersät, sodass sie der silbernen Haut der Mutanten in den anderen Röhren stark ähnelte. Doch selbst unter diesen Flecken konnte man die Maserung ihrer zahllosen Narben erkennen. Auch im Gesicht hatte sie welche, wobei sie dort viel feiner und weniger zahlreich waren. Aber trotz all dem stach der tätowierte Löwe hervor und schien Erik anzubrüllen. Erst jetzt bemerkte er, dass sie vollkommen nackt war. Scham überkam ihn. Es war ihm dermaßen unangenehm, dass ihm die Röte bis zu den Ohren stieg und er sich abwendete. Sich verlegen räuspernd nahm er sich das Pult vor. Er blickte einmal schnell zu Firefly, als hätte er ihn beim Spannen erwischt, dann murmelte er peinlich berührt vor sich hin: „Okay, die Patientin sieht gesund aus und hat keine bleibenden Schäden davongetragen. Was machen die Vitalwerte?“ Erik warf erneut einen schnellen Blick zum Airbot, als wollte er überprüfen, ob der kleine mechanische Apparat sein Schauspiel geschluckt hatte.

Nun wandte er sich wirklich dem Vita-Pult zu. Er nickte einige Male, als er durch die Daten navigierte. Für ihn sah alles in Ordnung aus. Nur die Quecksilberbelastung war stark erhöht, doch das war ihm bereits klar gewesen, als er die Flecken gesehen hatte. Einige waren nur handflächengroß, andere nahmen ganze Körperpartien ein. Doch Erik war nicht beunruhigt, immerhin sah sie noch aus wie ein Mensch. Mit Schwung nahm er seinen Rucksack ab und wühlte einige Zeit, bis er unter dutzenden Äpfeln eine Do se zu Tage beförderte. Er schraubte sie auf und zog einen Plastikbeutel heraus. Es war, genauer gesagt, ein Infusionsbeutel, gefüllt mit einer braunen Flüssigkeit und einem grünen Bodensatz. Vorsichtig schüttelte er den Beutel und hängte ihn

Tagebucheintrag, 15. Oktober 2055

Der Tag, an dem die Welt, wie wir sie kannten, unterging, ist jetzt vier Monate her. Ich bin nun gemeinsam mit meinen Patienten und einer Handvoll Kollegen in der Second Base untergekommen. Es ist nicht toll hier, aber wir machen das Beste daraus. Zusammen mit meinen Assistenten haben wir eine alte Küche umfunktioniert und einen OP-Tisch aufgebaut. Jetzt können wir wenigstens Patienten behandeln, aber es wird nicht besser. Auch wenn die Verletzungen verheilen, tauchen andere Wunden und Flechten auf. Ganze Hautregionen färben sich gräulich. Ich habe alle meine verfügbaren Test-Kits eingesetzt, aber keins springt auf den Erreger an...

Was würde ich nur für ein Labor geben... oder zumindest ein gescheites Mikroskop.... Aber hey! Ich habe nun endlich mein eigenes Schild bekommen. Dr. Amelie Schmidt steht jetzt an der Tür. Das wird sicher bei der Eingewöhnung hier helfen.

Ein alter Industrieingenieur kennt sich gut mit Chemie aus und konnte zumindest ein paar Nachweise durchführen. Er hat in dem Wundsekret der Flechten eine große Menge Amalgam gefunden, also eine Quecksilberverbindung. Und da das Wundverhalten und die damit einhergehende Pyrexie typisch für eine Virusinfektion sind, werde ich die Krankheit vorerst Quecksilberfieber nennen.

Nach dem Namen fehlt nun also nur noch eine Behandlungsmöglichkeit...

an einen Haken über dem Pult, der genau dafür vorgesehen war. Dann zog er einen kleinen Schlauch hinter dem Interface hervor und stöpselte ihn an. Erik atmete einmal tief durch.

„So, das dauert jetzt etwas", flüsterte er.

Er ließ seinen Blick noch einmal über Vanessas Körper schweifen und dachte nach. *Etwas über acht Stunden. Das sollte ausreichen.* Aber die Zeit war ihm egal, er war überglücklich. Er grinste richtig und es war kein sarkastisches, selbstironisches oder aufgesetztes Grinsen, das er normalerweise zu gebrauchen pflegte. Nein, es war aufrichtig.

Erik schaute sich um. Er könnte zwar hier warten, aber er konnte die Zeit genauso gut auch nutzen. Einmal frische Luft hier reinlassen wäre eine Maßnahme. *Und vielleicht...* Erik hob seinen linken Arm und nahm einen vorsichtigen Atemzug Richtung Achsel. Er fing an zu husten.

„Genau das, was man nach drei Tagen Wüste erwarten würde...", keuchte er. Er ging zurück zur Steuerzentrale und von dort aus in den Aufenthaltsraum der Besatzung. Dieser machte nur einen kleinen Teil des Fahrzeuges aus, aber er war magisch. Es schoss Erik durch den Sinn, dass er seit der Stilllegung des Fahrzeuges der erste Besucher hier war. Wie ein Besessener hastete er an der kleinen Einbauküche und den Schließfächern vorbei, direkt zur Duschecke. Neben der Gemeinschaftsdusche gab es auch noch eine Reihe von Waschbecken und Schränken. Letztere riss er auf, als ob sein Leben davon abhinge. Er entdeckte unzählige Hygieneartikel. Ein Traum.

Ein Blick in den Spiegel zeigte einen anderen Mann, als er erwartet hatte. Einen älteren. Seine dunkelbraunen, schweißgebadeten Haare waren vor Monaten das letzte Mal geschnitten geworden. Die Haut in seinem Gesicht war sonnengegerbt und kleine Fältchen breiteten sich um die Augen aus. Er strich sich mit der Hand über die staubigen Wangen und durch den Bart. Nicht nur die raue Luft und das Licht der Feuersäulen hatten ihre Spuren hinterlassen, sondern auch die Zeit.

„Du bist alt geworden", sagte Erik sich selbst mürrisch ins Gesicht, doch schockiert war er keinesfalls. Er hatte jeden einzelnen Tag gespürt. Sein Blick wanderte hinab zu seinem rechten Arm. Unter dem hochgekrempelten Ärmel seines Hemdes lugte eine silbrig-graue Oberfläche hervor. Dann blickte er hinaus zur Tür.

Und du, Vanni, siehst noch genauso aus wie an dem Tag, als wir uns das letzte Mal gesehen haben.

Es war ihm bewusst, dass eine heiße Dusche nicht all seine Probleme beseitigen konnte. Er strich mit der Hand durch seinen Drei-Monate-Bart und überlegte kurz, ob sie ihn überhaupt wiedererkennen würde. Der Bart hatte seine Vorteile in der Wüste. Und eigentlich wollte er sich auch nicht rasieren. Doch für sie würde er sich so zurechtmachen, wie sie ihn von damals kannte.

Kapitel 3 Vanessa

„Hey!", rief eine vertraute Stimme. Erik öffnete langsam die Augen. Sein Gesicht lag auf seinen Armen, die ihm als Kopfkissen dienten.

„HEY!", klang erneut die Stimme in seinen Ohren, doch diesmal schrie sie. Er hob den Kopf und blickte sich um. Er befand sich in einem beengenden Konstrukt aus Metall, in dem er nur gebeugt hätte stehen können und saß auf einem weichen Sitz. Durch den ganzen Stahl um ihn herum war nur ein gerader Blick nach vorn möglich. Dieser zeigte ihm eine alte Straße und ein abgezäuntes Industriegebiet. Ab und zu zog ein Baum an ihm vorbei. Erik wurde kräftig durchgerüttelt, doch es schien ihm, als wäre es die Welt, die sich bewegte und nicht er selbst. Er war in einem Fahrzeug. Nein, auf einem Fahrzeug. Als er die Steuerung vor sich sah, samt der Waffe, dämmerte es ihm wieder. Er saß im Geschützturm eines Panzerkampfwagens.

„Schläfst du etwa?!", sagte die Stimme genervt, die nun deutlich näher schien als vorher.

Erik drehte den Kopf und sah, wie aus einer kleinen Öffnung im Boden ein Gesicht hervorragte. „Was?", antwortete er noch nicht ganz bei vollem Bewusstsein. Dann hörte er, wie die Person die metallenen Sprossen weiter hinaufstieg. Erik schüttelte den Kopf und blickte noch einmal nach hinten. Plötzlich starrte er in das Gesicht von Vanessa, das nur wenige Zentimeter von seinem entfernt war. Er erschrak.

„Ich habe dich gefragt, ob du gerade – während deiner Dienstzeit – *geschlafen hast!", sagte sie mit Nachdruck.*

Erik zuckte zusammen und antwortete blitzschnell: „Ich? Niemals!"

*

Ein penetrantes Klingeln weckte Erik. Eine Eieruhr, die er als Wecker benutzte. Doch das schrille Klingeln der Uhr war beim Erwachen sein geringstes Problem. Sofort ergriff ihn ein Schmerz, der ihn seine Zähne zusammenbeißen ließ. Ein Schmerz, als würde sich das Fleisch von den Knochen schälen. Es kostete ihn seine gesamte Kraft, nicht das Fahrzeug zusammenzubrüllen. Hastig zog er seine graue Feldbluse aus – sie beengte und erdrückte ihn plötzlich. Dabei legte er seinen rechten, vollständig mechanischen Arm frei. Eriks Schweiß lief bis zu seiner prothetischen Hand hinab und schimmerte auf dieser wie flüssiges Metall. Auf dem Boden zusammengesunken, öffnete und schloss er seine Hand mit kurzen, ruckartigen Bewegungen. Sein Arm bildete einen glänzenden Rahmen, in dem eine Vielzahl an Zahnrädern und Winden zu sehen war, die sich rhythmisch zu seinen Handbewegungen drehten. Minuten vergingen, bevor sein Schmerz sich wieder auf ein erträgliches Niveau absenkte. Denn einen leichten Schmerz im verlorenen Arm spürte er immer.

Schließlich setzte er sich auf. Es war vorbei. Er war schweißüberströmt. Dank der Dusche roch er aber zumindest nicht wie ein brunftiger Eber, wie er es sonst immer nach dem Erwachen tat. Nach dem Waschen seiner Kleidung und vor allem des Tuches hatte er auch den Geruch von Erbrochenem endlich nicht mehr in der Nase. In der Reflexion der Glasröhre konnte er sich selbst erkennen. Sein frisch rasiertes Gesicht und die kurzen, selbstgeschnittenen Haare gefielen ihm nicht gut, aber er sah seinem elf Jahre jüngerem Ich deutlich ähnlicher. Er blickte schwer atmend die Röhre hinauf. Das Licht der Lampen, die er in seiner Wartezeit repariert hatte, erhellte die staubigen Zylinder und ließ das Abteil wie einen aufgegebenen Laborkeller wirken. Es fehlten nur die Gläser, in denen in Formaldehyd eingelegte Tierembryonen oder Organe schwammen. Das Flackern der Lampen trug zusätzlich zu dem Frankensteineffekt bei, der in dem Raum voller toten und leider nicht ganz so toten Mutanten herrschte. Langsam beruhigte Erik sich wieder und stützte sich zum Aufstehen an der Glasröhre ab. Aus rein medizinischen Gründen, wie er sich selbst versicherte, musterte er dabei Vanessa. Ihre Haut war mittlerweile frei von den grauen Flechten und ließ auch wieder ihre natürliche Anmut erkennen – trotz der unzähligen Narben. Nun erkannte man auch deutlich den prachtvollen Löwen, der Erik mit erhobenem Haupt von ihrer Schulter aus anbrüllte und sich über den Rücken bis zum Becken erstreckte. Erik drehte sich mit schnell aufgesetzter professioneller Miene weg und räusperte sich.

„Nun gut."

Er ging zur Konsole und gab den Befehl zur Extraktion. Ein lautes Getöse setzte ein und der Flüssigkeitsspiegel der Röhre begann zu sinken. Gleichzeitig setzte das Beatmungssystem aus, wodurch die Nährlösung nicht mehr mit Sauerstoff angereichert wurde. Alles normal. Erik hatte das Prozedere schon unzählige Male durchgeführt. Anfangs konnte er sich gar nicht erklären, wie eine Person mit einer Lösung in der Lunge atmen können sollte. Aber irgendwann hatte er es einfach hingenommen. Auf einmal stoppte das Getöse. Eine Pumpe musste blockiert sein. Eriks Blicke wanderten hektisch von links nach rechts, von der Röhre zur Konsole und zurück. *Habe ich was falsch gemacht?* Er schaute zu Vanessa, die Lösung war noch weit über ihrem Kopf. *Alles ist gut*, versuchte er sich zu beruhigen, *ich muss nur die Pumpe oder die Atmung reaktivieren.* Vanessa begann jedoch sich zu bewegen. Zuckungen schüttelten ihren Körper und sie riss die Augen auf. Mit beiden Händen fasste sie sich an den Hals und versuchte krampfhaft zu atmen. „Verdammt!", schrie er und trat vor das Glas. „Nach all der Sucherei stirbst du mir jetzt nicht weg!"

Er holte mit seinem Metallarm weit aus, ließ ihn dann aber für wenige Augenblicke in der Luft stehen. Jedes einzelne Zahnrad in seinem Arm begann wild zu rotieren und das sonst so rhythmische Uhrwerk verwandelte sich mehr und mehr in eine auf Hochtouren laufende Turbine. Nach wenigen Augenblicken ließ Erik den hochgefahrenen Arm frei und ließ ihn gegen das zentimeterdicke Glas schellen.

Überall im Raum verteilte sich die Nährlösung, in deren Wellen Scherben davongespült wurden. Der Boden war nass und roch nach kochendem Fleisch. Doch Erik ignorierte den Geruch. Vanessa war wichtiger. Vorsichtig stieg er über die scharfkantigen Scherben und hob die bewusstlose Frau langsam vom Boden des Zylinders. Während er sie aus der Suppe aus Scherben und Nährlösung hinaustrug, erwachte Vanessa heftig hustend in seinen Armen.

Ein schwaches, kaum hörbares „Hilfe" entglitt ihren Lippen. Kurz darauf öffnete sie ihre Augen. „Wo bin ich?", flüsterte sie.

Erik drückte sie etwas fester an sich und versicherte ihr mit ruhiger Stimme: „Keine Sorge, du bist in Sicherheit."

„Danke, Richy", stammelte sie, bevor sie wieder das Bewusstsein verlor.

Erik stockte in seiner Bewegung. Richard. An den Namen hatte er schon lange nicht mehr gedacht. Ein stechender Schmerz breitete sich in seiner Magengegend aus. Als hätte ihm jemand in den Bauch getreten. Er verband zu viel mit diesem Namen. Jahre hatte er damit zugebracht, die Schuld um Richard zu verdrängen. Es war ihm offenbar besser gelungen, als ihm bewusst gewesen war. Zumindest bis jetzt. Aber er hatte keine Zeit, sich seinem Schmerz hinzugeben. Mit zusammengebissenen Zähnen trug er Vanessa weiter in Richtung Aufenthaltsraum. Er legte sie in der geräumigen Dusche ab und ließ sich neben ihr auf den Boden sinken. Kurz packte ihn die Neugier und er nahm ihren Bauch in Augenschein, doch er fand nichts Auffälliges. Vorsichtig fuhr er mit seinen Fingern über die Haut.

„Da ist wirklich nichts... sowas *muss* Spuren hinterlassen... habe ich es mir wirklich nur eingebil...", murmelte er, bevor er abrupt abbrach.

Ihm wurde plötzlich bewusst, dass er seine beste Freundin unangemessen begrabschte, die bewusstlos, und vor allem hilflos, neben ihm lag. Schnell zog er seine Hände wieder zu sich und rückte ein Stück von ihr weg. *Wenn sie das wüsste…* Der Gedanke ließ ihn erschaudern und er lenkte sie schnell in eine andere Richtung. Sein Blick schweifte durch den Raum.

Er dachte nicht nur über Vanessa nach, oder was mit ihr passiert war, sondern auch über die Welt und was sie nicht hatte miterleben müssen. *Ich sollte mir schon mal ein paar Erklärungen zurechtlegen….* Während er seinen Gedanken nachhing, konnte er seinen Blick nicht länger von ihr fernhalten und so schaute er ihr beim Atmen zu. Keine ihrer Bewegungen entging seinen Augen. Wie bei den ersten Probeläufen seiner neuen Erfindungen. Allerdings war es hier nicht nur Neugier, sondern auch Sorge.

Schon kurze Zeit später begann sie zu zittern. Der Boden war eiskalt und auch die Nährlösung, die immer noch an ihr klebte, trug ihren Teil dazu bei.

Er flüsterte zu sich selbst: „Das ist rein freundschaftlich…“ und griff zu einem Schwamm und dem Duschkopf. Als das Wasser eine angenehme Temperatur erreicht hatte, fing er vorsichtig an Vanessa von der Lösung zu säubern. Sobald das Wasser sie allerdings berührte, schrie sie auf. Erik rutschte vor Schreck nach hinten weg und der Duschkopf entglitt seinen Händen.

„Verschwinde, du Perverser!!“

Sie boxte wie wild um sich, doch ihre Schläge gingen ins Leere. Als er ein Stück von ihr wegrückte, versuchte sie vergeblich, ihren gesamten Körper mit den Armen zu verdecken. Dabei warf sie ihm Wortfetzen und Flüche an den Kopf, die Erik nicht ganz verstand, die aber sehr bedrohlich klangen.

Er hob deeskalierend die Hände in die Luft.

„Ganz ruhig, Vanessa, ich bin es!“ Sie schleuderte Erik den Schwamm ins Gesicht und schrie: „Ich kenne keine pervers…“, sie brach abrupt ab, als sie ihn erblickte. Er hob eine Augenbraue und schaute mit einem allwissenden Blick tief in Vanessas blaue Augen.

„Kaum perverse Leute", verbesserte sie sich, fuhr aber dann fort, „aber an einen wie dich würde ich mich erinnern."

Sie beruhigte sich etwas und musterte Erik von Kopf bis Fuß, während sie versuchte ihren nackten Körper so gut wie möglich von Erik wegzudrehen. Er kam ihr bekannt vor, doch ihr Gehirn wollte ihr nicht sagen, woher. Wie wenn man ein Wort vergaß, das man täglich benutzte. Dann erblickte sie seine linke Hand, die er noch immer hochhielt. Sie starrte auf die Handfläche und erkannte die markante Narbe. Plötzlich riss sie die Augen auf.

„Erik?! Was, du? Bist du das wirklich?"

Er nickte kurz.

Ihre Stimme wurde immer kräftiger. „Du perverser Idiot. Kaum ist dein Kumpel nicht da, vergehst du dich an seiner Freundin!"

Sie ergriff einen weiteren Schwamm und warf auch diesen nach ihm. Dann schnappte sie sich den Duschkopf und hielt ihn wie eine Waffe gegen Erik. Er hätte etwas Anderes erwartet. Er hatte sie jahrelang gesucht und sah sie nun zum ersten Mal nach einer Ewigkeit wieder. Er atmete tief ein, um etwas zu erwidern, doch dann entschied er sich dagegen. Enttäuscht blickte er ein letztes Mal in ihre Augen, stand auf und ging aus dem Raum.

*

Eine Weile verging. Erik saß im Kontrollraum auf einem Tisch und blickte auf die ausgebreitete Karte, die er zwischenzeitlich von der Oberfläche geholt hatte. Während er auf einem weichen Apfel herumkaute, zeichnete er einige Linien auf das Papier. Mit einem Mal klopfte es am Rahmen der offenen Tür. Dreimal kurz und gleichmäßig.

„Wasch isch?", antwortete er mit vollem Mund, ohne den Blick zu heben. Vanessa, die nun einen Anzug der Vita Vault-Besatzung trug, lehnte sich mit ihrer Schulter gegen den Türrahmen. Das Outfit erinnerte mehr an einen

Blaumann als an eine medizinische Uniform. Nachdem sie ein paar Mal unsicher durchatmete, machte sie schließlich den Mund auf. „Sind wir die einzigen, die hier wach sind?"

Erik nickte.

Ihr Blick wanderte in seine Richtung. Sie traute sich aber nicht, ihn direkt anzuschauen. Langsam sprach sie weiter: „... und ich war in der zerstörten Vitachamber, oder?"

Erik nickte wieder.

Scham mischte sich in ihre Stimme. „Und du hast mich da rausgeholt?"

Erwartungsvoll blickte Erik auf. Sie aber schaute verlegen auf ihre Füße.

„Du hast mich aus der Röhre geholt und wolltest nur die Flüssigkeit von mir waschen. Und ich habe dich beschimpft und mit Schwämmen beworfen. Es tut mir leid", sagte sie kleinlaut.

Erik stand vom Tisch auf und warf den Apfel zu einem Haufen von Griebsen, die bereits in der Ecke lagen. Er ging schnell zu ihr und umarmte sie fest. So fest, dass Vanessa beinahe die Luft wegblieb.

„Hui, nicht so dolle. Du willst mich doch nicht gleich zerdrücken."

Erik ließ langsam von ihr ab und schob sie ein Stück weg, was etwas seltsam aussehen musste, da sie ein kleines Stück größer war als er. Er musterte sie und konnte nicht umhin zu überprüfen, ob sie der Vanessa aus seinen Erinnerungen glich. Er konnte immer noch nicht komplett glauben, dass er sie gefunden hatte. Vanessa tat das gleiche, doch waren ihre Augen mit Besorgnis erfüllt. Sie hob eine Hand und strich vorsichtig über Eriks Gesicht.

„Was ist mit dir passiert?", flüsterte sie.

„Die Zeit", antwortete er knapp und verzog den Mund zu einem ironischen Grinsen.

„Aber...", setzte sie an, denn sein Anblick irritierte sie. Sie hatte ihn doch gerade eben noch gesehen – jung und unbeschwert. Und nun sah er so alt aus.

„Aber *du* siehst keinen Tag älter aus", sagte Erik schnell.

Ihre Augen wanderten auf seinen mechanischen Arm. Erik, der ihrem Blick gefolgt war, versteckte ihn schnell hinter seinem Rücken. „Was ist mit deinem Arm passiert?“, fragte sie.

„Lange Geschichte“, winkte er ab. „Zu lang, um sie jetzt zu erzählen.“

Ein Flackern, das plötzlich durch die Lampen ging, unterbrach ihr Gespräch. Erik schaute sich um, während das Licht um sie herum sichtlich schwächer wurde. Dann sagte er: „Der Stick hat nicht mehr genügend Power, wir sollten an die Oberfläche.“

„Oberfläche?“ antwortete Vanessa verdutzt.

Kapitel 4 Schöne neue Welt

Der Begriff spukte in Vanessas Gedanken. *Oberfläche? Warum Oberfläche? Wir sind doch in einem Fahrzeug?* Kritisch nahm sie ihre Umgebung in Augenschein, während sie Erik folgte. Sie war darauf bedacht, selbst das kleinste Detail in der hintersten Ecke wahrzunehmen. Es könnte ihr Aufschluss über ihre Umgebung geben. Ausgenommen von denen im Führerraum besaß die fahrende Festung keine Fenster, sodass ein Blick nach draußen unmöglich war. Wie sein Schatten folgte sie Erik zum Laderaum. Dabei durchquerten sie den Vital-Raum, der durch das schwache, flackende Licht die Ebene der Horrorshow schon weit übertraf. Vorsichtig lotste er sie durch die umgefallenen Waren, bis sie schließlich direkt unter der Ladeluke standen. Vanessa blickte hinauf und sah durch das offene Quadrat die violette Wolkendecke. Sie runzelte die Stirn und holte Luft, im Begriff eine Frage zu stellen. Doch da beugte Erik sich schon zu ihr hinunter, legte ihr den linken Arm um die Hüfte und griff mit seiner metallenen Rechten nach ihrem Fuß.

„Hoch mit dir!", sagte er beherzt und katapultierte Vanessa mit Leichtigkeit durch die Luke an die Oberfläche. Sie wusste gar nicht, wie ihr geschah, so schnell ging es. Erik konnte die Verwirrung in ihren Augen lesen, kurz bevor sie abhob. Und er genoss es. Ein leicht süffisantes Grinsen stahl sich auf seine Lippen. Doch dann hörte er einen Schrei. Besorgt ergriff er mit seiner mechanischen Rechten den Rahmen der Luke und zog sich blitzschnell hoch. Sofort nahm er Vanessa wahr, die auf allen Vieren vor einer abstrakten Kreatur floh. Das Wesen sah wie ein zwei Meter großer, silberner Weberknecht aus, doch wirkte es auf sie wie ein Alien. Denn neben der sofort erkennbaren arachnoiden Form besaß es einem vollkommen runden Leib mit genau zehn Gliedmaßen, die ringsherum aus dem Körper ragten. Diese mit Widerhaken überwucherten Spinnenbeine bestanden aus je vier dürren Gliedern und sahen mehr nach einer Waffe als nach einer Extremität aus. Während es Vanessa hinterher krabbelte, nutze es seine vorderen beiden Beine wie Klauen und schlug wieder und wieder nach ihr. Sie entrann seinen Angriffen, doch immer nur um Haaresbreite.

Erik, der mit Schrecken die Szenerie ansah, griff instinktiv hinter sich zum Klappspalter. Doch seine Hand ging ins Leere. Sein Blick glitt ins Loch der Vault zurück, in der sich irgendwo sein Rucksack samt Schwert befand. Und dieses Irgendwo war rechts neben dem Tisch im Kontrollraum, auf dem er die Karte studiert hatte. Seit er Vanessa wieder bei sich hatte, war er ein wenig unkonzentriert. Aus dem Augenwinkel heraus sah er weiterhin, wie der Weberknecht unermüdlich Vanessa hinterherjagte und im Sekundentakt nach ihr schlug. Es schloss immer dichter zu ihr auf. *Scheiß aufs Schwert,* schoss es ihm durch den Kopf. Er rannte vom Dach der Vault zu seinem Motorrad und griff vom Gepäckträger schnell eine Glasflasche. In hohem Bogen flog die volle Flasche zur Kreatur und zersprang an dessen harter Haut. Augenblicke später stiegen Rauchschwaden empor, wo das Wesen mit dem Wasser in Berührung gekommen war. Es begann zu zucken und zu krampfen. Sichtlich zitternd beobachte Vanessa, wie ihr Verfolger plötzlich die Jagd aufgab und zusammenbrach. Erschöpft und nach Luft ringend ließ sie sich zu Boden sacken. Dabei wendete sie nicht einen Moment ihren Blick von dem Geschöpf ab.

„Was... war... *DAS*?", brachte sie stotternd zwischen flachen Atemzügen hervor.

Erik ging auf den toten Weberknecht zu, kniete sich zu dem leblosen Körper hinunter und strich über seinen Rücken. Die silbrige Haut war glatt wie gegossenes Metall und glänzend wie frisch poliertes Chrom. Während er weiter die Kreatur begutachtete, antwortete er nachdenklich: „Was es mal war? Keine Ahnung. Wahrscheinlich ein Hund oder ein Wildschwein. Jedenfalls vor der Mutation. Jetzt ist es ein Fledderer – und zwar ein toter. Und das sind mir die liebsten."

Mit Angst in den Augen richtete Vanessa sich langsam auf und machte ein paar zaghafte Schritte auf Erik zu. Sie ließ das Wesen jedoch nicht einen Moment aus den Augen.

„Wie... das war mal ein Hund?", fragte sie zweifelnd.

„Nicht unbedingt ein Hund. Eher alles, was auf vier Beinen lief und größer als eine Katze war."

„Und woher weißt...", wollte sie fragen, doch Erik unterbrach sie bereits.

„Ich habe mit angesehen, wie alle Tiere hier langsam zu Mutanten wurden. Zum Beispiel zu sowas hier."

Vanessa schüttelte den Kopf. Es ratterte bei ihr, das war deutlich zu sehen.

Doch Erik sprach unbeirrt weiter. „Es wird noch besser."

Er drehte den toten Angreifer auf den Rücken. Ein mit Fangzähnen besetztes Maul kam zum Vorschein, das kreisrund war und fast den gesamten Unterkörper einnahm. Wieder stand Vanessa der Ekel ins Gesicht geschrieben, doch die Faszination obsiegte schließlich und sie betrachtete den Körper. Während sie sich ihm näherte, fragte sie: „Wie konnte es mich verfolgen... es hat doch gar keine Augen?"

„Ach, das ist dir gleich aufgefallen? Ich hatte es erst nach meiner fünften Begegnung mit diesen Viechern bemerkt. Aber ja, sie haben keine Augen. Und genau so wenig habe ich einen Plan davon, wie sie trotzdem ihre Beute so präzise jagen können."

„Dafür hat es mir aber eine scheiß Angst eingejagt. Nicht auszudenken, was gewesen wäre, wenn mich dieses Maul erwischt hätte", sinnierte sie. Dann weiteten sich ihre Augen plötzlich erschrocken, als ihr ein Gedanke kam.

„Das Maul... wie kann das so groß sein?"

Sie begann den Torso des toten Fledderers abzutasten. Erik zuckte nur mit den Schultern.

„Ja, genau das ist das nächste Problem, was ich mit diesen Kreaturen habe. Das Gebiss nimmt den gesamten Innenraum ein. Die Mundhöhle schließt direkt nach den Zähnen ab. Es gibt keinen Rachen, geschweige denn einen Magen oder Darm… Als wäre das Maul nicht zum Fressen da, sondern nur als Waffe… oder so."

„Aber…", setzte sie an, doch sie schien nicht die richtigen Worte finden zu können.

„Du sagst es", sagte er resigniert, „diese Wesen geben nur Rätsel auf."

Vanessa war sprachlos. Plötzlich richtete sie sich auf und schaute sich nervös um. „Wie viele gibt es von denen?"

„Tausende, wahrscheinlich mehr. Aber keine Sorge, die Legionäre laufen immer mit der Windrichtung und mit der jetzigen haben wir nichts zu befürchten", beschwichtigte Erik.

Vanessas blickte zu dem Fledderer vor ihnen. Erik sah die schlecht verborgene Angst in ihren Augen.

„Ach so der. Den hat wohl die Sirene angelockt", sagte er trocken.

„Welche Sirene???" Ihre Stimme verriet einen Anflug von Hysterie.

Erik blickte in ihre geschockten Augen und fing zögerlich an zu erzählen. „Äh… Als ich unten in der Vault war, gab es einen kleinen Unfall... Es wären beinahe alle draufgegangen. Einschließlich uns beiden... Lange Geschichte, aber nichts Wildes."

Während sie ein verzweifeltes Geräusch von sich gab, sackte Vanessa zu Boden. Ängstlich vergrub sie ihren Kopf zwischen den Knien.

Das hätte ich wohl nicht erwähnen sollen…, dachte Erik. Doch statt zu ihr zu gehen, ging er zur Luke zurück und öffnete die Abdeckung der Notfallsteuerkonsole. Mit einem Ruck zog er den verklemmten F^2-Stick heraus, woraufhin die blaue Außenbeleuchtung des Fahrzeuges endlich erlosch. Erik hielt den

Stick zwischen Daumen und Zeigefinger und richtete ihn gen Feuersäule. Durch seine transparente Hülle erkannte er ein kleines blaues Lämpchen, das schwach flackerte.

„Mh... es wird wohl einige Stunden dauern, bis sich der Stick wieder aufgeladen hat. So lange müssen wir hier wohl ausharren", erklärte Erik Vanessa, doch als er zu ihr hinüberblickte, sah er, wie sie immer apathischer vor sich hinstarrend auf dem Boden kauerte. Er wollte ihr Trost spenden, doch wusste nicht wie. Menschlichkeit war nicht gerade seine Kernkompetenz. Nicht vor Tag Null und erst recht nicht seit diesem. Doch er wusste, dass er etwas tun musste. *Nur was?*

Vorsichtig trat er zu ihr und legte ihr seine mechanische Hand auf die Schulter. Von der fremden, kalten Berührung überrascht, stieß Vanessa einen kleinen erschrockenen Schrei aus. Erik zog schnell die Hand zurück. Vanessa blickte zu ihm hinauf – Tränen liefen über ihr Gesicht.

„Tut mir leid, ich bin das nicht gewohnt", flüsterte sie mit brüchiger Stimme, während ihr Blick seinen Arm entlangwanderte. Er ballte seine Rechte.

„Schon gut", antwortete er und legte ihr dann seine linke Hand auf die zitternde Schulter. „Frierst du?", fragte er. Nach dem Schock versuchte er besonders behutsam zu sein.

„Irgendwie schon."

Erik schaute auf seine Uhr. Es war nicht irgendeine Uhr, sondern sein Thermo-Chrono-Radiometer – eine seiner letzten Erfindungen. Das TCR konnte Zeit, Datum, Temperatur und eventuelle Radioaktivität messen, wobei Letzteres eher eine Theorie war. Leider fand er keine radioaktiven Restbestände mehr im Lager, an denen er seine Uhr hätte testen können. Trotzdem war er sehr stolz auf seine Schöpfung, aber nicht stolz genug, um jetzt vor ihr damit zu prahlen. „Wir haben 26,5 °C, eigentlich solltest du nicht frieren. Sind vielleicht noch Nachwirkungen von der Röhre", erklärte er.

Nutzung eines F^2-Stick-Prototypes zur Energieerzeugung

Die nächste Generation der MET

Von Chris Dunger, Brüssel 29.11.2038

Brüssel. Jules de Duven wurde nun bereits zum zweiten Mal mit dem europäischen Wissenschaftsaward ausgezeichnet. Dieser ersetzt nun seit drei Jahren (seit Beginn des Krieges) den Nobelpreis im Föderalstaat Europa. Trotzdem wurde schon in den wenigen Jahren etwas erreicht, was selbst bei seinem Vorgänger seines Gleichen sucht. Zum ersten Mal in der Geschichte wurde der Wissenschaftspreis an denselben Träger und für die gleiche Technologie verliehen. Damals erlangten de Duven und seine Partner die Auszeichnung für den Prototypen eines industriell einsetzbaren Fusionskraftreaktors.

Seitdem werden überall in Europa in FKWs (**F**usions-**K**raft-**W**erken) Wasserstoff-Isotope zu Helium verschmolzen, um den steigenden Energiebedarf unseres Landes zu decken. Wir hatten bereits 2037 zum Preisverleih über de Duven berichtet und in Form eines Leserforums die Möglichkeiten einer unerschöpflichen Energiequelle diskutiert. Viele Leser sahen darin ein schlagartiges Ende des Krieges. Auch wenn vieles besser wurde, müssen wir leider rückblickend festhalten, dass unendliche Energie die Zeit der Klimasünden nicht zurückdrehen kann. So fand auch der Krieg um fruchtbare Böden bisher noch kein Ende.

Nun aber könnte es durch die Entwicklung der F^2-Sticks zu einer Wendung im Konflikt kommen. Denn sie stellen nichts Geringeres als eine Revolution der MET (**M**obile **E**nergie-**T**räger) dar. Mit ihnen ist es möglich, die Fusionsenergie nur durch den Anschluss der Sticks überall einzusetzen. Derzeitige MET wie Wasserstoff, Benzin oder Natriumionen-Akkus könnten somit der Vergangenheit angehören. Neben dem Militär suchen nun auch zahllose zivile Investoren die Nähe de Duvens.

Allerdings melden sich bereits vermehrt Kritiker aus der Technik und der Wissenschaft. Schon die Entwicklung des großen Reaktors in nur wenigen Jahren rief viele Zweifler hervor. Den Einsatz der kompliziertesten Technologie der Menschheit „in Hosentaschenformat“ halten viele Experten für schlicht unmöglich.

Vanessa nickte. Ihr Blick bohrte sich aber weiterhin in den Boden.

„Von Erklärungen wird dir auch nicht warm", bemerkte er und machte sich auf zu seinem Motorrad. Aus dem Gerümpel auf der Ladefläche zog er eine Stoffdecke und ging damit zu ihr zurück. Sanft packte er sie darin ein. Der alte Lumpen war zwar nicht schön, aber er erfüllte seinen Zweck allemal.

„Schon besser?", fragte er und hockte sich vor ihr auf den Boden. Er versuchte erfolglos, ihren Blick zu fangen.

Sie nickte und flüsterte so leise, dass Erik sich näher zu ihr beugen musste, um sie zu verstehen: „Etwas... aber ich will einfach nur nach Hause."

„Was?", stutzte Erik.

„Ich will nach Hause. Was ist daran so schwer zu verstehen?"

Vanessa griff in den Sand neben sich und schleuderte eine Handvoll davon weg. „Ich weiß nicht, in welcher mutantenverseuchten Wüste wir hier gelandet sind, aber es ist mir auch egal. Ich will nach Hause."

Erik starrte sie mit großen, leeren Augen an. Es war eine Mischung aus Fassungslosigkeit und Neid, die seinem Gesicht zu entnehmen war.

„Was ist los?", fragte Vanessa verwirrt. Ihre Illusion war beneidenswert. Wenn er es könnte, würde er so manches dafür eintauschen, nur einen Tag lang nicht zu wissen, was mit seiner Heimat passiert war. Aber er konnte es nicht. Und er beschloss, dass er es ihr nicht verheimlichen durfte. Er setzte sich neben sie. Vorsichtig umfasste er Vanessas Kopf und hielt ihn dicht vor sein Gesicht, sodass sich ihre Nasen fast berührten. Es war ihr unangenehm, doch sie konnte seinem festen Griff nicht entkommen.

„Du musst jetzt ganz stark sein", sagte er ruhig, aber bestimmt.

Vanessa runzelte die Stirn und hörte auf sich zu wehren, als sie in Eriks ernste Augen sah.

„Was willst...", setzte sie an, doch Erik unterbrach sie.

„Das hier IST unser Zuhause. Wir sind in diesem Moment gerade mitten auf der Mecklenburgischen Seenplatte."

Erik löste seinen Griff und umarmte sie fest. Vanessa, die die Umarmung nicht erwiderte, sondern nur regungslos dasaß, konnte die Worte nicht glauben. Ihr Blick wanderte weiter am Boden entlang, als würde sie etwas suchen, was ihr Halt gäbe. Dann fielen ihr plötzlich die violetten Wolken wieder ein, die den Himmel bedeckten und sie hob den Kopf. Sie sah in der Ferne die beiden Feuersäulen, die ihr Unterbewusstsein bisher ausgeblendet hatte.

„Aber... aber... aber..."

Vanessa überkam die Panik und sie wollte sich losreißen, doch Eriks Arme hielten sie fest an Ort und Stelle.

Leise und einfühlsam sagte er: „Ganz ruhig. Ich weiß, das ist ein Schock, aber du kommst damit klar. Jeder hat es bisher geschafft."

Eine Lüge. Doch er hoffte, dass sie ihr half. Vanessa blickte verzweifelt um sich und suchte nun umso mehr nach Anhaltspunkten, die seine Worte als falsch entlarven würden. Vergeblich. Sie atmete schwer. Immer weiter verausgabte sie sich, während sie gegen den Käfig aus Eriks Griff ankämpfte. Bis sie schließlich erschöpft nachgab und sich nicht mehr bewegte. Es verging eine Weile, in der sie in der Position verharrten und Vanessa wieder zu Atem kam. Allmählich war sie froh über die Arme um sich, die ihr Halt und das Gefühl gaben, nicht allein in dieser Welt zu sein.

„Wo sind wir genau?", fragte sie zögerlich.

Erik lockerte die Umarmung etwas und blickte in ihre Augen. Er erkannte, dass sie sich kaum noch wehrte, sowohl physisch als auch psychisch. Verglichen mit seinen Erfahrungen nahm sie es recht gut auf. Viele waren beim Anblick der Feuersäulen komplett durchgedreht und er hatte diese Prozedur etliche Male durchgemacht. Nur wenige Kreaturen waren gefährlicher als Legionäre – die silbernen Mutanten – und für Erik gehörten Menschen im Wahn definitiv dazu. Er war froh, dass Vanessas Geisteszustand stabiler war, als er zu hoffen gewagt hatte.

„Irgendwo zwischen Waren und Neustrelitz", antwortete er.

Ihr Blick glitt hinauf zu den Feuersäulen. „Was sind das für Dinger?", fragte sie.

„Das waren mal die beiden Fusionskraftwerke in Greifswald und Stettin. Sie sind an Tag Null explodiert und seitdem brennen sie ununterbrochen."

„Tag Null?", fragte Vanessa, doch ihr Tonfall klang neutral, als ob sie kaum noch etwas schocken könnte.

„Tag Null. Da ist unsere Welt untergegangen. Nicht nur, dass die FKWs explodierten, ein EMP[2] hat die gesamte Kommunikation zerstört und uns – technologisch gesehen – zurück ins Mittelalter geworfen. Es war auch der Tag, an dem ihr…"

Erik blieben die Worte im Hals stecken. Er begann noch einmal: „Es war der Tag, an dem wir uns das letzte Mal gesehen haben. Wir waren im Einsatz in Greifswald. Auf Patrouille… erinnerst du dich?"

Vanessa schüttelte den Kopf. „Ich kann mich an keine Patrouille erinnern. Das letzte, woran ich mich erinnern kann, ist, dass wir drei gestern Abend zusammen im Mannschaftsheim saßen und uns vom Schützer Unger einen ausgeben lassen haben. Er wollte uns mal was Gutes tun, weil wir seinen Scheiß immer ausbaden müssen."

Erik lachte kurz auf und seufzte dann. „Ja, das war Unger. Aber du redest gerade vom Abend vor Tag Null. Also erinnerst du dich nicht an den Tag danach?"

„Wie gesagt, gestern saßen du, ich und Richard noch im Mannschaftsheim…"

Ihr verschlug es kurz die Sprache, dann plötzlich kehrte wieder etwas Leben in ihre Augen zurück, auch wenn diese nur Angst widerspiegelten.

---

[2] Ein elektromagnetischer Impuls (eng.: **e**lectro-**m**agnetic **p**ulse). Eine starke Entladung von elektromagnetischer Strahlung, etwa durch eine Atombombendetonation, kann einen EMP auslösen. Hierbei führt die Strahlung in der Luft zu freibeweglichen, hochenergetischen Elektronen, die in elektrischen Geräten zu Überladungen und Kurzschlüssen führen. Ungesicherte Elektronik wird in diesem Prozess größtenteils zerstört.

„Wo ist Richard?", fragte sie mit zitternder Stimme.

Erik stockte der Atem. Wieder machte sich ein ziehender Schmerz in seinem Magen breit. Er versuchte, es sich nicht anmerken zu lassen.

„Er ist in der First Base, ihm geht es gut", log er. Er wusste, dass er ein schlechter Lügner war, doch Vanessa schien es ihm abzukaufen.

„Wenigstens etwas... Weißt du auch was von meiner Mutter? Oder meinem Vater? Oder Frank?", fragte sie Erik weiter aus.

Er wollte sein Glück nicht ausreizen, daher antwortete er ehrlich. „Leider nein. Es gibt kaum eine breite Kommunikation. Das muss also nicht gleich heißen, dass sie es nicht geschafft haben. Es gibt noch Hoffnung", sagte er mit ungewohnt zuversichtlicher Stimme. Er legte seine Hand auf eine ihrer herunterhängenden Schultern. Kleine Perlen bildeten sich in ihren Augenwinkeln und sie ließ den Kopf auf die Knie sinken. Erik konnte den Anblick kaum ertragen, wusste aber nicht, wie er ihr helfen sollte. So stand er auf und ging ein paar Schritte, blieb dabei aber immer in ihrer Nähe.

Irgendwann, nach einer gefühlten Ewigkeit, fragte Vanessa: „Seit wann ist diese... Welt so anders?"

Erik, der in dem Moment gedankenversunken am Motorrad saß und eine Abdeckung wieder anschraubte, blickte erschrocken auf. Er war es nicht gewohnt, direkt angesprochen zu werden. Die lange Zeit, die er allein verbracht hatte, war noch tief in ihm verankert. Er hob den linken Arm und schaute auf sein TCR.

„Heute sind es 4107 Tage, seitdem die Welt gerichtet wurde, also etwas über elf Jahre."

Vanessa riss ungläubig die Augen auf. „Elf Jahre? Deshalb siehst du so..."

„...reif aus?", sagte Erik und grinste sie an. Auch auf Vanessas Mund zeigte sich ein kaum erkennbares Zucken. „Ja, mittlerweile bin ich 31", gab Erik zu, „aber du siehst immer noch keinen Tag älter aus als 19."

„Dabei war ich mal älter als du!" Endlich erschien ein richtiges Grinsen auf ihren Lippen. Erik hatte es vermisst.

Doch dann wurde sein Ton wieder harsch. „Es ist viel passiert. Zu viel, wenn du mich fragst."

„Zum Beispiel dein Arm?" Vanessa deutete auf die silbern schimmernde Prothese.

„Ja, das ist eine der Geschichten", sagte er durch zusammengebissene Zähne. Der Phantomschmerz in seinem Arm pochte für einen Moment stärker auf. „Aber für heute haben wir genug geredet. Wir sollten schlafen", sagte er und stand auf.

Vanessa, die sich seit dem Angriff nicht vom Fleck gerührt hatte, blickte sich verdutzt um. „Warum schon schlafen? Es ist doch mitten am Tag?"

Erik erstarrte in seiner Bewegung. Er grinste kurz, schüttelte dann den Kopf und wandte sich wieder zu ihr. „Nimm es mir nicht übel, aber ich bin es schon länger nicht mehr gewohnt, Leute aus der Vault zu holen."

„Wie meinst du das?", fragte Vanessa verwirrt. Erik atmete einmal durch.

„Es gibt Leute, die nicht die ganze Zeit in 'ner Vault faulenzen und darauf warten, den Tag mit einer Rettung zu beginnen."

Als er dann aber immer noch nur Fragezeichen in ihren Augen sah, hob er seine Hand und schaute auf sein Handgelenk.

„Es ist 3:35 Uhr in der Nacht."

Vanessas Verwirrung schien sich noch zu steigern. „Hä? Wie kann mitten in der Nacht die Sonne scheinen?"

„Das kann sie nicht", antwortete Erik und zeigte auf die riesigen Strahler in der Ferne. „Die Feuersäulen sind unsere neue Sonne. Und sie gehen niemals unter. Sie versorgen uns mit Licht und Wärme – so können wir hier überhaupt überleben. Ich weiß, das klingt komisch."

„Was meinst du mit ‚neuer Sonne'? Was ist mit der alten?" Ihr Blick wurde immer verzweifelter.

„Das Problem ist über uns. Diese violetten Wolken da oben lassen nicht ein Photönchen[3] mehr durch. Die ganze Erde ist in einen dicken Mantel davon gehüllt – zumindest sieht es derzeit danach aus. Ohne das künstliche Licht der Säulen würden wir sofort erfrieren. Deshalb unsere ‚neue Sonne'. Wir hatten jetzt seit über elf Jahren keine Nacht und auch keinen Regen mehr. Deshalb stehen wir hier mitten in einer Wüste."

Von Vanessas verständnislosem Blick verfolgt stand Erik auf und ging zum Motorrad. Er zog zwei Schlafsäcke von der Ladefläche. Sie empfand seine Ausführungen als zu unwirklich. Als hätte er es sich gerade ausgedacht, nur um zu schauen, ob sie es schlucken würde. Dann aber blickte sie erneut zu den beiden gigantischen brennenden Strahlern in der Ferne. Sie kam zu dem Schluss, dass er wahrscheinlich doch recht haben musste. Sie starrte immer noch in die Ferne, als er zu ihr zurückkehrte. In Gedanken versunken sinnierte sie: „Das alles klingt wie eine Apokalypse."

Erik, der gerade den Schlafsack für Vanessa neben ihr ausrollte, antwortete resignierend: „Ganz ehrlich – das war auch eine. Jede Lebensgrundlage war wortwörtlich über Nacht verschwunden. Es gibt keine Wildtiere mehr, alle Wälder und Wiesen sind weg. Wir leben nur noch in den Trümmern der alten Welt und versuchen nicht auszusterben."

„Das klingt ziemlich hoffnungslos", stimmte sie zu. Beide krochen in ihre Schlafsäcke und ihre Augen blieben aneinander hängen.

„Es gibt immer Hoffnung", sagte er schließlich, „nur hatten wir es noch nie so schwer." Sie lagen eine Weile so da, ohne dass Vanessa ihm antwortete. Schließlich sagte er leise: „Es tut mir leid, dass ich dich in dieser Welt geweckt habe."

Er blickte ihr direkt in die Augen, doch sie drehte sich nur von ihm weg.

---

[3] Photon: elementares Lichtteilchen, kleinstes existierendes Energiepaket und universelle Energiequelle aller Pflanzen.

Kapitel 5 **Frühstück**

„Und warum reagierst du nicht auf die Meldeanfragen?", schrie Vanessa Erik an. Die Kabine des Fahrzeuges wackelte.

Erik erwiderte nur spöttisch: „Spiel dich nicht so auf! Hier ist Fledermausland, nirgendwo auch nur die geringste Unruhe. Wir sind am Arsch von Greifswald – niemand ist hier! Keine wahnhaften Irren, die umherwüten. Im Industriegebiet interessiert es eh keinen."

„Solange du mir unterstehst, hast du zu tun, was ich sage! Oder soll ich meinen Befehl wiederholen?", sagte Vanessa scharf. Dann aber schob sie den Kopf am Sitz vorbei, dicht an Erik heran, bis sich ihre Gesichter fast berührten. „Bitte", flüsterte sie und ließ ihre Augen kurz zur Stahlleiter huschen, durch die sie in die Kabine gekommen war.

„Willst wohl Richard beeindrucken?", fragte Erik, den eine leise Ahnung beschlich.

„Pssst!!!", zischte sie und hielt den Finger vor den Mund.

Auf Eriks Lippen breitete sich ein Grinsen aus und er schrie: „Jawohl, Frau Oberjägerin, ich setze unverzüglich meinen Dienst fort!"

Vanessa ließ von ihm ab, stieß ein leises „Danke" aus und stieg die Sprossen wieder hinab. Erik nahm beide Griffe der Gaußkanone[4] *in die Hände und schaute durch das Visier. Da kreuzte etwas sein Blickfeld.*

„Was zum Teufel?"

---

[4] Waffenart, die Projektile aus nicht ferromagnetischem Metall durch magnetische Wirbelstromkräfte erhitzt und beschleunigt. Überschallgeschwindigkeit sowie Projektile auf Plasmatemperaturen zeichnen diesen Waffentyp aus, der ganz auf Treibladungen verzichtet.

*

Das Geräusch eines berstenden Gegenstandes weckte Vanessa. Sie spürte einen leichten Wind auf dem Gesicht, als sie blinzelnd die Augen öffnete. Ihre Nase kitzelte und im nächsten Moment verteilte ein heftiges Niesen viel Sand in alle Himmelsrichtungen. Müde von einem schlechten Schlaf richtete sie sich langsam auf. Dabei rieselten kleine Sandbäche von ihr herunter, die der Wind während ihrer Nachtruhe mühevoll in kleinen Seen auf ihr angelegt hatte. Mit zerzausten Haaren blickte sie sich um. Ein beklemmendes Gefühl machte sich in ihr breit, als sie realisierte, dass der Alptraum, so unrealistisch er ihr auch erschien, wohl doch keiner gewesen war. Sie schloss die Augen und atmete tief durch. Dann versuchte sie erst einmal, nicht hysterisch zu werden.

Einige Male fuhr sie sich mit den Fingern durch die langen blonden Haare, um sie zumindest grob von Staub und Dreck zu befreien und wenigstens ein bisschen in Form zu bringen. Plötzlich ertönte wieder das nahe Geräusch des Berstens. Sie hatte es sich also doch nicht eingebildet. Jetzt erst bemerkte sie, dass Erik nicht mehr neben ihr lag. Sie pellte sich aus ihrem Schlafsack und folgte dem Geräusch bis zur Ladeluke. Als sie herabblickte, sah sie ihn, wie er im Licht von Firefly Holzkisten zu Kleinholz verarbeitete.

„Was machst du da?", fragte sie noch halb verschlafen.

„Oh! Hab' ich dich geweckt? Ich hoffe du konntest gut schlafen", antwortete er.

Vanessa gab nur ein nichtssagendes Grunzen von sich. Daraufhin widmete er sich wieder seiner Beschäftigung. „Ich mache Feuerholz aus den alten Kisten hier. Holz ist zwar mittlerweile selten geworden, aber für mehr als zum Verfeuern ist das hier nicht zu gebrauchen."

Berlin, 13. März 2055

Neue Studie – neuer Ansatz, doch wieder keine Erkenntnisse

Foto: Vertreter der Vereinigung der Nachbarschaftsbeobachter. Sie präsentieren ihre Zertifikate zur Anerkennung ihres Vereins. Die Nachbarschaftsbeobachter gründeten sich als erste Vereinigung ihrer Art im Ruhrgebiet. Ihre Intention ist die Überwachung ihrer Mitbürger auf Anzeichen für die Urban – Madness-Erkrankung und somit der Sicherheit ihrer Wohnviertel.

Köln. Die Drosten-Universität Köln hat eine weitere Studie zur *Conurbation Demenzia*, auch *Urban Madness* genannt, veröffentlicht. Die Studie verrät jedoch mehr über die Verfasser als über die Krankheit, die seit einigen Jahren zunehmend in der Bevölkerung auftritt. Denn außer Vermutungen kann der Studie nichts entnommen werden. Diese reichen von unbekannten Giften bis hin zu Massenhysterien. Denn nur zwei Dinge konnten mit Sicherheit festgestellt werden. Die Vorfälle nehmen seit Jahren kontinuierlich zu und betroffen sind hauptsächlich Ballungsgebiete. Es konnte keine Korrelation zwischen Geschlecht, Alter, Umfeld, Vorerkrankung oder Ethnie festgestellt werden. Auch konnte wieder kein Erreger oder Gift gefunden werden, dass sich derart auf die Psyche der Menschen auswirkt. Die Experten sind ratlos. Die Bilder der Krankheit, bei dem Menschen urplötzlich die Personen in ihrer unmittelbaren Umgebung angreifen und beißen, sind allgegenwärtig. So gründeten sich vielerorts sogenannte Nachbarschaftsbeobachter, die versuchen die Vorzeichen eines plötzlichen Amoklaufs zu erkennen.

„Ach, willst du Biwak[5] machen, wie in den guten alten Zeiten?"

In dem schwachen Licht des Airbots hielt Erik kurz inne, dann schaute er Vanessa an.

„Nur dass da dran nichts gut war", sagte er abfällig.

„Ach ja, du hast ja alles daran gehasst. Von den Wanderungen bis zum Essen. Nur Panzerkekse, die hast du geliebt."

„Geliebt? Ich hab' mich quasi davon ernährt", grinste Erik.

„Genau", fuhr Vanessa fort, „du wolltest immer deine Hauptmahlzeit gegen unsere Keksrationen tauschen. Damit hast du dich zwar schnell beliebt gemacht, aber viele haben dich deswegen auch für einen Trottel gehalten."

Er beugte sich wieder herunter und riss weiter Holzkisten auseinander, was durch den mechanischen Arm nach einer mühelosen Arbeit aussah.

„Ironisch", sagte er nach einer kurzen Pause, „obwohl ich die Ausbildungszeit so sehr gehasst hab', würde ich heute alles dafür geben, wieder mit euch im Wald rumzurobben oder durch die Walachei zu wandern. Aber daran kann man nun mal nichts mehr ändern." Erik stöhnte, während er weitere Holzkisten mühelos zerriss. Etwas an seinem Tonfall verriet Vanessa, dass er nicht weiter darüber reden wollte. Daher ging sie nicht weiter darauf ein und setzte sich auf den Rand der Luke. Sie sah Erik bei der Arbeit zu und leistete ihm einfach Gesellschaft.

„Oh, ist das etwa ein Airbot?", fragt sie plötzlich unvermittelt.

Ohne aufzuschauen antwortete Erik: „Genau, meine treuen Begleiter in der Feuerwüste."

„Feuerwüste?"

„Nur mein Name für die Umgebung hier. Sandwüste oder nur Wüste klingt irgendwie falsch, weilder Boden meist nur aus vertrockneter Erde und kaum Sand besteht. Und das Feuer ist selbsterklärend. Wegen den gigantischen

---

[5] Frz. *bivouac* für „Feldlager" oder „Nachtlager". Der Begriff wird besonders bei Soldaten und Bergsteigern verwendet.

Feuersäulen, die man von jeder Stelle der Wüste aus sehen kann. Aber das wirst du noch merken."

„Aha...", machte Vanessa nur und wechselte wieder das Thema. „Krass, du hast die Dinger echt zum Fliegen gebracht! Und wie schön ruhig sie schweben. Dachte zuerst, da wäre eine Hängelampe."

„Wenn du wüsstest", murmelte Erik zu sich selbst.

„Was?"

„Ach nichts."

Er nahm den Stapel an Holzlatten und schmiss sie an Vanessa vorbei aus der Luke. Dann kletterte er selbst heraus. Firefly folgte ihm schwebend aus dem Loch, doch auf seinem Weg pflückte Vanessa ihn aus der Luft. Vorsichtig drückte sie ihn zusammen und zog ihn dann wieder auseinander.

„Du hast immer wie besessen Skizzen davon angefertigt und deine ganze Stube mit Bauteilen zugemüllt. Es ist irgendwie seltsam, das Ding jetzt vor mir zu sehen."

Erik hielt sich mit einer Hand die Stirn. „Ja, man kann sagen, der Kleine da war irgendwie meine erste Obsession."

„Dafür sieht es echt raffiniert aus. Wie lange hast du denn für die Entwicklung gebraucht?", fragte sie mit deutlicher Bewunderung in der Stimme. Noch einige Male drückte sie den Apparat zusammen und zog ihn wieder auseinander.

„Wie lange? Keine Ahnung. Ich baue immer mal wieder daran rum. Das hier ist der MK23. MK1 bis 7 waren aber nur auf Papier, also zählen die nicht wirklich. Alle Kinderkrankheiten konnte ich aber bis heute nicht beseitigen."

Sie warf ihm den zusammengedrückten Airbot zurück. Er fing ihn mit der linken Hand und hängte ihn zu den anderen an seinen Gürtel.

Unvermittelt fragte sie: „Ich verstehe es immer noch nicht: Warum bist du eigentlich zur Force gekommen? Bei der Einheit der Mechanics wärst du doch viel besser aufgehoben gewesen."

Erik, der gerade den Holzhaufen zusammenlegte, blickte verwundert zu Vanessa auf. „Hab´ ich dir das damals nie erzählt? Dafür gibt's 'nen Grund", sagte er mit seinem leicht nordischen Dialekt.

Sie zuckte mit den Schultern und gesellte sich zu ihm, während er seinen Rucksack öffnete.

„Einfache Antwort: Bier."

„Bier?", fragte sie ungläubig. „So gut ist das Kompanie-Bier jetzt auch nicht. Und seit wann trinkst du eigentlich?"

Erik zog die Augenbrauen zusammen und wühlte weiter in seinem Gepäck. „Nee, nicht weil ich die Militärplörre so mochte. Während meines Aufnahmetests hatte ich wegen des Bieres den Kater meines Lebens. Drei alte Freunde aus meiner Klasse hatten ihre Musterung den Tag vor meiner und wollten das dann feiern. Weil ich auch da war, feierte ich eben mit. Das war das erste und das letzte Mal, dass ich Alkohol getrunken hatte. Seitdem wird mir schon vom Geruch schlecht."

Hunderte Gegenstände unterschiedlicher Größe lagen mittlerweile um Erik verstreut, der weiter nach einem Anzünder suchte, ihn aber einfach nicht finden konnte. Vanessa, die ihm lange genug beim Suchen zugesehen hatte, nahm schließlich ein Stück Stahl, das in Eriks chaotischem Umfeld lag. Sie hockte sich ihm gegenüber und nahm eine kurze Leiste mit einem rostigen Nagel aus dem Haufen. Dann fuhr sie mit ihrer Hand durch ihre Haare und zog dabei gezielt eine lange, dünne Strähne heraus. Diese zwirbelte sie zu einem buschigen Geflecht, das sie dann um den Nagel wickelte. Mit dem Stück Stahl scheuerte sie schließlich ein paarmal daran, bis Funken sprühten und das Geflecht zu qualmen begann. Das alles dauerte keine Minute. Die so entstandene Glut fütterte sie mit vorsichtigem Pusten und dünnen Latten, bis sie ein kleines Feuer hatten.

„Und genau wegen solchen Dingen bist du eine geborene Soldatin", gestand Erik ihr zu und begann, alles wieder in seinem Rucksack zu verstauen.

Und da hatte er plötzlich das Feuerzeug in der Hand. Leicht beschämt packte er es in eine der Seitentaschen, damit er es beim nächsten Mal schnell finden konnte. Vanessa, deren Feuer mittlerweile loderte, machte es sich neben ihm gemütlich.

„Du solltest nicht in solchen Kategorien denken. Du warst vielleicht nicht der beste im Überlebenstraining oder beim Formaldienst[6], aber alles was du begonnen hast, hast du bis zum Ende durchgezogen und das habe ich immer an dir bewundert. Deshalb bist du auch der jüngste Headhunter auf unserem Stützpunkt geworden."

Der Anflug eines Grinsens ließ sich auf Eriks Mund erkennen, als er ins Feuer schaute, aber dann winkte er ab.

„Was hätte ich denn sonst machen sollen? Den ganzen Tag marschieren war mir zu langweilig. Außerdem war ich ständig unterfordert. Und als Richard so schnell aufgestiegen ist, hab' ich nur einen Weg gesucht, irgendwie mitzuhalten."

Er hatte sich verquatscht. Sein Magen zog sich krampfartig zusammen. Eigentlich wollte er nicht von ihm reden. Vanessas Augen wurden groß wie Scheinwerfer.

„Stimmt! Was macht er jetzt eigentlich in der First Base? Ich mein', die Wehr scheint es ja so nicht mehr zu geben."

Erik runzelte verwundert die Stirn und fragte: „Woher weißt du das?"

„Na, so wie du rumläufst, würde dich kein Vorgesetzter aus der Basis lassen", spottete sie.

Erik blickte an sich hinab. „Aber..."

„Kein Aber. Nun sag schon!", fiel sie ihm ins Wort.

---

[6] Eine militärdienstliche Bezeichnung für das Exerzieren. Sie beinhaltet synchrones Marschieren, fehlerfreie Ausführung besonderer Bewegungsabläufe auf Befehl und das richtige Tragen der Waffe. Zu beobachten bei Militärparaden.

Erik starrte zurück ins Feuer. „Ich weiß nicht, was er gerade macht. Ich besuche ihn nur noch selten."

Er stand auf, in der Hoffnung, dass sie so nichts in seinem Gesicht lesen konnte. Er ging in Richtung des Fledderers. Vanessa aber redete weiter.

„Egal, was er gerade macht, es muss wichtig sein, sonst wäre er selbst gekommen, um mich zu holen."

Von ihr abgewandt begann Erik mit seinem Messer an dem Legionär herumzuwerkeln. „Er ist definitiv die wichtigste Person in der Base", sagte er ausweichend.

„Das sieht ihm ähnlich", bemerkte Vanessa fröhlich.

„Was machst du da eigentlich mit dem Alien?"

„Das ist kein Alien, nur ein Mutant", antwortete er.

„Nuuuuur...", zog Vanessa das Wort sarkastisch in die Länge.

„Wonach sieht es denn aus?", fragte Erik schließlich.

„Weiß nicht. Sezierst du es, um deinen Forscherdrang zu stillen?"

„Nein, aber rate weiter", sagte er und begann zu grinsen. Ihm gefiel es, wie sich das Gespräch entwickelte. Schließlich kehrte er mit dem Spinnenbein ans Feuer zurück. Das Bein war säuberlich in seine Glieder getrennt worden.

„Mh... du willst sehen, ob die Kreatur brennt!", schlug Vanessa vor.

„Falsch", antwortete er, „das weiß ich schon. Sie brennen, wenn auch schwer."

Dann ging er zum Motorrad, holte eine kleine Wanne aus blankem Metall und stellte sie in die Flammen. Die Spinnenbeinglieder legte er in die improvisierte Pfanne.

„Du versuchst, Metall aus der Haut zu gewinnen?"

„Es wird wärmer", grinste Erik, der sich wieder ans Feuer gesetzt hatte und der Pfanne zusah.

Irgendwann fing Vanessa an: „Erik, ich habe heute Nacht noch lange über alles nachgedacht. Ich versuche ständig, mich an den Tag zu erinnern, von dem du erzählt hast, aber ich kann es einfach nicht. Weißt du, wie ich in die Vault kam?“

Er schüttelte den Kopf. „Ich habe auch keine Ahnung“, sagte er, den Blick nicht von den Flammen lösend. Und er wusste es wirklich nicht. Irgendetwas in ihm stellte sich ständig diese Frage, seit er Vanessa wieder bei sich hatte. Doch seine übermäßige Freude ließ diese kleine Stimme nicht zu Wort kommen. Immerhin war er jahrelang davon überzeugt gewesen, nie wieder mit ihr reden zu können. Um ehrlich zu sein fühlte er sich gerade, als würde ihm die Welt zum ersten Mal etwas schenken, nachdem ihm so viel genommen worden war.

„Aber warum jetzt? Warum holst du mich nach elf Jahren aus der Vault?“

„Es war einfach der beste Augenblick“, antwortete er kurz angebunden.

„Der beste… Augenblick?“, wiederholte sie ungläubig.

„Jepp.“ Ohne weiter darauf einzugehen stand er auf, zog die Pfanne aus dem Feuer und nahm eines der Spinnenbeinglieder vorsichtig mit der Linken heraus.

„Ah! Heiß!“ Sofort ließ er es wieder in die Wanne fallen. Dann blickte er kurz auf seine mechanische Hand herab und griff mit dieser erneut zu. Vanessas Augen folgten ihm gebannt, doch als Erik begann, die folienartige, silberne Haut abzuziehen, wurde sie stutzig.

„Du wirst doch wohl nicht…“, flüsterte sie und begann zu begreifen.

Und da biss er auch schon genüsslich in den Spinnenschenkel. Extra laut schmatzend kaute er das Fleisch, während Vanessa ihn empört und angeekelt beobachtete. Erik schaute zu ihr hinüber und schluckte seinen Bissen herunter.

„Was ist? Willst du auch einen?“

„Nein, ich esse nichts, was mich töten wollte“, sagte sie angewidert.

„Und das Wildschwein damals?“

„Ich hatte es gesehen, bevor es mich sah, damit war es meine Beute. Und außerdem sah es nicht aus wie ein verdammter Alien!"

„Touché", sagte Erik. Dann deutete er auf die Luke. „Aber unten sind noch Äpfel, du musst zum Frühstück also nicht hungern."

„Nee", antwortete sie, sich eine Hand auf den Bauch haltend, „mir ist der Appetit vergangen. Isst du eigentlich immer alles, was nicht vor dir fliehen konnte?"

„Man muss hier lernen, nicht wählerisch zu sein, besonders wenn es um Fleisch geht. Noch dazu ist es wirklich nicht schlecht. Es ist recht homogen, keine Sehnen, keine Knorpel. Nur ein Knochen in der Mitte. Es schmeckt ungefähr wie Thunfisch aus der Dose. Nur ein bisschen, als würde man die Dose mitessen."

Vanessa stand wortlos auf und ging an Erik, der wieder angefangen hatte zu schmatzen, vorbei zum Motorrad. Es war ihr zu viel. Um die Regeneration zu überprüfen, schaute sie sich den F^2-Stick an, doch sie blieb mit dem Blick an den Feuersäulen in der Ferne hängen.

„In was für einer seltsamen Welt bin ich nur gelandet…", murmelte sie.

„Was ist los?", rief Erik, der sich bereits vollgefressen auf die Seite gelegt hatte.

„Nichts, aber so wie es aussieht, können wir dann weiter."

„Gut, dann auf zur Second Base."

Erik sprang motiviert auf, doch Vanessa verpasste ihm einen Dämpfer.

„Second Base? Aber wir wollten doch zur First Base. Zu Richard. Er wartet wahrscheinlich schon sehnsüchtig auf uns. Außerdem kommen wir doch eh daran vorbei, wenn wir bei Waren sind."

Er senkte den Kopf und sagte mit rauer Stimme: „Wir können nicht zur First. Wir müssen zur Second, da ist jetzt meine Heimat. Ich habe auch Verpflichtungen."

„Nein! Du hast mich aus dieser Vault in diese verdammte Welt geholt. Ich gehe nirgendwo hin, bevor ich nicht Richard gesehen habe!“

„Aber…“, sagte er, doch sie gab ihm keine Chance etwas zu erwidern.

„Kein Aber! Und wenn deine Welt nicht gleich noch viel schlimmer werden soll, machst du besser, was ich sage! Außerdem fühle ich mich nackt ohne meine Waffen. Ich brauche dringend meine Ausrüstung.“

„Nun gut“, gab Erik schließlich resigniert nach, „wir fahren zur First Base.“

Kapitel 6 Die First Base

Die Fahrt war trostlos und öde. Sie fuhren querfeldein durch das mecklenburgische Hinterland, hinein ins nördliche Niedersachsen. Wo jedoch das eine anfing und das andere aufhörte, konnte Erik nicht mehr mit Sicherheit sagen. Straßen, Häuser und Landschaftsbauten waren von dem sandigen Wind abgetragen worden. Entsprechend monoton war die Umgebung. Obwohl er die Strecke schon hunderte Male gefahren war – ohne seine gerasterte Karte würde er nie genau wissen, wo genau er sich gerade befand. Nur ein paar Autobahnbrückenpfeiler aus Stahlbeton und wenige witterungsresistente Strommasten ragten wie die Erinnerungen vergangener Zivilisationen aus dem Sand. Sie waren markant genug, um der Orientierung zu dienen. Aber auch selten. Als Erik vor einer Ewigkeit seine Suche begonnen hatte, war er noch ohne Karte losgezogen. In den letzten Jahren aber hatte die Erosion auch die letzten, stabileren Gebäude zerstört. Im gleichen Zeitraum waren letzten Seen hier verdunstet. Wie ein Katalysator verhalfen diese beide Ereignisse dem Wind, frei über das Land zu peitschen und jede restliche Unebenheit glatt zu schleifen. Die Orientierung wurde zunehmend schwieriger, nur noch die Lichtsäulen in der Ferne gaben zuverlässig Auskunft über Position und Richtung. So wurde der Kompass mit den drei Nadeln geschaffen. Mit ihm konnte er die Richtungen und ungefähren Entfernungen bestimmen. Eine Leichtigkeit für ihn. Die Fahrt kam ihm jedoch wie eine Ewigkeit vor. Es widerstrebte ihm, mit Vanessa zusammen zur alten Base zur fahren. Zudem war er verdammt durstig... Während dieser schier endlosen Fahrt konnte er nichts trinken. Damit beide vernünftig auf dem Motorrad sitzen konnten, trug Vanessa Eriks Rucksack und der Trinkschlauch daran war einfach nicht lang genug. Er spürte regelrecht, wie seine trockenen Lippen durch den sandigen Wind noch rauer wurden. Alles nervte ihn. Mehr als sonst.

Nach einer gefühlten Ewigkeit kamen sie schließlich bei der First Base an. Erik hielt vor der letzten Sanddüne an, um eine direkte Sicht auf die Base zu verhindern. Die zerklüfteten Reliefs waren trotzdem deutlich erkennbar. Die Spitzen von den Radioantennen, die im Laufe der Jahre marode und rostig geworden waren, ragten aus dem staubigen Boden. Links und rechts konnte man die Pfeiler einstiger Zufahrten erahnen, die ursprünglich zur Versorgung der Basis erbaut worden waren. Er stieg erschöpft vom Motorrad und wusste, dass er das Unvermeidbare nicht viel länger aufschieben konnte. Er griff in eine Tasche auf der Ladefläche und packte eine Plastikflasche aus. Leer. Er schmiss sie achtlos hinter sich und griff nach der nächsten. Leer. Die dritte Flasche enthielt endlich Wasser. Er drehte sie hastig auf und trank sie in wenigen Schlucken leer. Viel floss dabei an seinem Gesicht hinab und auf seine Kleidung.

„Ahhh…", stieß er schließlich einen tiefen Atemzug aus. Er legte die Flasche zurück und nahm eine neue heraus, die er Vanessa hinhielt. Sie saß zusammengesackt auf dem Motorrad. Da Erik nicht davon ausgegangen war, sie ausgerechnet heute zu finden, hatte er keine zweite Schutzbrille dabei. So hatte sie sich gekrümmt in seinem Windschatten verstecken müssen, um nicht ihr Gesicht im Fahrtwind abschleifen zu lassen.

„Hast du auch Durst?"

„Nee, geht so." Ihre Stimme klang wie ihre Rückenmuskulatur: merklich verkrampft.

Der Gummischlauch aus seinem Rucksack führte in ihren Mund. Seine Augen verengten sich zu schmalen Schlitzen und er begann, leise aber verärgert, zu murmeln, während er sämtliche Flaschen zurück im Gepäck verstaute.

„Danke, Erik, dass ich mir deine Reiseflasche borgen durfte und du nur trockenen Sand zu schlucken bekommen hast...“, brummte er zu sich.

„Hast du was gesagt?“

„Ach nichts.“

Schließlich stieg auch Vanessa steif vom Motorrad und streckte sich erst einmal ausgiebig, was sich durch mehrfaches lautes Knacken äußerte. Sie blickte sich um. Weit und breit konnte sie nichts von dem Stützpunkt erkennen. Einst hatte ein Wald die Basis umgeben, um den sich ein Dorf gegründet hatte, das fast ausschließlich vom Sold der Soldaten der Kaserne gelebt hatte. Doch sowohl der Wald als auch das Dorf waren von dem Virus und schließlich von der Dürre und der Witterung dahingerafft worden. Nur noch verwahrloste Ruinen und die braunen Ziegel einstiger Dächer konnte man noch in der Ferne erkennen.

„Sind wir wirklich schon da?“, fragte sie ungläubig und dehnte weiter ihren Körper.

Erik, der sich nun zu ihr stellte, schaute sie an, doch bevor er überhaupt den Mund für eine Antwort öffnen konnte, redete sie schon weiter.

„Dein Motorrad ist für so lange Fahrten wirklich ungemütlich.“

Erik zog eine Augenbraue hoch und antwortete: „Wenn ich das gewusst hätte, wäre ich dich mit der Spieß[7]-Pritsche[8] holen gekommen.“

„Echt?“, antwortete Vanessa mit großen Augen.

Erik schüttelte lachend den Kopf.

„Ich find' das gar nicht witzig“, schmollte Vanessa.

---

[7] Befehlshaber über eine Kompanie oder Gruppe. Ist für die Ausbildung und das Wohl der Soldaten, hauptsächlich der Mannschafter, zuständig. Wird auch Mutter der Kompanie genannt. Nur höhere Feldwebel können Spieß werden.

[8] Geräumiges, ausgebessertes Militär-Kleinfahrzeug, das für längere Ausflüge eine schnelle, aber trotzdem komfortable Reise des Spießes oder höherer Befehlshaber gewährleisten soll.

Eine kurze Stille trat ein, bis sie schließlich ihre Dehnübungen beendete und sich erneut umschaute, offenbar in der Hoffnung, etwas Wichtiges übersehen zu haben.

„Wo ist denn nun unsere First Base?“, fragte sie schließlich.

Obwohl sie beide in dieser Kaserne ihre Grundausbildung absolviert und auch die meiste Zeit gedient hatten, hatte Vanessa im Gegensatz zu Erik Probleme sich zu orientieren. Aber sie sah auch nicht seit Jahren dabei zu, wie sich die Welt veränderte.

„Hör mal, Vanessa“, sagte er nach einem Moment der Überlegung, „die Basis ist direkt hinter der Düne, aber ich muss...“

Vanessa schritt sofort los. Wie eine Einmann-Armee überrannte sie den Sandhügel. Erik versuchte sie abzufangen, doch sie war ihm schon viel zu weit voraus. Sie konnte bereits einen Blick auf die mit Sand überflutete, graue Ruine erhaschen, die einst die First Base gewesen war.

Ihre Bewegungen stockten einen Moment. Dann aber schritt sie weiter darauf zu.

„Mal sehen, wer sich alles da drin rumtreibt“, sagte sie unnötig laut, als wollte sie sich selbst einreden, dass die Kaserne nicht offensichtlich menschenleer war.

Mit festen Schritten stampfte sie die Düne hinab, direkt hinein in das offenstehende Tor des Haupteinganges.

„Vanessa, warte!“, rief Erik ihr hinterher und versuchte, mit ihr Schritt zu halten. Der Boden unter ihnen war mittlerweile nicht mehr fester Dreck, sondern bestand aus lockerem Sand, der den gesamten ummauerten Innenhof bedeckte. Es war eine gespenstische Atmosphäre zwischen den langgezogenen, leeren Gebäuden und den verrosteten Waffensystemen, die durch den Schutz der Außenmauern noch erstaunlich gut zu erkennen waren. Funktionstüchtig waren sie aber keineswegs mehr. Schuld daran war aber weder die Witterung noch der Sand, sondern Erik selbst. Er hatte die Waffen ausgeschlachtet, wie auch vieles andere hier. Weit bevor der Rost und der Sand ihr Übriges taten.

„Vanessa!", schrie Erik noch einmal.

Doch sie stapfte gnadenlos an den zerfallenen Quartieren vorbei, in denen nicht ein einziges Fenster die letzten elf Jahre überlebt hatte. Immer weiter schritt sie auf das Hauptgebäude in der Mitte der Kaserne zu. Es war ein turmähnliches Monument, das alle anderen Einrichtungen in der Basis um Längen überragte. Das eigentliche Herz der Basis befand sich aber im unterirdischen Teil des Gebäudes. Dort waren alle Offiziersquartiere - die wichtigsten strategischen Einrichtungen.

Vanessa hatte bereits die große Stahltür des Gebäudes erreicht, die zu einem Drittel mit Sand zugeschüttet war. Sie griff nach der Klinke und zog an der Tür. Doch sie bewegte sich keinen Millimeter. Wütend versuchte sie es noch einmal. Und noch einmal. Ohne Erfolg. Trotzdem wiederholte sie die Aktion fast sekündlich.

Mitleidig beobachte Erik sie. Nach einer Weile, als er es nicht mehr mit ansehen konnte, sprach er sie an. „Vanessa, warte doch mal", sagte er mit weicher Stimme.

Doch Vanessa rief nur über die Schulter: „Warum?" Ihre Stimme zitterte. Erik stutzte, aber Vanessa redete weiter: „Warum hast du mich angelogen?! Warum?! Findest du das witzig?! Die blöde Vanessa glaubt dir schon alles?!?! Hier ist niemand!!!"

Erik verstand nun.

„Alle sind weg!", schrie sie weiter. „Sie machen bestimmt Urlaub am Feuerball in Greifswald, oder? SAG SCHON, WO SIND SIE ALLE?"

Mit der Hand immer noch an der Türklinke sackte sie schließlich zusammen und brach in Tränen aus. Immer wieder schlug sie mit der Faust gegen das Tor.

„Ich will doch nur zu meinem Richy!", heulte sie. Ein leises mechanisches Brummen breitete sich aus und wurde immer lauter, bis es jegliche anderen Geräusche übertönte. Dann, mit einem Ruck, riss Erik die Stahltür aus ihrer Verankerung.

„Komm mit!" Eriks Stimme klang rau und hart, als er durch die Öffnung ins Dunkle trat.

Es war ein langer, staubiger Flur, in den Vanessa ihm folgte. Die Fenster waren verdreckt und spendeten nur wenig Licht. Sie konnte kaum etwas erkennen – was aber auch daran lag, dass sie sich permanent mit den Händen durch die Augen wischte. Aber sie folgte Erik, der fast wie ferngesteuert vor ihr herlief. Der Boden war bedeckt mit Patronenhülsen, beschriebenem Papier und irgendwelchen Gegenständen. Plötzlich blieb Erik stehen. Sie waren vor dem Kern des Gebäudes angekommen, dem Strategie-Zimmer. Ein runder Raum, ursprünglich ausgestattet mit modernster Technik, begrüßte sie mit endlosem Schweigen. Erik zeigte auf den Mittelpunkt des Raumes. Vanessa verstand ihn und betrat allein das Zimmer. Es war die Steuerzentrale sowohl für die gesamte Technik im Turm als auch für alles andere in der First Base. Niemand überquerte das Haupttor oder tat auch nur einen Handschlag, ohne dass es hier jemand mitbekam. Zumindest war das einmal so gewesen. Zögerlich setzte Vanessa einen Fuß vor den anderen. Der Boden war im Vergleich zum Flur von Müll und Geröll gesäubert worden. Die alten, großen Maschinen, die sonst mittig im Raum standen, waren reih um an den Rand gerückt worden und schienen nun wie Statuen den Ort zu bewachen. In der Mitte des Raumes waren nebeneinander fünf längliche Löcher in den Boden geschlagen worden, die später wieder mit faustgroßen Steinbrocken gefüllt worden waren. Am Ende eines jeden Loches stand ein großes Kreuz, das ebenso aus massivem Beton geschlagen worden war. Vanessa trat an die Gräber heran, wobei ihr jeder Schritt zunehmend schwerer fiel. Aus ihren roten

Augen traten wieder Tränen hervor und ein lautes Wimmern glitt ihr über die Lippen, bevor sie es verhindern konnte.

„Nein... nein... nein...", wiederholte sie, als sie dem mittleren Kreuz näherkam. Die anderen waren blank, doch auf diesem stand „Hier ruht Richard Neuhofer, der beste Freund und Bruder, den es je gab und je geben wird."

Vanessa brach zusammen. Die Tränen flossen nun wie Bäche ihr Gesicht herunter. Sie weinte lange und bitterlich. Sie hatte es geahnt, schon seit dem Moment, in dem sie die First Base gesehen hatte. Doch jetzt war es real und ein unendlicher Schmerz hatte sich in ihr ausgebreitet. Nach einer Weile auf dem kalten Boden richtete sie sich benommen auf und ging zurück in den Flur. Dort fand sie Erik, der die ganze Zeit hinter dem Türrahmen gewartet hatte. Sie umarmte ihn fest und flüsterte sanft: „Du hast das hier errichtet, oder? ... Ich danke dir."

Er wollte ihr antworten, doch seine Lippen begannen zu zittern. So löste er vorsichtig ihre Arme und ging ein Stück weiter den Flur entlang. Vanessa hingegen drehte sich wieder zum Strategie-Raum und ging noch einmal ans Grab ihres Geliebten. Gefühlvoll strich sie über den Grabstein, während sie gedankenverloren auf das Grab hinabblickte. Plötzlich bewegte sich etwas unter ihren Fingern. Eine vollkommen verstaubte Kette hing kaum erkennbar von dem Kreuz hinab. Sie nahm sie vorsichtig in die Hand und betrachtete sie. Es war Richards Hundemarke[9]. Mit tränenverschleiertem Blick strich sie mit dem Daumen über den Schriftzug. Ihre Mundwinkel zuckten ein wenig nach oben, als sie an Richard zurückdachte. Es fühlte sich wie ein kleines Abschiedsgeschenk von ihm an sie an. Sie legte die Kette liebevoll um ihren Hals und ließ den Anhänger unter ihrem Oberteil verschwinden.

---

[9] Umgangssprachlich für die Erkennungsmarke eines Soldaten. Sie dient im Normalfall der Identifizierung gefallener Soldaten, wird aber von Zivilisten auch als modischer Schmuck angesehen.

Kapitel 7 Richard

Erik saß auf dem Boden des Flurs neben dem Eingang zum Strategie-Raum. Er lehnte mit dem Rücken an der Wand und reinigte eine unverhältnismäßig große Pistole mit einem feinen Stofftuch.

Vanessa stieß zu ihm und grüßte ihn zaghaft: „Hey, na."

„Na", antwortete er kurz.

Sie setzte sich neben ihn und beobachtete, wie fingerfertig er mit dem Tuch umging. Nach einer halben Ewigkeit begann sie schließlich zu reden.

„Ich war mal wieder zu hart zu dir", reflektierte sie.

„Etwa vier Tage und drei Stunden", sagte Erik unvermittelt.

„Hä?", stutzte Vanessa.

„So lange habe ich für die Gräber gebraucht."

Sie brauste auf: „Was willst du damit sagen?! Dass ich nicht da war, um dir zu helfen?!"

Doch Erik widersprach ruhig, ohne den Blick von der Waffe zu nehmen. Er kannte ihr Temperament und wusste damit umzugehen.

„Du bekommst es wieder in den falschen Hals. Es geht nicht um die Arbeit. Es dauert vielleicht acht Stunden, die Löcher zu graben und die Gräber anzulegen. Ich wollte damit nur sagen, dass ich ihn auch vermisse. Den Rest der Zeit hab' ich damit verbracht, wie ein Schlosshund zu heulen. Es war eine Scheiße, aber es war der letzte Dienst, den ich ihm erweisen konnte."

Erik hielt die Waffe hoch und drehte sie zur Begutachtung hin und her. Dabei sprach er weiter. „Es ist jetzt fast neun Jahre her, dass ich ihn hier begraben habe. Aber ich glaube, ich bin immer noch nicht über seinen Tod hinweg."

Vanessa blickte hinab auf ihr Oberteil, unter dem sie die Marke auf ihrer Haut spürte. Bedrückt sagte sie: „Über so einen Menschen kann man nie wirklich hinwegkommen…“

Erik grinste leicht, während seine Gedanken zurück zu den alten Tagen schweiften. Er schüttelte den Kopf und stimmte ihr mit einem langen „Neee“ zu.

Sie mied seinen Blick als sie schließlich fragte: „Weißt du, wie er gestorben ist?“

Unvermittelt machte sich ein Schmerz in seinem mechanischen Arm breit, so tief und grausam, als würde ihm dieser frisch vom Körper geschlagen werden. Er zuckte zusammen.

„So schlimm?“, fragte sie erschrocken, doch er winkte ab.

„Schon gut, halb so wild. Und nein… ich weiß es nicht.“ Das war gelogen, aber um es vor Vanessa zu verbergen, erzählte er wenigstens soweit es ging die Wahrheit: „Ich hab’ ihn hier im Lazarett gefunden. Niemand sonst war mehr in der Basis, nur die fünf in den Krankenbetten, die die Nacht nach Tag Null nicht mehr erlebt haben.“

Vanessa runzelte die Stirn. „Also erst zwei Jahre nach…“, Vanessa seufzte, „…dem Weltuntergang?“

Erik nickte.

„Dann wusstest du doch gar nicht, ob…“

„Seine Hundemarke lag neben… ihm“, unterbrach er sie. Er hatte ‚neben seinen Überresten’ sagen wollen, bemerkte dann aber, dass das zu viel für Vanessa gewesen wäre.

Vanessa nickte stumm, doch er konnte ihr das Bedauern ansehen.

Wieder verging eine stille Ewigkeit. Als Vanessa schließlich zu ihm hinübersah, bemerkte sie, wie eine Träne Eriks Wange hinunterlief.

„Wo hast du eigentlich die Waffe her?“, wechselte sie das Thema und nickte zu der Pistole in seiner Hand.

„Die hab' ich immer bei mir", sagte er stolz.

Vanessa hob eine Augenbraue. „Und wo? Klemmst du sie dir zwischen die Arschbacken?"

Erik schaute sie an, als würde er sich ernsthaft über ihre geistige Gesundheit Sorgen machen. Dann schüttelte er den Kopf. „Für die kleine hier habe ich mir extra einen geheimen Pistolenhalfter in die linke Seitentasche einnähen lassen." Demonstrativ hob Erik sein linkes Bein, obwohl man da natürlich nicht viel erkennen konnte. „Hauptsächlich aber zum Schutz der Waffe. Der feine, trockene Wüstenstaub ist der natürliche Erzfeind jeder mechanischen Konstruktion."

Vanessa nickte, obwohl sie als Jäger kaum mit Schusswaffen in Berührung kam und eigentlich überhaupt keine Ahnung davon hatte.

„Aber ich bin echt erstaunt, dass man die unter deiner Hose nicht gesehen hat. Die Pistole ist echt riesig", sagte sie und nahm sie ihm aus der Hand. In der Tat war die Waffe deutlich größer als dessen Artgenossen. Vanessa brauchte beide Hände, um sie vernünftig halten zu können.

Während sie die Waffe weiter betrachtete, erklärte Erik stolz: „Ich habe sie selbst geschmiedet und gezogen. Sie ist einzigartig. Ein Rückstoßlader, der Projektile mit 18 mm Durchmesser verschießt. Leider passen nicht mehr als fünf Patronen in die Waffe, obwohl sie so groß ist...", Erik deutete auf den Lauf, „das Rohr hat einen aus Neodym bestehenden Zielrichter für absolute Präzision und einen Revolveraufsatz mit drei Leuchtraketen. Das Ding ist ein Universalmonster. Ich habe sie nach dem ersten Föderalminister des Oststaatenbündnisses benannt: P18 Putin."

Vanessa schaute ihm tief in die Augen, bis sie schließlich eine Augenbraue hob. „Das ist wirklich ein großes Teil. Musst du etwas kompensieren?"

Erik nahm ihr die Waffe weg, hielt sie mit dem ausgestreckten linken Arm vor sich und richtete den Lauf entlang seines Blickes aus. Dabei sagte er trocken: „Ja, das muss ich. Einen ganzen Arm."

„Stimmt", gab Vanessa zu. „Warst du nicht mal Rechtshänder?"

„Bin ich immer noch, aber zum Schießen ist mir der mechanische Kollege hier ein bisschen zu grobmotorisch."

Vanessa nutzte den Moment und umfasste die Prothese mit beiden Händen. Sie war kalt und hart. Sie spürte die sanften „Klicks" der Winden und Zahnräder, die sich wie in einem komplexen Uhrwerk drehten und dabei ineinandergriffen. Doch neben der Tatsache, dass Erik nach ihrem Zeitgefühl gestern noch einen echten besessen hatte, erschreckte sie noch etwas anderes: Der Arm war steif. Obwohl die Bewegungen bei Erik so natürlich und fließend wirkten, war der Arm so fest wie ein Stahlträger. Obwohl sie ihn mit ganzer Kraft zu sich zog, bewegte er sich keinen Millimeter.

„Spürst du das?", fragte Vanessa und strich mit der Hand über den Oberarm.

Erik schüttelte den Kopf. „Nicht direkt, aber ich spüre über meine Schulter, dass da was ist."

„Und woher weißt du, wenn du was greifst?"

„Meine Hand hat einen Mechanismus, der die Kraft den langen Weg bis in meine Schulter überträgt. So kann ich Dinge spüren und die Druckkraft abschätzen. Der Rest ist reine Gewöhnung und Erfahrung. Ich hab' den Arm ja nicht erst seit gestern."

„Stimmt... darf ich endlich fragen, wie du ihn verloren hast? Du rückst ja nicht mit der Sprache raus. So verschwiegen kenne ich dich gar nicht."

Erik zog den Arm von ihr weg und stand auf. Dabei erzählte er bemüht beiläufig: „Ist eigentlich nicht wichtig, es war lange nach Tag Null. Durch einen Unfall. Aber ich glaube, wir sollten weiter. Wir müssen ja noch was erledigen."

Vanessa war sichtlich enttäuscht, stand aber mit auf und klopfte sich den Staub von der Kleidung. Sie blickte um sich und nickte dann. „Richtig, wir müssen ja noch meine Ersatzausrüstung holen."

„Ja, falls sie nicht geplündert, verrottet oder verschüttet wurde“, sagte Erik nachdenklich.

„Bist ja ein richtiger Sonnenschein geworden“, antwortete Vanessa mit unverhohlenem Sarkasmus. Erik hob eine Augenbraue, schaute erst ihr in die Augen und dann an ihr vorbei in Richtung Strategie-Raum. Vanessa senkte den Kopf und sagte leise: „'tschuldigung.“

Erik schüttelte kurz den Kopf und fragte dann: „Wo hattest du sie denn damals gelagert?“

Sie überlegte. Sie überlegte lange. Dann versuchte sie zu schnipsen, was ihr nicht gelang, und antwortete schnell: „Nachschub-Toni! Immer, wenn ich an meine Schwerter wollte, habe ich Toni angesprochen. Also müsste er auch meine Ersatzausrüstung haben.“

Erik entglitten die Gesichtszüge. „Tom-Tom-Toni? Das menschliche Navigationsgerät für alle Lager-, Keller- und Spezialräume?“

Vanessa nickte.

„Dann sind wir aufgeschmissen! Er allein hatte 73 Lagerräume unter sich und war für deutlich mehr verantwortlich. Die werden wir nie wiederfinden“, seufzte er und ließ die Schultern hängen. Er atmete tief durch und gab zumindest zu: „Naja, so können wir zumindest davon ausgehen, dass die Ausrüstung nicht geplündert wurde.“

„Wenigsten etwas“, nickte Vanessa, „aber Toni würde doch die Schwerter nur dort lagern, wo sie geschützt sind. Dafür können doch nicht alle Räume geeignet sein, oder?“

Und Erik dachte nach. Er begann, mit dem Daumen über seinen stoppeligen Ein-Tage-Bart zu streichen, während er seinen Zeigefinger auf die Lippen legte. Es war seine Denkerpose, die ihn zwar oft nicht weiterbrachte, ihn aber zumindest intelligent aussehen ließ. Heute hatte er Glück. Der metallische Geruch seines Fingers brachte ihn auf eine Idee.

„Osram!“, rief er und schnipste mit der Prothese.

Vanessa, die kurz irritiert war, warum er sogar mit der künstlichen Hand schnipsen konnte, fragte kopfschüttelnd: „Die Glühbirnen? Was willst du mit denen?“

„Nicht die Marke, die Legierung! Aus hohen Teilen Osmium und Wolfram. Fast alle Nahkampfklingen bestehen daraus, weil es kein Waffenöl benötigt und auch bei Nässe nicht rostet.“

„Und wie hilft uns das weiter?“

„Na, das bedeutet, dass die Waffen vor dem Einsatz nur geschliffen werden müssen. Also wäre die beste Lagerung direkt bei der Nanoschmiede.“

„Ah! Na, dann suchen wir da als erstes!“, rief Vanessa begeistert und Erik nickte.

Sie drehte sich in Richtung Ausgang und stiefelte sofort los. Er hingegen ließ erst einmal seine riesige Pistole in seiner Seitentasche verschwinden, dann klopfte er sich ab und blickte zum Taktik-Raum.

Leise sagte er: „Ich hab’ sie dir tatsächlich wiedergebracht. Unglaublich, oder?“

Dann wandte er sich auch zum Ausgang und folgte ihr. Plötzlich hörte er ein leises Rascheln und blieb stehen. Als er sich in dem schlecht beleuchteten Flur umschaute, entdeckte er einen Seitengang, aus dem das Geräusch zu kommen schien. Dieser Gang sah ihm viel zu gruselig aus, als dass dort nur der Wind durchziehen würde. Nachschauen wollte er auch nicht, denn bei so etwas starben in Horrorfilmen immer die Ersten. Sie waren zu neugierig. *Nur zur Sicherheit,* dachte sich Erik und griff zu einem der drei grauen Airbots, die an seinem Gürtel hingen. Dann zog er ihn auseinander und positionierte ihn inmitten des Korridors, als auch schon eine weibliche Stimme den langen Gang entlang hallte.

„Wo bleibst du denn?!“, rief sie.

„Komme!“, antwortete Erik. Er hastete los, um zu ihr aufzuschließen.

Kapitel 8 Prototype

Es verging etwa eine Stunde, in denen die beiden umgefallene Regale wegräumten und eine Etage tiefer den dunklen Irrgarten durchquerten. Dann schließlich erreichten sie einen muffigen Vorraum, der direkt zur Werkstatt führte. Es war ein winziger, mit leeren Kisten vollgestellter Raum, den Firefly für seine Verhältnisse respektabel erleuchtete. Dass die Tür zur Nanoschmiede noch verschlossen war, deutete darauf hin, dass die Plünderer nur bis hierhergekommen waren und nicht weiter. Das war nicht wirklich verwunderlich, denn sie war sehr massiv und somit für den Durchschnittsplünderer unüberwindlich. Als sie näher herantraten, erkannte Erik einige Kratzspuren am Rahmen, was seine Vermutung bestätigte.

„Na toll, und wie kommen wir jetzt da rein?“, fragte Vanessa und verschränkte die Arme.

„Keine Sorge“, sagte Erik locker, der gerade in seiner Gürteltasche wühlte, „ich habe in der Nanoschmiede der Second Base mein Quartier eingerichtet und da die Schlüssel in allen Kasernen die gleichen sein müssten, sollte mein Zimmerschlüssel auch hier passen.“

„Ein Glück.“

Erik fand den Schlüssel und öffnete die Tür. Vor den beiden lag aber keine richtige Schmiede, sondern eine moderne Werkstatt mit viel technischem Schnickschnack. Diesen Platz gab es in jeder Kaserne und wurde von Fachmännern der Mechanics betrieben. Neben den allgemeinen Wartungsmaschinen der großen und kleinen Waffensysteme besaß der Ort

UND

Berlin, 07. November 2039

Die Neuordnung der Wehr

Nach der Ankündigung der neuen Armee innerhalb der deutschen Sektion durch Justus Struup ist nun das offizielle Konzept bekannt gegeben worden. So wird sich die Wehr grundlegend von der vorangegangenen Bundeswehr, wie auch der Euro-Force unterscheiten. Der Schwerpunkt der Armee wird die Versorgung,

Bekämpfung und vor allem die Verteidigung innerhalb des Sektionsgebietes sein. Die Soldat*innen sollen vor allem für die Sicherheit des Volkes dienen und Terrorismus bekämpfen.

Dies zeichnet sich auch in der Struktur der Wehr ab. So sind die beiden augenscheinlichsten Veränderungen die neue Gattung und ein neues Partnersystem. Als Gattung wurde neben der Luftwaffe (nun Air-Control), der Marine und dem Heer (nun Force genannte) jetzt die Mechanic eingeführt. Diese Gattung wird sich künftig um Waffenentwicklung, Wartung und Errichtung Cyber-Taktischer Standorte kümmern.

Im Partnersystem sollen künftig in der Force die Soldaten als Partnereinheiten agieren. Jeweils ein Fernkämpfer („Schützer") soll mit einem meist mit Schwert oder Messer bewaffneten „Jäger" zusammenarbeiten. Die nun kleinste Einheit wird das Rückgrat der neuen Wehr sein und die Weichen für die Bekämpfung im urbanen Raum stellen.

endock

auch eine Spezialschleifanlage für die Schwertkämpfergattung. Diese konnte die Klingen auf bis zu wenige Nanometer herunterschleifen, was der Grund war für den Beinamen „Nanoschmiede". In der Second Base hatte sich Erik noch eine echte Schmiede in sein Quartier eingebaut, die er seitdem aber kaum benutzt hatte. Er war lediglich der Meinung gewesen, dass der Raum nicht nur den Namen tragen sollte.

Sie betraten nun die Halle, die so groß wie ein halbes Fußballfeld war und vollgepackt mit Geräten, die in mehreren Reihen aufgestellt waren. Tischbohrmaschinen, Kreissägen, Stahlbiegevorrichtungen, um nur einige zu nennen. Erik begann durch das Altmetall zu stapfen, das den gesamten Boden bedeckte, und versuchte, einen Überblick über den Raum zu erhalten. Spinnweben und Muff, der von der Decke rieselte, behinderten ihn allerdings dabei. Von seinen Plündertouren war er jedoch weitaus Schlimmeres gewohnt. Er fuhr sich durch die Haare, atme einmal tief durch und zog die Spinnweben weg.

Die Hände abschüttelnd sagte er zu Vanessa: „Du scheinst Fortuna auf deiner Seite zu haben. Seit Tag Null war hier wohl wirklich niemand mehr."

„Und warum warst du nie hier unten gewesen?", fragte Vanessa, als sie ihre ersten Schritte über den wackeligen, rostigen Boden machte.

„Mein einziger Grund, ins Zentralgebäude zu gehen, war, um Richard zu besuchen. Vom Rest des Gebäudes hab' ich mich ferngehalten. Die Erinnerungen saßen einfach zu tief."

Vanessa nickte verständnisvoll und lief weiter über das scharfkantige Metall. Gefühlvoll setzte sie einen Fuß vor den anderen, ohne sich oder ihre Kleidung dabei zu schneiden.

Erik hingegen rutschte direkt aus und landete in einem weiteren Spinnennetz. „Gott hasse ich Spinnen! Gut, dass es sie nicht mehr gibt!", schrie er.

Vanessa schaute verwundert zu ihm. „Ist das nicht ein wenig zynisch? Außerdem hast du heute Morgen erst eine gegessen!"

„Fledderer sind keine Spinnen… sie haben zehn, keine acht Beine… Und ja, vielleicht ist das ein wenig hart. Trotzdem war ich nicht übermäßig traurig, als die Spinnen und Mücken als erstes wegmutiert sind."

„Gibt es eigentlich irgendwas, was nicht mutiert ist? Oder gestorben?", fragte sie, während sie ihm wieder hinaufhalf.

„Fische", antwortete er und nickte ihr einmal zu. Dann versuchte er, die Umgebung zu überblicken, indem er versuchte, den Stahlberg neben sich zu erklimmen. Mit Fireflys Licht nicht ganz einfach.

„Fische?", stutzte Vanessa.

„Ja, richtig", sagte er. „Fische und alles, was im Wasser lebt", führte er weiter aus. „Das Virus reagiert empfindlich auf Nässe. Mutationen gehen zwar nicht zurück, aber sie scheinen sich für eine gewisse Zeit nicht zu verstärken. Fortgeschrittene Mutanten sterben sogar bei Wasserkontakt. So wie der Fledderer, der dich besucht hat."

Vanessa schüttelte sich kurz. Dann sagte sie hoffnungsvoll: „Aber so sind die Mutationen doch einfach aufzuhalten, oder?"

Erik schaute sie verständnislos an. „Wir leben in einer Wüste, falls es dir nicht aufgefallen ist. Die Wolkendecke verhindert den Regen. Deshalb sind alle großen Städte heute nur noch an der Ost- und Nordsee. Überall dort, wo man Wasser mehr als ausreichend zur Verfügung hat. Und Fische."

„Oh… als ob das Virus das Wetter beeinflussen könnte", zog Vanessa den Schluss.

„Könnte man so sagen."

Eine Weile später hatte er schließlich einen Überblick über die Halle. Es waren Maschinen hier, soweit das Auge reichte, einige so groß wie ganze Container. Damals, zu Hochzeiten, waren hier täglich Hunderte von Menschen durchgekommen, die wie am Fließband ihre Arbeiten durchführten. Heute arbeitete hier nur noch der Rost.

„Such mal da hinten in den Regalen nach deinen Sachen“, empfahl Erik und deutete vage in eine Richtung.

Vanessa watete durch die Kleinteile in den schmalen Gängen zwischen den Maschinen. Sie schienen wie mechanische Innereien aus den Apparaten herauszuquellen und die Pfade zu fluten. Aber solange Vanessa gut vorankam, störte sie sich nicht daran. Schließlich erreichte sie die andere Seite des Raumes. Vor ihr standen drei hohe Regale, zwischen denen sie hindurchwanderte. Die Fächer waren vollgestellt mit allerhand Verbrauchsmaterialen wie Ölkannen, Glühbirnen, Ritzeln und anderem Kleinzeug, wobei diese nur der Inhalt des ersten Regals waren. Als Vanessa das zweite erreichte, fand sie eine Vielzahl an Werkzeugen vor – in jedem Fach ein anderes. Das dritte war schließlich vollgestopft mit Seesäcken. Enthusiastisch durchwühlte sie ein Fach nach dem anderen.

„HAB SIE! HAB MEINE AUSRÜSTUNG!“, jauchzte sie, in der Hoffnung, dass Erik sie hörte.

Er hockte auf der anderen Seite der Halle zwischen den Geräten und sammelte alles vom Boden, was ihm nützlich erschien. Vor allem Stahlfedern. Er liebte Stahlfedern. Als er aber Vanessas Ruf vernahm, blickte er kurz auf und rief zurück in ihre Richtung: „Schön, aber du brauchst nicht schreien, ich versteh dich gut! Kontrollier, ob du alles hast und dann komm her. Ich kann Hilfe beim Looten[10] gebrauchen!“

Als Erik seinen Blick wieder senkte, bemerkte er etwas Sonderbares an der Tischkreissäge neben sich. Obwohl es technisch keinen Sinn machte, besaß sie zwei Sägeblätter, die in einem rechten Winkel zueinanderstanden. Er runzelte die Stirn und wischte über die Führungsschiene.

Vanessa hatte währenddessen ihren Seesack geöffnet und eines ihrer beiden Schwerter herausgeholt. Sie zog die Klinge ein Stück aus der Scheide und

---

[10] Looten ist ein vom Englischen abstammender umgangssprachlicher Begriff für Plündern. Die Verwendung des Wortes wurde vor allem durch die Gaming-Szene geprägt.

begutachtete das glatte Metall. Es war in einem schmalen Körper geschmiedet worden, der gebogen war und nur auf einer Seite eine Schneide besaß. Diese Schwerter, die dem japanischen Katana nachempfunden waren, sind aufgrund ihrer Leichtigkeit und dem Design bei den Jägern sehr beliebt gewesen. Jedoch wurden sie nur von wenigen Soldaten geführt, da sie deutlich höhere Anforderungen als das Standardschwert besaßen. Sie waren nach dem Designer Schilling M24 benannt worden und setzten viel Geschick und Übung voraus, um den gleichen Schaden zu erreichen, den das normale Breitschwert anrichten konnte. Wusste man es aber zu führen, war es das gefährlichste Schwert bei der Wehr.

Vanessa schürzte die Lippen, als sie sah, wie gut die Schwerter nach der langen Zeit noch erhalten waren. Sie schob die Klinge zurück in die Scheide und klemmte sie provisorisch zwischen den Gürtel und ihre Taille. Dann warf sie sich den Seesack über eine Schulter und drehte sich in Eriks Richtung. In dem Moment bemerkte sie, dass es ihr unerwartet leichtfiel, die Umgebung zu betrachten, obwohl Firefly noch bei Erik herumschwirrte. Sie blickte zwischen den Brettern des Regals hindurch und entdeckte einen mannshohen Durchbruch in der Wand. Durch diesen drang „Tages"-Licht in den unterirdischen Raum und flutete ihre Umgebung.

Lachend schüttelte sie den Kopf und rief Erik, der am anderen Ende der Halle noch immer die Tischsäge begutachtete, zu: „Wir Idioten! Wir schlagen uns durch die dunklen Gänge, dabei ist hier direkt ein Durchgang nach draußen."

Eriks Augen weiteten sich erschrocken. „Da ist ... bitte WAS?!"

Plötzlich fingen die Sägeblätter an, rasend schnell zu rotieren, und ein ohrenbetäubendes Getöse übertönte alles. Dabei lösten sich die normalerweise festen Verankerungen der Sägescheiben und bewegten sich wie Arme in alle Richtungen. Eine davon preschte blitzschnell auf Erik zu. Instinktiv schlug er mit seiner metallenen Rechten auf die Querseite der Scheibe ein und wehrte den Angriff ab. Sie zerbarst und kleine Fragmente schossen wie Projektile in alle Richtungen, die auch Erik trafen. Ohne auch nur eine Sekunde verschnaufen zu können sprang er zur Seite und entkam so nur knapp dem Angriff des zweiten Sägeblatts. Schließlich fand er sich auf dem Rücken liegend zwischen den Geräten wieder. Als Nahkampfwaffen waren die zwei Sägeblätter recht effektiv, stellte Erik fest, als er sich das Blut vom Hals wischte. Er griff nach einem schwer aussehenden Elektromotor neben sich und schleuderte ihn dem rebellierenden Werkzeugtisch entgegen. Nachdem er sich aufgerappelt hatte, nutzte er die kurze Kampfpause, um einen Schritt zurückzumachen und eine Verteidigungshaltung einzunehmen. Gezielt griff er hinter sich ... ins Leere.

„Scheiße! Schon wieder!", fluchte er. Der Rucksack mitsamt seinem Schwert war nicht bei ihm.

Der mit Kreissägen bewaffnete Feind scherte sich nicht um Eriks Lage und startete den nächsten Angriff. Ihm blieb nichts weiter übrig, als über weitere Werkbänke hinter sich zu flüchten und zu hoffen, dass diese nicht auch zum Leben erwachen würden. Auf der Flucht riskierte er einen hastigen Blick über die Schulter. Dabei sah er mit Schrecken, wie sich der Sägetisch von seinem Platz bewegte und ihm rasant und gnadenlos folgte. Erik, der gerade um eine große Ecke des L-förmigen Raumes flüchtete, stieß mit Vanessa zusammen. Sie wirkte nicht so panisch, wie er fand, dass sie sein sollte.

„Oh, Erik, was bist du denn so hektisch? Man hat dich aus jeder Ecke des Raumes gehört. Was hast du denn hier unten gesägt? Ich wusste gar nicht, dass wir hier überhaupt Strom haben."

Nach Luft ringend antwortete er: „*ES* wollte *MICH* sägen... Es sind Feinde hier... die brauchen keinen Strom!"

In dem Moment kam das Kreissägenkonstrukt um die Ecke und drehte sich den beiden zu. Vanessa blickte ungläubig erst den laufenden Tisch, dann Erik an.

„Werden wir gerade von einem laufenden Tisch angegriffen?"

„Unterschätz' den nicht!", antwortete Erik, der langsam seinen Atem wiederfand. Mit etwas Abstand konnte man den gesamten Umfang des Monstrums erkennen. Es bestand nicht nur aus einem Werktisch allein. Aus dem Inneren des Tisches quoll ein riesiges amphibisches Auge hervor, das versuchte, die beiden gleichzeitig anzustarren. Im Sekundentakt wechselte der Fokus der großen Iris zwischen Erik und Vanessa hin und her. Das Auge blickte aus einer grauen, geschuppten Haut hervor, die den gesamten Tisch zu bedecken schien. Auf seinem Weg zu den beiden hielt es kurz an einem der feststehenden Werkbänke. Mit seinen vier stählernen Tischbeinen bewegte es sich zwar etwas unbeholfen, aber dennoch flink fort. Es musterte den Apparat darauf und schob dann eine geschuppte Flosse aus dem Rahmen hervor. Es legte die stark zitternde Pranke auf den Schleifkopf des anderen Tisches, der sofort ansprang. Ein brüllendes Getöse breitete sich im Raum aus. Als das Wesen seine Flosse wieder zurückzog, führte es den laufenden Schleifkopf mit sich und integrierte ihn in den eigenen Maschinenpanzer. Der Schleifer nahm den Platz der zerstörten Sägescheibe ein. Als sich das Geschöpf wieder zu Erik und Vanessa wandte, entdeckten sie, dass sich drei weitere Tische bewegten. Und alle auf sie zu.

„Scheiße, noch mehr von den Dingern!", schrie Erik durch den Lärm der Halle. „Wir müssen hier raus!"

Er packte Vanessas Handgelenk. Zusammen rannten sie durch das Loch in der Wand ins Freie. Obwohl sie von dem grellen Licht geblendet wurden, konnte Erik ausmachen, dass sie sich am Grund eines tiefen, breiten Kraters befanden. Er blickte an den sandigen Wänden hinauf und schätzte die Größe der Grube. „Die Prototypes haben es wohl gezielt auf die Maschinen hier unten abgesehen. Und selbst mit ihren Werkzeugen muss es Wochen gedauert haben", brüllte er. Auch wenn sie jetzt draußen waren, war der Lärm der Maschinen immer noch ohrenbetäubend.

„Und?“, schrie Vanessa zurück.

„Nichts ‚und‘ ... war nur ´ne Feststellung.“

Sie schüttelte verständnislos darüber, wie er jetzt über so etwas nachdenken konnte, den Kopf. Zusammen stiegen sie die flache Grubenwand hinauf, um dem Kampfgeschehen zu entkommen. Jedoch war Fortuna heute doch nicht auf ihrer Seite. Kaum hatten sie einige Meter hinter sich gebracht, blickte prompt ein halbes Dutzend Prototypes auf sie herab. Sie schienen aus der Panzerwerkstatt zu kommen, denn alle besaßen neben einem motorisierten Untersatz auch die obligatorische Fahrzeugbewaffnung der hiesigen Kampfwagen. Von den dicken Rädern bis hin zu den Ketten. Von Maschinengewehren bis zur Laserabwehr. Alles war einverleibt worden. Erschrocken warfen sich die beiden auf den Boden, in der Hoffnung, dass die lurchähnlichen Geschöpfe sie nicht sofort erblickten.

„Was sind das für beknackte Dinger?!“, brüllte Vanessa in dem Lärm.

„Prototypes!“, antwortete Erik.

„Das sagtest du bereits!“, blaffte sie.

Erik verdrehte die Augen und antwortete: „Das sind auch Legionäre, wie der Fledderer. Nur dass die hier Technologien assimilieren können.“

„Und warum heißen sie Prototypes?“

Er zuckte mit den Schultern. „Ich fand den Namen cool.“

„Schau!“, sagte sie plötzlich und zeigte zum oberen Rand. „Die Legionäre haben sich zurückgezogen. Wir können jetzt fliehen, wenn wir schnell genug sind!“

„Vielleicht…“, sagte Erik nicht ganz überzeugt, aber willig, es zu versuchen.

Dann standen beide gleichzeitig auf und rannten den Aufstieg hinauf. Oben angekommen mussten sie jedoch feststellen, dass sich die Prototypes ganz und gar nicht zurückgezogen hatten. Im Gegenteil. Sie hatten sich taktisch zwischen dem Zentralgebäude und den anderen beiden Bauten aufgestellt, sodass Erik und Vanessa jeder Fluchtweg abgeschnitten war. Erik verspürte den inneren Drang, den gepanzerten Legionären für diesen Schachzug zu gratulieren. Dies hätte er den Glubschaugen wegen ihrer Animalität nicht zugetraut. Jedoch war er gerade zu sehr damit beschäftigt, darüber nachzudenken, wie er aus dieser Todesfalle entkommen konnte. Zudem wusste er nicht, wie man „Gut gemacht!“ auf Lurchisch sagte.

„Mach dich kampfbereit!“, schrie Vanessa, die ein weites Schwert aus dem Seesack zog. Es glich dem, das an ihrer Taille hing. Mit einem Fußtritt katapultierte sie den Sack aus ihrer Kampfzone und zog mit der anderen Hand das zweite Schwert aus ihrem Gürtel. Aggressiv präsentierte sie dem Feind den blanken Stahl ihrer Klingen. Erik dagegen war noch nicht so ganz bereit für einen Kampf.

„Wo hast du meinen Rucksack?!“, keifte er.

„Ich habe ihn beim Motorrad gelassen“, antwortete sie, ließ jedoch nicht den Blick von den Feinden.

Ausgerechnet jetzt! Erik schaute sich auf der Suche nach einer Waffe verzweifelt um, fand aber nichts, womit er hätte kämpfen können. Im Gegenteil, er entdeckte nur noch mehr Probleme. Fehlende Deckungsmöglichkeiten und mangelnder Platz waren nur zwei davon. Er knirschte mit den Zähnen.

Vanessa dagegen ging zum Angriff über. Sie legte ihre Arme flach an den Körper und drehte sich zu dem Prototype, der ihr am nächsten stand. Dann sprintete sie los, als würde sie bei Olympia antreten. Mit gespreizten Armen sprang sie auf ihn zu und versenkte ihre Klingen in dem Fleisch, das sich zwischen den assimilierten Bauteilen verbarg. Die Perfektion, zu der sie es im Umgang mit den Schwertern gebracht hatte, zeigte sich darin, wie haargenau sie das Wesen im Panzer traf, ohne auch nur ansatzweise das Metall drumherum zu streifen. Vanessa landete erst auf dem Prototype, als dieser schon in sich zusammenfiel.

Dieser kurze Angriff demonstrierte ihre Fähigkeiten als Berserkerin, doch zeigte es auch ihre körperliche Verfassung. Schweißüberströmt hechelte sie nach Luft. Sie sackte auf dem Haufen Schrott zusammen. Die lange Zeit in der Vita Vault hatte ihren Tribut gefordert.

Verdammt, das war doch sonst nicht so anstrengend!, schoss es ihr durch den Kopf. Doch die Feinde erlaubten ihr keine Pause – die Lurche holten zum Gegenangriff aus. Mit lautem Getöse begannen zwei von ihnen mit ihren Maschinengewehren zu schießen. Orangene Fäden zeigten für den Bruchteil einer Sekunde den Verlauf der Kugeln und zeichneten ein netzartiges Muster in den Schatten der Gebäude. Vanessa, die sich flach hinter dem Haufen von Schrott fallengelassen hatte, wartete auf eine Schusspause. Nach einer Ewigkeit, die sich sicher länger angefühlt hatte, als sie tatsächlich gewesen war, bekam sie sie. Das Getöse des Schlachtfeldes legte sich und sie schoss wie ein Pfeil los. Mit eng am Körper geführten Schwertern rannte sie auf Lurch Nummer zwei zu. Die assimilierten Waffen brauchten, wie jede andere auch, Munition und anscheinend hatten die Maschinen-Legionär-Hybriden gelernt den Nachladevorgang zu perfektionieren. Ein neues Netz aus orange leuchtenden Fäden spannte sich um Vanessa, sehr viel früher, als sie es erwartet hatte. Sie hastete weiter über das Schlachtfeld und wie durch ein Wunder erreichte sie den nächsten Prototype, ohne getroffen zu werden. Vanessa schob auch dem zweiten Opfer ihre Klingen durch den Maschinenpanzer ins Innere. Doch dieses Mal hörte man dabei ein metallisches Kratzen. Schnell zog sie sie wieder heraus und suchte hinter dem übriggebliebenen Metallhaufen Schutz vor dem immer noch andauernden Kugelhagel. Während sie so auf dem Rücken lag und wild nach Luft schnappte, blickte sie hinauf. Sie sah den Leuchtfäden zu, wie sie über sie hinwegschossen und kurzlebige Muster hinterließen. Dabei dachte sie: *Ich bin komplett am Ende. Wie soll das weitergehen?! Ich kann nicht mal mehr meine Schwerter präzise führen!* Zur Kontrolle, ob die Angriffe Kerben in ihren Klingen hinterließen, wollte sie vorsichtig ihre Schwerter anheben, doch es ging nicht. Vanessa konnte ihre Arme nicht mehr bewegen. *Was. zur.Hölle!!!,* Panisch schaute sie an sich hinab. Sie spürte, wie

Berlin, 12. Januar 2049

Der Berserker von Nürnberg

Der Terrorakt vom letzten Samstag in Nürnberg konnte nun vollständig geklärt werden. Die Untersuchungen des militärischen Abschirmdienstes haben ergeben, dass insgesamt vierzehn Geiselnehmer an der Planung und Durchführung beteiligt waren. Vier von ihnen befanden sich bereits unter Beobachtung, ein Haftbefehl lag jedoch nicht vor. Der Tathergang:

Am Samstag, den 09.01. ab 13:30 Uhr haben drei Mitglieder der Gruppe „Weiße Tauben“ im Nürnberger Galerieviertel insgesamt 49 Geiseln genommen. Die fanatische Gruppe von Friedensstiftern fiel bereits zuvor durch bewaffnete Demonstrationen und Ausschreitungen auf. Nach 12-stündiger Verhandlung, bei der vermehrt auf Polizisten und später auch Wehrsoldaten geschossen wurde, setzte man um 2 Uhr nachts ein Sonderkommando der Wehr ein. Dieses geriet in einen Hinterhalt durch Mitglieder der Terrorgruppe, die sich zwischen den Geiseln versteckten. So wurden fünf der sechs Soldaten gegen 2:30 Uhr erschossen. Der letzte Soldat, Alib Berasch, später besser bekannt als der Berserker von Nürnberg, konnte jedoch im Alleingang die Geiseln befreien und den Großteil der Terroristen unschädlich machen.

Besonders hilfreich war ihm dabei sein unkonventioneller Kampfstil als Jäger mit zwei Schwertern. Dieser brachte ihm bei den Medien seinen Beinamen ein. Die Wehr sagte während einer Stellungnahme: „Wir haben dies den Hauptjäger Berasch nicht gelehrt“, doch kündigte der Pressesprecher an, dass künftig Soldaten mit dieser Begabung als „Berserker“, besser gefördert werden sollen.

ihre Arme verkrampften und ihr nicht mehr gehorchen wollten.

Während Vanessa oberhalb der Grube gegen die schwerbewaffneten Prototypes kämpfte, blieb Erik im Loch zurück. Er beobachtete, wie zu allem Überfluss die vier Arbeitstische aus der Schmiede zu ihnen gestoßen waren. Und sie waren sicher nicht gekommen, um nur „Hallo“ zu sagen. So begann er sofort wieder die Grube hinabzusteigen. Mit ihren Werkzeugen waren sie, im Gegensatz zu ihren mobilisierten Artgenossen, auf den Nahkampf spezialisiert. Und das war sicherlich nicht Eriks Schwäche. Er ließ keine Zeit verstreichen und hob seine Fäuste wie ein Boxer. Mit voller Wucht ließ er seine metallene Rechte gegen den ersten wandernden Tisch schnellen. Sofort flogen Teile seines Maschinenpanzers in alle Richtungen. Und noch bevor der lädierte Feind sich wehren konnte, schlug er erneut zu. Er durchdrang den seitlichen Panzer. Seine Faust bohrte sich bis in die Innereien des Legionärs. Die dröhnenden Elektrogeräte, die schon gefährlich nah vor Eriks Gesicht schwebten, erstarben sofort und der Lurch sackte leblos zu Boden.

Plötzlich schrie Vanessa: „Schieß!!!“

Eriks Blick schnellte in ihre Richtung. Er entdeckte Vanessa, die immer noch hinter dem Haufen von totem Metall lag, und sah, wie einer der Prototypes ihrer Deckung immer näher kam. Er warf einen kurzen Blick über das Schlachtfeld und zog blitzschnell die Putin aus seiner Geheimtasche. In einer Bewegung führte er die Waffe an seinem Körper empor hoch zu seinem Auge. Mit ausgestrecktem Arm zielte er auf den Prototype, der Vanessa bedrohte. Nur der Metallhaufen ihres letzten Opfers trennte den Lurch noch von ihr. Und dann passierte nichts. Fassungslos sah Vanessa einige Sekunden lang zu, wie Erik einfach nicht abdrückte. Dabei wusste sie, dass er in jeder einzelnen Sekunde davon dreimal hätte schießen können. Doch er tat nichts.

Verunsichert schrie sie erneut: „Was ist los?! Jetzt schieß doch endlich, Headhunter!!!“

Doch es verstrich ein weiterer Moment, in dem Erik regungslos dastand. Ein Moment, der sich für Erik wie eine Ewigkeit anfühlte. Eine Ewigkeit im Zwiespalt zwischen Verantwortung und Angst. Kaum merklich begann die Hand an der Pistole zu zittern und er senkte sie. Sein Blick kreuzte für einen Moment den von Vanessa, dann steckte er seine Pistole wieder in die Innentasche. Er widmete sich wieder dem Kreissägentisch, bevor dieser Angriff.

<u>Sonderausbildungsprogramm</u>:

- <u>Headhunter</u> für Jahrgang 2053/54.
Spezialausbildung an der Waffe. Schützer bekommen die Gelegenheit, eine Ausbildung oberhalb der gängigen Waffenränge zu erhalten.
Werden Sie Experte und Präzisionsschütze aller Waffengrößen!
<u>Ausbildungsdauer:</u> 18 Monate, parallel zur GA
<u>Anforderungen:</u> Starkes Psychoprofil (Gutachten)
Keine Vorstrafen

- <u>Servopilot</u> für Jahrgang 2052/53.
Spezialausbildung zur Führung des Kampfsystems Servo, im Kern vom Typ Grille. Jäger und Schützer können einen Führerschein für diese Systeme erwerben

Eriks Blick sprach für Vanessa Bände. Es tat ihm unendlich leid, aber sie war auf sich allein gestellt. Enttäuschung machte sich in ihr breit, die jedoch schnell wieder von Panik und Todesangst überschattet wurde. Für sie fühlte es sich so an, als würde sie fast ausschließlich nur noch aus diesen Emotionen bestehen.

Plötzlich wurde ihr schwarz vor Augen. Sie saß in einem dunklen Raum. Die Luft war feucht und modrig. Das wenige Licht fiel durch eine offene Tür in den Raum hinein. Vanessa konnte sich noch immer nicht bewegen, aber sie war nicht mehr gelähmt. Metallene Schnallen fixierten ihren Körper an einem Stuhl. Das Geräusch von Holz auf Stein quietschte in ihren Ohren, als sie versuchte, sich loszureißen. Doch die Fesseln waren zu fest. Eine in Schatten gehüllte Person betrat den Raum. Mit rauer, tiefer Stimme sprach er: „Vanessa, du musst dich mehr kontrollieren."

Er zog zwischen seinen Händen einen mit Nieten versehenden Lederriemen straff. Vanessa versuchte sich verzweifelt aus ihren Fesseln herauszuwinden.

„Sei keine Schande für deine Familie!", sagte er und schlug mit dem Riemen auf sie ein.

Vanessas Schreie verstummten durch den Knebel in ihrem Mund. Immer wieder peitschte er auf ihren Körper ein und brüllte dabei: „Kontrolliere dich! Du musst stärker werden! Du darfst keine Panik mehr haben, und deine Angst musst du nutzen. Panik ausblenden, Angst nutzen. Panik ausblenden, Angst nutzen..." Er wiederholte die Worte, während er immer wieder auf sie einschlug.

Vanessa spürte wieder den sandigen Wind um sich herum. Ihr Körper brannte bei der Erinnerung auf, als wenn ihr kochendes Wasser über den Leib geschüttet wurde. Mit geschlossen Augen atmete sie tief durch. *Panik ausblenden, Angst nutzen. Panik ausblenden, Angst nutzen. Panik ausblenden, Angst nutzen.* Wie ein Mantra des Schmerzes dachte sie an die Worte. Ihre Situation erinnerte sie an ihre Ohnmacht von damals. Doch die Angst, die ihr gerade durch die Venen schoss, war eine ihr zuvor völlig unbekannte. Es war keine Angst vor Schmerzen, Rache oder vor Fehlern. Es war auch keine Angst vor einer neuen Welt, um verschwundene Verwandte oder vor alienartigen Mutanten. Es war die blanke Angst vor dem eigenen Tod. Einem übermächtigen Feind schutzlos ausgeliefert zu sein. Für einen Moment verstand sie es. Jedes Wort ihrer quälenden Vergangenheit.

Durch den lockeren Sand spürte Vanessa die schweren Ketten des Feindes auf sich zu kommen. Sie riss die Augen auf und konzentrierte sich hauptsächlich auf ihren rechten Arm. Dann schnellte sie blitzartig aus ihrer Deckung hervor und rammte die Klinge ihres Schwertes so kraftvoll sie konnte in den Panzer des Lurches, bevor dieser sein Maschinengewehr auch nur ausrichten konnte. Der Todesstoß ihrer Klinge traf genau ins Auge.

Auch wenn sie froh war, wieder eins dieser Viecher überlebt zu haben, konnte sie ihren Arm nicht bewegen. Mit verkrampfter Hand hielt sie das Schwert fest umschlossen, das in dem Maschinenhaufen steckenblieb. Sie stemmte sich mit einem Fuß gegen den Metallhaufen und zog mit aller Kraft an ihrem Schwert. Mit einiger Mühe bekam sie es schließlich frei.

Mit dem Rücken an den toten Maschinenpanzer gelehnt saß sie wieder in Deckung vor den Geschossen der restlichen drei Prototypes. *Also gut im Schießen sind sie schon mal nicht,* dachte sie, schnaubte und verdrehte über sich selbst die Augen. *Schlechter Zeitpunkt für schwarzen Humor.* Aber erleichtert stellte sie zumindest fest, dass sie ihren restlichen Körper komplett unter Kontrolle hatte. Sie wusste in dem Moment weder, welche Ursache die Krämpfe hatten, noch, ob sie ihren Armen jemals wieder vertrauen konnte. Sie wusste aber, dass sie es wahrscheinlich nie erfahren würde, wenn sie sich jetzt nichts einfallen ließ. Sie dachte nach. *Diese Taktik wird höchstens noch* einmal *funktionieren... aber meine Arme müssen mitmachen!* Wieder schloss sie ihre Augen und ging erneut das Mantra in Gedanken durch. Vergeblich. Sie konnte ihre Hände nicht spüren.

„Scheißendreck!!", zischte sie.

Erik kämpfte währenddessen weiter gegen seine Prototypes. Er hatte gerade seinen zweiten Lurch ins Jenseits befördert – falls es überhaupt ein Jenseits für Elektrolurche, Mutanten oder allgemein Legionäre gab. Erik für seinen Teil hoffte es nicht.

In diesem Augenblick stand er den letzten beiden gleichzeitig gegenüber. Sein Gesicht und die restliche freiliegende Haut waren übersät mit kleinen Blutstropfen, Schrammen und Schnitten. Zwar hatte keiner seiner Gegner es bisher geschafft, ihn richtig zu erwischen, doch die abgeschlagenen Maschinenteile flogen wie Schrapnelle durch die Luft und er konnte es sich nicht leisten, sich darauf zu konzentrieren ihnen auszuweichen. Er hoffte nur darauf, dass Vanessa mit den Prototypes auf der oberen Ebene fertig werden würde. Er schämte sich, dass er ihr nicht helfen konnte, aber ein Teil von ihm hoffte auch, dass sich die Fahrzeuglurche nur auf sie konzentrieren würden.

Er hatte auch so schon alle Hände voll zu tun. Und vor allem gab er hier unten ein viel zu leichtes Ziel ab.

Er schlug wieder zu. Wieder flogen kleine Teile vom Metallpanzer seines Gegners durch die Luft. Blitzartig wechselte er sein Ziel und schlug auf den anderen Lurch ein, bevor dieser angreifen konnte. Die Metallteile flogen weniger scharf durch die Luft und auch die Feinde taumelten nach Treffern kaum noch zurück. *Verdammt, meinem Arm geht der Saft aus!* Er verbrauchte dabei enorm viel seiner restlichen Energie, doch riskierte er es erneut, zweimal schnell hintereinander in die Seite eines Lurches einzudreschen. Der Feind ging endlich zu Boden. Nun stand er nur noch einem einzigen gegenüber. In dem Bewusstsein, dass er den letzten der vier wahrscheinlich nur mit Müh und Not besiegen konnte, atmete er einmal tief durch. Dann erhob er seine Arme und trat ihm entgegen.

An Vanessas Lage hatte sich nichts geändert. Verzweifelt versuchte sie ein letztes Mal ihr Mantra zu wiederholen, aber sie sah schon vor sich, wie die drei verbliebenden Geschütz-Prototypes sie unter einem erbarmungslosen Dauerfeuer langsam umzingelten. Zumindest würde sie es so an deren Stelle tun. Sie betete, dass der drohende Tod ihr wieder Kontrolle über ihrem Arm schenken würde. So könnte sie zumindest noch einen von ihnen mit ins Grab nehmen, während die anderen beiden sie mit Blei vollpumpen würden. Sie lächelte grimmig. *Vielleicht ist es ja gut so…,* dachte sie sich. *Ich weiß ja nicht mal, ob ich in dieser ramponierten Welt überhaupt leben möchte.* Sie schüttelte sich. Als sie hinunter zu Erik blickte und sah, wie verzweifelt er gegen den letzten seiner Feinde kämpfte, schöpfte sie etwas Mut. Sie traute sich aus ihrer Deckung heraus und wagte einen Blick. In diesem Moment änderte sich ihr recht lebensmüder Plan. Ohne Rücksicht auf Verluste rannte sie aus ihrer Deckung los und stürzte sich den Abhang hinunter zu Erik. Im Dreck liegend sagte sie hastig zu ihm: „Zwei Airbots… sind oben… in den Prototypes!"

Eriks Augen weiteten sich. Er ließ seinen Blick über das Schlachtfeld wandern und trat dabei einige Schritte von seinem Feind zurück. Als er hinaufschaute, sah er, wie die drei schwer bewaffneten Prototypes an den Rand des Loches traten und zu ihnen hinabblickten. Er erkannte seine Geschöpfe in zwei der Maschinenpanzern. Dann widmete er sich wieder dem Lurch vor sich. Geschult durch jahrelange Endzeiterfahrung schmiedete er einen Plan. Und sein Plan war perfekt. Naja, eigentlich war er weit entfernt von „perfekt", aber etwas Besseres fiel ihm nicht ein.

„Kopf runter!", schrie er Vanessa zu, während er selbst sich mit einem Hechtsprung unter den hochbeinigen Prototype rollte. Mit dem Rücken auf den Boden gepresst schlug er mit letzter Kraft gegen die Unterseite seines Feindes. Genau zum richtigen Zeitpunkt löste er die Notfallfeder in seinem Arm aus. Diese Feder, die unter enormem Druck gespannt war, hatte ihm schon so einige Male das Leben gerettet und war eigentlich aus einer Laune heraus entstanden. Wenn sie ausgelöst wurde, verdoppelte sie seine Ellenlänge und setzte eine gewaltige Schlagkraft frei. Der Prototype verlor den Boden unter seinen Füßen und hob ab. Am Zenit seiner Flugbahn steckte Erik sich zwei Finger in den Mund und pfiff so laut er konnte. Im nächsten Moment spaltete ein gleißend heller Lichtblitz den Himmel und ein ohrenbetäubender Knall war zu hören. Instinktiv drehte er sich so schnell wie möglich auf den Bauch. Es fielen um ihm herum – wie auch auf ihn selbst – hagelkorngroße Metallstücke herab. Dann spürte er, wie etwas neben ihm aufschlug, das deutlich größer sein musste. Nach einer Weile, als er sicher war, dass nichts mehr auf ihn niederregnen würde, nahm er langsam die Hände vom Kopf. Vorsichtig setzte er sich auf und überblickte das Schlachtfeld. Die Abwesenheit der Kampfgeräusche fühlte sich im ersten Moment fremd an, war ihm aber nicht unwillkommen. Als er sich wirklich sicher war, dass er überlebt hatte, rannte er direkt zu Vanessa hinüber. Mit ihren Schwertern neben sich lag sie flach auf dem Boden. Noch immer hielt sie sich schützend die Arme über den Kopf. Als er sie erreichte, begann sie sich zu bewegen.

„Bist du verletzt?“, fragte er sofort, wobei er ihr eine Hand reichte.

„Ich bin mir nicht sicher…“, antwortete sie zögerlich, eine Hand noch leicht zum Schutz erhoben. Sie spürte plötzlich ihre Arme wieder und konnte sie selbst bewegen. Für einen Moment war sie wieder glücklich, doch plötzlich brannten ihre Muskeln auf. Der Kampf muss sie zermürbt haben. Der Muskelkater war derart heftig, dass sie Mühe hatte, ihrer Arme anzuheben, um Eriks Hand zu ergreifen. Als er das bemerkte, griff er ihr unter die Schulter und half ihr aufzustehen.

Sie blickten über das Schlachtfeld. Überall lagen Trümmer. Ein Teppich aus Metallspänen bedeckte den Boden. Ein vertrauter Duft stieg ihr in die Nase, den sie sonst hauptsächlich vom Schießstand kannte.

„Was ist passiert? Haben wir überlebt?“, fragte sie ungläubig.

„Haben wir… sofern fern ich nicht von dem Metallballen getroffen wurde und das hier halluziniere.“ Vorsichtig trat er gegen den leblosen Metallhaufen neben sich.

Geschwächt blickte sie an sich herab. „Außer Schmerzen und einigen Schürfwunden habe ich keine weiteren Verletzungen. Bei *dem* Kugelgewitter grenzt das echt an ein Wunder!“

Erik bohrte weiter mit seinem Fuß in den Prototype-Überresten. Hauptsächlich um sich zu vergewissern, dass sich da wirklich nichts mehr regte. *Man weiß ja nie*… Vielleicht fand er aber auch noch was Nützliches.

„Aber kein großes Wunder“, sagte er schließlich.

„Wie meinst du das?“

Erik reichte ihr eines der Schwerter, auf das sie sich sogleich abstützte. Dann kniete er sich zum Haufen hinab und begann mit der menschlichen Hand in den Innereien zu wühlen. Sein rechter Arm hing schlaff herab.

„Diese Legionäre haben nur ein Auge. Sie können nicht räumlich sehen. Ihre miserable Treffsicherheit war also kein Zufall“, erklärte er dabei. Als er fertig war, packte er ein paar kleine Metallteile in seine Hemdtasche und wischte sich den Dreck aus dem Gesicht. Er stand auf und schaute Vanessa mit einem leichten Grinsen im Gesicht an. „Aber ich will das hier nicht runterspielen. Es war wirklich mehr als nur Glück. Allein, dass mich der Brocken hier nicht gnadenlos zerquetscht hat, ist unglaublich. Ich lag immerhin direkt unter der Kreatur. Und Glück ist hier draußen wirklich ein seltenes Gut, das man leicht verspielt. Wir sollten von jetzt an noch vorsichtiger sein.“

Ihn überkam ein leichter Anflug von Endzeitmelancholie.

Vanessa atmete tief durch. Während sie nachdachte, spürte sie, wie die Muskelschmerzen nachließen und sie vertraute ihren Füßen wieder genug, ihr Gewicht tragen zu können. Ihr fiel Eriks rechter Arm auf.

„Was ist mit deinem Metallarm? Ist der beschädigt?“

Er schaute an seiner kraftlosen Prothese herab. Der Einsatz der Notfallfeder war zu viel für sie gewesen.

„Nein, keine Sorge“, sagte er und zog einen Schraubenschlüssel aus einer Gürteltasche. Er begann an einer Ellenbogenmutter herumzudrehen und erklärte weiter: „Der Kampf und vor allem mein Final-Move hat meine gesamte Energie verbraucht. Ich muss jetzt nur ein wenig Hand anlegen, bis ich in der Second Base die Batterien tauschen kann.“

„Okay? Dein Arm brauch Strom?“

„Kinetische Batterien… erklär ich dir dann. Jetzt müssen wir aber erstmal weg.“

Vanessa sammelte ihr zweites Schwert ein und begann, ihre Waffen, samt der Scheiden, in ihrem Seesack zu verstauen. Anschließend stieg sie das Loch hinauf und vergewisserte sich, dass die Ruhe wirklich bedeutete, dass alle Feinde im Jenseits waren.

Als sie ihren Blick über den versandeten Hof schweifen ließ, fragte sie hinab ins Loch: „Wie genau sind die eigentlich gestorben?"

„Die Little-Guardien-Bots haben sie umgebracht", erklärte er und zog weiter seinen Arm auf. „Im Gegensatz zu Firefly, der nur Licht spendet, explodieren die bei Kontakt. Also normalerweise. Die Prototypes haben sie wohl schneller assimiliert, als der Sensor reagieren konnte. Aber wegen sowas habe ich eine Sekundärfunktion eingebaut. So kann man sie auch gezielt detonieren lassen. Man muss einfach nur laut pfeifen."

„Und wie sind die an deine Airbots gekommen? Ich dachte, du bist schon länger nicht hier gewesen."

„Ich hab' sie vorhin auf dem Weg zur Werkstatt ausgesetzt."

„Was?! Warum?! Und warum sagst du mir das nicht?", giftete sie.

„Naja, ich dachte, ich hätte was gehört und falls wir verfolgt werden, habe ich sie unterwegs platziert. Ich bin ehrlich. Ich habe eher mit Gefallenen gerechnet und nicht mit Prototypes", sagte Erik nachdenklich. Nach einer kleinen Denkpause fuhr er fort: „Wenn man solange allein unterwegs ist wie ich, wird man zwangsläufig ein bisschen paranoid. Das braucht man zum Überleben. Und ich hatte dir nichts gesagt, weil ich nicht... naja, paranoid wirken wollte."

„Sag mir so was bitte zukünftig, okay?", sagte Vanessa genervt und schüttelte den Kopf. Sie stieg das Loch wieder herab in Eriks Richtung. Plötzlich blieb sie auf halbem Weg wie angewurzelt stehen.

„Moment! Du hast Airbots bei dir, die beim Pfeifen explodieren? Was wäre, wenn ich unterwegs angefangen hätte ein Liedchen zu pfeifen?"

Erik zuckte mit den Schultern. „Tod durch zu lautes Pusten?"

Vanessa brauste weiter auf, doch Erik konnte sich ein Lachen nicht verkneifen. Schließlich versuchte er sie wieder zu beschwichtigen. „Nur ein kleiner Spaß. Keine Sorge, zum einem habe ich alle Little Guardians verbraucht. Zum anderen können sie nicht explodieren, wenn sie deaktiviert sind. Der

Gedanke kam mir nämlich auch schon...", sagte er mit einem Grinsen, während er unermüdlich an der Mutter weiterschraubte. Mit jeder Drehung zog sich sein Arm ein Stückchen weiter zusammen.

„Das will ich auch hoffen!", antwortete sie böse. Sie warf sich den Seesack über die Schultern, doch wurde sie von der Wucht heruntergerissen. Sie war viel geschwächter, als sie gedacht hatte. Auch machte sie sich über ihre Krampfattacken Sorgen. So konnte sie nicht mehr kämpfen. So war sie nur eine Last.

„Alles in Ordnung?", fragte Erik besorgt.

Sie warf ihm einen abweisenden Blick zu. Dann stand sie, so gut es ging, wieder auf. Schnippisch sagte sie: „Mach dir mal keine Sorgen um mich, mach dir lieber Sorgen um dich selbst, Mister *Ich-kann-nicht-schießen*. Du hättest mit wenigen Schüssen allem ein Ende machen können!"

Erik antwortete nicht. Er blickte nur in die Ferne und überlegte.

„Nun sag schon!", drängelte sie ungeduldig.

„Ach sei still, ich will nicht darüber reden."

„Na schön!", sagte sie spöttisch, drehte sich um und marschierte mit ihrem Seesack auf den Schultern in Richtung Motorrad. „Ist okay, dann bin ich halt still. Ich bin ja sowieso schon die ganze Zeit still. Ich sage nichts darüber, dass alles hier mich töten will! Ich sage nichts darüber, dass meine komplette Heimat zerstört ist! Ich sage nichts darüber, dass zwei riesige Feuersäulen am Horizont stehen und der Himmel lila ist! Und..."

Vanessa sackte in sich zusammen und begann zu schluchzen. Erik kannte ihr Gezicke von früher und wollte es eigentlich aussitzen. Aber als sie zusammenbrach, eilte er doch zu ihr. Vorsichtig legte er seinen menschlichen Arm um sie und drückte sie fest an sich.

Mit zittriger Stimme und frei fließenden Tränen sagte sie: „Und ich sage auch nichts darüber, dass jeder tot ist, den ich je geliebt habe."

Sie ließ ihren Seesack von der Schulter rutschen und umarmte Erik.

„Warum sind alle tot? Und wieso hast du mich in dieser Welt geweckt, wenn du wusstest, dass alle tot sind? Und warum war ich überhaupt in der Vault? Warum macht hier nichts mehr Sinn??", fragte sie immer verzweifelter.

Während sie ihn umarmte, schlug sie immer wieder leicht auf seinen Rücken. Erik ertrug das, ohne etwas zu sagen. Erst nachdem Vanessa ihre letzte Träne vergossen und sich etwas beruhigt hatte, antwortete er möglichst ruhig und einfühlsam: „Es tut mir leid. Das alles tut mir wirklich leid. Aber der Gedanke, dass du wirklich irgendwo in einem Glas vor dich hinvegetierst und irgendwann kampflos stirbst, hat mir nachts den Schlaf geraubt. Vielleicht war es egoistisch."

„Ja, das war es...", flüsterte sie.

Es verging eine Weile, in der Erik einfach nur neben ihr saß und Vanessa an sich drückte.

Als sie sich wieder gefangen hatte, fragte sie ernst: „Du hast etwas von Gefallenen gesagt. Was sind das? Wieder Legionäre? Oder Untote? Vielleicht Dämonen?"

Das riss Erik aus seinem Kummer und er musste grinsen. „Nein, nur ein militanter Zusammenschluss von Überlebenden, die ihr Hobby zum Beruf gemacht haben und alles und jeden überfallen und töten, der etwas Nützliches hat."

„Zum Beispiel?", fragte Vanessa. Ihr Interesse war geweckt.

„Konserven, Waffen, Fahrzeuge, Schuhe...", zählte er wahllos auf.

„Schuhe? Wirklich?" Ungläubig runzelte sie die Stirn.

„Ja, Schuhe! Du glaubst gar nicht wie rar die Größe 43 geworden ist!"

Vanessa lachte, auch wenn es immer noch etwas zittrig klang, und Erik erzählte ihr ein paar lustige Geschehnisse, die er erlebt hatte.

Kapitel 9 Schokolade

Erik ließ das Wüstenmotorrad langsam ausrollen und schaltete den Motor aus. Vanessa blickte auf und schaute sich um. Dabei drehte sie ihren von der Fahrhaltung verkrampften Hals in alle Richtungen. Verwirrt versuchte sie zu erahnen, warum sie hier stoppten. Erik stieg entspannt ab und streckte sich. Noch mit Fliegerbrille und Kopftuch schaute er ihr zu, wie sie die Umgebung in Augenschein nahm. Euphorisch rief er: „Home, Sweet Home!"

Noch angestrengter versuchte sie in der Umgebung etwas zu erkennen. Schließlich fragte sie: „Ähm... und wo? Ich sehe hier gar nichts von der Second Base."

„Das liegt daran, dass wir die gesamte Basis unter die Erde verlegt haben", erklärte Erik stolz und nahm Brille und Tuch ab.

„Echt?!" Vanessa blieb vor Erstaunen der Mund offenstehen. Sie beobachtete Erik, wie er umherging und präsentierend die Arme ausbreitete.

Dabei sagte er mit geschwellter Brust: „Vergraben unter tausenden Tonnen Sand ist meine gewaltige Heimat, die an Schönheit und Eleganz unübertroffen ist, für alle Augen verborgen. Hunderte von Räumen erstrecken sich kilometerweit in einem verzweigten Komplex, dessen Zentrum ein gewaltiges Biotop bildet. Weit und breit kann man die beste postapokalyptische Technik betrachten und jeder isst und trinkt nur die feinsten Speisen und Getränke, die du dir in einer Feuerwüste nur erträumen kannst!"

Doch Vanessa schloss den Mund, hob eine Augenbraue und machte einen eher unbeeindruckten Gesichtsausdruck, der eine Kombination aus

Enttäuschung und Lustlosigkeit zeigte. Sie antwortete trocken: „Wir sind noch nicht da, oder?"

Erik ließ seine Arme hängen und fragte enttäuscht: „Was hat mich verraten?"

„Du hast wie der Vorleser von ‚Tausend und eine Nacht' geredet", sagte sie und ließ sich langsam vom Motorrad gleiten.

„Das Essen dort ist aber wirklich gut!", verteidigte sich Erik.

Mit unverändertem Gesichtsausdruck antwortete sie: „Also nach dem gegrillten Fledderer traue ich deinen Geschmacksknospen kein Stück mehr übern Weg."

„Genau genommen hatte ich den gebraten..."

„Ach, sei still!", unterbrach sie ihn. Langsam begann sie wieder ihre Dehnübungen. „Und was machen wir jetzt hier, wenn wir das Ziel noch nicht erreicht haben?", fragte sie, gefolgt von einem leichten Stöhnen, als sie aus der Hocke aufstand.

Verwirrt blickte Erik auf, als er gerade an der Ladefläche des Motorrades die Halteriemen löste. Kopfschüttelnd erklärte er: „Mensch, Vanessa, ich weiß zwar nicht, wie viel Energie in so einer Vita-Suppe drinsteckt, aber als jemand, der so eine Röhre bisher nur von außen gesehen hat, muss ich manchmal was essen und trinken. Hundemüde bin ich auch."

„Selber Röhre...", grummelte Vanessa zurück und beendete schließlich das Dehnen. Sie wanderte ein wenig um das Motorrad herum und betrachtete die Umgebung. Große, weiße Gebilde aus Stahl und Aluminium ragten in einiger Entfernung aus dem sandigen Boden. An manchen hingen noch gigantische Rotorblätter, doch die meisten waren schon vor Jahren hinuntergefallen und waren nur noch zum Teil erkennbar. Andere waren gänzlich von Rost und Verwitterung zerfressen worden. Vanessa betrachtete die fernen Monumente, die an abstrakte Stillleben erinnerten und beobachtete weiter die Szenerie ihrer zerstörten Welt, jedoch nicht mit Abscheu. Das Thema

Postapokalypse war in ihrer Jugend allgegenwärtig in der Alltagskultur zu finden gewesen.

In den Jahrzehnten vor ihrer Geburt steigerten technische Errungenschaften immer weiter den Lebensstandard, doch hatten Überbevölkerung und Umweltzerstörung die wichtigsten Rohstoffe dezimiert: fruchtbaren Boden und trinkbares Wasser. Jeder wusste, dass der Ressourcenkonflikt, in dem die beiden dann hineingeboren wurden, jederzeit eskalieren konnte und ein weiterer Weltkrieg mit nuklearem Ende vom Zaun brechen könnte. Die zahllosen Filme, Serien und Spiele hatten die tägliche Angst aufgearbeitet und auch oft die mögliche Welt nach einem weiteren Weltkrieg in Aussicht gestellt. Doch so hatte sie sich die „Danach-Welt" nicht vorgestellt. Vor allem nicht so sandig und leer. Es war zwar ihre zerstörte Heimat, doch sah alles dermaßen verändert aus, dass sie es nicht als ihre Heimat wahrnehmen konnte. Selbst die First Base kam ihr wie aus einer anderen Welt vor. Und außer dem roten Himmel und den Feuersäulen, die ihr wie aus einem schlechten Fantasy-Buch zu stammen schienen, konnte sie dem Anblick der Feuerwüste etwas abgewinnen. Alles stand still. Keine lärmenden Autos und kein Gewusel der 15 Milliarden Menschen auf der Erde. Nur ruhige, unbewegte Ruinen, lockerer Sand und ein bisschen Wind. Der Anblick löste in ihr so etwas aus, das einer inneren Ruhe sehr nahekam.

„Ist es schlimm, dass ich den Ausblick hier irgendwie… mag?", fragte sie nach einer Weile unsicher. Während sie gegen das Motorrad gelehnt dastand, war Erik gerade mit dem Herrichten eines Lagerfeuers aus den mitgenommenen Holzlatten beschäftigt. Auf ihre Frage hin erschrak er sich und kippte fast zur Seite um. Er hatte tief in Gedanken wieder alles um sich herum vergessen.

Er schüttelte sich kurz und antwortete schließlich: „Kommt drauf an, warum du den Anblick magst. Wenn du Sand schön findest, okay. Wenn du den

Anblick von Millionen untergegangener Menschen genießt, würde ich das mindestens als zweifelhaft empfinden."

„Ich glaub, Ersteres..."

Erik nickte, dann widmete er sich wieder seinem Lagerfeuer. Doch nicht lange, dann unterbrach sie ihn wieder. „Wie lange sind wir jetzt schon unterwegs?" Sie gesellte sich zu ihm.

„Seit der Vita Vault oder der First Base?", fragte er und schaute auf sein TCR.

„Der Vault."

„Ziemlich genau 19 Stunden. Davon allein acht Stunden saß ich auf dem Motorrad. Ich bin es zwar gewohnt, viel zu fahren, aber mit dir hinten drauf ist es irgendwie anstrengender.„

„So genau wollte ich es eigentlich nicht wissen", entgegnete sie. „Du willst doch nur ein bisschen Mitleid einheimsen."

Doch darauf erwiderte er nichts. Er griff nur in seine Tasche und holte einen Apfel heraus, den er ihr zuwarf. Mit einer Hand fing sie ihn und betrachtete ihn.

„Iss, wir sind noch ein paar Stunden unterwegs", sagte er, doch Vanessa warf den Apfel nur zurück.

„Hab' keinen Hunger. Nur extremen Durst."

Er fing ihn ungeschickt mit beiden Händen, zuckte mit den Schultern und legte ihn beiseite. Dann holte er aus der Tasche ein altes EPa[11] hervor. Von denen hatte er noch Dutzende bei sich, alle griffbereit in einer Seitentasche des Wüstenmotorrades. Vanessa hatte dafür nur einen angewiderten Blick übrig. „Wie kannst du das nur essen?"

---

[11] Kurz für Ein-Personen-Packung. Standard-Verpflegungsration für Soldaten im Einsatz. Ausreichend für eine Vollernährung mit rund 1000 Kilokalorien pro EPa. Beinhaltet neben trockenen, langzeitkonservierten Keksen auch eingelegtes Gemüse, Trockenformfleisch, Marmelade und einen Schokoriegel, der aus 50 % Konservierungsstoffen besteht.

Er holte einen kleinen, verpackten Riegel hervor, den er ihr zeigte. „Hey, komm', es ist Schokolade dabei!!"

Sie stand auf und ging an Erik vorbei zum Motorrad, das einige Meter weg stand. Dabei sagte sie abschätzig: „Das ist auch der einzige Grund, warum man den Fraß überhaupt essen kann. Von dem Riegel kriegt man genau so viel Durchfall, wie man Verstopfung von den Keksen bekommt. Ich weiß echt nicht, warum du sowas noch essen kannst." Als sie das Motorrad erreichte, nahm sie sich eine Wasserflasche und trank einen großen Schluck.

Währenddessen steckte Erik sich den Schokoriegel in die Jackentasche und rechtfertigte sich: „Es ist ja nicht gerade so, als würde hier alle 500 Meter eine Pommesbude stehen! Aber du weißt ja, ich würde es auch essen, wenn ich nicht müsste. Ich steh' einfach auf Fertigfraß, keine Ahnung, warum."

„Erik...", sagte Vanessa tonlos, aber er redete einfach weiter.

„Ich kann Tag Null nun wirklich nicht viel abgewinnen. Auch wenn das jetzt böse klingt, aber nur deswegen hab' ich jetzt den ganzen Keller voll mit EPas."

„Erik... Hilfe...", sagte sie nun mit einem Anflug von Hysterie in der Stimme.

„Was ist los, bekommst du den Deckel nicht auf? Du musst erst drücken und dann..."

Noch während er sprach, hatte er sich zu ihr gedreht und plötzlich jemanden bei Vanessa entdeckt. Genauer gesagt stand ein Fremder direkt vor Vanessa und richtete ihr eine Pistole ins Gesicht. Er war voll und ganz mit einem Kopftuch und einer riesigen Sonnenbrille vermummt, die auf den ersten Blick an Eriks Fliegerbrille erinnerte. Seine Kleidung war eindeutig militärisch, doch die Camouflage hatte je nach Kleidungsstück ein anderes Tarnfleck[12]-Muster. Diese wilde Kombination verschiedener Uniformen und die

---

[12] Die umgangssprachliche Bezeichnung für europaweit genutzte Camouflage. Diese basieren auf der Verwendung von unterschiedlich farbigen Flecken, wobei Größe, Kontrast und Anordnung auf der Militärkleidung verschiedener Länder differieren. Die

extrem variierenden Kleidungsgrößen ließen Erik sofort erahnen, dass der Unbekannte ein Gefallener sein könnte. Blitzschnell sprang er auf, zog seine eigene Pistole und richtete sie auf den Fremden. Mit langsamen Schritten ging er einen Halbkreis um ihn herum. Hauptsächlich, um von Vanessa abzulenken, und sie aus dem Schussfeld zu holen. Doch er reagierte nicht. Unbeweglich wie eine Statue richtete der Fremde seine Waffe auf Vanessas Gesicht. Ihr schoss die Angst durch den ganzen Körper und sie spürte, wie ihre Finger taub wurden. Die Wasserflasche rutschte ihr aus der Hand und fiel zu Boden. Ihr Herz pochte in ihren Ohren und ihre Gelenke versteiften sich immer mehr, doch sie konnte nichts dagegen machen. Sie fühlte sich so hilflos wie bei den Prototypes, besonders da sie jetzt davon ausgehen musste, dass Erik im Ernstfall nicht schießen würde. Sie wusste, er würde nur hoch pokern.

Doch noch bevor Erik oder Vanessa über mögliche Auswege nachdenken konnten, erledigte sich das Problem von selbst. Der Unbekannte fing leicht zu taumeln an und fiel schließlich vornüber in den Sand. Erik ging vorsichtig zu dem Bewusstlosen hin und stieß ihn behutsam mit der Fußspitze an. Keine Reaktion.

Er steckte seine Putin wieder weg und sagte ungläubig: „Das war ja einfach. Oder, Vanessa?"

Als er sich umdrehte, um nach ihr zu sehen, fand er sie vor dem Motorrad kniend.

„Was ist los? Geht's dir ...", fragte er unsicher.

Vanessa stieß Würgegeräusche aus.

„Halt, nein, nicht gegen das Motorrad!!", rief er noch, aber es war zu spät. Vanessa tränkte einen Teil der Maschine in ihren Magensäften. Als sie

---

Tarnwirkung ist enorm von diesen Faktoren abhängig. Nordamerikanische Varianten werden als „Pixeltarn" bezeichnet, da die Farbstruktur nicht auf „Flecken", sondern kleinen Quadraten basiert. Diese gilt weltweit als die effektivste Tarnkleidung.

endlich fertig war, stellte sie sich zitternd wieder auf die Füße und wischte sich den Mund am Ärmel ab. Erik ekelte sich mächtig vor Erbrochenem, aber nun war das Kind schon in den Brunnen gefallen. Er versuchte zumindest, nicht so angewidert auszusehen, wie er sich fühlte, und ging zu ihr, um ihr die heruntergefallene Wasserflasche zu reichen. Sie spülte wieder und wieder ihren Mund aus und trank schließlich den Rest in einem großen Schluck.

„Geht's wieder?“, fragte er und legte seine Hand auf ihre Schulter. Sie nickte. Erik ging mit den Worten „Dann schauen wir mal, wie es unserem Freund so geht“ zu dem Fremden hin. Vanessa folgte ihm und beobachtete, wie er sich über ihren unerwarteten ‚Gast‘ beugte.

Erik drehte den regungslosen Körper auf den Rücken und nahm dem Fremden das lange Tuch sowie die riesige Brille ab. Das Gesicht eines recht jungen Mannes kam zum Vorschein, der kaum älter zu sein schien als Vanessa. Auch die Hautfarbe und das schwarze, kurze Haar fielen auf, das Erik auf türkische oder arabische Abstammung schließen ließ. *Ein gutes Zeichen …*, denn erfahrungsgemäß waren viele der Gefallenen Osteuropäer oder Hinterbliebene der französisch-spanischen Föderation. *Vielleicht war er doch keiner. Er könnte auch einfach einen Gefallenen überfallen haben*. Erik konnte sich ein Grinsen nicht verkneifen. *Lustiges Wortspiel,* dachte er. Aber die Vermutung reichte ihm aus, um den ungebetenen Gast noch einmal selbst zu befragen. Wenn die Zweifel beseitigt waren, konnte er ihn immer noch um die Ecke bringen.

So betrachtete er den Bewusstlosen etwas genauer. Vorsichtig strich er mit seiner menschlichen Hand über das Gesicht des Fremden. Wie erwartet, waren seine Lippen trocken und spröde. Eine Sache, die Erik nur zu gut kannte – schon oft war er selbst an der Schwelle zum Verdursten gewesen. Meistens auf langen Fahrten, wenn er seine Suche nicht aufgeben wollte und schließlich kraftlos vom Motorrad gefallen war. Seitdem fuhr er auch nur noch mit dem Trinkschlauch im Mund und mindestens der doppelten Wasserration als notwendig umher. Beides waren Ideen, die scheinbar an seinem Kumpel hier vorrübergegangen waren. Erik konnte sich so ungefähr ein Bild davon machen, wie lange der Unbekannte schon ohne Wasser unterwegs sein musste.

Er packte ihn am Kragen und zog ihn durch den Sand zum Motorrad. Zugegeben, nicht gerade liebevoll. Dann lehnte er den Körper an die trockene Seite des Hinterrades und nahm eine Wasserflasche von der Ladefläche. Sie war leer. Er schmiss sie zur Seite und nahm die nächste. Voll. Vorsichtig setzte er sie an die Lippen des Mannes und ließ etwas von dem nassen Gold in seine Kehle fließen. Sofort verschluckte sich der Fremde und spuckte das Wasser zurück auf Erik und den Boden. Er hustete noch einige Male, bis er wieder normal atmete. Wieder bei Bewusstsein riss er die Flasche aus Eriks Händen und schüttete sich hastig den Inhalt in den Hals. Er unterbrach seinen Trinkrausch nur einmal kurz, als ihm sein Körper klarmachte, dass er Sauerstoff doch dringender zum Leben benötigte als Wasser. Als er schließlich fertig war, ließ er erschöpft die Flasche zu Boden fallen. Er blickte zu den beiden auf, war aber für den Moment zu schwach, um etwas zu sagen.

Vanessa, die bisher alles aufmerksam mit angeschaut hatte, kniete sich zu ihm herunter und tastete ihn nach Waffen ab. Mindestens eine Pistole hatte er ja bei sich gehabt und sie hatte wenig Lust auf weitere Überraschungen. Viel wehren konnte er sich gerade eh nicht. Als sie fertig war, blieb sie noch einen Moment in der Hocke und betrachtete das Häufchen Elend vor sich.

„Was machen wir mit ihm? Immerhin hat er uns bedroht…“, fragte sie, ohne den Blick von dem Fremden abzuwenden. Seine Atmung normalisierte sich langsam. Dabei versuchte sie, möglichst grimmig auszusehen, was ihr aber nur mäßig gelang.

„Erstmal befragen“, sagte Erik und zog wieder die Putin aus seiner Tasche. Er richtete sie dem Mann direkt ins Gesicht. Vor Angst keuchend schaute er erschrocken in das Rohr. Er versuchte so weit wie möglich von Erik wegzurutschen, aber das Motorrad ließ ihm nur wenig Spielraum.

„Wer oder was bist du?“, fragte Erik rau, fast schon böse.

Der Fremde antwortete mit zittriger Stimme: „I-ich?“

Erik verdrehte die Augen. „Nein, das Pony da hinten auf der Weide! Natürlich du!“

„Ich, also, ich bin Hakan Muhamed Amil... b-bitte töte mich nicht.“

Hakan hielt sich die Hände vors Gesicht. Erik nickte nur einmal. *Also Türke,* dachte er sich. Dann fragte er ihn weiter aus.

„Und was bist du?“

„Ein Mensch!“, antwortete er wie aus der Pistole geschossen. Zugegebenermaßen, in diesen Zeiten war das nicht gerade eine sich selbsterklärende Antwort.

Erik war aber noch nicht zufrieden und er hakte nach. „Ich meine, wohin gehörst du?“

„Ich gehöre... also ich bin... Man, ist das ein breites Rohr, wo hast du diese Waffe her?“

Erik hob die Pistole und schaute selbst in den Lauf.

„Echt, findest du? Hab' sie selbst gebaut. Sie ist auch noch ganz frisch, sie müsste also noch ein paar Mal getestet werden.“

Damit drückte Erik den Lauf der Putin auf Hakans Stirn, noch bevor dieser durch seine Finte aufstehen konnte.

„Jetzt mal Klartext, wohin gehörst du?“ Es war klar, dass Erik keinen Spaß verstand.

Hakan begann nun wirklich um sein Leben zu bangen, sodass er schließlich mit Tränen in den Augen rief: „Ich gehöre zur Donnervogel-Garde der Überlebenden!“

„Na siehste, geht doch“, sagte Erik, als er die Pistole von Hakans Stirn nahm und sich zu Vanessa umdrehte.

„Herzlichen Glückwunsch! Hier siehst du deinen ersten Gefallenen. Die Krönung der Menschlichkeit, die die Endzeit hervorgebracht hat. Er ist das Wasser nicht wert, das er auf den Boden gespuckt hat."

Vanessa runzelte fragend die Stirn. „Oh okay? Aber er hat gesagt, er wäre ein Überlebender?"

„Er hat gesagt, er gehört zur Garde der Überlebenden", stellte Erik richtig. „Das ist eine der Bezeichnungen, die sich die Gefallenen hier gegeben haben. Die wenigsten nennen sich selbst noch so. Der Name ist schon nach wenigen Jahren in der gesamten Wüste in Verruf geraten. Deshalb hat er gerade auch so gestammelt bei der einfachen Frage."

„Er könnte auch lügen", entgegnete sie.

Erik drehte sich zu Hakan, der das Gespräch zitternd verfolgte, und betrachtete ihn von oben bis unten. „Naja, schlimmer als Gefallener geht nicht und dass er sich nicht als überfallener Militärkleidungshändler ausgegeben hat, spricht nicht gerade für seine Intelligenz", antwortete Erik schließlich schulterzuckend.

„Hey!", fauchte Hakan beleidigt, aber die beiden schenkten ihm keine Beachtung.

„Und jetzt? Was machen wir mit ihm?", fragte Vanessa vorsichtig.

„Ist doch klar."

Erik packte ihn fest am Kragen und schleifte ihn vom Motorrad weg zum halbfertigen Lagerfeuer. Vanessa folgte ihm unsicher. Hakan wehrte sich mit Händen und Füßen, doch gegen den mechanischen Griff hatte er keine Chance. Er schlug wild um sich und traf Erik auch einige Male am Oberkörper und sogar am Kopf, doch Erik zuckte nicht. Es lag wohl noch an seinem geschwächten Körper, dass der Widerstand keine Wirkung zeigte. Erik blieb neben seinem Rucksack stehen und ließ Hakans Kragen wieder frei. Und damit er nicht abhauen konnte, stellte er sich mit seinem Fuß auf den Kehlkopf des Gefallen. Dass Hakan versuchte ihn hochzustemmen, um atmen zu können, interessierte ihn nicht weiter. Er griff in seinen Rucksack und holte den Klappspalter hervor und ließ ihn direkt per Knopfdruck aufspringen. Wie eine Guillotine richtete er die Klinge über dem Kopf des Gefallenen aus. Dann holte er Schwung.

Doch noch bevor Erik das Schwert in Hakans sicheren Tod führen konnte, schrie Vanessa: „Was tust du da?!?"

Er hielt inne. Er blickte demonstrativ seine Waffe an und dann Vanessa. „Wonach sieht´s denn aus? Ich exekutiere ihn."

„Du willst ihn töten?!"

„Ja, ich glaube, im Fachjargon heißt das so."

„Ich weiß, ich mein'... einfach so? Machst du das jetzt so? Einfach so Leute töten?"

Erik nahm die Waffe zur Seite und ließ Hakans Hals frei. Er wälzte sich sofort in einem Hustenanfall auf am Boden. Erik hielt kurz inne, dann richtete er seine Waffe wieder auf den Gefallenen und sagte wütend: „Er würde Schlimmeres mit uns machen, wenn wir an seiner Stelle wären! Besonders mit dir!!"

Bestimmt holte Erik erneut aus, doch Vanessa flehte ihn an: „Nein! Bitte nicht! Ich will nicht, dass du jemanden tötest! Nicht hier, nicht vor mir!"

Wieder hielt er inne, kam dann aber zu dem Schluss, dass es keinen Sinn machte, es weiter zu versuchen. Er nickte zustimmend, während er sein Schwert wieder zusammenklappte. „Gut, wenn es dein Wunsch ist... Dann jagen wir ihn halt zurück in die Wüste und überlassen ihn seinem Schicksal..."

„Danke...", sagte Hakan leise und mit kratziger Stimme.

Erik stutzte. „Was hast du gesagt?"

„Danke", wiederholte Hakan, „für das Wasser und dafür, dass ihr mich leben lasst."

Erik beugte sich herunter und schaute Hakan tief in die Augen. Dann fragte er: „Warum bedankst du dich? Ich hab´ dich grad fast geköpft."

„Wie du schon gesagt hast... unseres Gleichen würde Schlimmeres tun."

Erik nickte zustimmend. Hakan setzte sich auf und redete weiter. „Niemand, den ich kenne, würde auf die Idee kommen, jemanden erstmal zu befragen, bevor er ihn erschlägt und ausraubt."

„Seid ihr echt alle so?", fragte Vanessa ungläubig dazwischen.

„Eigentlich ja. Manchmal sogar untereinander."

Erik richtete sich entschlossen auf und ging zu seinem Rucksack. Er holte eine massive Eisenstange und ein Seil hervor. Dann drehte er sich zu den beiden und sagte fast schon fröhlich: „Ich hab´ mich entschieden!" Er blickte direkt zu Hakan. „Du darfst heute Nacht bei uns bleiben und mit uns essen."

Hakan riss überrascht die Augen auf. „Aber... ich habe... du und sie... ich sollte nicht..."

Auch Vanessa wusste nicht so recht was mit seinen Worten anzufangen. „Woher der Sinneswandel?", fragte sie.

Erik drehte sich zu ihr und sagte in einem Ton, als könnte er es selbst nicht glauben: „Er hat sich bedankt. Ich habe in all den Jahren noch nie erlebt, dass sich ein Gefallener bedankt hat. Den hier muss ich weiter studieren."

„Hä? Mich studieren? Ich bin doch kein Versuchsobjekt!", rief Hakan empört.

„Keine Widerrede!", sagte Erik barsch und rammte, um seine Worte zu verstärken, die Eisenstange mit einem Schlag in den Boden. Das Ende, das noch aus dem Sand ragte, formte er mit seiner mechanischen Hand zu einem Ring.

„Ich find die Idee auch gut!", sagte Vanessa begeistert.

„Aber... aber... aber...", stammelte Hakan noch, der die Situation nicht zu begreifen schien.

Als Erik fertig war, band er das Seil an den Ring und schnürte das andere Ende anschließend um Hakans Handgelenke.

„Nichtsdestotrotz bist du ein Gefallener. Und so bist du die geringste Gefahr für uns", erklärte er und betrachtete sein Werk. Er nickte sowohl Hakan als auch Vanessa zu, die es erwiderte.

„Ach ja!", fiel Erik plötzlich ein. Er wühlte in seiner Jackentasche und brachte schließlich einen Riegel zum Vorschein. „Magst du eigentlich Schokolade?"

Kapitel 10 Gassi gehen

„Warum muss ich das machen?", rief Vanessa angeekelt. Sie stand neben einer aus dem Boden ragenden Spitze, die zu einem verfallenen Wasserturm gehörte, und hielt ein Seil in der Hand, das hinter diesem verschwand.

„Du wolltest ihn am Leben lassen, also musst du auch mit ihm Gassi gehen!", antwortete Erik trocken, der am Feuer saß und an seinem EPa kaute.

„Hey! Ich bin kein Haustier!", klang Hakans entrüstete Stimme hinter dem Wasserturm hervor.

„Das ist ekelig!", beklagte sich Vanessa weiter, aber Erik antwortete nur nüchtern: „Musst ja nicht hinschauen."

„Oder du könntest helfen, dann würde es schneller gehen!", schlug die Stimme hinter dem Turm vor, doch Vanessa drehte sich nur noch angewiderter von ihm weg. Ungewollt zog sie dabei am Seil.

„Hey! Nicht so! Du machst es noch schlimmer!", brüllte die Stimme. Schließlich schleppte sich Hakan hinter dem Turm hervor und ging langsam ans Feuer zurück, mit ein wenig Abstand gefolgt von Vanessa, die naserümpfend das Seil so weit von sich weghielt wie möglich. Am Feuer angekommen band sie es schnell wieder an den Eisenring und setzte sich möglichst weit weg von Hakan ans Feuer. Er kniete sich umständlich nieder. An seinem Platz lagen zwei EPas offen herum, die bis auf die Panzerkekse komplett leergegessen waren. Beim Hinsetzen achtete er sehr genau darauf, sein Hinterteil nicht zu sehr zu belasten und ließ sich langsam hinab. Als er schließlich saß, atmete er tief durch und genoss den Anblick des Feuers vor sich.

Erik wandte sich zu Vanessa. „Hast du auch vorschriftsmäßig den Kotbeutel benutzt?"

Als Vanessa daraufhin beschämt zu Boden blickte und Hakan sein „Ich bin kein Haustier!!" mit Nachdruck wiederholte, lachte Erik auf. Schließlich schlossen die anderen beiden sich ihm an.

„Ich hab´ schon lange nicht mehr so was Witziges gesehen", sagte Erik mit Tränen in den Augen, als er sich endlich etwas beruhigt hatte.

„Du warst ja auch nicht betroffen", grinste Hakan, „aber, man, die Schokolade schlägt einem ganz schön auf den Magen! Habt ihr die vergiftet?"

Vanessa zuckte mit den Schultern. „Leider nein, die ist und war schon immer so. Aber du hättest einfach ein paar der Kekse dazu essen müssen, dann wäre es gegangen."

Hakan riss die Augen auf. „Die staubigen Dinger?! Ich wollte nicht sofort wieder verdursten!"

„Wo du es gerade wieder aufgreifst", sagte Vanessa und schaute Hakan direkt ins Gesicht, „du musst uns jetzt endlich mal erzählen, warum du uns eigentlich angegriffen hast?"

Hakan nahm noch einen großen Schluck aus einer Wasserflasche, die er trotz zusammengebundener Hände erstaunlich gut öffnen und schließen konnte und begann zu erzählen.

„Okay, okay... Macht euch da nicht so fertig. Es war eigentlich ganz einfach... ich lag da drüben irgendwo in der Wüste und hab' mich meinen Durstträumen hingegeben, als ich plötzlich das Motorrad gehört hab' und aufgewacht bin. Im Wahn habe ich nur noch daran gedacht, dass ihr Wasser bei euch haben könntet und bin zu euch gekommen. Warum ich als erstes die Pistole gezogen hatte, keine Ahnung. Wahrscheinlich Gewohnheit. Aber den Rest der Geschichte kennst du ja...", Hakan blickte zwischen Erik und Vanessa hin und her, „kennt *ihr* ja."

Vanessa nickte verständnisvoll, aber Erik fragte weiter: „Und was hast du alleine hier in der Wüste gemacht? Ich meine, so ganz ohne Ausrüstung und Wasser. Du wirst du ja nicht vom Himmel gefallen sein."

Hakan schüttelte den Kopf. „Nee, natürlich nicht. Ich war hier in der Nähe mit einigen aus meiner Garde. Wir waren dabei, ein paar alte Ruinen nach Nahrung und anderem Nützlichem zu durchforsten, da wurden wir von einer Horde Silberknechte angegriffen. Wir hatten keine Chance. Ich bin gerannt wie ein Irrer und wurde so von der Gruppe getrennt. Ich weiß nicht mal mehr, in welcher Richtung die Ruine liegt."

„Silberknechte?", fragte Vanessa.

„Na, die silbernen, zehnbeinigen Spinnendinger."

„Ah, du meinst die Fledderer", nickte sie zustimmend.

„Fledderer? Was ist das denn für ein bescheuerter Name?"

„*Mein* bescheuerter Name! Den hab' ich mir ausgedacht!", warf Erik beleidigt ein. „Hast du ein Problem damit?"

„OH! Nein, ich doch nicht! Der Typ mit der dicken Wumme hat immer die besten Namen!", sagte Hakan schnell und hielt, so gut wie es seine verschnürten Arme zuließen, die Hände hoch.

„Hast du mich gerade auf meine Pistole reduziert?!"

„Würde ich nie tun!"

„Hey, Mädels, entspannt euch mal!", rief Vanessa dazwischen.

Beide begannen zu lachen.

„Ich hab' lange nicht mehr so viel Spaß gehabt", seufzte Hakan, der sich langsam nach hinten in den Sand fallen ließ.

„Es wird noch besser!", sagte Erik, der in seinem Rucksack herumwühlte. Schließlich brachte er eine alte, verbeulte EPa-Dose zum Vorschein, die so aussah, als wäre sie schon tausend Mal benutzt worden. Hakan rappelte sich wieder auf und sah gespannt zu, wie Erik sie öffnete und in ein Tuch gewickelte Himbeeren herausholte. Beeindruckt schaute er in die Packung.

„Sind die echt??“

Erik nickte stolz.

„Darf ich?“

„Ja klar, sonst hätte ich sie nicht rausgeholt.“

Hakan nahm vorsichtig eine Beere und schob sie sich genüsslich in den Mund. Dann eine zweite und dritte. Schmatzend sagte er: „Man, sind die lecker. Wo hast du die aufgetrieben?“

„Denkst du, das erzähle ich jedem Dahergelaufenen?“, antwortete Erik und hielt Vanessa die Packung hin.

Sie winkte ab. „Lass mal, ich hab’ noch die Bilder von Hakan hinterm Turm im Kopf.“

„Aber Madame“, flötete Hakan, „du hast noch gar nichts gegessen. Wenn du nichts isst, verlierst du deine schöne Figur.“

Vanessa ignorierte sein Geschmalze und fragte stattdessen: „Du meintest grad, dass du schon lange nicht mehr so viel Spaß hattest. Ist es bei den Gefallenen nicht so lustig?“

Hakans Blick wanderte zum Boden, was ihn aber nicht davon abhielt noch eine Himbeere zu essen. „Die lustigen Zeiten bei uns sind schon lange vorbei. Fast alle meiner alten Freunde und Saufkumpanen sind tot. Und die Führung, die sich langsam gebildet hatte, hat immer strengere Richtlinien durchgesetzt. Ich habe schon lange nicht mehr Zeit für Spaß oder überhaupt für mich gehabt.“

„Was ist denn passiert?“

„Nun ja...“, begann Erik für ihn zu antworten, nachdem er das starke Bedürfnis bekämpft hatte, Hakan für die plumpe Anmache eine zu verpassen, „ihre Lebensader ist langsam ausgetrocknet. Und nun müssen die Gefallenen zusehen, wie sie in der realen Welt klarkommen. Und mit Lebensader meine ich wehrlose Bewohner der Wüste.“

Vanessa begann in dem Moment Hakan wirklich zu verstehen. Es war keine Trauer um die alten Zeiten, sondern Scham über das, was er geworden war.

Erik fuhr fort: „Die meisten Menschen sind damals nicht direkt am Tag Null gestorben, sondern erst in den Tagen oder Wochen danach an den Folgen des Klimawandels. Das mag unwirklich für dich klingen, aber die meisten Menschen sind erfroren. Mit der Verdunkelung der Welt durch die Wolken wurde es überall, wo das Licht der Feuersäulen nicht hinkam, kalt. Arschkalt. Ich bin mir nicht sicher, aber ich glaub', ein Großteil der Welt ist heute nicht mehr bewohnbar. Nur die Regionen, in denen die Fusionskraftwerke waren, sind heute noch bewohnbar...", Erik merkte, dass er abschweifte, „aber darum geht es nicht. Die Menschen, die damals die Katastrophe überstanden haben, haben sich zusammengeschlossen, um auch weiter zu überleben. Sie kamen von überall her und wohnten meist außerhalb der Städte, da sie in diesen schneller mutierten als auf dem Land. Sie lebten jahrelang nur von der Hand in den Mund. Heute existiert nur noch ein Bruchteil der Menschen aus diesen Zusammenschlüssen. Nicht weil sie von Legionären angegriffen wurden oder das Wetter der Wüste ihnen zugesetzt hat", fügte er auf Vanessas fragenden Blick hinzu, „sondern weil sie das primäre Ziel der Gefallenen waren. Die, die sowieso schon alles verloren hatten, wurden regelmäßig ihre Opfer. Wenn sie Glück hatten, wurden sie bei dem Überfall erschossen. Denn während die Gefallenen wie Könige gelebt haben, sind die Ausgeraubten meistens verhungert."

Vanessa war von der Geschichte sichtlich schockiert. „Die Menschen haben nach so einem...", sie rang nach Worten, „nach so einer Apokalypse nicht angefangen zusammenzuarbeiten, sondern haben sich gegenseitig die Lebensgrundlage genommen?!"

„Einige wenige schon... und das hat alle anderen mit in den Abgrund gerissen."

„Das ist traurig..." Sie legte den Kopf auf ihren Knien ab, als würde er plötzlich eine Tonne wiegen. Auch die anderen beiden waren sichtlich betrübt. Die Schatten der Vergangenheit legte sich wie ein schwerer Mantel über sie.

Nach einer gefühlten Ewigkeit des Schweigens hob Vanessa wieder ihren Kopf. Sie wusste nach dieser Geschichte, dass sie es bereuen würde zu fragen, aber ihr Wissensdurst war geweckt. Durch das Knistern des Feuers hindurch fragte sie Hakan: „Warum nennt ihr euch Gefallene?"

Hakan schnaubte abschätzig, bevor er anfing zu erzählen. „Offiziell lehnen wir den Namen ja mittlerweile ab, aber damals haben sich die Gründer gesagt, dass sie eigentlich schon gestorben sind und nun in der Hölle weiterleben. Aus diesem Gedankengang heraus haben sie sich das Recht genommen, andere zu bestehlen und am langen Arm verrecken zu lassen. Mehr als die Moral gab es ja eh nicht mehr zu verlieren. Für viele ist das auch noch heute die Ausrede für das, was sie machen."

„Für dich auch?"

Hakan ließ den Blick zu Boden wandern, bevor er weitersprach. „Ich habe einiges getan, auf das ich nicht stolz bin. Ich hab' anderen Menschen Leid zugefügt, aber ich habe mich nie hinter einer Ausrede versteckt. Im Gegenteil, ich würde jeden meiner Kameraden, der das tut, dafür verurteilen!"

Wut machte sich in ihm breit, aber dann wurde ihm plötzlich bewusst, was er gerade tat und er griff sich an die Brust. Panisch blickte er zu Erik und Vanessa auf. Er atmete ein paar mal tief durch. Nichts geschah. Langsam war er sich auch sicher, dass nichts mehr passieren würde. Er war sichtlich erleichtert. Erik und Vanessa schauten ihn verwirrt an.

„Was ist los?", fragte Erik schließlich. „Hat sich bei dir ein Furz verklemmt?"

„So ähnlich...", antwortete Hakan ausweichend.

Erik stand auf und ging zu ihm hin. „Weißt du was, Hakan, ich habe noch nie einen Gefallenen wie dich getroffen, und das muss was heißen. Du bist mir echt sympathisch."

Er löste das Seil, das den Türken an seinen Platz fesselte. Zusammen mit dem Eisenstab, den er problemlos aus dem Boden zog, steckte er es zurück in seinen Rucksack.

Hakan rieb sich ungläubig die Handgelenke. „Ich habe euch gerade erzählt, dass ich vielen Menschen Leid zugefügt habe, und du nimmst mir die Fesseln ab?"

„Keine Sorge, deine Waffe bleibt bei mir, bis du uns verlässt. Ganz blöde bin ich nicht. Aber ich glaube nicht, dass du uns was tun wirst. Du hast mehr Hass auf deine Leute als auf uns. Und, naja, falls du uns doch was tun willst, bin ich dir allein schon mit dem Arm überlegen", rechtfertigte sich Erik und präsentierte dabei seine mechanische Prothese.

„Stimmt", nickte Vanessa.

Hakan hob die Augenbrauen. „Noch bin ich anwesend... und wow, ihr beide seid ja echt bescheiden."

„Und gutaussehend!", grinste Erik.

„Nur auch leider etwas verbraucht", pflichtete Vanessa ihm bei, woraufhin Erik ein beleidigtes „HEY!" ausstieß und ihr einen bösen Blick zuwarf. Dann wandte er sich wieder ihrem Gast zu.

„Sag mal, wenn du wieder auf freiem Fuß bist, was hast du dann vor?"

Hakan runzelte die Stirn. „Wie meinst du das? Was soll ich vorhaben?"

„Na, ist doch ganz einfach", schlug Erik vor. „Nutz doch den Moment und verschwinde von der Bildfläche. Die Gefallenen denken im Augenblick, dass du tot bist. Es gibt überall kleine Orte, an denen du dich niederlassen und neu anfangen kannst. Zum Beispiel Klein-Rostock auf Rügen, da soll es herrlich sein. Oder Wismar-Hafen, da soll es sogar ein funktionierendes Abwassersystem geben! Neu-Kiel soll im Moment sogar die größte zusammenhängende

Niederlassung von Menschen an der Ostsee sein. Da fällst du garantiert nicht auf."

„Du hast recht...", flüsterte Hakan mit dem Blick auf dem Boden. Dann schaute er in die Augen von Erik und Vanessa und richtete sich auf. „Ich habe euch beiden viel zu verdanken. Ich will euch nicht länger zur Last fallen und mach mich sofort los Richtung Ostsee."

„Auf keinen Fall!", unterbrach Erik Hakan, der schon drauf und dran war loszujoggen.

„Aber..."

„KEIN Aber!", sagte Erik bestimmt und noch bevor Hakan Luft holen konnte, fuhr er fort. „Du musst viel zu erschöpft und müde sein, um jetzt einen längeren Marsch zu überstehen. Immerhin warst du vor wenigen Stunden noch quasi tot."

„Ach, das wird schon, ich bin topfit", log Hakan, doch bei dem Gedanken an Schlaf musste er unvermittelt gähnen.

„Das seh' ich. Schlaf noch die Nacht bei uns und morgen gebe ich dir ein paar Tagesrationen mit auf den Weg. Es ist immerhin...", er schaute auf seine TCR, „schon halb zwei nachts. Und weißt du ja, bei mir gibt's keine Widerworte."

Hakan atmete tief durch und nickte schließlich. Dann ließ er sich wieder zwischen Vanessa und Erik auf den Boden plumpsen.

„Was ist los?", fragte er Vanessa, die sich mit gerunzelter Stirn umschaute.

„Halb zwei in der Nacht. Man verliert echt schnell das Zeitgefühl, wenn es einfach keine Nacht mehr gibt."

Hakan lehnte sich zu Erik hinüber, den Blick immer noch auf Vanessa. „Was ist denn mit der los?", flüsterte er.

Erik zuckte nur mit den Schultern und sagte gleichgültig: „Frisch aus der Röhre."

Hakan hob erstaunt die Augenbrauen. „Ahhh... verstehe." Jetzt ergab alles plötzlich einen Sinn. „Ich habe mich schon gefragt, wo sie die letzten elf Jahre gewesen ist."

„Was tuschelt ihr da?", rief sie.

„Nichts!", sagten beide gleichzeitig mit der puren Unschuld im Gesicht.

Vanessa war nicht besänftigt. Eher wütender. „Dann geh' ich halt pennen!", zischte sie und stapfte zum Motorrad. Als sie wiederkam, hatte sie zwei Schlafsäcke unter dem Arm und eine Decke in der Hand, die sie Hakan ins Gesicht warf. „Wir haben keinen dritten Schlafsack mehr."

Hakan wusste nicht, ob er sich für die Geste bedanken sollte, nahm die Decke aber an. Vanessa breitete ihren Schlafsack neben Erik aus. Auch er schien sich in dem Moment bettfertig zu machen, da er die meisten Sachen um sich herum in seinen Rucksack räumte und dann anfing seine Zähne zu putzen.

„Na gut...", flüsterte Hakan und mummelte sich in die Decke. Das obere Ende knüllte er zusammen und legte es unter seinen Kopf als Kissen.

Auf der Seite liegend hörte er nach einiger Zeit, wie Erik leise und unruhig atmete, während Vanessa lautstark schnarchte. Er selbst konnte noch nicht einschlafen. Er war erschöpft und kaputt, hatte aber auch Angst. Er prüfte kurz, dass beide wirklich schliefen und er nicht beobachtet wurde. Dann knöpfte er vorsichtig sein Hemd auf, bis ein kleiner, flacher Kasten an seiner Brust zum Vorschein kam. Eine winzige rote Lampe blinkte in regelmäßigen Abständen und zeigte ihm so, dass alles funktionierte. Er fürchtete sich, aber nicht nur um sich selbst.

Kapitel 11 **Böses Erwachen**

Erik sah ein gigantisches Monster vor sich, als er durch seine Frontscheibe schaute. Es war mindestens so breit wie sein Panzerfahrzeug und doppelt so hoch. Es stand noch um einiges von ihm entfernt am Straßenrand, aber er konnte die Silhouette des Monsters erkennen. Sie ähnelte einem riesigen Insekt. Die Haut schimmerte silbern wie Alufolie und es bewegte sich mit mindestens vier Beinen. Am oberen Teil des Körpers besaß es zwei weitere Extremitäten, die es wie Arme führte. Doch es waren keine Hände an ihren Enden, sondern gigantische Sicheln. Sie ließen das Ungetüm wie eine gigantische Gottesanbeterin aussehen.

Erik hatte nur wenige Sekunden, um das Ungetüm zu betrachten, denn es bemerkte das Panzerfahrzeug genau in diesem Moment. Es drehte sein Haupt. Ein konisches Gesicht starrte Erik direkt an. Es bestand allerdings nur aus einem gigantischen Auge. Das Ungetüm verschwendete keine Zeit und sprang auf das Fahrzeug zu. Dabei stieß es sich mit seinen Sicheln vom Boden ab. In der Luft wirkte es auf Erik federleicht, doch als es direkt auf dem Panzerfahrzeug landete, erschütterte ein gewaltiger Stoß den gesamten Wagen. Die Wucht schmetterte Eriks Kopf gegen die Frontscheibe. Als er sich wieder gefangen hatte, blickte er sich verwirrt um. Obwohl sich das Fahrzeug nicht mehr bewegte, spürte er, wie der Motor unter ihm noch vibrierte. Vorsichtig riskierte er einen Blick durch die blutverschmierte Scheibe. Das gigantische Auge des Monsters nahm sein komplettes Blickfeld ein. Er konnte nichts anderes als die intensiv grüne Farbe der Iris erkennen. Erik schreckte zurück, doch ihm blieb keine Zeit, um etwas zu unternehmen. Wie ein kleines Spielzeug katapultierte die Kreatur das Fahrzeug von der Straße herunter.

Schmerzerfüllt erwachte er wieder am Boden seiner kleinen Kapsel. Er wusste nicht, wie viel Zeit vergangen war. Überall um ihn herum lagen Kleinteile und Gegenstände seiner Ausrüstung, die er in den letzten Monaten sorgfältig in seinem Cockpit verstaut hatte. Doch das war gerade sein geringstes Problem. Er lag direkt neben dem Sitz, auf dem er eben noch gesessen hatte. Vorsichtig hob er den Kopf und blickte an sich hinab. So, wie es sich anfühlte, musste das Fahrzeug auf der Seite liegen. Langsam tastete er seinen Körper ab. Keine Brüche, alle Gliedmaßen waren noch da, wo sie hingehörten. Nur eine Platzwunde an der Stirn und eine geprellte Rippe machte er aus. Unwillkürlich schrie er auf, als er seine Seite erneut berührte. Vielleicht doch gebrochen. Behutsam schob er sich an seinem Sessel vorbei und richtete sich in der schmalen Kabine auf. Jetzt war er dankbar dafür, dass sein Fahrzeug auf der Seite lag, sonst hätte er nur schwer aus seinem Geschützturm entkommen können.

*

Ein markerschütterndes sirenenartiges Getöse ließ die drei aus dem Schlaf schrecken. Vanessa hatte die Angewohnheit, mit mindestens einem Schwert im Arm einzuschlafen, und so stand sie schon mit gezogener Klinge auf ihrem Schafsack, ohne überhaupt zu wissen, woher das Geräusch kam. Auch Hakan war sofort kampfbereit. Im Gegensatz zu Vanessa lag er jedoch mit gezogener Pistole auf seiner Decke und zielte in die Ferne. Vanessa blickte zu Hakan und passte sich dann seiner Zielrichtung an. So erkannte sie auf der nächsten Düne ein massives, stählernes Rohr, das auf die drei gerichtet zu sein schien. Es wirkte endlos lang, bevor es in einem kleinen Führerhäuschen verschwand. Es war ein alter Panzer, noch aus der Prä-F^2-Zeit, was das rhythmische Tuckern des Motors verriet. In einer Zeit, in der man für jeden Liter

Diesel Tankstellen aus einer meterdicken Sandschicht ausgraben musste, war dieses Gefährt eine luxuriöse, wie auch zugleich eine verzweifelte Wahl. Der Panzer war mit seinen zahllosen Beulen und Löchern nicht viel mehr als eine Schrottlaube. Auch wenn der Rost in verschiedenen Farbstufen eine gewisse Tarnwirkung hier in der Wüste erzielte, war der Grund der Nutzung aber wohl ein anderer: Diese alten Waffensysteme ohne Computer waren unempfindlich gegen EMPs. Sie hatten also nach dem Tag Null nicht aufwendig instandgesetzt werden müssen. Ein primitives Gefährt für primitive Leute.

Auf dem Gehäuse des Panzers saßen drei Männer. Oder Frauen. Durch die dichte Wüstenbekleidung, die der von Hakan stark ähnelte, war das nicht zu erkennen. Alle drei winkten jedoch wie bescheuert. Viel freundlicher machte es das Panzerrohr aber nicht.

„Was zum Teufel...", flüsterte Vanessa. Auf einmal erschien ein kahler Kopf über dem Fahrerhaus und sah zu ihnen hinüber. Er schien sich etwas vor den Mund zu halten. In dem Moment schallte eine laute, raue Stimme zu den ihnen hinüber.

„Sieh mal an, Hakan! Da hast du uns ja eine schöne Beute angelockt!"

Vanessa packte ihr Schwert fester und sagte zu Hakan, ohne den Panzer auch nur eine Sekunde aus den Augen zu lassen: „Du kennst sie?"

„Leider ja", antworte Hakan zähneknirschend.

Vanessa war wütend, aber vor allem enttäuscht. Als sie zu ihm hinüberschaute, musste sie mit Verwunderung feststellen, dass er genau die Waffe in den Händen hielt, die sie ihm gestern Abend abgenommen hatte. Doch sie beschloss, lieber denjenigen mit der größeren Waffe im Blick zu behalten und Hakan später einfach vierzuteilen.

In dem Moment bewegte sich der Mann im Panzer. Mühsam zog er sich aus dem rostigen Kampffahrzeug heraus, bis er komplett auf dem Fahrerhaus stand. Er hatte neben der Glatze noch einen langgezogenen Schnauz- und Kinnbart. Offensichtlich hatte er vergessen, das Megafon in seiner Hand auszuschalten, denn man konnte leise, aber deutlich hörbar vernehmen: „Mach mal weiter, Siggi. Und immer schön mittig zielen, damit du ja jeden triffst."

Dann stieg der Mann, der der Anführer der Gruppe zu sein schien, gemächlich von seinem Gefährt hinab. Ebenso gemächlich und dazu mit stolzgeschwellter Brust schritt er durch den Sand auf die drei zu. Es war kein langer Weg, doch er ging in einer so entspannten Geschwindigkeit, dass jeder Schritt sich wie das Ticken einer immer langsamer werdenden Taschenuhr anfühlte.

Vanessa, die die Szenerie mit wachsender Besorgnis beobachtete, fragte Erik, ohne dabei den Glatzkopf aus den Augen zu lassen: „Hey, 'ne Idee, was hier los ist?" Doch sie bekam keine Antwort. „Hey, Erik, was ist los?!", wiederholte sie und wendete ihm schließlich den Blick zu.

Was sie sah, erschütterte sie. Auf allen Vieren stützte er sich auf seinen Schlafsack. Krämpfe durchzuckten ihn und er schwitzte, dabei hämmerte er immer wieder mit dem Kopf gegen seinen mechanischen Arm. Die metallene Hand öffnete und schloss sich immer wieder, ohne dass etwas geschah.

Vanessa wendete sich wieder dem Fremden zu und schrie ihn an: „Was hast du mit ihm gemacht?! Mach es rückgängig, oder du wirst es bereuen!"

Der Kahlkopf, der mittlerweile in Hörweite war, begann zu lachen. „Ich habe nichts gemacht. Nur aus den Federn habe ich euch geholt. Und euch vielleicht ein bisschen bei eurem gestrigen Gespräch belauscht."

„Lügner!", schrie sie und machte sich zum Angriff bereit.

Doch Erik stoppte sie. „Lass ihn", sagte er. Der Schmerz in seiner Stimme war nicht zu überhören. Langsam und wackelig richtete er sich auf. Es schien eine wahre Tortur zu sein, doch schließlich war er auf den Füßen. Zitternd zog er seine Putin aus der versteckten Tasche und richtete sie auf den Mann, der immer näherkam.

„Aber...", setzte Vanessa an, doch Erik schüttelte den Kopf.

„Ich hab' das manchmal. Es ist nicht immer so schlimm „, erklärte er.

„Phantomschmerzen? Wegen dem Arm?“, fragte Hakan mitfühlend.

„Geht dich gar nichts an, du Abschaum eines Menschen. Du hast gesagt, deine Kumpane wären tot!“, versetzte Erik scharf.

Hakan erschrak über die Härte der Worte, die Erik ihm entgegenschleuderte. Doch dann fasste er sich an die Brust und blickte den Mann finster an, der mittlerweile genau vor ihnen stand. „Für mich sind sie es auch.“

Der Kahlkopf räusperte sich, bevor er anfing sich einzumischen. „Sei nicht so hart zu ihm, wertes Opfer Nummer eins mit der Armprothese. Herr Amil wollte euch ja das Schicksal ersparen, aber ihr wart so hartnäckig. Ach ja, bevor ich es vergesse…“ Der Glatzkopf plusterte sich auf. „Mein Name ist François Lavie, und das...“, er holte Schwung und schlug Hakan, der direkt neben ihm stand, mit einem sauber ausgeführten Kinnhaken zu Boden, „...ist dafür, dass du fliehen wolltest.“

Noch einmal holte er Schwung und trat dem Türken in den Magen, sodass er sich vor Schmerzen hin und her wälzte. Vanessa und Erik zuckten zusammen. Für beide war das Schauspiel so unerwartet wie brutal. Es schien, als wäre François Hakans Vorgesetzter, doch bei den Gefallenen blieb es wohl nicht aus, dass er damit auch sein persönlicher Folterknecht war.

François blickte noch eine Weile auf Hakan hinab, wie er sich im Dreck suhlte. Dabei dachte er laut: „Aber er sollte euch dankbar sein. Er wollte lieber in den Freitod gehen, als euch mir zu überlassen.“

Er trat erneut nach Hakan. Vielleicht aus ehrlicher Wut, vielleicht einfach aus langer Weile. Erik sprang los, um Hakan zu helfen, doch das erneute Ausrichten des Panzerrohres und das wütende Zischen, das die Gestalten daneben von sich gaben, ließen ihn innehalten. Es war nun klar, dass es alles Männer in den Uniformen waren.

„Warum sollte Hakan in den Freitod gehen?! Und woher weißt du überhaupt, was gestern Abend bei uns war?!“ Der aggressive Ton und die Schlitze, zu denen ihre Augen geworden waren, zeigten nur allzu deutlich, wie wütend Vanessa war.

Trotz der geübt-ausdruckslosen Miene war klar, dass der Kahlkopf viel Spaß an dem hatte, was er gerade tat. Doch nun setzte er einen ernsten Blick auf. Militärisch akkurat drehte er sich um 90 Grad und schritt in präzise bemessenen Schritten zu ihr hin. Viel zu nah blieb er vor ihr stehen und sah ihr tief in die Augen. Es war nicht viel, aber er musste dafür den Kopf heben. Gerade als sie den Mund öffnete, um etwas zu sagen, ließ eine brutale Ohrfeige sie zurücktaumeln.

„Wer in drei Gottes Namen hat es dir erlaubt, mich zu duzen?!“, brüllte er.

Rasend vor Wut verstärkte Erik seinen Griff um die Pistole. Doch er sah keine Möglichkeit einzugreifen und dem Wichser, zu dem die arrogante Flachpfeife aufgestiegen war, eins auszuwischen. Zumindest keine, ohne Selbstmord zu begehen. Er war so gut wie wehrlos. Sein Arm musste nach dem Kampf mit den Prototypes dringend aufgezogen werden, einzig seine Notfallfeder konnte er noch einmal einsetzen. Eriks Gehirn ratterte auf Hochtouren. Doch die Ergebnisse waren eher unteres Mittelmaß. Entweder waren die Wahrscheinlichkeiten, dass der Plan Erfolg hatte, so groß wie die Möglichkeit von Schnee im Sommer, oder einer von ihnen würde die nächste Stunde nicht mehr erleben. Inakzeptabel, selbst wenn es Hakan treffen würde. Somit blieb ihm zunächst nichts weiter übrig, als still dazustehen und zu beobachten.

Langsam fand Vanessa ihr Gleichgewicht wieder. Sie funkelte den Glatzkopf böse an – doch mehr konnte sie auch nicht machen. Wie Erik musste sie ihre Wut herunterschlucken. François nickte den beiden süffisant zu. Er wusste nun, dass die Achtung vor ihm wiederhergestellt war. In seiner militärischen Eleganz schritt er wieder zu Hakan, der sich mittlerweile etwas von den Tritten erholt hatte. Unsanft zog er den Türken an seinem Kragen hoch. Mit der anderen Hand riss er ihm das Hemd auf, wobei ein schwarzer Kasten mit rotem Blinklicht zum Vorschein kam. Hakan war bereits zu erledigt, um sich zu wehren.

„Die neuste Erfindung aus dem Haus von Fink!“, verkündete der Gefallenenanführer. „Ein umgekehrter Funksprengsatz. Statt zu explodieren, wenn er etwas empfängt, explodiert er, wenn er nichts mehr empfängt... oder sendet... oder der Türke versucht, sich zu befreien. Und gesendet hat er alles, was ihr gestern so gesagt habt. Deshalb wussten wir, dass er wieder jemanden an der Angel hatte. Schon der achte Fang diesen Monat! Fleißig, fleißig.“

Nach seiner gelungenen Darstellung von mit Brutalität gepaarter Ordnung ließ François Hakan wieder in den Dreck fallen und begann seine Uniform zu richten. Durch eine Lederjacke mit extra weitem Fellkragen wirkte sie deutlich pompöser als die des Durchschnittsgefallenen. Dann drehte er sich zu Erik und Vanessa, wobei sein Blick an dem Motorrad hängen blieb, das hinter ihnen stand.

„Nun gut“, sagte er und strich sich mit der flachen Hand über die Glatze, „wir sind ja nicht zum Spaß hier. Mal sehen, was ihr so Schönes dabeihabt.“

Er ging auf das Motorrad zu, doch gerade als er an Vanessa vorbei war, blieb er abrupt stehen. In seiner zackigen Art machte er eine 180°-Wende und umrundete das Mädchen einmal. Dabei begutachtete er sie wie ein Spezialist die Ware beim Fleischer. Seine Augen, über denen sich quer eine breite Narbe erstreckte, kniff er hierbei geifernd zusammen. Sich über den Bart streichend dachte er dabei laut: „Unser Opfer Nummer zwei scheint ja echt ein Prachtstück zu sein. Aber durch die Narben leider nur eine Schönheit zweiter Klasse. Egal. Neben den Himbeeren und dem Motorrad wird das wohl hier die beste Ausbeute sein. Man, werden sich die Jungs freuen, wenn wir...“

Bei Vanessa brannte eine Sicherung durch. Blitzschnell presste sie sich an den Rücken ihres Beschauers heran und drückte ihm ihre rasiermesserscharfe Klinge an die Kehle. Ein Rinnsal aus Blut lief seinem Hals hinab.

„Niemand wird sich an mir erfreuen!“, zischte sie.

Doch François war wenig beeindruckt. Auch nachdem sie seinen Oberkörper in die direkte Schussbahn des Panzerrohrs drehte, zeigte seine Miene nichts als Langeweile. Er strich sich betont entspannt über seine Glatze, als wollte er seine Frisur richten. „Und was nun?“, fragte er in einem Ton, der vor Sarkasmus nur so triefte.

Vanessa knurrte. Sie wusste nicht weiter. Für den antiken Panzer wäre der Tod des Anführers nur ein allzu guter Grund, das alte Rohr mal wieder so richtig frei zu pusten.

„Ich wusste es“, seufzte er und verdrehte die Augen. Gelassen zog er einen Revolver aus seiner Lederjacke hervor und schoss, ohne genau zu zielen, dreimal auf den am Boden liegenden Hakan. Wie wild begann der Türke sich zu winden und zu brüllen.

„Darf ich jetzt bitten?“, fragte François genervt. „Oder muss ich erst die ganze, verdammte Trommel leer schießen?“

Schockiert von seiner emotionslosen Gewaltbereitschaft und der Rücksichtslosigkeit, auf eine Bombe vor sich zu schießen, ließ sie ihn los. Das war zu viel für sie. Der Anführer entfernte sich ein paar Schritte und strich sich prüfend über den Hals. Als er das Blut an seinen Fingern sah, rümpfte er die Nase und sagte verächtlich: „Dummes Mädchen.“

Er richtete seinen Revolver direkt auf Vanessas Gesicht. Nur wenige Zentimeter trennten ihre Nasenspitze von der Waffe. Langsam schoben sich seine Finger zum Abzug. Vor Schreck kniff sie die Augen zusammen. Ein markerschütternder Knall betäubte all ihre Sinne und sie ließ die Klinge fallen, um sich beide Hände auf die Ohren pressen zu können. Doch außer dem Dröhnen in ihrem Gehörgang spürte sie nichts. Entgegen ihres natürlichen Instinktes riss sie sofort wieder die Augen auf. Was sie sah, war ein Stiefel – direkt vor ihrem Gesicht. Es war Eriks Stiefel, der just in dem Moment, als sich der Schuss löste, dem Glatzkopf den Revolver aus der Hand getreten hatte. Die Kugel verfehlte Vanessa, aber nur um Haaresbreite. Zum ersten Mal ließ sich eine wahre Emotion im Gesicht des Anführers erkennen, denn von dem Tritt überrumpelt blickte er irritiert drein.

Jetzt war Vanessa am Zug. Sie nahm die wenigen Schritte zwischen sich und ihm als Anlauf und trat ihm mit einem Drehsprung in den Magen. François sank zu Boden, doch ohne eine Sekunde zu zögern reagierte auch schon der Panzer.

Ein schleifendes, metallisches Geräusch, das abrupt mit einem schrillen Schlag endete, signalisierte den dreien, dass das Kampffahrzeug Munition geladen hatte. Vanessa atmete tief durch. Verängstigt von der rostigen Monstrosität beobachtete sie, wie Erik, ohne zu zögern, zu Hakan rannte und sich zu ihm hinab beugte. Statt Hakans Wunden zu versorgen, was Vanessa vermutet hatte, stellte er sich mit seinem rechten Bein auf die Schulter des Verwundeten. Dann packte er die Fernzündbombe mit seinem metallenen Arm und riss sie samt dem Befestigungsriemen ab. Hakan begann wieder wie am Spieß zu schreien, als hätten ihn weitere Kugeln durchsiebt. Von seinem Träger gelöst, glühte das rote Lämpchen des Sprengsatzes nun dauerhaft und verlor dann an Leuchtkraft. Aus einer Vorahnung heraus, was mit der Bombe beim totalen Erlöschen der Lampe passierte, holte Erik mit der letzten Kraft in seinem Metallarm Schwung und warf sie in Richtung des Panzers. Am höchsten Punkt aktivierte er zusätzlich noch die Notfallfeder, sodass die Bombe im hohen Bogen von ihm weg katapultiert wurde. Genau in dem Moment, als die Bombe den Panzer erreichte, erstarb das Lämpchen komplett und der Sprengsatz detonierte. Der Boden unter ihnen erzitterte. Doch es trat keine Ruhe ein. Eine weit größere Explosion folgte, deren Druckwelle Erik zu Boden riss. Schützend legte er einen Arm über sein Gesicht. Vanessa versuchte ebenfalls der Druckwelle auszuweichen, indem sie sich tief auf den Boden hockte. Als Erik wieder aufblickte, war die Silhouette des Panzers verschwunden. Überall brannten verstreute Schrottteile und auch von den Insassen war nichts mehr zu sehen.

„Guter Wurf!", lobte Vanessa, doch Erik schüttelte nur ungläubig den Kopf.

„Ich wollte eigentlich nur, dass sich der Panzer so weit verschiebt, dass er uns nicht mehr trifft. Aber dass es ihn gleich zerreißt? Krass... Muss wohl das Rohr verformt haben und das Geschoss hat dann den Verschluss samt Panzer gesprengt." Erik strich sich nachdenklich über seinen kleinen Kinnbart.

Vanessa stöhnte und sagte abschätzig: „Wie auch immer..."

Hakan grunzte plötzlich schmerzerfüllt. Erik stand immer noch mit einem Fuß auf seiner Schulter.

„Ach verdammt, dich hab' ich ganz vergessen!" Schnell nahm er sein Bein weg und beugte sich zu ihm herunter. Er begann Hakan mit seiner linken Hand abzutasten. Er versuchte ihn schnell, aber gründlich zu begutachten. Er konnte zwei Schusswunden ausmachen: eine am Oberschenkel, eine am Arm. Aus den Wunden trat mehr Blut aus, als er erwartet hatte, und die sandfarbene Kleidung war bereits rot getränkt.

„Scheiße! Schnell, Vanessa! Hol' mir den grünen Kasten unter dem Sitz! Ich brauch zwei funktionsfähige Hände!", schrie er zu ihr hinüber, denn seit dem Wurf hing sein mechanischer Arm wieder nutzlos hinab.

Sie rannte los. Nach zwei hektischen Handgriffen fand sie den Kasten und sprintete zu ihm zurück. Erik hatte inzwischen die Kleidung um die Wunden herum aufgerissen und betrachtete das verletzte Fleisch.

„Hier, desinfizier die Stellen und mach einen Druckverband", wies Vanessa ihn hastig an und hielt ihm die Flasche hin. Er warf sie weg.

„Erklär' ich dir später", presste er hervor und griff selbst in den Kasten. Mit Stofftüchern befreite er die Wunden grob vom Blut und checkte, ob es glatte Durchschüsse waren.

„Mist, ich kann nichts erkennen! Egal. Hier, nimm die Tourniquets[13] und binde seinen Arm und das Bein ab", instruierte er bestimmt.

Doch Vanessa schaute ihn zweifelnd an. „Aber was, wenn es zu lange dauert? Ich mein', dann kann es..."

„Deswegen beeil dich!", unterbrach er sie barsch.

Schließlich nickte sie zögerlich und beugte sich mit dem Kasten in der Hand zu Hakan herunter. Während sie mit ihrer Aufgabe begann, stand Erik auf und fing an, alles Umherliegende einarmig aufzusammeln. Seine Prothese schwang dabei kraftlos wie ein Pendel hin und her. Dabei kam er an dem zusammengesunkenen Anführer vorbei, der seit Vanessas Kurzdistanzangriff im Schmerzdelirium lag. Er überlegte kurz, ob er ihm den Rest geben sollte. Verdient hatte er es allemal. Doch hatte er gerade weder die Zeit, noch wusste er, wie Vanessa es aufnehmen würde. So entschied er sich, ihm noch einmal kräftig in die Seite zu treten und ihn dann sich selbst zu überlassen. Den Rest würde die Wüste erledigen, und falls nicht, die gebrochenen Rippen.

Als alles aufgeladen und verstaut war, war auch Vanessa mit ihrer Wundversorgung fertig. Über den Schultern trug sie den verletzten und mittlerweile auch bewusstlosen Hakan zum Motorrad. Sie surrte ihn quer über der Ladefläche fest. Nachdem Erik sich aufs Motorrad gesetzt und mit der Linken seine kraftlose Rechte an den Lenker geführt hatte, startete er das Motorrad. Sie setzte sich mit dem Rücken zu Erik auf das Gefährt, um während der Fahrt einen Blick auf Hakan haben zu können. Ohne noch einen Augenblick zu verschwenden, fuhren sie los.

---

[13] Medizinische Vorrichtung. Spezielle Bandage zum Abbinden von Gliedmaßen und Teil jeder militärischen Notversorgung. Abgebundene Körperteile können problemlos einige Stunden ohne Blutzufuhr überdauern. Nach sechs Stunden können jedoch Nekrosen auftreten, die beim Öffnen der Tourniquets das Blut vergiften und so trotz Behandlung der Wunde zum Tod führen können.

Ark Two

Die Reise

Kapitel 12 **Second Base**

Unter hämmernden Schmerzen kam Hakan wieder zu sich. Scharfer Wind peitschte rauen Sand in sein Gesicht, sodass er kaum atmen konnte, geschweige denn sehen.

„Was ist passiert?“, wimmerte er, während er versuchte, die einzige Hand, die er noch spüren konnte, schützend vor sein Gesicht zu halten. Erik fuhr über eine Unebenheit im Boden und Hakans Kopf schlug gegen eine der Transportboxen. *Daher die Kopfschmerzen...*, dachte er und lehnte sich so gut es ging von der Box weg. Zumindest so weit, wie es die Gurte, die ihn an das Fahrzeug banden, zuließen. Dabei erkannte er die Silhouette von Vanessa. Etwas lauter rief er noch einmal „Was ist hier los?“ und schaffte es so endlich, ihre Aufmerksamkeit zu erlangen. Sie löste ihren Blick, der bisher geistesabwesend in die Ferne gerichtet gewesen war.

„Du bist ja wach! Wie geht es dir?“, fragte sie aufgeregt und legte ihre Hände wie ein Kissen unter seinen Kopf.

„Großartig! Das sieht man doch...“, brummte Hakan. Trotz der Schmerzen hatte er seinen Sarkasmus nicht vergessen. Er versuchte weiterhin, mit seiner Hand den Wind fernzuhalten. Nach kurzer Zeit fragte er: „Warum tut mir alles weh? Und ich spüre meinen Arm nicht mehr?“

Vanessa verzog ihren Mund. Sie blickte auf seinen blutgetränkten Körper hinab. Nicht nur die eigentlichen Verletzungen, auch die Abbindungen konnten tödlich enden... „Mach dir keine Sorgen, alles wird gut“, wich sie aus, obwohl sie selbst daran zweifelte.

Erik hatte das Gespräch verfolgt und um ihre Aussage zu bekräftigen, rief er nach hinten: „Keine Sorge, Gefallener, meine Leute kriegen dich wieder hin! Wir müssten die Base auch in wenigen Minuten erreichen."

Hakans Atmung normalisierte sich etwas. Vanessa beobachtete ihn, wie er versuchte sich umzuschauen und etwas in der Entfernung zu erkennen. Schließlich fragte er: „Wo sind wir? Und wo fahren wir hin?"

Sie grinste. „Kurz vor der Second Base."

Der Türke begann zu toben: „Stopp! Haltet sofort an und fahrt zurück!"

„Beruhige dich!", befahl Vanessa und versuchte ihn festzuhalten, was ihr einige Schwierigkeiten bereitete.

„Wir dürfen da nicht hinfahren! Er wird uns umbringen!", schrie er wieder.

„Wer? Wer wird uns umbringen?"

„La Mort de Fer!", rief Hakan.

Vanessa überlegte. „La Mort de Fer… der eiserne *Tod*?"

„DER eiserne Tod!", sagte Hakan hastig. „Es ist ein untotes Monster aus Schrott und Metall, das keine Gnade und auch keine Furcht kennt! Es tötet jeden, der sich der Second Base nähert!!"

Die Aufregung war zu viel für ihn. Er verlor wieder das Bewusstsein.

Besorgt drehte Vanessa sich zu Erik um und fragte unsicher, wobei sie noch immer gegen den Wind anschreien musste: „Was meint er damit? Weißt du was darüber?"

„Ich habe keine Ahnung, wovon er redet", rief Erik zurück. Er grinste breit unter seinem Kopftuch.

Nun sah er langsam einen hohen Turm am Horizont aufsteigen. Er hatte es geschafft. Vorsichtig griff er mit seiner Linken in seine eingenähte Geheimtasche und zog die Putin heraus. Ohne zu zögern zielte er gen Himmel und zog dann an einem kleinen Haken, der sich noch vor dem eigentlichen Abzug befand. Der Revolveraufsatz der Waffe drehte sich und eine Leuchtrakete schoss in den Himmel. Vanessa zuckte vor Schreck zusammen.

„Ach, mit *Leuchtraketen* kannst du schießen?!", fauchte sie ihn vorwurfsvoll an.

*

„Ist es schon wieder soweit? Ist schon wieder Schichtwechsel?", fragte ein älterer Mann mit lichtem Haar, deren grauen Überbleibsel zu einem langen, dünnen Zopf zusammengebunden waren. Er saß in einem rostigen, mit Flicken übersäten Campingstuhl und wedelte sich mit einem feminin anmutenden Fächer Luft zu.

„Eigentlich nicht, Manfred", antwortete der hochgewachsene und selbst für eine Endzeit sehr dürre Mann, „ich wollte dir nur etwas Gesellschaft leisten."

Der Lange, der mindestens genauso alt sein musste wie Manfred, winkte mit einer dünnen Pappschachtel, sodass ein lautes Klappern ertönte.

Manfred rümpfte die Nase und wedelte mit dem Fächer nach ihm.

„Bleib mir bloß weg, Vincent. Du willst mich doch nur um meine offenen Rationen erleichtern!", schimpfte er.

„Ach komm, zu einem Spielchen kannst du nicht Nein sagen."

Eine rote Leuchtkugel, die in der Ferne in den Himmel sauste, zog die Aufmerksamkeit der beiden auf sich. Manfred holte Schwung und stieß sich aus seinem Stuhl hinaus. Schwerfällig stieg er von dem Dach eines kleinen Turmes, das als Aussichtsplattform diente, herunter zur Außenmauer. Wie auch in der First Base war es keine besonders hohe Mauer und das bröcklige Zementwerk mit den rostigen Stahlstreben machte nicht mehr den sichersten Eindruck. Doch es waren die am besten verteidigten Mauern südlich der Ostsee. Und das war zu einem Großteil Manfred zu verdanken.

Er griff nach einem alten Karabinergewehr mit einem unpassend neumodischen Zielfernrohr, das an der Wand bereitstand. Eine steinerne

Brustwehr[14] umgab den gesamten äußeren Teil der Mauer und war ebenso der Erosion und dem Zerfall ausgesetzt wie der Rest der Festung.

Als Manfred das Gewehr anlegte und durch das Fernrohr sah, rief Vincent bereits hinunter: „Was machst du denn für einen Aufstand, Manfred?! Öffne doch einfach das Tor! So kündigt sich Erik doch immer an. Und wer sonst würde freiwillig deine Aufmerksamkeit haben wollen?"

„Man weiß ja nie…", brummte er und Vincent verdrehte die Augen.

Nach einem Moment Stille hakte der Dürre nach: „Und? Ist er es?"

„Ja schon, aber irgendwas ist seltsam. Sein Motorrad sieht total überladen aus."

Eine zweite, grüne Leuchtkugel schoss plötzlich von Eriks Motorrad aus in die Luft.

„Was soll das denn nun wieder?", fragte Vincent sichtlich verwirrt.

Manfred hingegen begann so schnell es seine kurzen Beine erlaubten in Richtung Stahltür zu rennen. Seinen Kollegen ließ er einfach stehen. Während er die lange, steinerne Treppe hinabhastete, nahm er das antik wirkende Sprechfunkgerät in die Hand, das vorher um seinen Hals gehangen hatte. Japsend sprach er hinein: „Manfred an Tordienst, Manfred an Tordienst, öffne das Tor Nordost – Tor Nordost!"

Aus dem Gerät ertönte eine verzerrte Stimme. „Hier ist Sebastian, was gibt's denn? Wir hatten mal einen Funkcode ausgemacht und es wäre..."

„Ich scheiß auf deinen Code, mach das Tor auf! Irgendwas ist mit Erik!!"

Das Funkgerät blieb stumm. Am Ende der Treppe landete er in dem überschaubaren Innenhof, der dem der First Base glich. Nur mit mehr Menschen, die überall ihrem Tagewerk nachgingen. Er stapfte durch den Sand, hin zum zentralen Gebäude. Als er den Hauptturm erreichte, öffnete sich auch schon

---

[14] Eine brusthohe Schutzmauer mit Schießscharten oder Zinnen. Diese sind oft ein Merkmal alter Burgen und leicht an den abwechselnden Stufen auf der Außenmauer zu erkennen.

das Tor der Außenmauer. Unter tosendem Lärm sank dabei ein Stück der Mauer langsam in den Boden hinab. Er trat durch eine mit Tüchern bedeckte Öffnung in das Gebäude, das auf Höhe der Sandschicht in die Außenwand hineingeschlagen worden war. Es war deutlich zu erkennen, dass die Öffnung mit der Zeit immer weiter nach oben gewandert war und so mit dem Sandniveau mitwuchs. Der Innenraum bestand fast vollständig aus einem riesigen Metallgerüst, in dem ein Fahrstuhl war, der die Flure der Untergrundgeschosse mit dem Erdgeschoss verband. Der Lift erreichte aber auch die oberen Ebenen des Turmes, die jedoch unbewohnt waren. Manfred betätigte einen Hebel neben dem Eingang, wodurch sich ein Hebetor neben dem handgeschlagenen Eingang öffnete. Dann eilte er zu einer Sprechanlage neben dem Aufzug.

„Amelie!!", schrie er hinein, während er den Sprechknopf gedrückt hielt. Keine Reaktion. Er schrie noch einmal in die Anlage. Keine Antwort. Also nahm er eine herumliegende Eisenstange und schlug sie mit voller Kraft gegen das Geländer des Gerüstes. Das scheppernde Glockenspiel dröhnte in alle Richtungen des Treppenhauses.

Sofort erwachte die Freisprechanlage zum Leben und eine zornige Frauenstimme schrie: „Was ist denn da oben los?!"

Manfred erwiderte: „Amelie, bist du das?"

„Nein, aber sie ist bei mir. Soll ich sie holen?"

„Ja! Äh, nein! Sie muss sofort hochkommen! Mit der Ausrüstung. Etwas ist mit Erik!"

Kaum war er fertig, da hörte er auch schon, wie ein Motorrad heranfuhr und im Hof stoppte. Im Hintergrund dröhnte das vertraute Geräusch der schweren Tormauer, die wieder hochfuhr. Manfred trat an dem Lift vorbei, der sich gerade in Bewegung setzte, und ging durch die große Öffnung nach draußen. Im Freien hielt er sich seine Hand über die Augen und versuchte die Maschine zu erkennen.

„Was ist mit dir passiert, Erik? Warum hast du…", fragte Manfred, doch er unterbrach sich selbst, als er bemerkte, dass Erik nicht allein war. „Wer sind die beiden?"

„Jetzt nicht, Manfred", antwortete er kurzangebunden.

Manfred verstummte. Es musste echt ernst sein. Selbst bei seinem letzten Notsignal, als Erik böse von einem Fledderer zugerichtet worden war, hatte er noch einen Witz zur Begrüßung auf den Lippen gehabt. *Ich wollte mal herausfinden, mit welchem Köder man Legionäre besonders gut anlocken kann. Und, nun ja, Menschsein funktioniert immer noch am besten.* Daran konnte er sich noch gut erinnern. Für ihn zählte dieser Witz zu seinen persönlichen Top 10 in der „Eriks-Nahtod-Hitliste". Doch nun witzelte Erik nicht. Als er vom Motorrad stieg und einhändig versuchte, die Ladung zu lösen, kam ihm das Mädchen vom Rücksitz zu Hilfe. Zusammen befreiten sie etwas, was sich als ein bewusstloser Mensch entpuppte, und hoben ihn von der Ladefläche. Mit nur einem einsatzfähigen Arm konnte Erik den Verletzten nur schwer festhalten, sodass er ihm sofort vom Rücken rutschte. Ohne einen weiteren Gedanken zu verschwenden, unterstützte Manfred die beiden und nahm den Arm des Fremden über seine Schultern. Just in dem Moment kam eine große Frau mit langen, schwarzen Haaren und tiefbrauner Haut aus dem Hauptgebäude herausgesprintet. In der Hand trug sie eine Krankentrage wie einen Koffer, die sie ohne Worte oder Blickkontakt direkt vor den Füßen der drei aufstellte. Vorsichtig legten Manfred und Vanessa Hakan auf die Liege und schon verschwanden die beiden Frauen mit dem Bewusstlosen im Aufzug des Gebäudes. Erik, der, verärgert über seine Nutzlosigkeit, eine Miene wie Endzeitgewitter zog, schaute den beiden hinterher. Er schlurfte mit dem regungslos herunterhängenden Arm an dem sichtlich erschöpften Manfred vorbei, als dieser nach mehreren Anläufen fragte: „We... Wer sind die beiden?"

„Hakan und Vanessa."

Trotz des Sauerstoffmangels stockte dem alten Mann der Atem.

*

„Wohin?", fragte Vanessa, als sie und die große Frau den Aufzug wieder verließen. Ihre Angst zeigte sich in ihrer Hektik. Zusammen mit der Trage verließen die beiden den rustikal, aber solide wirkenden Fahrstuhl. Die fehlende Tür und das offene Getriebe wirkten zwar wie eine Sicherheitsgefährdung, doch weder Erik noch die anderen Anwohner hier erwarteten in nächster Zeit eine Inspektion.

„Immer geradeaus", antwortete die Frau knapp. Ihre Stimme war kräftig und bestimmend. Sie verriet etwas von ihrer Seele. Eine Seele, so robust wie ein Kaltblüter, so stur wie ein Esel. Ähnlich wie Erik.

Zusammen trugen sie den Bewusstlosen so schnell sie konnten einen langen Korridor entlang, der nur spärlich durch nackte, herabhängende Glühbirnen beleuchtet wurde. Am Ende des Ganges kamen sie in einen Raum, der im Gegensatz zum Flur strahlend hell erleuchtet war.

„Dort auf den Tisch", ordnete sie an. Als Hakan auf dem Tisch lag, tauchte hinter Vanessa eine weitere Frau wie aus dem Nichts auf, die sich mit Handschuhen und einem blauen Kittel bewaffnet auf den Verletzten stürzte. Sie war klein und zierlich. Allerdings sah selbst die recht hoch gewachsene Vanessa neben der dunkelhäutigen Riesin klein aus, also musste jede Durchschnittsfrau dagegen geradezu winzig wirken.

„Rosi, wir haben hier zwei Schusswunden. Bei dem Blutverlust muss eine Arterie getroffen worden sein. Wir brauchen eine Schere, zwei Wundkleber und eine Kugelzange!"

Vanessa verstand sofort, dass sie hier nichts mehr tun konnte. Wahrscheinlich würde sie sogar eher im Weg stehen. Sie trottete langsam aus dem alten Küchenraum, der zu Operationszwecken umfunktioniert worden war.

Durch eine Scheibe beobachtete sie weiter, wie die beiden über Hakan herfielen. Sie versuchte zu erkennen, was sie dort machten, doch die Hände der Frauen waren zu schnell für ihre Augen. So entschloss sie sich einfach zu warten. Doch noch bevor sie einen Platz zum Hinsetzen gefunden hatte, erstarb plötzlich der Lärm im Behandlungsraum. Vanessa schaute sich überrascht um und sah, dass die beiden sich von Hakan entfernten und dabei ihre Handschuhe wieder auszogen.

„Ist er tot?“, fragte sie erschrocken, erntete aber nur gespielt empörte Blicke.

„Natürlich nicht“, schmunzelte die große Frau, „er wird noch einige Menschen überfallen können... Ich dachte bei Erik eigentlich, dass wir die Sache mit den Gefallenen hinter uns hätten.“

„Aber so schnell?“, fragt Vanessa ungläubig.

Die Riesin zuckte mit den Schultern und gab ihr den Weg zu Hakan frei. Ohne zu zögern ging sie zu ihm hinüber, um sich selbst davon zu überzeugen, dass er noch atmete.

„Wir haben ja nicht so viel gemacht“, sagte Rosi, „es musste nur die Kugel entfernt werden und der Vital-Kleber macht den Rest.“

„Kugel? Nur eine?“

„Ja, der Schuss im Arm ging glatt durch. Und danke für die Hilfe beim Tragen! Du hast echt Ausdauer. So eine wie dich könnte ich hier gut gebrauchen“, fügte sie hinzu. „Ich glaube, wir haben uns noch gar nicht vorgestellt. Ich heiße Amelie und bin die Ärztin in dieser Zuflucht, dass wir Zuhause nennen. Und wie heißt du, mein Kind?“

„Nichts zu danken“, erwiderte Vanessa etwas errötend, „aber ich glaube, Erik würde da nicht so begeistert sein. Ich bin Vanessa.“ Sie streckte die Hand aus, doch statt sie zu nehmen, ließ Amelie ihre Schutzausrüstung fallen.

„Vanessa? *Die* Vanessa?“, fragte sie ungläubig.

„Ich weiß nicht, wie viele es gibt. Aber ich glaube, ja.“

Amelie konnte ihre Emotionen nicht mehr halten und warf sich ihr um den Hals. Den Tränen nahe sagte sie: „Dann hast du es also wirklich geschafft!“

Vanessa machte sich vorsichtig von ihr los. „Wovon redest du? Was ist hier los?“

„Na, hat dir Erik nicht erzählt, was er…“, begann Rosi mit ihrer weichen Stimme, als Erik plötzlich hinter ihr auftauchte.

„Was habe ich nicht erzählt?“, fragte er mit einem dunklen Tonfall und ernsten Blick.

Rosi zuckte zusammen und huschte instinktiv auf die andere Seite des kleinen Raums. „Ähm, ich wollte nicht... und so... auch weil...“, stammelte sie und versuchte, Blickkontakt mit Erik zu vermeiden.

„Wenn ich ihr etwas nicht gesagt habe, dann weil es nichts zu sagen gibt“, brummte Erik, der einen Schritt auf Rosi zu machte. Doch noch bevor etwas anderes geschehen konnte, stellte Amelie sich zwischen die beiden.

„Was soll das hier werden, Erik Weizholt?! Wir haben über dich geredet und da ist nichts dabei“, sagte sie mit der autoritärsten Stimme, die sie aufbringen konnte.

Doch Erik schien sie wenig zu beeindrucken. „Das habe ich gemerkt und ich hasse es immer noch, wenn sich hier die Leute das Maul über mich zerreißen.“ Er versuchte noch immer, Rosi in die Augen zuschauen. Doch Amelie versperrte ihm die Sicht. Mit festem Blick starrte er zu ihr hinauf und sie starrte zurück.

Ohne die Augen auch nur einen Moment von ihm zu lösen, sagte sie: „Das rechtfertigt nicht, dass du dich hier so aufführst.“

Erik rollte mit den Augen. „Wenn sich hier nicht einige mir gegenüber so verhalten würden...“

Amelies Stimme wurde weicher, als sie eine Hand auf seine Schulter legte. „Erik, jeder hier weiß, was du leistest, und auch jeder hier dankt dir dafür. Trotzdem musst du...“

Erik schob ihre Hand von sich und drehte sich weg. Dabei zischte er leise: „Heute keine Lebensweisheiten. Heute nicht!“ Während er aus der Tür ging, rief er über die Schulter: „Vanessa, komm, wir gehen!“

„Wollen wir nicht nach Hakan sehen?“, fragte sie unsicher, doch er winkte ab.

„Nee, dem geht es gut. Amelie ist die beste Ärztin, die du finden kannst. Dem geht es wahrscheinlich so gut wie lange nicht mehr.“

Vanessa warf einen unentschlossenen Blick zu Hakan, folgte ihm dann aber. „Okay... Und was machen wir jetzt?“, fragte sie.

„Wenn du mich so fragst… ich könnte dir zeigen, wo ich hier lebe.“

„Klingt gut“, nickte sie.

„Gut, dann hier entlang.“

Erik begann mit ihr im Schlepptau den Flur zurückzulaufen. Er blieb plötzlich stehen, als ihr Gang auf einen anderen stieß. Verwundert blickte er in den Quergang hinein und schüttelte verwirrt den Kopf. Vanessa war durch sein abruptes Anhalten fast in ihn hineingelaufen. Nun folgte sie seinem Blick und sah wenige Meter entfernt eine Frau mit hellbraunen, lockigen Haaren. Sie kauerte auf dem Boden und ab und zu zuckte sie zusammen, wenn ein Glockenschlag durch die Räume hallte. Erst jetzt erkannte Vanessa, dass die Frau an einer massiven Tür lehnte, die mit einem Drehrad verschlossen war.

„Hey, Susi, alles in Ordnung?“

Die brünette Frau schreckte auf. „Oh, Erik! Ja, gerade noch so…“, schniefte sie. „Fast wäre ich...“ Sie vollendete den Satz nicht, sondern rückte ihre dickwandige Brille zurecht. Erik hatte ein ungutes Gefühl.

Sie musste ungefähr so alt sein wie Rosi, doch scheint sie ihm wohler gesonnen zu sein als die Arzthelferin.

„Was ist denn passiert?“, fragte Vanessa.

„Ich habe es gerade mit den schlimmsten Monstern überhaupt zu tun. Diese Raubtiere belagern dich und beobachten dich und wälzen sich in deinem Leid. Und sobald sie deine Angst riechen, gibt es kein Zurück mehr. Dann bist du tot!“

Eriks Gefühl hatte sich bestätigt. Susi schluchzte wieder los. Doch ein erneuter Schlag vom Inneren der Tür ließ sie zusammenzucken. Erik verdrehte die Augen. Er hasste solche Gefühlsausbrüche. Vanessa dagegen ging auf sie zu und beugte sich zu ihr hinunter. „Mit was für Kreaturen musstest du denn da drin kämpfen? Etwa Fledderer?“

„Schlimmer", antwortete sie und blickte ihr dabei tief in die Augen. „Kinder!"

„Ähm... Was?", Vanessa schaute sie verständnislos an. Was hatte sie da gerade gehört? Kinder? Hatten sie nicht eben noch von Monstern gesprochen? War das wieder was, was passiert ist, als sie in dieser Vault war?

Erik trat hinter sie. „Hast du wieder Kinderdienst bekommen?"

Susi nickte, bevor sie schluckte und schließlich antwortete: „Ja, eigentlich haben die heute alle Unterricht bei Evi, aber es gab unten Probleme bei den Hydrokulturen und dann musste sie dort arbeiten und ich habe die Kinder abgekriegt."

Er schüttelte den Kopf. Da fiel ihm aber noch etwas ein. Er griff mit der Linken in seine Brusttasche und holte die kleine gläserne Disk hervor, die er aus der Vita Vault geborgen hatte.

„Oh!", rief Susi. „Du hast wieder eine!"

Sie rappelte sich auf und schnappte sich die kleine Scheibe. Vorsichtig hielt sie sie sich vor die Augen und blickte hindurch. Doch dann wanderte ihr Blick zurück zu der gepanzerten Tür und alle Freude wich aus ihrem Gesicht. „Tut mir leid, ich kann die Datenspeicher jetzt gerade nicht auslesen", sagte sie resigniert.

„Ach, komm", sagte Erik und packte das Drehrad, das die Tür entsperrte.

„Aber...!", flehte Susi noch, doch es war zu spät. Die Tür hatte sich geöffnet. Vierzehn Kinder blickten aus dem Inneren des Raumes zu ihnen hinaus. Es war ein recht großer, quadratischer Raum. Die Wände waren vollständig mit Metall beschlagen und überall standen neue und alte Computer, die alle, mal mehr, mal weniger gut zu laufen schienen. Zumindest dem lauten Surren der veralteten Festplatten nach zu urteilen. Hinter den Computern standen Regale, die mit Büchern vollgestopft waren. Einige lagen auch direkt beim Eingang auf dem Boden. Die Kinder, die Vanessa auf zwischen fünf und elf schätze, riefen alle gleichzeitig „Erik!!!" und rannten durch die Tür auf ihn zu.

Selbst die drei Kinder, die in der Nähe der Tür wurfbereit einige Wälzer hochgehalten hatten, ließen sie wieder fallen. Es bildete sich sofort eine dicke Traube um Erik herum.

„Was ist denn bei Erik los? Ich wusste gar nicht, dass er so gut mit Kindern kann“, murmelte Vanessa.

„Das ist kein Wunder“, erklärte Susi. „Er hat all diese Kinder aus den Vita Vaults geholt. Er ist oft die erste Bezugsperson hier für die Kleinen gewesen.“

„Aber warum?“

„Das habe ich ihn auch schon oft gefragt. Er sagte dann immer, dass er es nicht mit anschauen kann, wie Kinder in den Röhren vor sich hinvegetieren und irgendwann mutieren. Deshalb holt er jedes Kind aus den Röhren, das er finden kann. Daher der Zoo hier.“

„So wie mich …“, flüsterte Vanessa.

„Wie bitte?“, fragte Susi, bekam aber keine Antwort. Als sie sich sicher war, dass es dabei bleiben würde, wechselte sie schließlich das Thema. „Ich bin übrigens Susi, die Chronistin hier. Und wer bist du?“

Da scheinbar einige seltsam auf ihren Namen reagierten, ging Vanessa auf Nummer sicher. „Ich bin Vanni, eine Bekannte von Erik.“

Susi nahm es hin, ohne weiter zu fragen. Nachdem sie sich freundlich die Hände gereicht hatten, folgten sie Erik in den Raum, wo die Kinder schon begonnen hatten, auf ihm herumzuklettern.

„Warum ist denn alles hier verstärkt?“, fragte Vanessa, die sich mit offenem Mund umschaute. Das ganze Metall war ihr zwar vorher schon aufgefallen, das Ausmaß war von hier drin betrachtet allerdings gleich ein ganz anderes.

Susi folgte ihrem Blick und erklärte: „Das ist keine Verstärkung, das ist ein Faraday’scher Käfig. Die Computer hier drin sind die größte Datenbank nach Tag Null und innerhalb des Käfigs sind sie auch weiterhin geschützt, falls es noch einmal zu einem EMP kommt.“

„Und was macht ihr mit der Datenbank?“

Susi lachte kurz. „Hauptsächlich ausdrucken. Die Bücher da hinten sind das letzte Wissen von früher. Erik sammelt kleine Fragmente aus den paar Vaults, die noch funktionieren, und ich drucke dann das Wissen sozusagen in Bücher. Es soll ja nicht noch einmal so verpuffen wie vor elf Jahren.“

„Ahhhhhh!“, machte Vanessa. Langsam ergab alles einen Sinn.

Susi führte währenddessen weiter aus: „Außerdem bringt Erik auch immer ein Update der Patientenlisten von den Vaults mit, damit wir Bekannte, Verwandte und vor allem auch die Eltern der Kinder ausfindig machen können. Aber Erfolg haben wir in letzter Zeit kaum noch…“

Während Erik die Kinder beschäftigte, begab sich Susi zu einem der Computer und legte die Disk in einen Spalt am Terminal ein. Sofort blitzten hunderte Bilder hintereinander auf. Vanessa, die sich die Reizüberflutung nur einige Momente mit ansehen konnte, musste schließlich die Augen abwenden. So musterte sie weiter den Raum.

„So, jetzt werden erstmal die Daten mit den schon vorhandenen abgeglichen. Bei den Rostlauben hier wird es noch eine Weile dauern“, erklärte Susi, den Blick stur auf den Flimmerkasten gerichtet.

„Ach super, dann komm ich nachher nochmal vorbei“, sagte Erik und begann, sich von den Kindern zu befreien, um sich zur Tür aufzumachen.

„Wir sollten weiter“, sagte er zu Vanessa, nachdem er das letzte Kind abgeschüttelt hatte.

Er führte sie zurück in den schlecht beleuchteten Flur und dann in den Fahrstuhl, wo er von den zwölf Etagenknöpfen den fünften von oben drückte. Es war der einzige, bei dem die Zahl noch zu erkennen war. Sofort setzte sich das schwerfällige, laute Getriebe in Bewegung und der Lift fuhr sie eine Etage tiefer. Mit scharrenden Geräuschen öffnete sich die vorsintflutliche Aufzugstür. Mit stolzgeschwellter Brust trat er in die kleine Vorhalle. Vanessa folgte ihm auf dem Fuß. Etwas kam ihr bekannt vor, doch so richtig wollte ihr

Gehirn ihr nicht sagen, woran die Halle sie erinnerte. Ruhelos schweiften ihre Augen von einer Ecke zur anderen.

„Na, erkennst du es wieder?", fragte er mit großen Augen. Vanessa reagierte nicht, sie wollte es selbst herausfinden, doch Erik löste vorschnell auf: „In der First Base, der Raum vor der Nano-Schmiede. Das ist der gleiche wie der hier. Aber aus *diesem* hier habe ich eine kleine Küche mit Esstisch gemacht!"

In der Tat, jetzt erkannte Vanessa den umgeräumten Gang wieder. Es war erstaunlich, wie ähnlich die Wehr ihre Stützpunkte baute, auch wenn dieser einem ganz anderen Zweck gedient hatte. Fast schon wie die Franchise-Imbissbuden, lange vor Tag Null. Vanessa bekam Appetit. Das lag wahrscheinlich an dem Essen, das gerade auf dem Herd stand. Es strömte ein köstlicher Duft durch den Raum.

„Hast du hier gekocht?"

„Ne, eigentlich nicht. Das Essen muss von Amelie sein. Sie kocht immer für mich, wenn ich weg bin, und lässt es stehen, bis ich wiederkomme. Da ich nicht oft mit den anderen esse, hat sie wohl Angst, dass ich mich sonst nur noch von Panzerkeksen ernähre."

„Was hast du denn so viel zu tun, dass du nicht mit den anderen zusammen isst?", fragte Vanessa.

Auf Eriks Stirn erschienen tiefe Falten. „Na, wenn ich schon hier bin und nicht unterwegs, hab' ich genügend andere Dinge zu tun...", log er.

„Oh, und was zum Beispiel?", fragte sie interessiert.

„Ähm... hier, schau mal!", sagte er plötzlich und schloss hektisch die Tür zur Nano-Schmiede auf. Mit einer Handbewegung gab er ihr den Vortritt und schaltete das Licht an. Es war das typische blaue Licht der F^2-Sticks, das in einem Kranz an der Decke den gesamten Raum erleuchtete. Von einer Sekunde auf die andere war es taghell geworden. Die Nano-Schmiede war voll mit Technik, kleinen Apparaturen und vielen, vielen Werkbänken mit

Werkzeugen unterschiedlichster Art. Nur dass diese hier sich nicht von allein bewegten. Zum Glück... Auf der anderen Seite des Raumes, dort, wo in der First Base die Regale standen, befand sich ein Bett, dessen Holz stark dem der alten Regale ähnelte. Daneben standen ein kleiner Tisch und eine Dusche, die ein bisschen willkürlich und deplatziert wirkte.

„Oh, hier ist es ja sehr... chaotisch?"

Vanessa wusste nicht, wie sie sich besser ausdrücken sollte. Aber was hätte sie auch erwarten sollen? Schon damals war Erik nie der Ordentlichste gewesen und wenn er elf Jahre lang hatte machen können, was er wollte, dann konnte es ja nur so aussehen. Es hätte aber auf jeden Fall noch schlimmer sein können.

„Was, mehr nicht?", fragte Erik aufgebracht. „Ich habe hier alles repariert oder neu gebaut, was durch den Mega-EMP schrottgegangen ist! Und einige Dinge hab' ich sogar neu erfunden!"

Er erhob die Hände zu einer großen präsentierenden Geste. Das wäre auch sehr beeindruckend gewesen, wenn sein rechter Arm nicht immer noch bewegungslos herabgehangen hätte.

„Ach ja, da war ja was", schnaubte er.

Zielstrebig ging er zu einer der Werkbänke hin, an der ein großer Motor befestigt war. Dieser lief bereits und hatte scheinbar nichts anderes zu tun, als kleine Kassetten aus Metall aufzuziehen.

„Was sind das für Dinger?", fragte Vanessa, als sie ihm folgte.

„Das ist eine meiner Erfindungen, eine Kinbat."

„Kinbat? Klingt wie ein schlechtes asiatisches Monster."

„Es ist eine Abkürzung", grummelte er über ihr Kichern hinweg.

„Für?"

„Kinetische Batterie. Strenggenommen ist es ein Akkumulator, aber Kinakk, klang noch schlimmer."

„Das stimmt", nickte sie. Sie riss sich langsam wieder zusammen. „Und wofür brauchst du sie?"

Erik legte seinen rechten Arm auf den Tisch und zog an einem versteckten Hebel unter dem Ellenbogen. Sofort sprangen wie aus einem Toaster zwei dieser Kinbats aus seiner Schulter hervor. Er tauschte sie gegen zwei andere aus, die bereits von den Motoren aufgezogen worden waren. Endlich konnte er seinen mechanischen Arm wieder selbstständig bewegen. Zur Probe drehte er ihn ein paar Mal im Kreis und zeigte mal in die eine, mal in die andere Ecke. Er war wieder voll einsatzfähig. Auch die ausgefahrene Notfallfeder zog sich nun von selbst wieder zusammen.

„Ach so, die treiben deinen Arm an. Warum nutzt du nicht die F^2-Sticks, wie die anderen Geräte auch?"

„Es ist zu aufwendig. Um eine Kinbat aufzuziehen, braucht man die Energie von vier Sticks. Also 'ne Menge Kraft. Außerdem brauche ich so keinen extra Motor im Arm, ich kann immer gleich zuschlagen. Das spart Platz und Gewicht."

Erik schlug einem imaginären Feind in die Magengrube, dann hob er beide Fäuste wie ein Boxer. Doch Vanessa hob nur eine Augenbraue. Plötzlich erblickte sie einen dicken Vorhang an einer Wand hinter Erik. Er war mit breiten Nägeln direkt ans Mauerwerk geschlagen worden und schien etwas zu verstecken. Davor stand ein kleines Gerüst, das an eine Halterung oder einen Sägebock erinnerte. Darauf befand sich eine sehr komplex aussehende Apparatur, die auf den Stoff an der Wand gerichtet war. Während Erik noch gegen seine Fantasiefreunde kämpfte, ging Vanessa zu dem Gestell hin. Als sie näher herantrat, entdeckte sie, dass das längliche Gerät komplett zerschlagen war. Tiefe Beulen schmückten die Oberfläche, Drähte und Schaltungen lagen zerrissen auf dem Boden herum. Ebenso wie Teile, die an Eriks Armprothese erinnerten.

„Was ist das hier?", fragte sie.

Erik drehte sich zu ihr um, und als er sah, vor welchem Gerät sie stand, verzog er verärgert über sich selbst das Gesicht.

„Noch ein guter Grund, warum manche hier Vorbehalte gegen mich haben“, brummte er, als er zu ihr hinüberging.

Vanessa verunsicherte die Aussage mehr als das zerstörte Gerät und das konnte sie auch nicht verbergen. Bei ihr angekommen, strich er gedankenverloren über die Dellen und Schrammen.

„Ich habe hier viele Jahre in meinem eigenen Saft gekocht und manchmal bin ich dabei auf seltsame Gedanken gekommen“, begann er zu erzählen. „Irgendwann sind aus Gedanken dann Theorien geworden und aus Theorien Experimente. Auch wenn der eigene Geist immer nach dem ‚Warum ist das so?‘ und ‚Was ist damit möglich?‘ strebt, sollten einige Dinge einfach nie erdacht werden. Das hier gehört dazu.“

Vanessa war beeindruckt über die weisen Worte von ihrem alten Freund. Er war nicht nur äußerlich gealtert. Sie fischte eins der alten Armprothesenteile aus dem Schrotthaufen auf dem Boden. „Und was ist damit? Waren die Teil des Geräts?“

„Ne“, antwortete er, „eher andersherum. Ich habe bei der Waffe viel Osram verbaut. Und meine alten Prothesen hatten viel davon. Da hab’ ich die verwertet.“

„Also war das hier ‘ne Waffe?“

„Natürlich ist es eine. Es ist immer eine Waffe, wenn eine Erfindung nicht zur richtigen Zeit am richtigen Ort entsteht…“, schüttelte er den Kopf.

„Und was hat es mit dem Vorhang auf sich? Ist dahinter das Ziel?“

„Es gab nie ein Ziel“, sagte er und wendete sich von dem Gerät ab. „Komm, wir gehen zurück in die Vorhalle. Mal schauen, was im Kochtopf ist.“

„Okay…“, antwortete sie, obwohl es ihr widerstrebte. Sie wusste, dass aus Erik nicht mehr rauszukriegen war, wenn er beschlossen hatte, nicht weiter darüber zu reden, doch ließ ihr der Vorhang keine Ruhe. *Was soll denn sonst dahinter sein?!*, fragte sie sich. Es ausnutzend, dass er sich weggedreht hatte, schritt sie schnell die paar Meter zurück, packte den dicken Stoff und schwang ihn zur Seite. Eine Wand war da nicht mehr. Es war viel mehr ein Durchbruch, den der Vorhang verbarg. Hinter diesem breitete sich eine kleine Höhle aus, groß genug, dass sogar Amelie problemlos darin hätte stehen können. Auf dem Boden lag noch der Schutt des Gesteins, das mit Gewalt aus der Wand gerissen worden war.

„Wow... krasse Waffe! Wie oft musstest du schießen, um so eine Kuhle auszuheben? Ich mein, was ist das hier, Granit?"

Erik hatte schon die Tür erreicht und fuhr jetzt abrupt zu ihr herum. „Du konntest es echt nicht lassen, oder?!"

„Bin halt neugierig."

„Wie eine Katze...", sagte er und öffnete die Tür. Er blickte hinaus. Dabei sagte er: „Es war ein Schuss."

„Was? Dieses Loch war nur *ein* Schuss?!" Vanessa blieb entgeistert der Mund offen stehen.

„Ja... und es war nicht mal gewollt. Er löste sich noch beim Justieren der Spulen. Die Welt ist noch nicht bereit für so eine Waffe", schüttelte er den Kopf. Dann fügte er betont fröhlich hinzu: „Jetzt komm schon, sonst ess' ich allein!"

„Okay, okay!" Sie stapfte zu ihm hin.

Auf einmal störte ein Lautsprecher das Gespräch der beiden. Doch statt einer lauten und deutlichen Durchsage konnten sie eine weibliche Stimme hören, die genervt flüsterte: „...muss das sein? Er will doch selbst nicht hier hoch... Ach ehrlich? ... Vanessa, wirklich? Okay dann..." Die Stimme wurde lauter und als klarer Ton hallte sie nun durch die Werkstatt. „Erik, komm bitte zusammen mit Vanessa zum Essen in den großen Saal. Danke."

Erik schloss die Augen und atmete tief durch.

„Was war das?“, fragte Vanessa. „Langsam glaube ich, dass die Einwohner hier was gegen dich haben.“

Er schüttelte den Kopf. „Nee, eigentlich nicht. Sie verstehen vieles nur einfach nicht.“

Er wandte sich zum Ausgang. „Bei so einer ‚förmlichen‘ Einladung will ich sie natürlich nicht warten lassen“, sagte er in Richtung des Liftes gehend. Auf der Hälfte des Weges merkte er, dass Vanessa ihm nicht folgte. „Was ist los? Willst du nicht mitkommen?“

„Sei mal ehrlich“, antwortete sie mit gesenktem Kopf. Ihr Tonfall ließ ihn wieder zu ihr zurückkehren. „Warum reagieren hier alle so komisch auf mich? Und warum scheinen mich alle zu kennen?“

Erik legte seinen menschlichen Arm um ihre Schultern und drückte sie an sich. „Es sind halt nur Leute. Mach dir keine Gedanken um sie. Du wirst super mit ihnen auskommen.“

„Wie meinst du das?“

„Naja, das hier wird dein Zuhause für die nächste Zeit sein.“

„Aber...“

„Kein Aber. Nirgendwo ist man besser aufgehoben als in diesen dicken Mauern. Und jetzt lass uns hochgehen.“

Erik löste seinen Griff und schaute ihr in die Augen, bis sie schließlich nickte und ihm auf dem Weg nach oben folgte.

Als die Türen des Lifts sich schlossen, sagte er fast schon freudig: „Mh... die Stimme im Lautsprecher klang wie die von Magarete. Dann gibt es heute bestimmt Moorwurzeln!“

„Das klingt widerlich“, sagte sie trocken und rümpfte die Nase.

„Ist es auch“, sagte er mit breitem Grinsen, „aber die sind so schlecht, das muss man erlebt haben!“

Kapitel 13 Das Essen

Vanessa folgte Erik eine Etage höher, in der sich der OP-Raum befand, und durchschritt mit ihm ein kleines Labyrinth, bis sie zu einer bereits offenstehenden schweren Feuerschutztür kamen. Ein unüberhörbares Durcheinander von unzählbar vielen Stimmen war schon von draußen zu vernehmen und ein Duft wehte ihnen vom Eingang her entgegen, der den beiden das Wasser im Mund zusammenlaufen ließ. Erik betrat den Raum dicht gefolgt von Vanessa. Sie versuchte, eingeschüchtert von den vielen Fremden, sich hinter Erik zu verstecken, was ihr aber nur mäßig gelang.

Überall in dem großen Saal saßen Menschen auf selbstgebauten Bänken und aßen von blechernen Tellern, während sie schmatzend quatschten. Auf den Tischen standen Massen an verschiedenen Speisen, die auf Vanessa jedoch hauptsächlich fremdartig wirkten. Große Schüsseln mit roter Soße, dunkle Laibe Brot und zu Pyramiden gestapelte Haufen von gekochtem Gemüse. Auf jedem Teller lag eine kleine Hähnchenkeule bereit, von denen bei den meisten nur noch die Knochen übrig waren. Die wöchentliche Fleischration. Auch stand auf jedem Tisch ein Tablett mit etwas, was Vanessa als die Wurzeln identifizierte, die Erik erwähnt hatte. Mit seinem Eintreten begannen die lauten Gespräche sich in ein Getuschel zu verwandeln, das allerdings nur unwesentlich leiser war.

Erik blieb kurz stehen. Deutlich hörte er seinen und Vanessas Namen heraus. Verächtlich schnaubte er und steuerte den nächsten Tisch an, an dem zwei Plätze nebeneinander frei waren. Er war ansonsten voll belegt mit Bewohnern, die alle ungefähr zwischen Vanessas (biologischem) und seinem eigenen Alter waren. Vielleicht auch etwas älter. Manche zumindest. Ohne zu fragen setzte er sich auf einen der freien Plätze, woraufhin die anderen in ihren Bewegungen innehielten und ihn schweigend anstarrten.

„Ihr könnt ruhig weiterreden, ich erzähl' auch nichts weiter“, sagte er aufgesetzt freundlich mit einem übertrieben höflichen Lächeln.

Sofort nahmen alle am Tisch ihre Teller in die Hand und verließen ihre Plätze. Vanessa setzte sich verunsichert neben ihn und schaute den Leuten hinterher. Aber bevor sie etwas sagen konnte, setzten sich Manfred, Amelie, Susi und auch Vincent zu den beiden an den Tisch.

„Ist ja heute wieder eine Bombenstimmung hier“, brummte Erik, bevor er über das Gemüse hinweg direkt zum Hähnchenflügel griff.

„Mach dir nichts draus, Erik“, sagte Manfred schmatzend, „immerhin hast du endlich deine Vanessa.“

Erik lief sichtlich rot an, was Vanessa jedoch nicht mitbekam. Sie war zu empört. „Was heißt hier ‚seine Vanessa‘?!“

Manfred und Vincent lachten, Amelie schüttelte den Kopf. Susi, die ihre Brille zurechtrückte und dann an einer der Wurzeln nagte, sprach Vanessa direkt an: „In welcher Vault hat er dich eigentlich gefunden?“

Doch noch bevor sie antworten konnte, sagte Erik: „Vita Vault 273. Die war weit draußen im Becken der Müritz liegen geblieben. Wie auch immer die dahin kam. Soweit weg von den normalen Routen.“

„Das dachte ich mir schon...“ Susi versank wieder in ihren Gedanken.

„Und du bist wirklich die Vanessa aus Eriks Jugend?“, fragte Amelie Vanessas Gesicht musternd. Mit ihren verschränkten Armen wirkte es weniger wie ein Gespräch, mehr wie eine Befragung.

„Ich weiß ja nicht, was ihr gegen mich habt, aber ja, ich kenne Erik seit zwei Jahren und wir sind echt dicke Freunde geworden.“

„Dreizehn“, berichtigte Erik.

„Du bist überhaupt nicht gealtert. Erstaunlich…", murmelte Amelie, die Vanessa immer noch begutachtete.

„Ist das nicht normal?", fragte sie schulterzuckend.

„Außer Amelie, Manfred und Vincent sind wir alle aus den Röhren verschiedener Vaults", erklärte Susi.

„Genau", übernahm Amelie wieder das Gespräch, „aber eine Art Stasis ist uns bisher nicht aufgefallen. Eine Verlangsamung des Alterns ja, aber keine Aufhebung. Kann aber auch einfach nur so wirken. Vielleicht auch nur durch die Narb… Au!" Eriks Fuß erwischte Amelie unterm Tisch.

„Ihr kommt auch alle aus einer Vita Vault??", fragte Vanessa ungläubig. Sie schien die Unterbrechung gar nicht mitbekommen zu haben.

„Richtig, aber du bist die erste seit Jahren wieder. Neue Vaults werden immer seltener entdeckt und es treten immer mehr Mutationen auf. Es ist ziemlich selten, dass die Leute in den Vaults noch leben. Außerdem mussten wir leider eine Maximalzahl an Bewohnern festlegen, deshalb durften wir nicht mehr jeden wecken, den wir gefunden haben", erklärte Susi.

„Besonders, da Erik immer wieder mit Kindern von seinen Expeditionen wiederkam. Sie essen zwar weniger, brauchen aber auch viel Betreuung. Sie können meist nicht mal die einfachsten Arbeiten erledigen", erklärte Manfred mit verschränkten Armen. Sofort bekam er einen Ellenbogenstoß von Amelie zu spüren. „Ist doch wahr!", verteidigte er sich mit erhobenen Händen.

„Klingt plausibel." Vanessa nickte langsam. „Und wie viele seid ihr hier?"

Erik blickte sich kurz um. „Die Delta-Aufklärer sind grad nicht da, also 82. Mit ihnen 87."

„Ach, lasst uns nicht weiter über die Second Base reden", sagte Manfred schließlich. „Viel interessanter finde ich, wie ihr an einen Gefallenen rangekommen seid!"

Vanessa, die ihr Essen bisher nicht anrührte, begann zu erzählen: „Hakan ist als Lockvogel durch die Wüste gestreift und sollte dabei so erbärmlich wirken, dass er von Fremden aufgenommen wird. Was wir auch gemacht haben."

„Da ist er ja genau an den Richtigen geraten", grinste Vincent und schaute zu Erik hinüber, der seinen Blick jedoch nicht erwiderte.

„Also ich wollte ihn eigentlich gleich entsorgen, aber du wolltest ihn ja auf Teufel komm raus am Leben lassen", brummte Erik.

Darauf erwiderte Vanessa: „Dafür musste ich mit ihm Gassi gehen! An einer Leine!"

Erik lachte laut auf. Auch Vanessa kicherte schließlich mit. Doch um die beiden herum wurde es mit einem Mal ruhig. Amelie, Manfred, Vincent und Susi, aber auch alle anderen erstarrten in ihren Bewegungen und schauten zu Erik. Immer noch lachend fügte er hinzu: „Und du solltest ja noch mit einem Beutel seine..." Ein neuer Lachanfall hielt ihn davon ab, seinen Satz zu beenden.

Vanessa, die sich wieder beruhigt hatte, bemerkte die Stille um sie herum und die Blicke der anderen. „Was ist los?", fragte sie verunsichert.

Amelie, die die Augen auch nicht von Erik nehmen konnte, sagte ungläubig: „Ich kenne Erik seit Tag Null, habe ihn aber noch nie richtig lachen sehen."

Erik krümmte sich, um sich die linke Seite halten zu können. Durch das Lachen bekam er Seitenstechen, doch er konnte einfach nicht aufhören. Und es steckte an. Erst war es Manfred, der über das absurde Gelächter schmunzelte, dann fing Susi an zu kichern. Schließlich lachten alle vier Bewohner der Base über Eriks Lachanfall, der einfach nicht enden zu wollen schien. Doch der einzigartig ausgelassene Moment endete abrupt, denn von einer Sekunde auf die nächste heulte eine der Sirenen auf, gefolgt von Sebastians Stimme, die über Lautsprecher durch alle Hallen schallte: „Achtung Windwechsel, Angriff steht bevor! Ich wiederhole: Angriff steht bevor!"

Kapitel 14 Wurmbeben

Sofort sprangen alle auf und begaben sich zügig zur Feuerschutztür hinaus. Bemerkenswerterweise verhielt sich dabei niemand panisch, nur ein leises Raunen ging durch die Massen. Es schien auch niemanden übermäßig zu beunruhigen – es wirkte eher, als wäre es ein normaler Programmpunkt des Tages. Auch die vier Bewohner an Eriks Tisch standen auf und gingen zur Tür. Vanessa fühlte sich fehl am Platz. Jetzt noch mehr als sonst. Sie schaute ihren unberührten Teller vor sich an, überlegte, ob sie ihn einfach mitnehmen sollte, stand dann auf und folgte den anderen.

In der Menge verlor sie Erik aus den Augen. Orientierungslos suchte sie den Korridor des Hauptgebäudes ab, während sie sanft, aber bestimmt von den anderen Bewohnern immer weitergeschoben wurde. Da sah sie über den Köpfen der anderen plötzlich Amelies tiefschwarze Haarpracht. Wie ein Flaggschiff wanderte sie in die Richtung des Treppenhauses. Blitzschnell entschied Vanessa sich, ihr zu folgen. Mit einigen Metern Abstand heftete sie sich an ihre Fersen und stieg so die scheinbar endlosen Stufen des Hauptturmes hinauf. Doch oben angekommen, konnte sie Amelie plötzlich nicht mehr ausmachen, sie spürte aber, dass sie im Zentrum des Geschehens war. Überall auf dem Plateau liefen die Bewohner wie eine gut geölte Maschine umher und erledigten unterschiedliche Arbeiten. In ihrem Versuch, niemandem im Weg zu stehen, wurde sie so irgendwie ein Teil der Maschinerie. Sie sah, wie riesige Haufen Metallringe aus Kisten zum Rand der Brustwehr geschleppt wurden, und so schleppte sie mit. Dann zog sie, wie alle anderen auch, dicke Kabel aus dem steinernen Treppenhaus und schloss sie an mächtige, mit

Schutzplanen verdeckte Apparaturen an. Als sie auch damit fertig war, atmete sie erst einmal durch. Das Gewusel hatte noch nicht abgenommen, aber Vanessa war erschöpft.

Sie schritt an die Brustwehr heran und blickte hinaus in das Ödland von Wüste. Dabei wurde ihr von Neuem bewusst, wie sehr sich die Welt verändert hatte. Wie das saftige Grün dem Sand gewichen war, wie sich das Blau des Himmels zu einem grellen Violett verfärbt hatte und wie normale Menschen zu Überlebenden geworden waren. Damals in der alten Zeit, für sie war es quasi gestern, war Vanessa ab und an mal in der Second Base gewesen. Meist bei kleineren Aufträgen wie Personentransporten oder Munitionslieferungen. Wenn sie nach den Aufträgen etwas Freizeit gehabt hatte, war sie oft hier hinaufgekommen, um die Aussicht zu genießen. Je länger sie in die Landschaft hinausblickte, desto mehr machte sich die Endzeitmelancholie in ihr breit. Langsam wanderte ihr Blick von der höchsten Plattform hinab auf die sechs Außenmauern, die ein Hexagon um den Hauptturm bildeten. Obwohl sie im Kern baugleich waren, war die Second gegenüber der First Base nur ein Außenposten. Ein oberirdisch minimierter Stützpunkt, einfach zur Erhaltung der Ordnung und Unterbringung möglichst vieler Soldaten. So wurden die Baracken und andere Grundgebäude in die unteren Ebenen der Anlage gelegt, die in der First Base mit Kommunikations-, Trainings- und Führungsräumen besetzt waren. So ergab sich der Anschein, die Second Base wäre ein Burgfried – nur ein zentraler Turm mit Mauern drumherum.

Sie schaute zurück auf die Plattform. Die Apparaturen wurden gerade von den Planen befreit und es kamen acht massive Geschütze zum Vorschein, die ringsum an den Ecken des Plateaus platziert waren. *Die gab es damals noch nicht,* schoss ihr durch den Kopf, als sie die mannshohen Kampfmaschinen betrachtete. Ähnlich wie Eriks Motorrad sahen sie auch mehr geflickt als gebaut aus, doch schienen sie ihren Zweck zu erfüllen. Gerade als sie an ihn gedacht hatte, erkannte sie Erik plötzlich. Während viele neben ihren

Arbeiten zum Horizont blickten und fast schon sehnsüchtig den Angriff zu erwarten schienen, saß Erik auf einer Treppe. Er hatte den Kopf auf seine Faust gestützt und beobachtete das geschäftige Treiben der Arbeiter. Diese hingegen schienen Erik zu meiden, auch wenn es für sie bedeutete einen Umweg zu gehen.

Ein lautes Scheppern zog Vanessas Aufmerksamkeit auf sich. Einer der Metallringträger hatte beim Stapeln das Magazin fallengelassen.

„Hey! Was soll das werden?!", brüllte Erik sofort und sprang auf. Erschrocken versuchte der Arbeiter hektisch, seine Metallringe aufzuheben. Erik machte sich auf dem Weg zu ihm, doch noch bevor er ihn erreichte, schallte erneut eine Stimme durch die Lautsprecher. Es war Manfred.

„Delta A kommt von Norden, Delta A kommt von Norden! Feuerbereit machen, aber noch keine Feuererlaubnis. Ich wiederhole: keine Feuererlaubnis!"

Wie nach einem Startschuss setzten sich ein paar ausgewählte Männer und Frauen in die Geschütze und warteten auf die Freigabe. In der Tat konnte Vanessa am Horizont beobachten, wie aus der Ferne drei dunkle Punkte zunehmend größer wurden. Beim Näherkommen der Aufklärer erkannte sie auch mehr Details der Fahrer und Fahrzeuge. Und dass es Aufklärer sein mussten, wurde schnell deutlich. Mit der Kleidung, dem Tuch um das Gesicht und den Motorrädern hätte sie die Neuankömmlinge nicht von ihrem besten Freund unterscheiden können. Nur ihre Wüstenräder erschienen ihr größer. Mit dem lauten Grölen von schwerer Mechanik erhoben sich die Mauertore und die drei Aufklärer verschwanden im Innenhof.

„Delta A Eins, Zwei und Vier sind angekommen. Drei von vier nur. Jens ist zurückgeblieben. Delta Drei: Jens ist zurückgeblieben. Sorry, meine Freunde, aber wir müssen trotzdem die Feuerbereitschaft herstellen. Ich wiederhole: Feuerbereitschaft herstellen!"

Manfreds Stimme klang trotz des Rauschens der Lautsprecher bedrückt. Vanessa schaute in die Gesichter um sich herum. Sie sah, dass es sich keiner anmerken lassen wollte, doch man spürte plötzlich eine unterschwellige Trauer. Auch Erik blickte betrübt zu Boden – er hatte sogar davon abgelassen, den Ringträger weiter anzuschreien.

Die Geschütze wurden kampfbereit gemacht und leuchtende blaue Streifen erschienen an den Seiten der Waffen. Der lange Lauf des stationären Systems erhob sich und folgte nun den Bewegungen des Schützen. Die Base war bereit zur Abwehr, aber wofür? Vanessa starrte in die Ferne. Außer einem entfernten Sandsturm konnte sie nichts erkennen. Doch unterschwellig hörte sie etwas. Es war ein unauffälliges Geräusch, wie das Rauschen eines Kopfhörers, das allerdings stetig lauter wurde. Als das Geräusch einen ohrenbetäubenden Pegel erreicht hatte, erinnerte es fast an eine Lawine. Nur wo sollte mitten in der Wüste eine Lawine herkommen? Alles, was näherkam, war der Sandsturm… Bis Vanessa plötzlich erkennen konnte, dass es kein Sturm war. Der Sand, der wie eine Nebelwand näherkam, wurde von einer Horde kleiner Körper aufgewirbelt, die sie noch nie in ihrem Leben gesehen hatte. Sie sprangen hoch in die Luft, um dann wieder kopfüber im Sandboden zu verschwinden. Sie konnte von da oben nicht viel erkennen, aber die Wesen sahen aus wie graue Würmer. Mit dem Näherkommen des Wurmwalls begannen sich nun auch die Geschütze zu bewegen. Mit einer unerwarteten Leichtigkeit richteten sie sich aus. Ein blauer Lichtblitz schoss nach vorn und der Rückstoß trieb sie wieder nach hinten. Der Blitz traf in die Würmer und erzeugte einen roten Feuerball. Die Legionäre fielen wie Steine zu Boden und blieben liegen. Die Geschütze richteten sich neu aus – dann schossen sie wieder. Ausrichten, Schuss. Ausrichten, Schuss. Dies geschah bei jedem einzelnen Waffensystem im Sekundentakt. Und das erfolgreich, denn der Sturm dünnte sich schnell aus. Es dauerte nicht lange, da war die Welle schon vernichtet. Vanessa stieß einen Siegesschrei aus, doch niemand schien sich mit ihr zu freuen. Sie schaute hinüber zu einem Schützen in den Abwehrtürmen. Er schüttelte den Kopf. „Freu dich nicht zu früh, es bleibt nie bei nur einer Welle."

„Oh", murmelte sie beunruhigt. Sie legte die Hand über ihre Augen und fokussierte sich auf den Horizont. Unruhig wippte sie mit dem Fuß. Und es dauerte auch nicht lange, bis sie in der Ferne wieder eine dunkle Wolke erkennen konnte, die sich ihnen näherte. Wieder hatte sich ein Sandsturm aufgetürmt und er schien sehr viel größer zu sein als der Vorige. Die Geschütze wurden neu ausgerichtet und schussbereit gemacht.

Moment, da ist irgendwas... anders..., dachte Vanessa, als sie die anrückende Front genauer betrachtete. Sie blickte sich auf der Suche nach etwas um, was ihr helfen könnte mehr zu erkennen. Vielleicht war es ja auch nichts, aber sie wollte sich sicher sein. Dann traf ihr Blick auf Manfred, der sich auf ein Gewehr mit Zielfernrohr stützte. Er stand auf einem anderen Plateau ihres Turmes ganz vorn am äußeren Mauerring und starrte in die Ferne. *Hat er es auch gesehen?* Sie nahm eins der runden Metallprojektile und warf es zu ihm hin. Es verfehlte Manfred nur knapp. Er schaute erschrocken zu ihr hinauf und sie deutete auf die anrückende Welle. Er folgte ihrem Finger, kniff die Augen zusammen und nahm schließlich das Fernrohr zu Hilfe. Dann nahm er das Gewehr runter und schien in einen kleinen Kasten zu sprechen.

Plötzlich dröhnte seine Lautsprecherstimme über die gesamte Anlage. „Feuer nach eigenem Ermessen, der vierte Delta A hat überlebt und kommt auf uns zu, nur leider mit der Welle im Nacken. Ich wiederhole: Jens hat überlebt, Feuer nach eigenem Ermessen!"

Erik schaute erschrocken über den Rand der Mauer. Er verzog das Gesicht und hastete die Steintreppe des Turmes hinunter. Vanessa zögerte keine Sekunde ihm zu folgen. Doch auf einmal packte eine kräftige Hand sie an der Schulter und hielt sie an Ort und Stelle. Amelie war hinter ihr aufgetaucht.

„Lass ihn, da kannst du ihm jetzt nicht helfen", sagte sie in ihrer ruhigen, aber eindringlichen Stimme.

„Helfen? Wobei denn genau helfen? Ich wollte ihm eigentlich nur folgen." Vanessa blickte einen Moment lang verwirrt in die dunklen Augen der Frau, dann dämmerte es ihr. Aufgebracht wehrte sie sich gegen ihren Griff und versuchte verzweifelt, sich von ihr loszureißen. „Willst du mir sagen, Erik will da runter in diesen Sturm an Mutanten?!", brüllte sie. „Lass mich los!! Ich muss ihn daran hindern!!"

Doch erbarmungslos wie eine Stahlmanschette umschloss die Hand ihren Oberarm. Amelie rührte sich keinen Millimeter von der Stelle.

„Vertrau ihm", sagte sie ruhig.

„Aber er hat doch schon seinen Arm verloren! Was soll er denn noch alles verlieren? Verstehst du nicht, er ist alles, was ich hier habe!!", rief Vanessa.

Amelie nickte wortlos in Richtung der heranrollenden Welle, ohne ihren Griff zu lösen. Vanessa folgte ihrem Blick und sah, wie ein einzelnes Motorrad die Base verließ und geradewegs auf das letzte Fahrzeug der Delta A zufuhr.

„Jetzt lass mich endlich los, du Schlampe! Ich muss Erik helfen, er kann das nicht alleine schaffen!", wütete Vanessa. Wieder vergeblich.

„Nun schau gut zu", sagte Amelie, deren Gesicht mittlerweile deutlich zeigte, dass ihr Geduldsfaden kurz vor dem Reißen war.

*

Der Sand im Fahrtwind schmirgelte Erik übers Gesicht, während er auf Jens zufuhr. Er konnte genau beobachten, wie die heranrauschende Welle langsam begann, ihn zu schlucken. Er zog einen violetten Airbot aus der letzten Lasche seines Gürtels und steckte ihn sich wie eine dicke Zigarre in den Mund. Während der Fahrt zog er dann den Klappspalter vom Rücken. Mit einem Knopfdruck ließ er ihn aufschnappen, wobei das charakteristische Schergeräusch von dem lauten Motor und dem Fahrtwind überlagert wurde.

Dann ging alles blitzschnell.

In dem Moment, in dem die ersten Würmer im Begriff waren, ihre Beute, also den verzweifelt dreinblickenden Jens, vom Motorrad zu schlagen, krachte Erik samt Maschine an ihm vorbei in die Flut hinein. Eine Schneise schlagend pflügte das Motorrad noch einige Dutzend Meter durch die Menge, nachdem Erik bereits auf Höhe von Jens abgesprungen war. Mit dem Schwert im Anschlag[15] schlug er nach den heranspringenden Würmern. Nach jedem Schwung seines Schwertes flogen tote Körper von ihm weg, meist in filetierter Form. Mirror, der violette Airbot, schwebte neben ihm her und sah aus wie ein kreisrunder Spiegel. Er half ihm zwischen den vielen Leibern den Überblick zu behalten, während er systematisch die Würmer zerschlug. Der Airbot funktionierte ähnlich wie der Seitenspiegel an seinem Motorrad, nur deutlich besser. Mit nur primitiver Intelligenz gesegnet reagierten die Legionäre, indem sie nun gezielt in großen Verbänden auf ihn sprangen. So versuchten sie, ihre Brüder zu rächen. Dabei griffen sie mit ihren klingenartigen Schwanzhaken und ihren Rasiermesserzähnen an. Erik konnte einige Angriffe abwehren, doch da er mehr offensiv kämpfte, schafften es einige Würmer durchzudringen und ihre Rache anhand von Schnittwunden zu verwirklichen. Aber er nahm diese Verletzungen als notwendig hin und so griff er unbeirrt weiter an. Seine Bewegungen gingen fließend ineinander über, nicht so filigran und athletisch wie bei Vanessa, dafür schnell und großflächig. Erik schlug wieder und wieder zu, immer mit einem Auge auf Mirror. Es half ihm enorm, um in keinen Hinterhalt zu geraten und außerdem den gesamten Kampfraum überblicken zu können. Zu oft trennten ihn nur Augenblicke von einem tödlichen Angriff.

---

[15] „Im Anschlag halten" bedeutet, eine Waffe kampfbereit vor sich zu halten. Dies gilt für Schwerter, aber auch für Fernkampfwaffen wie Sturmgewehre.

Irgendwann hatte Erik es geschafft, dass sich kein einziger Wurm mehr über den Raum bewegte, den Erik beschützte. Nur ein Pfad aus Wurmleichen schmückte den zerklüfteten Wüstenboden. Um Jens' Fluchtweg sauber zu halten, würde er alles tun, was in seiner Macht stand. Außerhalb dieser fünf Meter hielten die Geschütze der Base die Welle in Schach.

Vanessa beobachtete beeindruckt ihren Freund.

„Ich wusste gar nicht, dass er auch mit dem Schwert so gut kämpfen kann. Ich dachte, er wäre nur ein guter Schütze."

Amelie lächelte verschmitzt. „Er ist der beste Kämpfer, den die Base hat, was aber nach mehr klingt, als es vielleicht ist. Und dass er ein guter Schütze ist, wusste *ich* gar nicht. Ich habe ihn noch nie schießen sehen. Höchstens mal mit den Geschützen, als er die Führer ausgebildet hat. Aber auf Feinde habe ich ihn noch nie schießen sehen."

„Er hat ihnen das Schießen beigebracht?"

„In den Grundzügen, ja. Die meisten haben zuvor noch nie eine Waffe von Nahem gesehen. Oder was glaubst du, was die Männer und Frauen hier sind? Soldaten? Außer Erik und mir sind das alles nur Kaufmänner, Arbeiter oder Handwerker. Ich bin selbst nur eine Militärärztin und habe den Trainingsplatz nie aus der Nähe gesehen. Kämpfen konnte hier keiner. Es war auch nicht nötig, solange noch genügend Soldaten der alten Base bei uns waren. Doch leider sind sie nach und nach gestorben. Mal durch Legionäre, mal durch Gefallene. Irgendwann waren wir nicht mehr genug, um die Mauern alleine zu bewachen, und dann mussten auch die Zivilisten ran. Von der Wehr waren nur noch wir beide da und einer musste den Leuten ja zeigen, wie man mit diesen Dingern umgeht. Mit seiner Art hat er sich da nicht gerade Freunde gemacht. Aber trotzdem hat er es geschafft, dass wir uns heute so gut wehren können."

„Deshalb kann ihn hier niemand leiden", kombinierte Vanessa.

„Nein, das ist es nicht. Jedem ist bewusst, was er für die Base getan hat, aber...“, Amelie überlegte einen Moment, dann schüttelte sie den Kopf und fuhr stolz fort, „also für mich ist Erik ein außerordentlicher Mensch und ich bin jeden Tag froh, dass er hier seine Heimat hat.“

Vanessa brauchte einen Moment, das zu verdauen. Dann sagte sie mit hochgezogener Augenbraue: „Aber es fehlt ihm an...“

„An Courage? Mut? Entschlossenheit? Sicher nicht!“, fiel ihr Amelie ins Wort.

„Gliedmaßen“, beendete Vanessa ihren Satz.

Amelia stockte der Atem, dann schüttelte sie den Kopf und sagte: „Ja, das stimmt. Ich selbst hatte ihm die 86-%-Prothesen(Seite 165) angepasst. Aber gerade heute kann ich mir nicht mehr vorstellen, wie er ohne die Prothesen seinen Alltag bewältigen sollte. Sie sind jetzt einfach ein Teil von ihm.“ Dann zog sie ein Fernglas aus ihrer Handtasche und gab es Vanessa. „Was fällt dir auf?“

Vanessa schaute hindurch. „Er kämpft effektiv, aber rücksichtslos. Er achtet wenig auf sich selbst oder seine Verteidigung. Ich nenn es mal einen exzentrischen Kampfstil.“

„Richtig“, nickte Amelie.

„Und von wem hat er diese Technik gelernt? Also *ich* hatte ihm *das* nicht beigebracht!“, sagte Vanessa, aber sie erntete nur verwirrte Blicke.

„Niemand. Er hat es sich selbst beigebracht. Aber mit diesem Schwert kann man eigentlich auch nicht anders kämpfen. Achte mal auf seine Bewegungen.“

Berlin, 24. September 2045

Anpassung der Eignungskriterien zum Wehr-

Ab dem 01.Oktober 2045 werden die Voraussetzung zum Einbezug in den Wehrdienst und die Bedingungen zur Weiterführung des Selbigen angepasst. Dies betrifft in erster Linie die körperliche Verfassung der Kandidaten. Konkret sind die Änderungen die Folgenden:

- Einführung des „relativen Behinderungsgrades" als neues Maß für die Tauglichkeit. Hierbei werden von dem allgemeinen Behinderungsgrad die für den Kampf irrelevanten Organe/Körperteile ignoriert und Körperteile, die durch Prothesen ersetzt werden können, nur anteilig angerechnet.
- Die Herabsetzung der Wehrdiensteignung auf einen relativen Behinderungsgrad von 14 %.

In dessen Konsequenz können Personen und ausgemusterte Soldaten nach einer Amputation von einem oder mehreren Gliedmaßen wieder einberufen werden. So sollen bereits ausgemusterte Soldaten wieder reaktiviert werden. Die EU verspricht sich so mindestens eine Million zusätzliche Soldaten. Die hierfür benötigten Prothetik-Technik wurde auch schon unter dem Referenznamen der „86%er-Prothesen" vorgestellt.

Die Maßnahme der Eignungsanpassung wird mit dem Mangel an kampffähigen Soldaten an der Ungarn-Front begründet. Die Truppen der Föderation werden trotz modernster Waffentechnik zurückgedrängt und der Informationsdienst spricht von einem „Überranntwerden" der eigenen Linien durch feindliche Truppen. Auf einen europäischen Soldaten sollen zwölf des Oststaatenbündnisses kommen. Die Kritiker der Kampfpolitik sagen zur Änderung des Soldatengesetzes, dass dies einer Verzweiflungstat gleiche. Laut ihrer Aussagen könne die Föderation kein Land mehr gewinnen, bestenfalls können die Soldaten die ungarische Grenze halten.

Vanessa blickte wieder durch das Fernglas und beobachtete, wie er mit einem Schlag eine kleine Gruppe dieser grauen Würmer ins Jenseits beförderte, oder wo auch immer garstige Mutantenwürmer nach ihrem Tod landeten.

„Er bewegt seine Füße nur, wenn die Klinge fällt, als wenn es zu schwer wäre, mit dem Schwert zu kämpfen und gleichzeitig zu laufen."

„Richtig. Schwer trifft es. Allein die Klinge wiegt über 15 Kilo. Niemand außer Erik schafft es, damit zu kämpfen. Und auch niemand sonst hätte es sich getraut, gegen diese Wesen alleine zu kämpfen. Aber Erik, nun ja... er ist Erik."

„Hätte?" Vanessa nahm ungläubig das Fernglas herunter. „Er hat schon öfter gegen diese Dinger gekämpft? Eine wirklich gute Figur macht er ja nicht gerade..."

„Schon dutzende Male. Eigentlich immer, wenn es nicht mehr anders ging, oder ein Leben davon abhing." Vanessa schüttelte ungläubig den Kopf, aber Amelie erzählte weiter. „Das ist es ja, was ich dir sagen wollte. Trotz seiner Einschränkung, oder gerade deswegen, ist er zum Einzigen geworden, der unsere kleine Gemeinschaft so weit bringen konnte. Dabei hat er seine Prothesen immer weiter verbessert und perfektioniert und damit sind auch seine Fertigkeiten immer besser geworden."

Vanessa spitzte die Lippen. „Nicht schlecht, Eriklein, da hast du ja ohne mich einiges mit nur einem Arm geschafft."

„Und einem Bein", ergänzte Amelie.

„Was?! Jetzt verarschst du mich aber!"

„Nein, ihm fehlt auch sein rechtes Bein knapp unterhalb des Knies. Merkt man ihm gar nicht an, oder?", grinste Amelie selbstzufrieden, als wenn sie auch hier ihre Finger im Spiel gehabt hätte.

In diesem Moment ertönten plötzlich Schüsse vom Schlachtfeld herüber. Keine von den Geschützen, sondern welche aus einem Sturmgewehr.

*

Erik, der bis zu diesem Augenblick im Rausch des Kampfes gefangen gewesen war, drehte sich erschrocken um und sah hinter sich den Aufklärer, den er eigentlich beschützen wollte. Dieser schoss mit seinem Gewehr wahllos in die Menge an Würmern.

„Was für'n Scheiß machst du da?!", brüllte Erik ihn an.

„Diese Höllenviecher wollen mich umbringen, ich zahl' es ihnen nur heim!"

Erik drehte sich zu dem Aufklärer und verpasste ihm einen kräftigen Tritt in die Brust, ohne dabei seinen Kampfrhythmus zu verlieren.

„Was soll das?", echauffierte dieser sich, als er sich mühsam aufrappelte.

„Du Drecksidiot! Ich gehe hier aufs Ganze, damit du sicher in die Base fliehen kannst, und du kommst einfach wieder! Außerdem hältst du das Gewehr wie ein besoffener Waschbär! Du hättest mich mehr als nur einmal treffen können!"

Doch noch bevor er antworten konnte, begann die Erde zu erzittern. Es war nicht nur ein Rauschen, wie es der Sturm von Legionären verursachte. Nein, es war ein durchdringendes, alles in Bewegung setzendes Beben.

„Scheiße!", keuchte Erik, der sich kaum auf den Beinen halten konnte. Er war sich nicht sicher, aber er ahnte, was gleich passieren würde. Auch Amelie war plötzlich die Angst ins Gesicht geschrieben. „Ein Titan", flüsterte sie ehrfürchtig.

Vanessa konnte mit dem Begriff nichts anfangen, doch auch sie spürte, dass etwas Großes, Angsteinflößendes bevorstand.

Um Erik herum lichteten sich die Schwaden an Würmern, bis er zusammen mit Jens auf einem scheinbar freien Feld stand. Erik begann mit seinem Fuß den Untergrund abzutasten. Er versuchte zu erfühlen, wie nah die Bedrohung war und ob sie noch fliehen konnten. Es stand nicht gut für sie. Für einen Moment beruhigte sich alles. Die Zeit schien wie eingefroren. Kein Wurm bewegte sich mehr in einem großen Radius um sie herum. Es war ein nervenzerreißender Moment.

„Vielleicht war es nur ein Fehlalarm…", wagte Jens zu hoffen.

In dem Moment schossen explosionsartig Sandwellen in alle Richtungen und ein gigantischer Wurm drehte sich vor den beiden aus dem Boden heraus. Wie ein Korkenzieher gewann er mit jeder Drehung an Höhe. Er sah aus wie jeder andere der kleinen, silberglänzenen Würmer, nur dass seine Haut im Gegensatz zu ihrer dunkel und rau war und dass er mindestens so breit wie ein Panzer war. Die Länge konnte er nur erahnen. *Das Ding muss mindestens zehn oder zwanzig Meter lang sein,* schätzte er, während sich der Titan weiter vor ihm aufbäumte. Nicht dass ihm die Hochrechnungen etwas bringen würden, aber er konnte das Grübeln einfach nicht abstellen. *Zurück zum Kampf!,* befahl er sich selbst und schob sich zur Verteidigung zwischen den Angreifer und seinen Kameraden. Dieser lag mittlerweile weinend auf dem Boden und hatte mit dem Leben abgeschlossen. Obwohl er von den anderen Würmern selbst schon stark lädiert war, hielt Erik sein Schwert vor sich, während er mit aller Kraft Luft durch seine Lungen pumpte.

Als sich der Wurm nicht mehr weiter aus dem Boden erhob und sich den beiden in seiner vollen Pracht präsentierte, überraschte er Erik aufs Neue. Er begann zu glimmen. Kleine Punkte auf seiner Haut fingen an, orangefarben aufzuleuchten. Es wurden immer mehr, je länger Erik zuschaute. Leuchtender Rost schien die Bestie langsam mit einer netzartigen Struktur zu überziehen. Viele dieser Partikel lösten sich ab und flogen wie Funken umher, was der Umgebung eine unheimliche, fast höllenartige Atmosphäre verlieh.

Das ist neu!, dachte Erik. Vorsorglich kramte er mit seiner linken Hand einen F^2-Stick aus der Jackentasche hervor und steckte ihn in einen Schlitz des Schwertes. Als wenn das Monster das gesehen hätte, stürzte es sich blitzartig mit dem Maul voran auf die beiden Männer. Das Maul bestand praktisch nur aus rotierenden Klingen und war so breit wie der Leib des Wesens selbst. Im nächsten Moment hatte es die beiden vollständig verschluckt und fing an, sich wieder in den Sand zu graben.

Fassungslosigkeit breitete sich bei den Beobachtern auf der Aussichtsplattform aus. Vanessa eilte zur Brustwehr und blickte hinunter zu dem orange glühenden Riesenwurm.

„Nein... bitte nicht...", flüstere sie, während ihr Tränen in die Augen schossen. Doch Amelie, die wie immer als einzige die Ruhe behielt, legte sanft eine Hand auf ihre Schulter. „Hab Vertrauen..."

Der Titan drehte sich immer weiter unermüdlich in den Sand. Das laute Scharren der Klauen in dem sandigen Boden war bis zu Vanessa zu hören. Doch unter diesem Lärm war ein leises, zunächst kaum hörbares Geräusch. Es klang wie ein blechender Trommelwirbel und wurde immer lauter. Die Bewegung des Riesenwurmes stockte mit einem Mal. Das Scharren erstarb und das schlagende Geräusch von spitzen Klingen auf Metall überschallte alles. Ein dumpfer Schrei ertönte aus dem Inneren des Wurmes. Eriks Schrei. Mit voller Inbrunst brüllte er, bis sich seine Klinge einen Weg durch die Haut des Titans bahnen konnte. Die rotglühende Klinge schnitt sich erbarmungslos durch die Haut der Bestie. Der Wurm begann sich zu winden und zu strecken, während Erik sich immer weiter aus dem Fleisch befreite. Schließlich stieß auch der Titan einen Schrei aus, der an das entsetzliche Kratzen von Fingernägeln an einer Tafel erinnerte. Der glühende Rost auf der Haut der Bestie verlor zunehmend seine Leuchtkraft und erlosch dann mit ein paar letzten Zuckungen komplett. Kurz darauf schafften es die beiden Kämpfer dann, aus dem leblosen Körper heraus zu steigen. Sie waren zwar übersät mit Schnittwunden und Blut, aber immerhin waren sie am Leben. Die restlichen Würmer um sie herum schienen durch die Geschütze beseitigt worden zu sein.

Vanessa schüttelte wieder ungläubig den Kopf. „Es ist wirklich eine andere Welt hier..."

„Ich hab' auch lange gebraucht, bis ich mich an diese Viecher gewöhnt habe und nachts ein Auge zu machen konnte", pflichtete Amelie ihr bei, „und zum Teil ist es auch Erik zu verdanken, dass wir hier alle gut schlafen können."

Die Frauen beobachteten, wie Erik nun langsam den Heimweg antrat. Schritt für Schritt schleppte er sich auf den Eingang der Mauer zu, mit Jens über die Schultern geworfen. Es war wohl alles zu viel gewesen für den Aufklärer.

Amelie machte sich nun auch auf zur Treppe. Sie wollte die beiden gleich empfangen, um die Wunden schnell versorgen zu können. Auf dem Weg hinunter sagte sie noch beiläufig: „Es ist wirklich schade, dass er uns jetzt verlassen wird..."

Vanessa drehte sich zu ihr um. „Wie jetzt? Warum sollte er euch verlassen?"

„Na, weil er dich jetzt gefunden hat. Er wirkte schon länger immer unzufriedener und ich habe schon geahnt, dass er weiterziehen will. Er hat immer gesagt, dass er noch eine große Mission zu erfüllen hätte."

„Was denn für eine Mission? Und was spielt das für eine Rolle, dass er mich gefunden hat?"

Amelie wendete sich ab. „Das musst du ihn selber fragen. Aber die Suche nach dir hat ihn bisher immer bei uns gehalten."

Vanessa hatte immer mehr Fragen im Kopf. „Aber warum jetzt? Ich verstehe das nicht. Er hätte mich doch jederzeit holen können!"

„Wieso? Hat er dir das so erzählt?", fragte sie.

„Stimmt das etwa nicht?"

„Kindchen", sagte Amelie, als ob sie mit jemandem sprach, der schwer von Begriff war, „Erik hat über fünf Jahre nach dir gesucht."

Vanessa sank auf die Stufen der Treppe. „Fünf Jahre lang?"

„Ungefähr. Erst war es nur ein Tag in der Woche, dann zwei Tage am Stück, bis er das letzte Jahr über nur noch jeden vierten oder fünften Tag mal für eine Nacht hier war."

„Aber warum hat er mich angelogen?"

„Vielleicht wollte er dir kein schlechtes Gewissen machen", sagte sie mit einem Lächeln und ließ sich neben ihr auf der Treppe nieder. „Wenn ich ehrlich bin, habe ich nicht mehr damit gerechnet, dass er dich findet. Es war für uns alle irgendwie ein Kampf gegen Windmühlen. Ein Wahn, den er einfach nicht stoppen konnte und der ihn immer weiter von uns weggezogen hat. Und wir haben ihn machen lassen – so war er wenigstens physisch noch bei uns." Amelie blickte in den violetten Himmel hinauf. Nach einer kurzen Pause erzählte sie weiter. „Es war schon eigenartig. Anfangs, direkt nach Tag Null, wollte er von den Menschen und der Welt da draußen absolut nichts wissen. Er hatte nie viel erzählt und auch allgemein ist er viel allein gewesen. Doch wenn man mit ihm ins Gespräch gekommen ist, hat er immer mal deinen Namen oder den von deinem Freund Richard fallen lassen. Doch nie ist er auf den Gedanken gekommen, nach euch zu suchen. Eines Tages aber ist ein verletzter Freund von euch bei uns gelandet. Er hieß Unger... er muss euch dreien nahegestanden haben. Leider hat er die Nacht nicht überlebt."

„Nein, bitte nicht...", flüsterte Vanessa. Ihre Hand war unwillkürlich zu ihrem Mund geschnellt und Tränen liefen ihr über die Wangen.

„Leider ja... Wie viele andere gute Männer und Frauen. In seinen letzten Stunden hat er sehr viel mit Erik geredet. Ich war auch da, als er Erik von deinem Aufenthaltsort erzählt hat. Unger war einer der Sanitäter, die dich in die Vita-Röhre gebracht haben. Er hat es mit seinen letzten Atemzügen geschworen. Daher kannte Erik auch die Nummer deiner Vault. Er hat ihm anfangs nicht so recht geglaubt, auch wenn er mir nie gesagt hat, warum. Er konnte sich aber von dem Gedanken nicht lösen. Es hat ihn regelrecht verschlungen, bis er sich schließlich aufgerafft hat und anfing dich zu suchen. Er wurde dadurch etwas lebendiger, aber ein griesgrämiger Zeitgenosse blieb er weiterhin."

„Warum sollte er mich nicht von Anfang an gesucht haben?"

Vanessa blickte Amelie verwirrt an, sie aber erhob sich wieder und stieg die Treppen hinab. Dabei zuckte sie mit den Schultern. „Wie gesagt, da musst du ihn selbst fragen."

Schließlich erhob sich auch Vanessa. Sie ging zurück an die Brustwehr und dachte über das Gesagte nach. Eigentlich wollte sie nach dem Kampf auch zu ihm. Sehen, wie es ihm ging. Aber Amelies Worte gingen ihr nicht aus dem Kopf. Sie wusste gerade nicht, wie sie zu ihm wirklich stand. Ihr Kopf war einfach zu voll. Sie war so sehr in ihren Gedanken versunken, dass sie von den Aufräumarbeiten um sich herum überhaupt nichts mitbekam. Grübelnd ließ sie ihren Blick in die Ferne schweifen.

„Fünf Jahre...", flüsterte sie.

Nach einer Weile unterbrach jedoch etwas ihren Gedankengang. Da draußen war etwas... Mit dem Fernglas, das sie noch immer bei sich hatte, schaute sie zum Horizont und erkannte eine Gestalt.

Sie war humanoid, aber definitiv kein Mensch, das konnte sie erkennen. Sie stand regungslos auf der Düne und schien zu Vanessa zurückzustarren. Die ferne Gestalt reflektierte das Licht der Feuersäulen genau wie die graue Haut der Würmer es getan hatte. Vanessa schrie nach einem der Arbeiter, doch in der kurzen Zeit, in der sie wegsah, war die Gestalt verschwunden. Als der Arbeiter fragte, was los war, antwortete Vanessa nur leise: „Ach, es war wohl doch nichts...", aber ganz sicher war sie sich dabei nicht.

Kapitel 15 Eden

Erik stieg durch den schmalen Durchgang aus dem Geschützturm und gelangte in das geräumige Truppenabteil des Panzerwagens, der noch immer auf der Seite lag. Vanessa, Richard, Paul und Mirko lagen verteilt in dem Raum, schienen sich aber noch zu bewegen. So gut es ihm gelang, kletterte er über die Seitenwand des Fahrzeuges, die nun am Boden war, zu seinen Kameraden hinüber. Als erstes erreichte er Richard, der sich offensichtlich im letzten Moment schützend über Vanessa geworfen hatte. Vorsichtig versuchte er ihn wach zu rütteln.

„Was ist los?", keuchte Richard benommen.

Doch Erik wusste auch nicht, ob er selbst noch klaren Geistes war. Denn so einfach wie die Frage war, so irrational war die Antwort. „Ein gigantisches Monster hat uns angegriffen."

„Ha-habe ich eine Gehirnerschütterung oder hast d-du gerade ein gigantisches Monster *gesagt?", stotterte Richard.*

Erik umfasste vorsichtig mit beiden Händen den Kopf seines Freundes und schaute ihm direkt in die Augen. Sanft tastete er den Schädel ab, wobei Richard hin und wieder zusammenzuckte. „Ist dir schlecht? Oder sonst schwindlig?", fragte er dabei.

So gut es ging, schüttelte Richard den Kopf.

„Hm... sieht gut aus", sagte Erik erleichtert.

„Ach gut, ich dachte schon, da wäre echt ein Monster vor dem Fahrzeug", lachte Richard nervös auf. Er lehnte sich mit dem Rücken gegen den Boden des Fahrzeuges und hielt sich unter Schmerzen den Arm.

Erik drehte währenddessen Vanessa auf den Rücken und überprüfte ihre Vitalfunktionen. Sie war noch nicht wieder bei Bewusstsein. „Das hast du schon richtig verstanden, da ist ein meterhohes Ungetüm da draußen, dass das Fahrzeug wie eine Bowlingkugel durch die Gegend geschubst hat", erklärte Erik sachlich, als er ihren Puls ertastete.

Richard stockte der Atem.

Im nächsten Moment schepperte es durch den gesamten Wagen, was die anderen beiden Mitglieder aufweckte. Das Scheppern kam aus der Waffenkapsel, in der Erik bis eben noch gesessen hatte. Erneut fuhr eine Erschütterung durch das Fahrzeug und eine Beule formte sich am Durchgang zum Waffenturm. Es war ein dumpfes und vor allem durchdringendes Geräusch, das ohrenbetäubend durch das Fahrzeug schallte. Nachdem das wieder und wieder passierte, durchstießen schließlich zwei große Sicheln die Metallhaut mit einem entsetzlichen Kreischen. Sie zerrissen das Fahrzeug wie Plastikfolie und trennten den gesamten Turm ab. Das Monster richtete den geöffneten Panzerwagen auf. Es äugte neugierig hinein, als wenn es in eine Wundertüte schauen wollte, welchen Hauptgewinn es ergattern konnte. Jetzt konnten auch die restlichen Besatzungsmitglieder das Ungetüm sehen.

„ACH DU SCHEIẞE!!!", brüllte Richard.

*

Hakan fuhr vor Schreck kerzengerade in seinem Bett auf, als ein Schrei durch das Krankenzimmer hallte. Die Krämpfe packten Erik, während er aus seinem Traum erwachte. Er wühlte in seinem Bett und öffnete und schloss immer wieder seine mechanische Hand. Nach einiger Zeit ließ der Schmerz endlich nach und die Umgebung begann langsam wieder für Erik zu existieren. Aus dem Krankenbett heraus schaute er sich um und blickte schließlich in das sichtlich erschütterte Gesicht Hakans im Bett neben ihm.

„Alter, damit musst du echt mal aufhören. Das geht ja gar nicht. So bekommst du nie eine ab!", sagte der Türke kopfschüttelnd.

Erik reagierte darauf, indem er eine Augenbraue nach oben zog und den verwirrtesten Blick aufsetzte, zu dem er im Stande war. Gerne hätte er sich jetzt auf eine Diskussion über die Notwendigkeit von Paarungsattributen in der Postapokalypse eingelassen, doch ahnte er, dass dies mit Hakan wohl ein sinnfreies Unterfangen wäre. Deshalb beließ er es einfach dabei.

Auch Hakan begann nun seine Umgebung genauer zu betrachten. Neben den weißen, sauberen Betten und dem hellerleuchteten Großraum fiel ihm vor allem das fehlende Rauschen des Windes auf, der ein stetiger Begleiter eines jeden Wüstenbewohners war.

„Mensch, wo bin ich denn hier gelandet?"

Genau in diesem Moment, von Hakans und Eriks Geschrei alarmiert, kam Vanessa um die Ecke gestürmt.

„Erik, alles in Ordnung?", fragte sie außer Atem.

Er spannte unwillkürlich seine Rechte an und nickte ihr zu.

„Oh, Hakan, du bist ja auch endlich wach", sagte sie erleichtert.

„Hast du den Schrei nicht gehört? Mit dem kann man Tote wecken!", erklärte er mit immer noch rasendem Herzen. Gleichzeitig betrat auch Amelie durch eine andere Tür das Zimmer.

„Von mir aus hättest du auch verbluten können, Gefallener", spottete sie und fuhr fort, „aber wenn Erik es für das Richtige hält, dich zu behandeln, dann kann man dich ja auch nicht einfach sterben lassen. Auch wenn ich nicht so richtig weiß, warum."

„Keine Sorge, er ist in Ordnung. Er wollte uns sogar von einem Angriff verschonen und...", versuchte Erik Amelie zu besänftigen, bevor er von Hakan unterbrochen wurde.

„Ich weiß ja nicht mal, wo ich hier bin."

„Das spricht nicht gerade für ihn", stimmte Vanessa Amelie zu.

Erik wandte sich zu Hakan. „Wie wir dir in deinem Delirium schon gesagt haben, sind wir in der Second Base. Aber du kannst dich wahrscheinlich einfach nicht erinnern."

„Wow! Stimmt... so war's. Aber wie hast du es an *La Mort de Fer* vorbeigeschafft? Er hat fast jeden Gefallenen in der Nähe dieser Basis umgelegt!"

„Daran wird es wohl gelegen haben, wir sehen ja nicht gerade wie Gefallene aus", witzelte Erik. Vanessa konnte aus dem Augenwinkel beobachten, wie sich tiefe Falten auf Amelies Stirn bildeten und sie den Kopf schüttelte. Dennoch verstand sie die Reaktion nicht so ganz. Auch Hakans fragendes Gesicht zeigte eine klare Unzufriedenheit über das Thema. Schließlich meinte Erik: „Wie komme *ich* eigentlich hier her? Ich meine, gerade eben hab' ich doch noch auf dem Schlachtfeld gestanden..."

„Nachdem du Jens zurück in die Base gebracht hattest, hast du ihn Manfred direkt vor die Füße geworfen. Dann bist du noch zur Delta A gestapft und hast die gesamte Truppe zusammengeschissen, bis schließlich dein Kreislauf kollabiert ist und dir die Lichter ausgegangen sind. Wir haben dich hier runter gebracht und Rosie hat deine Wunden behandelt. Falls du dir Sorgen um Jens machst: Er war noch während deines Gebrülls gestern zu Bewusstsein gekommen. Seine Verletzungen waren nicht schwer, deswegen musste er nur ambulant behandelt werden. In 'ner Woche ist er wieder voll dabei", berichtete die Ärztin ausführlich.

„Ach ja..." Langsam fiel ihm alles wieder ein. „Das war aber auch nötig!"

„Nun ja", unterbrach Amelie weitere Ausführungen, „das finde ich zwar nicht, aber immerhin hast du ihm den Arsch gerettet. Hättest du ihm den nicht direkt wieder aufgerissen, wäre er dir wahrscheinlich auch dankbarer. Kann man aber jetzt auch nix mehr machen."

Sie nahm ein Klemmbrett vom Tisch und las kurz durch, was ihre Helferin darauf über Erik hinterlassen hatte. Mit einem leichten Schnauben und hochgezogenen Augenbrauen sagte sie: „Du solltest mindestens noch zwei Tage im Bett bleiben und darfst dich eine Woche lang nicht belasten, um ein Aufplatzen der Wunden und Narbenbildung zu vermeiden. Aber dir ist ja sowieso egal, was ich hier rauf- und runterbete. Versuch zumindest bis morgen nicht noch mal deine Waffe zu schwingen, sonst bestehst du bald nur noch aus Narben."

Eriks Mundwinkel zuckte. „Ich versuch's."

Hakan verfolgte düster die Unterhaltung, bis er schließlich aufgebracht unterbrach: „Was zum Teufel ist hier los?"

Alle starrten ihn erschrocken an.

Amelie ergriff das Wort und abweisend antwortete sie: „Gestern Mittag gab es einen Angriff von Legionären. Nichts Großes, aber Erik konnte ein Leben retten. Sonst nichts, was dich interessieren sollte, Gefallener."

Erik machte eine beschwichtigende Geste. „Alles gut, Amelie. Er ist wirklich ein Verbündeter und kein Feind."

Mit einem verächtlichen Geräusch drehte sie sich weg. Erik kannte ihr Temperament. Am besten ignorieren. Deshalb wandte er sich zu Vanessa. „Und du, Vanessa? Schon gut hier eingelebt?"

„Ja, ist echt schön hier!", grinste sie. Doch Amelie rollte mit den Augen.

„Ach, deine kleine Freundin hat das Krankenzimmer gar nicht verlassen. Auf der Liege da neben euch hat sie geschlafen, wenn sie nicht gerade neben euch saß und besorgte Blicke verteilt hat."

Vanessa schaute beschämt zur Seite, dann aber rief sie plötzlich: „Verdammt! Wie konnte das passieren?!"

Sie packte Erik am Oberkörper und zog den linken Ärmel seines Shirts hoch. „Du hast dich mit der Mutation infiziert!" Vanessa legte eine große Fläche silbriger Haut bei ihm frei. „Du hättest nicht direkt mit diesen Würmern kämpfen dürfen. Jetzt wirst du auch zum Fledderer oder einem Wurm!"

Erik stieß sie von sich weg, sodass sie nicht weiter an seinem olivgrünen Shirt herumziehen konnte. Nicht, dass sie noch mehr von ihm sah, als ihm lieb war. Das verstärkte ihre Panik noch.

Aber noch bevor Vanessa sich seelisch von ihrem langjährigen Freund verabschiedete, meldete sich Amelie zu Wort. „Was ist denn mit dir los?"

„Röhre", sagten Hakan und Erik gleichzeitig, genervt die Augen schließend.

„Ach ja", murmelte Amelie, „man vergisst so schnell, dass du noch aus der alten Welt kommst."

Die dunkelhäutige Frau hob ihr graues Top an und entblößte an ihrer Taille einen großen Fleck silberner Haut.

„Was die ebenholzfarbige Schönheit damit sagen will", erklärte Hakan, „wir mutieren alle ein wenig. Niemand hier kann sich vor dem Quecksilberfieber schützen."

Auch er zog sein Hemd so hoch wie es mit einem bandagierten Arm möglich war. Dabei versuchte er, nicht mit dem Tropfschlauch ins Gehege zu kommen. Währenddessen sprach er weiter: „Zum Glück sind noch eine Menge Medikamente von früher da. Man kann zwar die Krankheit mit Aspirin und Antibiotika nicht bekämpfen, aber sie wird so stark verlangsamt, dass sie kaum noch..." Hakan untersuchte seine Brust, die er beispielhaft Vanessa präsentieren wollte. Er zeigte sie schon immer gern in Gegenwart hübscher Frauen, selbst mit silberner Haut. In diesem Fall suchte er aber vergeblich nach dem schimmernden Fleck. „Was... Was ist passiert? Wo ist meine Grauflechte?" Hakan blickte erstaunt um sich, bis er schließlich den Tropf entdeckte, an dem ein roter Infusionsbehälter hing, der einen deutlich grünem Bodensatz aufzeigte. „Was ist das? Ein Heilmittel?", fragte er erstaunt in die Runde.

Erik stieg vorsichtig aus seinem Bett. Er war noch etwas schwach beim Auftreten, konnte sich aber halten. Vanessa versuchte ihn zu stützen, er allerdings ignorierte ihre Bemühungen. „Ich zeig es euch“, meinte er und streckte sich vorsichtig.

„Aber wenn euch die Wunden wieder aufgehen, könnt ihr sie selbst zukleben!“, fauchte Amelie zu den beiden, entfernte aber trotzdem vorsichtig Hakans Venenkatheter.

„Dann gibt’s ja immer noch Pflaster“, antwortete Erik grinsend.

Amelie rümpfte die Nase. „Wie altmodisch.“

*

Erik schleppte sich zusammen mit Vanessa und Hakan in den Aufzug. Er brauchte eine ganze Weile, bis er seinen Atem wieder unter Kontrolle hatte. Die Wunden des Kampfes waren doch nicht so spurlos an ihm vorbeigegangen, wie er es gern gehabt hätte. Er wurde schließlich auch nicht jünger und die einseitige Panzerkeksernährung tat sein Übriges. Im Lift wählte er die Etage unter seiner Wohn-, Ess-, Bade- und Werkstattwohnung aus. Sofort begann sich der Fahrstuhl mit einem Gerüttel in Bewegung zu setzen, das in vergangen Zeiten jedem TÜV-Mitarbeiter den Angstschweiß ins Gesicht getrieben hätte. Langsam fuhren sie tiefer hinab und nach einer Weile kamen sie schließlich mit einem blechernen „Blong“ zum Stehen. Mit dem Erreichen der Ebene stieß den dreien eine schwülwarme Luft entgegen. Der angenehme Duft ließ in Vanessa Erinnerungen wach werden, die in Hakan schon tief begraben waren.

Erik schritt voran über den kurzen Betonweg, bevor er in das weiche Grün trat. Vanessa und Hakan folgten ihm zögerlich, denn was sie sahen, verstanden sie nicht. Mit dem nagenden Gefühl, im falschen Film gelandet zu sein, begutachteten sie ein weites Meer aus grünem Gras, auf der vereinzelt Bäume wuchsen. Hier und da standen Brombeer- und Himbeersträucher. Unkrautartige Gestrüppe warfen wie Wellen ihre Schatten. Was die Kulisse allerdings erst richtig surreal erscheinen ließ, waren die Hühner, die in einiger Entfernung über einen kleinen Hügel hüpften, während irgendwo her das unverkennbare Blöken eines Schafes zu hören war. Überall erkannte Vanessa Bewohner, die sie im großen Saal gesehen hatte. Sie behüteten die Tiere und Pflanzen und wuselten mit einem ähnlich pflichtbewussten Gesicht herum, das sie bereits bei der Verteidigung auf dem Turm gesehen hatte.

„Ach du heilige Mutter des Zornes und der Zerstörung, Behüterin der Apokalypse und Schutzpatronin der Geschändeten: In welcher Welt bin ich denn hier gelandet?!?!“, rief Hakan mit ungläubigen, ja schockierten Blicken.

„Besser hätte ich es nicht sagen können“, pflichtete Vanessa ihm bei.

„Wie konnte das hier alles überleben?“, wunderte sich der Türke, als sie weiter in das riesige Biotop vordrangen. Ein Bewohner, der gerade getrocknetes Gras in seinen Armen trug, trat an Erik und den anderen vorbei. Erik inspizierte den Mann schnell, dann nickte er kurz und setzte zur Erklärung an.

„Wir haben früh angefangen. Während alle anderen auf der Oberfläche sich gegenseitig umgebracht und ausgebeutet haben, haben hier einige Leute die Idee gehabt, das sterbende Land einfach nach hier unten zu bringen, geschützt vor den Feuersäulen und den neuen Wesen. Die zwei Etagen der Baracken hatten sich damals wunderbar dafür angeboten. Ich konnte zwar zu dem Zeitpunkt wegen der 86%-Prothesen kaum helfen, aber ich hab' zum Beispiel die Tageslichtlampen vernetzt und für den Lichtzyklus gesorgt.“

Langsam gelangten die drei in die Mitte der Wiese, von der aus man in alle Richtungen die fernen Außenwände erkennen konnte.

„Aber reicht das bisschen Land aus, um alle Bewohner zu ernähren?“, fragte Vanessa die beschauliche Idylle betrachtend.

Erik lachte auf, dann antwortete er selbstgefällig: „Ich mag, wie du denkst, Vanni, und leider reicht es keineswegs. Das wurde uns auch schon früh klar, als wir noch nur 16 Leute in der Basis waren. Deshalb ist eine Etage tiefer die gleiche Fläche noch einmal, aber komplett mit Hydrokulturen. Die hatte Evi zusammen mit dem alten Oberfeldwebel Oscar entwickelt." Erik hielt kurz inne und schloss die Augen, „Ruhe er in Frieden." Er fuhr mit seiner Erzählung fort. „Ohne die beiden hätten wir schon nach spätestens zwei Jahren am Hungertuch genagt und wären wahrscheinlich selbst zu Gefallenen geworden. Zu dem Zeitpunkt konnte ich auch schon wieder arbeiten und habe dann auch viel Zeit hier und bei den Hydrokulturen verbracht. Da hatte es sich doch endlich ausgezahlt, dass ich meine Sommermonate immer mit meiner Mutter im Gewächshaus verbringen musste."

„Aber war deine Mutter nicht Biolehrerin?", hakte Vanessa nach.

„Ja, und?"

„Ich dachte immer, die schnippeln in ihrer Freizeit nur Tiere auf?"

„Dann rate mal, wie meine Wintermonate gestaltet waren", lachte Erik.

Kurz darauf blieb er stehen. Sie standen im Schatten eines gigantischen Baumes mit brauner Borke um einen riesigen Stamm. Sein grünes Laub verdunkelte das künstliche Licht.

„Hakan, fällt dir was auf?", fragte er und deutete auf den Baum.

„Ja, da steht eine Pflanze, die ich seit meiner Kindheit nicht mehr gesehen habe. Meinst du das?"

Erik schüttelte den Kopf. „Geh näher ran."

Der Türke ging dicht an den Baum heran und streichelte sanft die Borke. „Kein Hinweis auf das Fieber", stellte er schließlich fest.

„Was? Pflanzen können auch infiziert werden?", warf Vanessa verwirrt ein.

Hakan nickte. „Ja, das hatte ich dir eigentlich auch schon erzählt… so hörst du mir wieder zu. Nach Tag Null mutierten sie sogar am schnellsten von allen Lebewesen. Erst wurde das Gras scharf wie Rasierklingen und dann haben sich die ergrauten Bäume bewegt. Ganze Wälder sind wortwörtlich weggerannt. Aber nicht nur die Wälder, jede Agrarpflanze ist ungenießbar geworden oder innerhalb von wenigen Wochen einfach verschwunden."

Die schweren Zeiten spiegelten sich auch in Hakans Blick wider. Vanessa verstand nun wieder ein Stückchen mehr, wie sich das Leben in dieser Welt verändert haben musste. Und auch, weshalb für Gefallene eine Dose Ravioli mehr wert war als ein Leben.

„Aber warum ist der Baum nicht infiziert? Oder das Gras? Selbst wenn wir hier Kilometer tief in der Erde sind... das Virus ist doch überall", überlegte der Türke, ohne seine Hand von dem Baum zu nehmen.

„Sehr gute Frage und hier ist die Antwort." Erik bückte sich zu den hervorstehenden Wurzeln des mächtigen Stammes herunter. Eine grünliche Schicht bedeckte die größten Teile der sonst braunen Rinde. „*Das*, und das sage ich nicht ohne zu übertreiben, ist die wahrscheinlich wichtigste Entdeckung in unserem Leben. Für viele hier in der Base ist das der Grund, warum sie morgens aufstehen, den ganzen Tag ihr Bestes geben und abends wieder ins Bett fallen. Es ist die letzte Hoffnung in dieser Welt der Zerstörung."

„Das ist Schimmel", entgegnete Vanessa.

Erik entgleiste das Gesicht. „Nein, verdammt, es ist eine Art Moos. Keine Ahnung, welche. Ich glaube, sie ist genauso mutiert wie alle anderen Lebewesen, aber in eine vollkommen andere Richtung. Ich weiß nicht wie, aber sie neutralisiert alle Veränderungen, die durch das Fieber hervorgerufen werden. Es heilt das Virus nicht, aber es stellt die Uhr zurück auf Anfang, solange die Mutationen nicht zu weit fortgeschritten sind."

„Also war vorhin Moos in meinem Tropf drin?", fragte Hakan.

„Ja, Restpartikel. Amelie hat eine Methode entwickelt, aus Blutkonserven Mooskulturen zu züchten. Wenn man sie zentrifugiert, kriegt man die Infusion. Man muss nur die Blutgruppe wissen, sonst kann die Infusion einen umbringen." Erik wandte sich zu Vanessa. „Wo wir gerade dabei sind, du hast auch schon eine Kur verabreicht gekriegt. Damals in der Röhre."

„Was? Echt? Hatte ich eine nötig?!"

„Und wie, du warst fast vollkommen silbern. Nicht mehr lange und du wärst irreversibel mutiert. Dann hätte ich die Infusion nicht mehr anwenden können."

„Was wäre denn passiert, wenn du es trotzdem gemacht hättest?", hakte Hakan nach.

„Naja, ich habe mal versucht, einen zu stark mutierten Mann zu behandeln… Es ist nicht gut ausgegangen… Habt ihr schon mal beobachtet, wie eine Schlange ihren eigenen Schwanz frisst, also quasi sich selbst? So müsst ihr es euch vorstellen, nur andersrum. Also nicht seinen Schwanz ausspucken… sondern sich selbst… also umstülpen quasi…"

„Ok, das reicht!", unterbrach Vanessa ihn. „Und woher wusstest du meine Blutgruppe?"

„Wir haben die gleiche."

„Echt?"

„Ja, aber wir kommen vom Thema ab. Dieses Moos ist der Grund, warum ich bald die Second Base verlassen muss. Ich bin mir ziemlich sicher, dass die Zuflucht es benötigen wird, um die Menschheit wiederaufzubauen."

„Du willst zur Zuflucht?" Hakan runzelte die Stirn. „Die ist aber viel zu weit weg, um einfach mal dahinzufahren. Wie willst du denn dahin kommen?"

„Du hast auch schon davon gehört?", fragte Erik überrascht.

„Na klar, jeder Gefallene weiß von der Zuflucht. Es ist sozusagen der oberste Plan einer jeden Garde, sie zu stürmen und zu leben wie die Könige. Ich stand zwar noch nie vor deren rostigen Stahlmauern, aber jeder von uns hat eine Karte mit der Position. Als eine Art Motivationsplakat. Aber woher wisst IHR von der Stadt?"

„Durch Milaf, den fahrenden Händler", antwortete Erik.

„Ach, Milaf? Ich wusste es doch, du Sack handelst mit beiden Seiten!", schnaubte Hakan verärgert in seinen 14-Tage-Bart.

„Wie bitte?"

„Ach nichts. Du willst also sicher zur Zuflucht?“

„Ja, sonst hätte ich das nicht gesagt“, brummte Erik.

„Und weißt du auch, wie? Ich meine, der direkte Weg ist über 1000 Kilometer reine Eishölle.“

Erik und Vanessa setzten sich ins Gras, während Hakan in einer der riesigen Taschen seiner blutgetränkten und zerschlissenen Hose herumwühlte. Schließlich brachte er eine ebenso blutverschmierte und zerschlissene Karte zum Vorschein. Jedoch sah das Blut deutlich älter als 24 Stunden aus. Mit der Karte ließ sich auch der Türke ins Gras hinab und breitete sie auf dem unebenen Untergrund aus. Er ertappte sich selbst dabei, wie er kurz in das saftige Gras griff und seine Gedanken abschweifen ließ. „Okay, wo war ich?“, sagte er schließlich, bevor er fortfuhr. „Ach ja, meine Vorgänger haben viel Zeit darin investiert, die bekannte Welt noch mal zu erkunden und zu kartographieren. Das Wichtigste dabei waren die Feuersäulen, ohne die es keine Wärme, kein Licht und somit kein Überleben gäbe.“ Hakan schaute bei der Erklärung hauptsächlich Vanessa an, da er davon ausging, dass Erik den Großteil bereits wusste. „Wie weit aber die Wirkung der Säulen reicht, ist sehr unterschiedlich. Wir haben hier zum Beispiel zwei Säulen im Zentrum, deswegen sind hier saharaähnliche Zustände. In der ehemaligen französisch-spanischen Föderation gibt es dagegen nur eine Säule.“ Er zeichnete mit dem Finger konfuse Linien und Kreise auf das Papier. „Hier gibt es eine Art Dschungel. Im Randgebiet ist ein gemäßigtes Klima entstanden. Hier kann man Nahrung anbauen, weswegen sich viele Menschen da versammeln. So hat sich hier die größte Stadt in der Mitte des Kontinents entwickelt.“

„Interessant, aber das ist nicht mal in der Nähe der Zuflucht“, stellte Erik fest, als er die Karte musterte.

„Das ist richtig“, stimmte Hakan zu, „aber durch diese Stadt läuft eine alte Bahnstrecke, die immer noch betrieben wird, um Handel mit der Zuflucht zu betreiben.“

„Weiß nicht...", grübelte Erik und streichelte seine Bartstoppeln. „Mir ist das einfach zu unsicher. Wenn wir das nicht schaffen, haben wir fast den doppelten Weg."

„Es wird noch besser: In der Stadt werden Gefallene toleriert. Deshalb sind die Züge dementsprechend stark bewaffnet und bewacht. Wir werden sicherlich nicht die ersten sein, die dort versuchen werden, als blinde Passagiere aufzuspringen."

Eriks Stirn legte sich in tiefe Falten, aber Hakan schlussfolgerte nach kurzer Pause: „Es ist zwar ein Umweg, aber eigentlich ist das die einzige Möglichkeit. Auch wenn es nicht einfach wird, in die Bahn zu kommen..."

„Wo ist denn nun diese Zuflucht?", mischte Vanessa sich ein.

Der Finger landete zielstrebig auf dem untersten Punkt der ausgemalten Karte. „Da, auf Gibraltar."

„Wow, das ist echt ‘ne Strecke. Und mit dem Umweg wird das echt ‘ne Reise", staunte Vanessa. „Und wie kommen wir nun dahin?"

„Moment!" Erik stand langsam auf. „Niemand hat was davon gesagt, dass ich euch mitnehme! Wir haben schon sieben unserer besten Aufklärer verloren und wir wissen nicht einmal, ob sie es überhaupt zur Eishölle geschafft hatten. Da werd' ich sicher nicht mit euch als Anhängsel losziehen."

Hakan blickte hinab ins Grüne. Er war nicht erschüttert, immerhin hatte er hier das Eden auf Erden gefunden.

Vanessa hingegen entgleiste das Gesicht. „Wie bitte?! Du glaubst doch wohl nicht, dass ich hierbleibe und Wurmfutter spiele, wenn du dich auf einen lebensgefährlichen Trip durch ganz Postapokalypsoeuropa machst!"

„Aber ich hab' dich doch nicht extra aus der Vita Vault geholt, nur um dann dein Leben wieder zu gefährden. Hier in der Base bist du sicher."

„Sicher? Und vor was? Vielleicht vor Legionären, aber ich werde hier beim Hühnerzüchten eingehen. Erik, ich bin eine Kämpferin und das weißt du!"

Instinktiv griff sie zum Gürtel, um demonstrativ ihre Waffe zu ziehen, die aber unglücklicherweise noch oben in Eriks Werkstatt lag.

„Du hast wohl keine andere Wahl, als uns mitzunehmen“, sagte Hakan. Dabei ließ er noch einmal seinen Blick schweifen, als wenn er sich von jedem Grashalm einzeln verabschieden wollte. „Ohne mich wirst du nie den Weg zur Zuflucht finden, sondern höchstens in einer der Eishöllen jämmerlich erfrieren. Und ohne dieses liebreizende Wesen mit der göttlichen Anmut“, er schaute zu Vanessa, „werde ich keinen Fuß vor dieses Gebäude setzen!“, sagte er mit Nachdruck.

„Danke!“, rief Vanessa und nickte entschlossen. Dann ließ sie den Kopf sinken und murmelte: „Glaub’ ich…“

Erik verlor komplett die Beherrschung und brüllte Hakan an: „Bist du bescheuert?! Weißt du, wie viel Mühe ich auf mich genommen habe, um sie wiederzusehen?!“ Er begann, Richtung Ausgang zurück zu stapfen.

„Erik Weizholt, bleib gefälligst stehen!!!“, rief Vanessa.

Er erstarrte in der Bewegung.

„Willst du mir etwa sagen, dass du nach ALL der Zeit und ALL den Mühen mich einfach hier zurücklassen willst?!“, fragte sie.

„Also… ähm…“, stammelte er.

„Bin ich nur eine Last für dich? Kannst du also auf meine Kampfkraft verzichten?“

„Ähm, weißt du…“

„Weißt du, dass du mein Leben eher gefährden wirst, wenn du aufhörst, in meiner Gegenwart zu sein?“

„Das glaube ich nicht…“

„Weißt du es?!“, schrie sie ihn an.

Er senkte den Kopf und gab sich geschlagen. Nachdem er einmal durchgeatmet hatte, sagte schließlich: „Dann suchen wir jetzt Vorräte zusammen und bereiten den Aufbruch vor.“

Hakan dachte kurz nach. Dann sagte er nachdenklich: „Wir müssen uns aber beeilen, wenn wir den sichersten Weg nehmen wollen. In drei Tagen ist der Pfad für eine ganze Weile nicht mehr passierbar."

„Warum denn?", fragte Erik.

„Wegen den Gefallenen. Das erkläre ich vor Ort", sagte der Türke und winkte das Thema ab.

„Gut, okay, das ist aber machbar. In 24 Stunden machen wir uns auf den Weg. Unsere Wunden müssen dann wohl unterwegs zu Ende heilen."

Kapitel 16 **Aufbruch**

„Es hat nur ein Auge!", schrie Hannes, der Fahrer des Kampfwagens, der wohl in nächster Zeit nicht mehr seiner Berufung würde nachkommen können. Zumindest nicht in diesem Fahrzeug. Das Monster, dessen Iris versuchte nach und nach jeden Insassen zu erfassen, schien weder einen Mund noch eine andere Körperöffnung zu besitzen. Die Haut war glänzend silbern wie flüssiges Metall und der Leichtigkeit nach zu urteilen, mit der es den Wagen durch die Umgebung schmettern konnte, musste die Kreatur auch enorm stark sein. Mit einem markerschütternden Geräusch schrie es die Besatzung an, bis sich diese vor Schmerzen gekrümmt die Ohren zuhielt.

„Mach, dass es aufhört!", brüllte Richard Erik an. Blitzschnell zog er eine Handwaffe aus seinem Holster und feuerte. Die Kugel kollidierte treffsicher mit dem Auge des Monsters und der ohrenbetäubende Ruf erstarb augenblicklich. Allerdings machte es die Kreatur nur noch wütender. Mit einer tiefen Furche über der Iris begann es nun wild auf die aufgerissenen Seitenwände des Fahrzeuges einzuhacken. Langsam, aber sicher arbeitete es sich so von der Öffnung herab zur Besatzung vor.

„Das war eine Scheißidee!", fluchte Erik und schoss drei weitere Kugeln auf das Auge, was jedoch nur drei weitere Kratzer auf der Netzhaut zur Folge hatte. Und noch mehr Hiebe in noch kürzerer Zeit.

„Das aber auch", sagte Richard.

„Merk' ich auch gerade, aber immerhin war es meine Idee."

*

Erik erwachte schweißgebadet in seinem Bett. Sein Blick erfasste die Matratze unter sich. Es war ein guter Morgen, denn er war erst nach seiner Krampfattacke wirklich zu sich gekommen und musste sich daher nur mit der Hälfte der Schmerzen herumschlagen. Das Bett war frisch bezogen, doch nun waren überall Blutflecken zu sehen. Seine Wunden waren schlechter verklebt, als er gedacht hatte. Oder er wälzte sich nachts zu viel herum. Er wusste es nicht. Er hatte zwar schon oft versucht, seine Kamera für eine Nachtüberwachung zum Laufen zu kriegen, aber es scheiterte letztendlich immer wieder an der Bildwiedergabe. Nanoplasmamonitore waren einfach zu hightech für die Postapokalypse.

Vanessa saß im Schneidersitz auf einer Feldmatratze gleich neben Eriks Bett.

„Geht's wieder?", fragte sie vorsichtig.

Erik richtete sich auf und begutachtete seine Wunden. Keine schien akut zu bluten. „Ja, es geht. Bist du schon lange wach?"

„Ich konnte kaum schlafen. Du bist nachts echt laut, wenn du dich hin und her wälzt."

So geht's auch ohne Plasmamonitor..., dachte Erik und stand langsam auf.

„Aber auch so konnte ich kaum schlafen", fuhr Vanessa fort, „es ist immer noch ein bisschen zu viel... alles in dieser anderen Welt..."

„In der Postapokalypse, du kannst das Kind ruhig beim Namen nennen."

„Was?" Vanessa schaute verdutzt zu Erik, der sich auf den Weg in die Küche gemacht hatte und eine Schale aus einem defekten Kühlschrank nahm.

„Die Zivilisation, wie wir sie kannten, ist untergegangen. Die Menschen klammern sich an die letzten Ressourcen. Die Technologie von früher kann man jetzt eher mit einem verblichenen Farbfoto vergleichen: noch vorhanden, aber kaum zu gebrauchen. Herstellen kann sie erst recht keiner mehr. Die Apokalypse ist geschehen, nur hatte ich sie mir damals irgendwie anders vorgestellt... Vielleicht mit Zombies oder Atombomben oder so... Aber mutierte Silberfische und kämpfende Werkzeuge sind doch auch was."

Er grinste Vanessa an, aber sie hatte den Witz nicht wirklich verstanden.

„Ich kenne dich gar nicht so melancholisch. Arrogant und eingebildet warst du schon immer. Aber melancholisch ist mir neu."

„Hey! Das ‚eingebildet' hab' ich jetzt mal überhört! Aber wahrscheinlich ist das auch so eine Auswirkung des Quecksilberfiebers, oder es passiert einfach, wenn alle um einem rum wegsterben..."

„Oh..." Vanessa hatte plötzlich das Gefühl, einen wunden Punkt getroffen zu haben, und versuchte schnell dies zu überspielen. Sie sprang hastig von ihrem Bett auf und fing an, ihre Sachen um sich herum zusammenzusammeln. „Und wie sieht der Plan für heute aus? Ich mein', wir müssen ja noch Dinge... vorbereiten, oder? Für die Fahrt... oder?", fragte sie zögerlich.

„Ja, ein paar Sachen schon. Wir sollten aber nicht mehr mitnehmen als unbedingt nötig. Andererseits haben wir jetzt drei Rücken zur Verfügung, da kann ich auf alle Fälle noch ein paar Erfindungen mitnehmen", antwortete er, während er mit der Schale, die sich als Behältnis für getrocknete Beeren entpuppt hatte, zu seiner Werkbank ging. Er setzte sich auf einen alten, abgewetzten Bürohocker und blätterte in einem aufgeschlagenen Buch herum.

Vanessa suchte sehr beschäftigt den Boden weiter nach ihren Sachen ab. Zum Glück hatte sie immer zwei Sätze ihrer Alltagskleidung in ihrer Waffentasche. Das ersparte ihr eine Sucherei in der Wäschekammer. Ihre Konfektionsgröße war schon in der Welt des Überflusses und des Kommerzes nie einfach zu finden gewesen. Aber trotzdem fehlte ihr in dem Moment etwas... „Erik, hast du irgendwo mein Top gesehen? Deine Unterhemden sind zwar toll zum Schlafen, aber so kann ich mich oben nicht blicken lassen."

Er schüttelte den Kopf. Eine seiner blöden Angewohnheiten – mit Gesten auf Fragen zu antworten, vor allem wenn ihn gerade niemand anschaute.

„Moment mal! Stand das gestern auch schon da?" Abrupt blieb sie stehen und deutete auf ein drittes Feldbett, das neben ihrem stand. Es war überhäuft mit Decken.

„Was hast du gesagt?", fragte Erik geistesabwesend, den Blick auf die Seiten geheftet.

„Ich hab' gefragt, ob das Bett gestern schon hier stand?"

Sie trat mit dem Fuß gegen das Gestell. Plötzlich flogen überall Stoffdecken durch die Luft und ein erschrockener Hakan schaute aus dem Krater hervor. Vanessa stieß einen spitzen Schrei aus und wich ein paar Schritte zurück, bis sie sich wieder fing. „Was machst du hier, Hakan?"

„Hä?", machte er schlaftrunken. Er hatte offensichtlich Schwierigkeiten, überhaupt zu realisieren, was gerade passierte. Er reckte eine Hand zur Seite, während er mit der anderen ein dunkles Top wie ein Kuscheltier umklammerte. Vanessa erblickte das Oberteil.

„Was machst du da mit meinem Top?!" Sie presste die Lippen zu einer schmalen Linie zusammen. Feuer flackerte in ihren Augen auf und ihre Hände ballten sich zu Fäusten.

Auch Erik horchte nun auf und drehte sich von seinem Buch weg, um das Geschehen beobachten zu können. *Jetzt wird's lustig*, schmunzelte er in sich hinein.

„Was, das? Ähm... also, ich kann das erklären!"

Vanessa verschränkte die Arme und hob erwartungsvoll die Augenbrauen.

„Das war so: Ich habe mich gestern Abend im Krankenzimmer so alleine gefühlt und dann bin ich hier runter gekommen und da habt ihr schon geschlafen. Und als ich dich da so liegen gesehen hab', dacht' ich mir..."

„Lauf!"

„Aber, aber..."

Vanessa langte blitzschnell zu Boden und hob eines ihrer Schwerter auf. Sie zog es aus der Scheide und richtete es auf den Türken. „Lauf, oder ich amputiere dir die Beine!"

Hakan ergriff wie ein Besessener die Flucht.

„Na gut, das ging schneller als erwartet", sagte Erik trocken und wendete sich wieder seinem Buch zu. „Jetzt müssen wir genügend Vorräte für die nächsten zwei Wochen einpacken. Ich weiß zwar nicht, wie lange die Reise dauern wird, aber zwei Wochen erscheint mir erstmal realistisch", sagte er nach einem Augenblick des Nachdenkens und schaute Vanessa fragend an, als wollte er sie dazu bringen, ihr unerwartetes Fachwissen auszupacken. Aber sie zuckte nur mit den Schultern, und so sprach er weiter. „Gut, Vanni, geh bitte hoch zu Amelie und hol Versorgungsmaterial, ich kümmre mich solange um den Rest. Wenn ich irgendwo Hakan finde, kann er mir beim Schleppen helfen. Ich hoffe, der liegt nicht mit einer kollabierten Lunge irgendwo auf den oberen Ebenen."

„Keine Sorge", antwortete Vanessa, „Männer wie er sind unverwüstlich."

*

Wenig später stieg Vanessa aus dem Fahrstuhl und blickte in den schlecht beleuchteten Gang zu dem kleinen Lazarett. Vorsichtig ging sie los. Zwar mochte sie Amelie, doch sie empfand die große Frau als sehr einschüchternd. Aber sie wollte die Situation ausnutzen, einmal ohne Erik unterwegs zu sein. So konnte sie vielleicht mit ihr über ihre kampfmüden Arme reden. Sie hatte Angst davor, was sie erfahren würde, aber wahrscheinlich war sie die letzte richtige Ärztin, der Vanessa nach Tag Null noch begegnen würde.

Schon fand sie sich vor der zweckentfremdeten Küche wieder. Durch die offene Tür konnte sie nur Rosi erkennen, die gerade medizinisches

Equipment sortierte. Mit einem lauten Klopfen kündigte sie sich an, was Rosis Aufmerksamkeit auf sie zog.

„Oh, Vanessa, du bist es. Wie kann ich dir helfen?“, fragte die kleine Frau, ohne ihre Hände von den Geräten zu nehmen.

Vanessa ging zögerlich weiter in den kleinen Vorraum hinein. Vorsichtig blickte sie um sich und hielt Ausschau nach Amelie. „Ähm, ich suche medizinisches Material, etwas für eine längere Reise“, sagte sie etwas abwesend.

Die Arzthelferin beendete ihre Arbeit und drehte sich zu ihr hin. „Kann es sein, dass du Frau Dr. Schmidt suchst?“

„Redet ihr immer so höflich miteinander? Moment…“, unterbrach sich Vanessa, „sie heißt Schmidt mit Nachnamen?“ Dann fiel ihr ihr eigentliches Anliegen wieder ein. „Egal, ja, ich wollte auch zu ihr, aber die Vorräte sind erstmal wichtiger.“

„Ah okay, natürlich.“

Rosi drehte sich wieder zu den Schränken um und begann diese nacheinander zu öffnen und zu schließen. Dabei murmelte sie leise vor sich hin.

„Wie lange werdet ihr für die Reise ungefähr brauchen?“, fragte sie laut.

„Erik meinte was von nur zwei Wochen.“ Vanessa zuckte mit den Schultern. „Aber ich würde trotzdem sicherheitshalber lieber mehr mitnehmen.“

„Mh… kann ich verstehen. Und dass ihr bald aufbrechen wollt, hat sich übrigens schon rumgesprochen. Wisst ihr schon, ob ihr wiederkommt?“

Vanessas Augen verengten sich zu kleinen Schlitzen. „Ob? Ich weiß grad nicht, ob ich die Frage falsch verstehe. Erik hat von der Expedition zwar wie von einem Himmelsfahrtkommando gesprochen, aber er hat nie etwas davon gesagt, dass wir bei Erfolg in der Zuflucht bleiben.“

Rosi unterbrach das Wühlen. „Also so habe ich das nicht gemeint…“

„Wie meintest du es denn?“, fragte Vanessa zynisch.

„Na…“, sie zögerte. „Es kam mir immer so vor, als wenn Erik nur die Suche nach dir hier halten würde… und da er dich jetzt gefunden hat, kann er ja die Base verlassen.“

„Aber er ist doch einer von euch,“ widersprach Vanessa, „er hat doch mit euch die Base zu dem gemacht, was sie heute ist.“

„Das stimmt schon,“ stimmte die Arzthelferin zu, „aber er ist… seltsam.“

Bereit, jeden Moment aufzubrausen, fragte Vanessa: „Inwiefern seltsam? Wegen seiner Prothesen?!“

„Was? Ach nein, viele haben künstliche Körperteile. Das interessiert hier niemanden“, sagte Rosi und hielt dabei ihren Arm. Sie wiegte den Kopf hin und her, dann sprach sie weiter: „Erik hat etwas an sich, was ich nicht wirklich leiden kann… Du bist gut mit ihm befreundet, du wirst mir sicher nicht glauben, aber er kann ziemlich streng und bösartig sein. Er hat da etwas Dunkles in sich… Und wir haben Angst, dass seine Experimente uns irgendwann den Boden unter den Füßen wegreißen.“

„Ja, ich verstehe, dass sein Zimmer und seine Tätigkeiten euch nicht gerade alltäglich sind, aber er hat vorgestern erst sein Leben für einen von euch riskiert!“

Rosi atmete tief durch, doch noch bevor sie antworten konnte, stand auf einmal Amelie hinter Vanessa. Mit ihrer ruhigen, aber eindringlichen Stimme sagte sie: „Rosi, lass uns mal bitte alleine.“

Wortlos verließ sie den Raum. Amelie schloss die Tür hinter ihr und setzte sich dann auf einen der Wartestühle.

Vanessa begann sofort zu erklären: „Ich bin eigentlich hierhergekommen, um die Vorräte…“

„Du darfst es ihr nicht übelnehmen,“ unterbrach Amelie sie. „Niemandem von ihnen.“

„Aber sie wünschen sich, dass Erik nicht mehr wiederkommt. Dabei hat er vorgestern erst jemandem das Leben gerettet!", gab Vanessa entrüstet zurück, aber Amelie schüttelte nur den Kopf.

Sie stützte sich mit ihrem Arm auf der Lehne des Stuhles ab. Ihr Blick schweifte in die Ferne, als sie zu erzählen begann. „Du hast gestern Erik kämpfen gesehen. Während es dich beeindruckt hat, hat es alle anderen hier abgeschreckt. Und das schon seit dem ersten Mal, dass er da draußen für die Base gekämpft hat. Dabei war und ist es für ihn gleich, ob es Legionäre da draußen sind… oder Menschen. Deshalb haben meine Mitmenschen hier vor ihm Angst. Sie befürchten, dass es einmal sie selbst treffen könnte. Mehr ist es nicht. Sein Auftreten und sein Eremitendasein sind nicht gerade zuträglich, aber ich kann es ihm nicht verdenken. Niemand kann das. Wenn es nicht meine Aufgabe wäre, auf Menschen zuzugehen und mich ihrer anzunehmen, wäre ich vielleicht auch so. Immerhin haben wir beide jeden einzelnen unserer Kampfgefährten sterben sehen. Jeder, der geholfen hat die Base aufzubauen, ist nach und nach bei einer der Wellen gestorben. Nur wir beide sind von unserer ursprünglichen Einheit noch hier. Zeitweise hatte er es als einen Fluch gesehen. Er meinte einmal zu mir, dass er selbst es am meisten von allen verdient hätte zu sterben. Worauf genau er sich da bezogen hat, weiß ich nicht. Die Suche nach dir hat ihm aber immer wieder Kraft gegeben, auch wenn er dadurch auf die anderen verbohrteren und paranoideren wirkte. So wurde er zu dem, der er jetzt ist." Amelie wandte sich wieder Vanessa zu und blickte ihr direkt in die Augen. „Zumindest bis er dich wiedergefunden hat." Sie verließ ihren Sitzplatz und ging zu dem kleinen Haufen hin, den Rosi vor den Arztschränken hinterlassen hatte. Dabei redete sie weiter. „Ich habe Erik noch nie mit so viel Lebensfreude gesehen wie in den letzten 24 Stunden und ich möchte nicht, dass sich daran was ändert." Sie packte den großen Berg an Medikamenten, Gaze und medizinischem Werkzeug in eine geräumige Ledertasche mit Reißverschluss. Als sie sie Vanessa überreichte, gab sie ihr noch zu bedenken: „Bleib bitte immer an seiner Seite und halte ihm den Rücken frei. Wie du bestimmt bemerkt hast, nimmt er wenig Rücksicht auf sich selbst."

Vanessa nahm die Tasche an und da sie nicht so richtig wusste, was sie antworten sollte, nickte sie nur.

„Gut, dann geh jetzt besser wieder zu ihm. Er kommt immer auf so komische Ideen, wenn er zu lange allein ist", verabschiedete sich Amelie mit einem Grinsen, während sie Vanessa aus der Tür geleitete.

Vanessa blickte an sich hinab. *Verdammt, jetzt bin ich gar nicht dazu gekommen, mit ihr über meine Arme zu sprechen...,* dachte sie. Als sie die geschlossene Tür betrachtete, überlegte sie weiter: *Nach der Ansprache kann ich nicht wieder reingehen und ihr sagen, dass ich nicht mehr kämpfen kann...* Und so entschloss sie sich, Amelies Rat zu befolgen und wieder zurück zur Werkstatt zu gehen.

Als sie diese erreichte, erwartete sie ein fremder Anblick. Eriks Bleibe der letzten elf Jahre sah auf einmal sauber, ordentlich und irgendwie steril aus. Als würde man in ein frisch bezogenes Hotelzimmer kommen – eins für Besucher mit einem Fetisch für Maschinen. Sie schritt durch den Küchenvorraum und die offenstehende Tür hindurch und sah dabei, dass viele der Erfindungen, Geräte und Apparaturen von Erik sortiert worden waren. *Ich habe mich wohl länger mit Amelie unterhalten, als es mir bewusst war,* dachte Vanessa in dem Augenblick. Sie unternahm einen halbherzigen Versuch, ihre Tasche zu finden, doch sie erkannte schnell, dass sie hier nicht mehr aufzufinden war. Sie blickte sich noch einmal ausgiebig um. Beim Anblick der Wohnung verstand sie auf einmal, was Rosi über Erik gemeint hatte. Er hatte nie wirklich hier gewohnt, er war nur ein Reisender – immer auf dem Sprung. Wäre die Base tatsächlich ein Zuhause für ihn gewesen, hätte er sein Zimmer nicht so unpersönlich und lieblos zurückgelassen. Schon gar nicht in so kurzer Zeit. Oder er rechnete vielleicht wirklich nicht mehr damit, jemals zurückzukommen.

Sie trat vor ein großes Regal, in dem ihr eine Box mit der Aufschrift „Vanessa" ins Auge gesprungen war. Mit Müh und Not erreichten ihre Fingerspitzen die weit oben liegende Kiste, doch um sie herauszuziehen, fehlten ihr ein paar Zentimeter. So entschied sie sich schließlich doch für einen Hocker. Kurz dachte sie darüber nach, weshalb Erik seine Sachen so umständlich sortierte. Vor allem in Anbetracht der Tatsache, dass er ja noch ein Stück kleiner war als sie. Zudem stand die Kiste „Vanessa" bei G, neben „Geborgtes Zeug" und „Gedeckeltes". Schließlich zog sie sie mitsamt einer zentimeterhohen Staubschicht aus dem Regal und stellte sie neben sich auf den Boden. Vorsichtig öffnete sie die Kiste und fand unter anderem einen Dolch vor. Die Klinge war kurz, doch nicht wie üblich flach, sondern recht dick. Als hätte man diese Waffe nicht geschmiedet, sondern aus massivem Metall gestanzt. Wie Weihnachtskekse. Da, wo normalerweise die Schneide saß, war ein festes, rotes Band, das die gesamte Klinge umzog. So erinnerte das klumpige Design doch eher an ein Spielzeug mit stumpfer Oberfläche. Neben der Kurzklinge erkannte sie noch etwas Anderes in der Kiste. Vorsichtig griff sie hinein und holte eine Schale heraus. Sie drehte sie hin und her und bewunderte ihre satten Farben. Erst dann fiel ihr auf, dass es eine bunt bemalte Maske war, deren Muster entfernt an das Gesicht eines Löwen erinnerte.

„Die ist ja wunderschön", flüsterte Vanessa. Sie konnte die Augen beim besten Willen nicht von ihr lösen. Erst nach einer Weile konnte sie schließlich etwas anderes wahrnehmen als die Farbe – die Maske war leicht und aus Metall gefertigt. Auch schien sie einige bewegliche Teile zu besitzen. Neugierig führte sie die Maske zu ihrem Gesicht, doch zögerte sie auf halbem Weg. Gedankenversunken starrte sie sie einige Momente lang an, bis sie dann doch kopfschüttelnd davon absah, sie aufzusetzen. Just in dem Moment hörte sie das dumpfe Klingeln des Fahrstuhls. Hastig stopfte sie die beiden

Gegenstände in die Tasche mit dem Verbandszeug und stürmte zum Lift. Dort begrüßte Eriks breites Grinsen sie bereits.

„Du hast aber lange gebraucht, hast du alles bekommen?"

Sie stellte sich zu ihm und er betätigte den Knopf nach oben.

Ohne auf eine Antwort zu warten, redete er weiter: „Hakan hat schon die Motorräder in den Hof geschoben. Ich will schnell weg, am besten bevor noch jemand merkt, dass ich weg bin."

Vanessa schaute ihn fragend an. „Willst du dich nicht von Manfred, Vincent und Amelie verabschieden?"

„Du hast Susi vergessen", sagte er trocken.

„Ähm genau, aber willst du es denn nicht?"

Erik atmete tief durch. „Ich glaub', das lässt sich nicht vermeiden." Dann schaute er an ihr hinab und fragte: „Du warst doch bei Amelie, oder nicht? Ich meine, warum warst du noch in der Werkstatt?"

„Ich dachte, wir treffen uns dort", antwortete sie nervös, „aber ja, ich war bei ihr, ich habe alles bekommen."

„Dann ist ja gut. Habt ihr euch nochmal unterhalten?"

„Ja, ein wenig. Wir haben uns über die Bewohner hier ausgetauscht. Und wie dein Verhältnis zu ihnen ist", sagte sie.

„Ist das so?", fragte Erik argwöhnisch. „Und was hat sie gesagt?"

„Sie hat von deiner Entwicklung hier erzählt. Und dass die Leute hier eigentlich nur Angst vor dir haben. Und ich finde, dafür, dass du dein eigenes Leben für sie riskierst, behandeln sie dich mächtig ungerecht. Ich wollte nur, dass du das weißt."

„Natürlich weiß ich, dass sie Angst vor mir haben", er strich sich mit der Metallhand über den Nacken, „und es regt mich regelmäßig auf, wenn sie hinter meinem Rücken so über mich reden. Aber letztendlich will ich nur, dass sie überleben. Dafür mussten sie schnell lernen zu funktionieren und ihre Arbeit gut und richtig durchzuführen. Für Rücksicht hatten wir keine Zeit. Man kann einfach nicht 100 % Effektivität aus jemandem herauskitzeln, wenn man nur ‚Bitte' und ‚Danke' sagt. Das hab' ich schnell gelernt."

Vanessas Stirn legte sich in Falten. „Inwiefern haben wir keine Zeit? Wegen des Fiebers?"

Düster blickte er in eine Ecke des Fahrstuhls und stieß einen Schwall Luft aus. „Ja und wegen der Kreaturen, die deswegen entstanden sind. Und damit meine ich nicht nur die Legionäre. Die Welt da draußen ist nicht mehr unsere. Sie gehört nicht mehr den Menschen, die gewissenhaft ihrem Job nachgehen oder abends auf Nachbars Kinder aufpassen. Sie gehorcht jetzt silbernen Ungeheuern und Menschen, die Gewalt als Mittel der Wahl einsetzen. Jeder von uns wird sehr viel früher sterben, als ihm lieb ist. Und wenn wir hier nicht gemeinsam funktionieren, dann waren all die Maßnahmen hier vergeblich. Aber noch ist nichts entschieden..." Dann brachte er doch noch ein schwaches Grinsen hervor. „Dank dem Gegenmittel. Damit könnten wir wirklich etwas ausrichten. Aber dafür muss ich es in die Zuflucht der Menschheit bringen, in die letzte Bastion. Damit es dort für alle Menschen zugänglich gemacht werden kann. Nur so können wir das Blatt wenden."

„Aber warum du?"

Der Fahrstuhl hatte schon vor einigen Minuten die Oberflächenebene erreicht.

Nach einigen Momenten des Nachdenkens zuckte er schließlich mit den Schultern. „Wen sollen wir sonst losschicken? Jens? Er ist einer der besten Aufklärer, aber wie fast alle, die da draußen umherziehen, ist er ein RIESEN-Idiot. Ich habe lange genug da draußen überlebt, um behaupten zu können, dass ich ein paar Tage länger aushalte als andere. Es sind schon so viele daran gescheitert, die Zuflucht zu erreichen und wenn selbst ich es nicht schaffe, seh' ich schwarz für die Menschheit."

Erik trat aus dem Lift ins Helle und Vanessa folgte ihm. Der Hof war wie leergefegt. Vom alltäglichen Gewusel der Leute keine Spur. Nur die

Motorräder standen in der Mitte des Hofes, umgeben von Hakan, Manfred, Susi, Vincent und Amelie. Die fünf standen da und unterhielten sich angeregt. Als sie die beiden heranstapfen sahen, begrüßten sie sie schon mit einem breiten Grinsen.

„Hey, ihr beiden!", rief Hakan. „Erik, deine Freunde hier sind echt in Ordnung. Sicher, dass wir nicht noch etwas bleiben wollen? Sie haben auch extra das gute Zeug aus dem Keller geholt. Die paar Stunden haben wir doch bestimmt noch."

In dem Moment erhob ein ziemlich angetrunkener Manfred das Wort, der sich auf Amelie abstützte. „Da kannst du lange betteln, Hakan. Erik hasst Abschiede. Nicht wahr?"

Dabei drückte er seinen Plastikbecher, gefüllt mit einer roten Flüssigkeit, in Vanessas Hände. Sie nahm einen Schluck und war überrascht, wie gut es schmeckte. Nach einem zweiten Schluck übergab sie den Becher dann an Erik.

„Genau, alter Mann. Ist nicht böse gemeint, aber ich will so schnell wie möglich weiter", sagte Erik und blickte in den Becher. Er rümpfte die Nase beim Geruch des starken Kirschweines, der eine dominante Holundernote versprach. So gab er ihn wortlos weiter an Amelie. Vanessa ließ den Becher nicht aus den Augen – vielleicht würde er ja noch einmal zu ihr kommen, wenn sie ihn nur fest genug anstarrte. Die dunkelhäutige Frau nahm einen kräftigen Hieb und leckte sich über die Lippen.

„Es waren lange Jahre mit uns beiden", sagte sie. „Wir sind die letzten der alten Base und wir haben zugesehen, wie diese Oase für die Menschen erblüht ist. Erik, mein Junge, pass bitte auf die beiden auf – und vor allem auf dich selbst." Sie nahm ihn fest in die Arme und drückte ihn mit so einer Kraft an sich, dass Erik kaum Luft bekam.

Amelie lockerte ihre Umarmung und schon stürzte sich Vincent auf ihn, der bisher nur ruhig im Hintergrund gestanden hatte. Mit dicken

Krokodilstränen in den Augen packte er ihn und umarmte ihn ebenfalls fest. „Danke, dass du mich damals befreit hast. Ich wünsche dir, dass du dein Ziel erreichst. Unbeschadet."

„Danke... Okay, danke... Es reicht – es reicht – ES REICHT!", rief Erik laut, bis er sich schließlich von Vincent losreißen konnte. Er atmete tief durch. Sofort tippte ihm aber jemand auf die Schulter. Ängstlich davor, erneut zerdrückt zu werden drehte er sich langsam um. Doch es war nur Susi.

„Ich habe mich mit Hakan unterhalten. Bist du dir wirklich sicher, dass deine Vorräte reichen?", fragte sie ihn, nachdenklich ihre Brille zurechtrückend. „Immerhin ist das eine ganz schöne Strecke und ihr wisst nicht, was euch erwartet. Es gibt neben den Legionären und Gefallenen auch noch weniger auffälligere Gefahren wie Hypothermie, Verbrennungen, Wind..."

Er unterbrach ihren Redefluss, indem er sie fest umarmte.

Unwillkürlich umarmte auch sie ihn, redete aber weiter. „Du hast recht, ich mach' mir zu viel Gedanken. Du wirst es schon schaffen. Danke für alles. Ich weiß allerdings nicht, wie ich ohne dich meine Datenbanken vervollständigen soll."

„Wenn das dein einziges Problem ist, wirst du das schon packen. Du wirst sicher einen guten Nachfolger finden. Aber nicht Jens. Der ist ein Idiot", antwortete Erik mit ernstem Blick.

„Du musst ihn echt hassen", warf Vanessa trocken ein. Erik nickte nach kurzer Bedenkzeit.

Schließlich wandte sich Manfred an ihn. Ihm fest die Hand drückend sagte er: „Ich wünsch' dir alles Glück der Welt, mein Großer. Es war eine sehr lange Zeit mit dir. Denk dran, deine Gesundheit ist dein wichtigstes Gut. Schlaf nie ohne Schlafsack und leg ausreichend Pausen zwischen den Fahrten ein. Und auch wenn Wasser rar ist, muss man sich regelmäßig waschen..."

Erik verdrehte die Augen.

„Ja ja… der Alte hört nie auf zu reden. Aber ich mache mir nur Sorgen. Ich werde dich vermissen und ich hoffe, dass deine Wege so verlaufen, wie du es geplant hast.“ Er löste den Griff, fügte aber noch hinzu: „Und nennst du mich noch einmal ‚alter Mann‘, verpass’ ich dir noch ein zweites Arschloch.“

Erik lachte. Manfred nicht. Wackelig auf den Beinen griff er sich Susi, die ihm am nächsten stand. Amelie trat noch einmal an Erik heran, während sich die anderen von Hakan und Vanessa verabschiedeten.

„Ich glaube, Hakan ist wirklich ganz in Ordnung. Ich hoffe, er wird dir nicht in den Rücken fallen.“

„Das hoffe ich auch“, sagte Erik schulterzuckend.

„Wir werden dich wirklich vermissen.“

„Danke. Das bedeutet mir viel“, nickte er ihr zu. Dann ging er zu den Motorrädern und signalisierte den anderen beiden, dass es losging. Vanessa blickte noch wehmütig dem Becher hinterher, der sie nicht noch einmal erreicht hatte.

„Keine Sorge“, grinste Erik, „so, wie ich Hakan mittlerweile einschätze, sind mindestens zwei Trinksäcke voll mit Alkohol.“

Hakan saß bereits auf seinem Motorrad und lachte auf. „Zwei? Alle!“

Kopfschüttelnd zog Erik seinen Trinksack hervor und prüfte sicherheitshalber seinen Inhalt. Wasser. Dann stöpselte er seinen Trinkschlauch an und verstaute den Sack in seinem Rucksack. Als er seinen Schlauch in den Mund steckte und das Motorrad mit dem F^2-Stick startete, versammelten sich die vier Freunde hinter ihnen. Die anderen schmissen ebenfalls ihre Wüstenräder an und zusammen fuhren sie in Richtung der geöffneten Mauer. Die vier Bewohner riefen den dreien in einem lauten Chor „Au revoir, La Mort de Fer!“ hinterher.

Schlagartig blickte Hakan zu Erik. „Nicht dein fucking Ernst?!?“, rief er, nur mit Mühe und Not die Kontrolle über das Motorrad behaltend.

Erik konnte sich ein selbstgefälliges Grinsen nicht verkneifen und erhöhte das Tempo. Über den staubigen Sand hinweg schoss er hinaus aus dem großen Tor. Vanessa und der deutlich angespannte Hakan erhöhten ebenfalls ihr Tempo und folgten Erik Richtung Westen.

Kapitel 17 Dämmerung

Die Färbung der in Flutlicht getauchten Wüste ging langsam, aber spürbar ins Orangefarbene über. Erik und seine Begleiter rasten auf ihren Motorrädern immer weiter gen Westen und hinterließen eine Wolke aufgewirbelten Sandes, die trotz des andauernden Sandsturmes noch über Minuten den Pfad der drei zeichnete. Eriks Augen tränten vor Müdigkeit, obwohl sie an lange Fahrten gewöhnt waren. Er konnte trotz besseren Wissens den Drang kaum unterdrücken, seine Fliegermaske herunterzureißen und sich die Augen zu massieren. Aber der sandige Wind würde sofort sein Gesicht herunterschleifen wie alter Asphalt. Hakan hingegen litt kaum unter diesem Problem. Seine Augen entspannten sich unter dem Visier des Motorradhelmes, den er sich in der Second Base unter den Nagel gerissen hatte. Allerdings beschwerte der Helm seinen von Ermattung strapazierten Kopf, bis dieser allmählich die Lenkstange seines Motorrades berührte. Im Gegensatz zu den Malen davor schreckte er diesmal nicht wieder auf. Er verlor schnell an Geschwindigkeit und die Maschine machte eine unwillkürliche Kurve nach links.

Vanessa, die schräg hinter ihm fuhr, sah sich das Ganze genervt an. Als er sich schließlich fast außer Reichweite der beiden entfernt hatte, fasste sie sich ein Herz und erhöhte das Tempo, bis sie Erik überholt hatte. Mit einem Handzeichen verwies sie auf ihren langsamer werdenden Kameraden. Beide zogen eine Kurve und schlossen zu Hakan auf. Sie nahmen ihn in ihre Mitte und begutachteten den dösenden Gefallenen. Erik war sich sicher, ihn bereits nach den wenigen Minuten schon sabbern zu sehen. Aber dass er nach so einer Fahrt schon müde war? Die Gefallenen mussten wohl nie so weite

Strecken am Stück gereist sein. Aber es waren eben auch keine Nomaden. Er entschloss sich, ihn zu wecken. *Nicht, dass er das Motorrad noch schrottet oder runter... nein-nein-NEIN!*

Erik konnte den Gedanken nicht mehr zu Ende denken, als er in Vanessas Gesicht blickte und dort ein gehässiges Grinsen entdeckte. Sie war dabei eines ihrer Schwerter samt Scheide zu ziehen. Erik wedelte wie verrückt mit seiner freien Hand, doch sie nickte nur. Dann schlug sie mit dem Ende der Scheide schnell, aber zum Glück nicht sehr hart, auf den Helm des schlafenden Hakans.

Erschrocken schrie er auf: „Angriff von allen Seiten!“ Dabei drehte er reflexartig den Gasgriff bis zum Anschlag. Das Vorderrad verließ den Boden und das Motorrad machte einen Satz nach vorn. Sofort entzog sich die Maschine seiner Kontrolle. Prinzipiell sah die schreckbedingte Reaktion beeindruckend aus, selbst das entartete Ende. Hakan rutschte mit einer Hand vom Lenker und riss das Motorrad komplett zur Seite. Schlagartig reduzierte sich seine Fahrgeschwindigkeit und die Maschine begann sich um die eigene Achse zu drehen. Das Drehmoment katapultierte Hakan vom Sitz und einige Meter weiter in den weichen Sand. Erik sah Vanessa enttäuscht und kopfschüttelnd an und entdeckte ein schadenfrohes Glitzern in ihren Augen. Was auch immer sie erwartet hatte, es war noch übertroffen worden. Er seufzte und fuhr zu Hakan, um ihn zu begutachten. Ihm war erstaunlicherweise nichts Schlimmeres passiert. Er saß auf seinem Hosenboden und schaute mit aufgerissenen Augen von links nach rechts und zurück. Vanessa stoppte vor dem umgestürzten Motorrad und machte sich daran, es wieder aufzustellen.

Der Türke streifte mit zitternden Händen seinen Helm ab und blickte argwöhnisch um sich, als erwarte er einen neuen Angriff. „Wo ist der Feind?“, flüsterte er eindringlich, als Erik ihn hochzog.

„Der Feind macht sich an deinem Motorrad zu schaffen“, sagte Erik genervt und nickte zu Vanessa hinüber, die aus dem Grinsen nicht mehr herauskam.

„Ernsthaft?! Das war lebensgefährlich!!!"

„Jepp, aber du hast mit ihrem Top geschlafen. Auf der Skala der dummen Ideen ist das ungefähr zwischen ‚nackt mit Piranhas baden' und ‚unter Wasser eine Sicherung tauschen'. Also versteh mich nicht falsch, ich fand es auch nicht prall, aber du hast es überlebt, deine Wunden haben sich nicht wieder geöffnet und sie hat sich gerächt. Nimm es hin."

„Aber..."

Erik streckte ihm die linke Hand entgegen und zeigte auf eine Narbe in der Handfläche. „Ich hatte ihr in der ersten Woche einen Streich gespielt und all ihre BHs in einem Sack im GeZi[16] versteckt. Dachte, es wäre lustig. Fand sie nicht so. Ich kann bis heute die Spitze meines kleinen Fingers nicht mehr spüren. Wir sind zwar dadurch Freunde geworden, aber eins hab' ich damals gelernt: verärgere niemals Vanni, sie hat bei sowas keine Verhältnismäßigkeit."

„Okay..."

In diesem Moment stieß Vanessa zu den beiden. „Na, alles gut bei euch?"

Sie schaute dabei insbesondere Hakan an, der jedoch nicht einschätzen konnte, ob sie sich wirklich Sorgen machte, oder ob es tatsächlich eine Warnung war. Hakan musterte sie forschend. Sie aber starrte unbeeindruckt zurück und zwinkerte ihm schließlich zu. Also eine Warnung.

Erik sagte trocken: „So, jetzt, wo hoffentlich alles geklärt ist, können wir ja wieder weiterfahren." Hakan wollte etwas einwenden, doch Erik fuhr ihm über den Mund: „Nein, es ist jetzt geklärt!"

„Nein, das mein' ich nicht", sagte der Türke, „ich wollte nur sagen, dass wir hier rasten sollten."

„Was? Warum?", empörte sich Erik. „Wir kommen doch gerade so gut voran!" Der Einwurf erschien ihm wie eine unerhörte Kritik an seinem Zeitplan.

---

[16] Geschäftszimmer. Äquivalent zum Sekretariat der Einheit. Verwaltet alles von Urlaub bis Nahrungsversorgung, ausgenommen Waffen und Ausrüstung.

„Wir haben es bestimmt auch nicht mehr weit bis zur Eishölle“, pflichtete Vanessa ihm bei.

Hakan streckte sich. „Ja, nach den entspannenden zwölf Stunden des stupiden Gerade-aus-fahrens kann ich mir gerade nichts Besseres vorstellen als noch eine Stunde weiter durch die Pampa zu gurken.“

„‘ne Stunde nur noch?“, hakte Erik überrascht nach.

„Ja klar.“ Der Türke zeigte auf zwei gigantische Pfeiler einer Autobahnbrücke, die geradeso in Sichtweite standen. Von der Straße, die einmal darauf verlaufen war, war nichts mehr zu erkennen, aber der graue Beton des alten Bauwerks, der vom Wind und Sand marode geschliffen worden war, stach hervor wie ein Denkmal. „Hier, inmitten der Dämmerung, sollte der Übergang in der Nähe der alten Autobahn sein. Somit dürfte der Eingang zur Eishölle eigentlich von da oben aus zu sehen sein“, sagte Hakan und begann mit dem Besteigen einer kleinen Düne.

„Dämmerung?“, fragte Vanessa nach.

„Die Dämmerung ist das Randgebiet der Feuerwüste. Ab hier wird es rapide dunkler und kälter“, erkläre Erik ihr.

„Stimmt, ist mir bis jetzt gar nicht so aufgefallen, aber hier ist wirklich alles ein wenig dunkler. Und irgendwie rötlich. Warum eigentlich?“

Hakan holte Luft für eine Erklärung. „Wenn die Feuersäulen den Tag darstellen, dann ist die Eishölle die Nacht, also das Areal, in das kein Licht mehr hinkommt. Der Übergang von Tag zu Nacht ist halt die Dämmerung.“

„Das erklärt, warum es dunkler wird. Aber nicht rot“, bemerkte sie.

Hakan nickte. „Stimmt.“

„Das weiße Licht der Säulen wird durch den Sauerstoff und die geringen Mengen Ozon in der höheren Atmosphäre gefiltert und der hochenergetische Bereich des Lichtes wird absorbiert. Übrig bleiben nur noch die langen Wellenlängen des Lichtes, die rötlich erscheinen. Der Effekt wird intensiver, je weiter die Strecke ist, die das Licht zurücklegt. Hier am Rand der Wüste ist der Weg am größten. Besonders, weil durch die Erdkrümmung nur noch das obere Ende der Feuersäule sein Licht hierher werfen kann, bevor sie in den Wolken verschwindet", erklärte Erik.

Hakan blieb stehen. „Wow, wo hast du das denn her?"

„Hab' ich mir zusammengereimt. Könntest du auch, wenn du mal ein Buch lesen würdest."

„Neeee, bin kein großer Leser. Ich hör' lieber zu", sagte Hakan grinsend.

„Unterstütz Erik nicht auch noch darin, sonst hört er nie auf, so zu reden", spottete Vanessa.

Die drei erreichten die Spitze der Düne. Vanessa blickte hinab und kam aus dem Staunen gar nicht mehr heraus. Die Feuersäulen kamen ihr schon fremdartig vor, doch dieser Anblick jetzt überbot sie bei weitem: wie mit einem Rasiermesser geschnitten, breitete sich in einiger Entfernung vor ihnen ein schwarzer Schatten aus. Aus dem Dunklen der ewigen Nacht heraus ragten stalagmitartige Gebilde wie Zacken aus einer Krone. Diese waren weiß wie gebrochenes Glas und dampften im Licht der Dämmerung wie der Atem eines Erfrierenden. Es sah so aus, als würde hier die Welt enden.

„Dort beginnt die Eishölle", sagte Haken.

Beim reinen Anblick lief es Vanessa eiskalt den Rücken runter, dennoch war sie davon begeistert.

Das Ende des Lichtes erlaubte es nicht zu erkennen, in welcher Höhe noch die eisigen Zacken aus der Nacht herauswuchsen. Aber die obersten, die man vom Standpunkt der drei aus erkennen konnte, waren mindestens so hoch wie Häuser. Hakan und Erik wussten aber, dass die gefrorene Mauer dahinter hunderte Meter hoch war. Viel zu hoch, um sie mit der postapokalyptischen Technik zu überfliegen.

An einem Punkt am Übergang zur Nacht aber leuchtete ein kleines Stück dieser Permafrostmauer auf. Vanessa fiel dies sofort auf. „Da ist irgendwas markiert. Ist das der Übergang, von dem du erzählt hast?"

Hakan hielt sich die Hand schützend vor die Augen und blickte in die Ferne. „Ja genau. Dort wurde der Durchgang geschlagen. Durch die Beleuchtung ist er einfach zu erkennen, aber im Grunde ist es nichts anderes als ein Tunnel durch die Frontschicht.

„Also quasi der Eingang zur Unterwelt?", hakte sie nach.

„Der Name kommt ja nicht von ungefähr", erwiderte Erik.

Hakan nickte zustimmend. Dann blickte er sich um. Es war schon eine Weile her, dass er das letzte Mal hier gewesen war. Noch bevor er als Dauerköder zum Menschenfang eingesetzt worden war. Schließlich fragte er Erik: „Kanntet ihr diesen Teil der Wüste auch schon? Von dem Eingang wusstest du immerhin nichts, richtig?"

Erik, der sich mittlerweile vom Kopftuch und der Fliegerbrille befreit hatte, verzog sein Gesicht. „Ja, wie auch dem gesamten Rest der Dämmerung. Als wir die Eishölle entdeckt hatten, haben wir uns ganz schön eingesperrt gefühlt. Dieses Areal hier habe ich persönlich kartographiert. Ich hatte damals eine große Anzahl an Gefallenen bemerkt, aber ich dachte, sie hätten hier lediglich ihr Lager aufgeschlagen. Dem war wohl nicht so. Durch die Suche fanden wir aber auch den nördlichen Durchgang."

„Die Nutzung des nördlichen Durchgangs wäre reiner Selbstmord gewesen", tadelte Hakan. „Zu Fuß wärt ihr erfroren und für ein Fahrzeug wird der Weg nicht genug gepflegt."

„Ich weiß", antwortete Erik. „Ich musste bei meinem letzten Versuch nach wenigen Minuten umkehren. Ich bin für das Klima da drin besonders ungeeignet. Durch das Metall in Arm und Bein geht der Frost direkt ins Fleisch über. Nicht sehr angenehm."

„Okay und wie willst du es diesmal machen?", fragte der Türke.

„Ich bin ein bisschen besser vorbereitet. Ich habe mir spezielle Wärmekartuschen eingepackt. Mit viel Glück und Ausdauer wird das hoffentlich reichen. Und wenn alle Stricke reißen, müssen wir´s wie die Pinguine machen."

Hakan schaute Erik verwirrt an. „Was sind Pinguine?"

„Hä? Du verarschst mich doch?", antwortete Erik.

„Wie kalt ist es denn da drin?", unterbrach Vanessa das Gespräch.

Hakan runzelte die Stirn. „Also ohne Licht müssten es mindestens -100 °C sein."

Erik hob eine Augenbraue. „Und das sagst du kraft deiner Wassersuppe?"

„Was? Vertraust du mir nicht?", empörte sich Hakan.

„Dir oder den Gefallenen?"

„Ist doch unerheblich, woher ich das habe!", argumentierte Hakan.

„Nein, wenn du das so sagst, nicht!", entgegnete Erik.

„Weißt du es denn besser?"

Erik schob seinen linken Ärmel hoch und zeigte seine TCR. „Ja, in der Eishölle sind es -53 °C. Kalt genug, um Pisse im Strahl gefrieren zu lassen, aber bei weitem keine -100 °C."

Hakan hob abwehrend seine beiden Hände. „Okay, gewonnen. Der Typ mit der dicken Wumme hat immer Recht."

Erik kniff die Augen zusammen, bis sie nur noch schmale Schlitze waren. „Hast du mich schon wieder nur auf meine Pistole reduziert?!"

„Mädels! Macht mal ruhig!", ging Vanessa dazwischen. „Wir sollten uns mehr Gedanken darüber machen, wie es jetzt weitergeht."

„Mhm," stimmte Hakan zu, „wir sollten hier noch einmal rasten und Energie tanken, bevor wir uns da reinwagen. Weiter unten beim Durchgang ist manchmal Bewegung. Und ich habe echt keine Lust, auf alte Bekannte zu treffen."

„Da muss ich dir zustimmen", gab Erik widerstrebend zu.

„Okay", sagte Vanessa bestimmend, „dann essen wir etwas, schlafen uns aus und morgen früh geht's los!"

„Heute Abend", unterbrach der Türke.

„Hä?"

„Es ist halb fünf morgens“, erklärte er.

„Dreck, ich komme mit dieser Welt einfach nicht klar…“, stöhnte sie.

*

Es verging eine Weile, während die drei ihr bescheidenes Lager aufschlugen und zusammen aßen. Schließlich kehrte etwas Ruhe ein.

„Was hast du da?“, fragte Hakan.

Ein kleines, schon wieder abklingendes Feuer erleuchtete Vanessa, die im Schneidersitz auf ihrem Schlafsack saß und auf die Löwenmaske in ihren Händen starrte.

„Pssst!“, zischte sie und blickte zu Erik hinüber, der jedoch schon gemütlich schlief.

„Entschuldigung“, flüsterte der Türke und setzte sich neben sie, nachdem er einige herumliegende Konserven und EPas beiseite geräumt hatte. „Und? Was ist das nun für ein Ding?“, fragte er erneut.

Vanessa drehte und wendete die Maske in ihren Händen. Sie war federleicht, doch stahlhart. Sie zuckte mit den Schultern. „Es ist eine Kampfmaske. Ich glaube, Erik hat sie für mich gemacht, ich weiß es aber nicht genau…“

„Warum weißt du es denn nicht, wenn du sie von ihm hast…?“ Hakan schaute in ihre beschämten Augen. „Oh. Du hast sie dir einfach genommen!“

„Deshalb sollst du Erik nicht wecken!“, knurrte sie leise, aber Hakan beschwichtigte sie.

„Keine Sorge. Wenn er es für dich gemacht hat, wird er auch nichts dagegen haben.“

„Ja, schon… trotzdem fühlt es sich so an, als würde ich sie nicht verdienen.“

Hakan hob eine Augenbraue. „Ihr seid doch befreundet, also wieso solltest du sie nicht verdient haben?“

„Hach… Ich weiß nicht. Würdest du mich besser kennen, könntest du es auch verstehen."

„Dann lass mich dich besser kennenlernen", grinste Hakan.

Vanessa verdrehte Augen, aber sie rang sich durch und begann zu erzählen. „Damals, als ich eingezogen wurde, wusste ich schon, dass ich mein Leben bei der Armee verbringen würde. Viele aus meiner Familie sind große Generäle oder Leiter von Spezialeinheiten gewesen. Es lag mir einfach im Blut. Aber ich habe ein großes Problem mit meinem Stiefvater. Er war der Oberst unserer Kaserne und er wollte auf Teufel komm raus, dass ich Stabsdienerin werde. Also schön von morgens bis abends seine Post sortieren und seine Befehle abtippen. Ich wäre *gestorben*. Deshalb habe ich bei der Grundausbildung an einem Auswahlverfahren für eine Spezialgruppe teilgenommen."

„Krass… und hast du es geschafft?"

„Ja, klar. Es war ein anstrengendes, aber machbares Programm. Aber als ich dafür evaluiert wurde, haben sie mir plötzlich die Teilnahme verweigert. ‚Befehl von ganz oben' hieß es. Da wusste ich, dass mein Stiefvater seine Finger im Spiel hatte."

„Und was hast du dagegen gemacht? Ich meine, du siehst nicht gerade nach einer… Tippse aus."

Sie lachte kurz auf. „Ja, genau hier kam die Maske ins Spiel. Die Grenadiere unserer Einheit hatten alle für die Übungen einen Gesichtsschutz gegen eventuellen Splitterflug. Sie haben einer Maske geähnelt und den gesamten Kopf umschlossen. Und da das Verfahren für alle Einheiten frei war, hab' ich mir eine gesamte Grenadier-Ausrüstung geschnappt und mich nochmal zum Test angestellt. Ein Vorteil war auch, dass man Dank der wuchtigen Schutzweste nicht wirklich sehen konnte, dass ich eine Frau bin. Das Ende des Liedes war, dass ich den Test trotz dicker Ausrüstung mit Bravour geschafft habe. Als ich mich dann aus der Panzerung gepellt habe, konnte ich die schockierten

Gesichter der Ausbilder sehen. Das war ein Genuss, sag' ich dir. Aber vor allem wollte mich der Übungsleiter nicht mehr gehen lassen. Ich bin also entgegen dem Befehl meines Stiefvaters in die Gruppe der Jäger gesteckt worden, wo ich auch Erik und Richard als Schützer kennengelernt habe. Die Jäger und Schützer haben ja alle quasi im selben Quartier gewohnt. Das mit der Maske ist mir dann in der Zeit danach erhalten geblieben. Zu jeder Übung, in jedem Einsatz – ich habe immer eine getragen. Es ist zu meinem Markenzeichen geworden. Und ich wusste außerdem, immer, wenn mich mein Stiefvater mit der Maske gesehen hat, hat er sich in Grund und Boden geärgert." Sie konnte sich bei der Erinnerung ein Grinsen nicht verkneifen.

„Du hasst deinen Stiefvater echt, oder?"

„Aus tiefstem Herzen." Unbewusst hatte sie sich über die nackte, narbenübersäte Haut ihrer Schulter gestrichen, während sie antwortete.

„Trotzdem versteh ich das mit dem Verdienen nicht wirklich", hakte Hakan nach.

Ihr Blick war immer noch auf die Maske in ihren Händen fixiert. „Sie wurde zu einem Symbol meiner Kampfesstärke. Wenn ich gekämpft hab', hab' ich eine Maske getragen. Wenn ich eine Maske getragen hab', hab' ich gekämpft. Doch seit ich hier aufgewacht bin, was auch immer das für eine Welt ist, kann ich nicht mehr richtig kämpfen. Ich weiß nicht, woran es liegt. Vielleicht an meinem langen Schlaf in der Vault oder dass die Viecher hier echt unendlich hässlich sind. Ich weiß nur, dass Erik sich im Ernstfall wohl nicht auf mich verlassen kann..."

„Deshalb willst du nicht, dass er etwas davon erfährt?"

Vanessa blickte zu dem schlafenden Erik herüber. „Ja, das auch", antwortete sie. „Ich habe sowieso das Gefühl, dass er zu viel Last mit sich trägt."

In dem Moment zuckte Erik zusammen und drehte den Kopf immer wieder von links nach rechts.

„Ich würde zu gern wissen, wovon er so schlecht träumt", sagte sie.

Kapitel 18 **Alptraum**

Die riesige Kreatur arbeitete sich immer schneller zu den Insassen des Kampfwagens vor.

„Was soll ich tun, Oberleutnant Neuhofer?"

„Jetzt brauchst du auch nicht mehr den Gehorsamen spielen, Erik. Ich habe auch keinen Plan!", rief Richard verzweifelt.

Erik schaute sich um. Seine Augen scannten präzise jeden Winkel des zerstörten Fahrzeuges. Dann hatte er eine Eingebung. „Uns fehlt es nur an Durchschlagskraft!", sagte er und zeigte auf die Metallbox mit dem MG 12.

„Gute Idee! Wahrscheinlich aber auch unsere letzte", merkte Richard an.

„Umso besser!"

Vanessa saß am Boden und drückte eine Hand auf eine blutende Wunde an ihrem Oberschenkel. „Für das Gewehr haben wir keine panzerbrechenden Kugeln", sagte sie unter Schmerzen. „Nehmt Leuchtspurmunition. Was der an Masse fehlt, macht sie durch die Pyrotechnik im Projektil wieder wett. Sollte dieselbe Wirkung haben."

„Gute Idee, Süße!", rief Richard.

Erik sprintete die kurze Distanz zur Metallkiste und zog das Gewehr heraus. Schwungvoll schmiss er es Richard entgegen, der es mühelos auffing und mit zwei schnellen Handbewegungen aufbockte. Einen Moment später eilte Erik auch schon mit beiden Händen voll Munitionsgurten zu ihm und spannte die Kaliber mit den leuchtend roten Köpfen ein. Schließlich lagen beide hinter dem Gewehr. Richard stabilisierte das Dreibein mit beiden Händen, während Erik begann im Dauerfeuer auf das Monster zu schießen. Ziegelrote Leuchtfäden schossen durch das Fahrzeug zum Zyklopen hin. Die Kreatur zeigte sich zunächst wenig beeindruckt. Überall auf seinem Körper breiteten sich kleine, glühende Löcher aus, doch es hatte nur den Tod der Mannschaft im Auge und fuhr unablässig damit fort, den Wagen aufzubrechen. Die Angriffe rüttelten die Besatzung immer wieder durch. Erik hatte es dabei schwer richtig zu zielen. Doch die Schussserie riss nicht ab. Richard knüpfte stetig neue Ketten an das Ende des Gurtes an. Der Lauf des Gewehres glühte bereits weiß.

„Nun komm schooooon!", brüllte Erik. Die roten Löcher auf dem Körper des Monsters nahmen immer weiter zu. Es leuchtete schon selbst in dem ziegelfarbenden Licht der Munition. Mit einem Mal stellte es die Angriffe ein und taumelte langsam zurück. Das Dauerfeuer wurde eingestellt. Erik blickte noch einmal in die einäugige Fratze des Monsters. Noch bevor die Besatzung an einen Sieg denken konnte, warf die Bestie den Kopf nach hinten und stieß einen ohrenbetäubenden Schrei aus. Nach wenigen Momenten, die sich für die Anwesenden wie eine Ewigkeit anfühlten, verstummte sie und richtete sich wieder auf. Doch statt weiter auf den großen Kampfwagen einzuhacken, rammte sie ihre Sicheln unter das Fahrzeug und katapultierte es in die Luft. Die Insassen wurden aus dem Kampfwagen geschleudert.

Erik öffnete langsam die Augen. Er war nicht der erste, der wieder zu sich kam. Mitten in den herumliegenden Wrackteilen erkannte er Hannes, den Fahrer des Wagens. Er stöhnte schmerzerfüllt. Doch abgesehen davon war es ruhig um ihn herum. Erik nutzte den Moment und schloss kurz wieder seine Augen. Er wiederholte die mentale Inventur seines Körpers, wie schon beim ersten Angriff des Monsters. Er ging jeden Knochen durch und spannte jeden Muskel kurz an. Neben den schon vorhandenen Verletzungen war keine hinzugekommen. Alles war noch da und benutzbar. Noch nie zuvor war es für ihn so einfach gewesen, seine Muskeln und Knochen zu zählen. Denn in diesem Moment konnte er jeden einzelnen spüren. Zum Stöhnen war ihm ebenfalls zumute. Auf beiden Armen abgestützt hob er seinen Oberkörper an. Seine Kraft reichte allerdings noch nicht, um sich komplett aufzurichten. Sein suchender Blick schweifte über das Kampffeld, doch von der Bestie war keine Spur.

„Wo ist das Drecksvieh? Ich war höchstens zehn Minuten bewusstlos und soweit kann es uns nicht geschleudert haben", murmelte er vor sich hin.

Plötzlich ertönte ein Todesschrei auf dem Schlachtfeld. Erik blickte in Richtung der Straße und sah den Zyklopen, wie er gerade den Beifahrer des Kampfwagens mit seinen Sicheln zerhackte.

„Fuck!!", entfuhr es Erik. „In der Richtung habe ich doch gerade alles abgesucht! Wie scheiße schnell ist das Ding?!?"

Die unaufhörlichen Schreie brannten sich in seine Seele. Sven hatte mit ihm zusammen in der Kaserne angefangen. Erik konnte es nicht ertragen und wandte sich ab. Dann erstarben irgendwann die Schreie. Ein breiter Schmerz machte sich in seiner Magengegend breit.

Er ist... tot.

Erik schaute wieder zu der Bestie. Es zog gerade noch seine blutigen Klauen aus Svens Überresten. Es hatte scheinbar sein Interesse an dem Toten verloren.

Rasend vor Wut schrie er: „Was?! Du willst uns nicht mal fressen?! Wie auch, du hast kein Maul und keine Zähne! Du dreckiges Stück Scheiße einer Mutantenmissgeburt! Deine Mutter hat es wohl mit 'ner Gottesanbeterin getrieben, nachdem sie selbst nach einer Vergewaltigung ausgeschissen wurde! Du bist einfach nur hier zum Töten! Wir sind nur solange gut genug für dich, wie wir atmen, oder? ODER?!"

Erik schrie so laut, wie es seine lädierte Lunge zuließ, doch es kam eher ein lauteres Reden als ein Schreien hervor. Aber er hatte sein Ziel erreicht. Der Zyklop bemerkte die Ansprache. Er befreite sich von den Eingeweiden und drehte seinen Kopf zu Erik. Das Auge fokussierte ihn. Auch Erik stand langsam auf und hielt sich seine mit Blessuren übersäten Gliedmaßen. Während sich die Bestie ihm zuwandte, sagte er leise zu sich selbst: „Genau, komm her zu mir!"

Doch dann richtete sich der Kopf des Monsters neu aus. Etwas anderes hatte seine Aufmerksamkeit auf sich gezogen. Er folgte dem Blick des riesigen Auges und sah jemanden ein Stück entfernt von ihm liegen. Ein blutgetränktes Knie ragte empor und blonde Haare verdeckten das Gesicht.

Vanessa! *Er stürmte so schnell, wie es sein Körper zuließ, auf seine Freundin zu, doch konnte er kaum mit der Geschwindigkeit des Monsters mithalten. Zum Glück war er näher an ihr dran und erreichte sie knapp vor seinem Gegner, der gerade mit seiner Klinge wie mit einem Fallbeil zuschlug. Mit einem Hechtsprung stürzte er sich auf Vanessa, packte sie und rollte sich mit ihr in den Armen außer Reichweite des Zyklopen. Durch die blonden Haare blickte er auf die Bestie, wie sie langsam ihre Arme mit den Sicheln wieder hob. Frisches Blut klebte an der zuvor grob geputzten Klinge. In diesem Augenblick erwachte Vanessa. Sie blickte desorientiert um sich, doch Erik drückte sie mit der linken Hand wieder fest an sich.*

„Was ist los?", flüsterte sie.

„Bist du in Ordnung?", fragte Erik mit einem Zittern in der Stimme.

„Mein Bein…", antwortete sie zögerlich.

„Aber sonst? Kannst…" Erik wurde übel. Er biss die Zähne zusammen und atmete tief durch. „Kannst du laufen?"

„Ja, aber…"

Erik sah, wie der Zyklop näherkam.

„Dann lauf! Ich versuch' Zeit zu gewinnen!"

Er stieß sie von sich weg und half ihr beim Aufrichten. Als sie zu rennen begann, blickte sie noch einmal zu ihm hinab. In ihrem Gesichtsausdruck erkannte er, was ihm sein Kreislauf durch die Übelkeit und der einsetzenden Kälte bereits hatte mitteilen wollen. Widerwillig wagte er einen Blick an sich herab, wendete sich aber sofort wieder dem Himmel zu, um die aufkommende Panikattacke zu unterdrücken.

Scheiße Scheiße Scheiße mein Arm fehlt, *schoss es ihm durch den Kopf. Liegend schaute er hinauf in das Auge des Zyklopen, der mittlerweile direkt über ihm stand und regungslos auf ihn hinabsah.*

„Bist du jetzt auch noch ein Sadist? Nun komm schon! Bring es zu Ende!", brüllte Erik. Verzweifelt versuchte er aufzustehen, doch neben der einsetzenden Ohnmacht und dem pochenden Schmerz, den er nicht mehr an nur einer Stelle im Körper lokalisieren konnte, hinderte ihn noch etwas anderes daran. Auf den verbliebenen Arm gestützt, blickte er langsam an seinem Körper hinab.

Nein... nein, nein, nein. NEIN! Nicht auch noch das scheiß Bein! Hast du mir echt Arm und Bein gleichzeitig abgehackt?

Der Zyklop lehnte sich weit zu Erik hinab und hob wieder eine seiner Sicheln.

Kapitel 19 Der Humanoide

Hakan schniefte gemütlich in seinem Schlafsack. Er wälzte sich grunzend hin und her und schmatze ab und zu. Ein Schatten legte sich über sein Gesicht und er musste blinzeln. Im Halbschlaf grummelte er: „Erik? Schon wach? Frühstück wär' echt nett."

Hakan leckte sich über die trockenen Lippen, während er auf eine Antwort wartete, doch er bekam keine. Schließlich hob er den Kopf und richtete sich auf. Er starrte Erik an, der mitten zwischen den drei Schlafsäcken stand, direkt auf dem erloschenen Lagerfeuer. In dem schwachen Licht der Dämmerung konnte Hakan nichts außer seiner schwarzen Silhouette erkennen.

„Was ist los?", fragte Hakan ihn erneut.

Wieder keine Reaktion. Er blickte zu den Schlafsäcken der beiden anderen. Vanessa lag eindeutig noch in ihrem Schlafsack. Eriks war aber auch noch besetzt…

„Erik, wer pennt in deinem Schlafsa…"

In dem Moment dämmerte es ihm. Mit plötzlich weit aufgerissenen Augen schrie er: „Angreifer!"

Er sprang auf und griff nach der Pistole unter seinem Kopfkissen. Der Fremde reagierte nicht auf die Kampfansage, er stand einfach nur da. Vanessa, die ebenfalls mit Waffe im Schlafsack schlief, war schlagartig hellwach und richtete sich mit ausgestreckter Klinge auf. Es war ihr antrainierter Instinkt, der sie sofort kampfbereit machte. Was ihr erwachender Verstand erblickte, erschütterte sie in Mark und Bein. Denn im Gegensatz zu Hakan konnte sie nicht nur die Silhouette erkennen. Die Klinge glitt ihr aus den

Händen und Vanessa kippte um. Hakan interpretierte ihre Reaktion als Angriff des Fremden. Er feuerte drei schnelle Schüsse auf den schattenhaften Körper ab. Keine Reaktion. Nur das Geräusch der auftreffenden Projektile klang verdächtig blechern. Als würde man auf dünne Stahldosen schießen.

Er schrie ihr zu: „Vanessa, was ist los? Wer ist er?"

Doch Vanessa stammelte nur scheinbar zusammenhangslose Wortfetzen. „Nein... kann nicht... nicht leben... unmöglich!"

Hakan bewegte sich im Halbkreis um den Fremden herum, immer mit der Pistole im Anschlag. Langsam konnte er im rötlichen Licht der Feuersäulen, das das Licht wie ein schlecht polierter Löffel reflektierte, das Antlitz des Fremden erkennen. Die Haut war silbern wie bei den Legionären, doch eindeutig war er – oder es – humanoid. Die Proportionen der Extremitäten und der aufrechte Gang waren menschengleich, viel mehr Gemeinsamkeiten gab es allerdings nicht. Hakan erblickte viele Wucherungen im Gesicht, die an einen ausgebeulten Eimer erinnerten. Obwohl die Lippen zugewachsen waren, konnte er das Gebiss des Ungetüms durch Löcher in den Wangen erkennen. Die Zähne waren weiß, doch das Zahnfleisch wie auch die Wangen und die Lippen waren in Silberschattierungen gefärbt. Ein Auge verschwand unter einer Wucherung, das andere wirkte normal und funktionsfähig, da es Vanessa fixierte. Beim Gesicht hörte die Verunstaltungen allerdings nicht auf. Der kleiderlose Körper erinnerte entfernt an den eines an Elephantiasis erkrankten. Eine Krankheit, bei der der Körper unkontrolliert und ungezügelt wuchs. Ein Bein war deutlich länger als das andere, das eher an einen Stumpf erinnerte. Der rechte Arm besaß keine Hand, sondern endete in einem Rohr. Der linke war knochig dürre und endete in einer Hand mit nur drei Fingern. Überall auf der Haut befanden sich raue Flächen, die hervorstachen und den Eindruck erweckten, als würde die Haut absplittern. So wirkte der Humanoid nicht nackt, obwohl er dies eigentlich war. Der groteske Anblick erschütterte

Haken, doch bei all dem, was er im Laufe seiner Jahre gesehen hatte, war ein „menschlicher" Legionär zwar neu, aber nicht unerwartet.

Vanessa konnte sich schnell wieder fangen. Sie stand mit einer ihrer Klingen auf, hielt sich jedoch mit der anderen Hand ihren Magen, der immer noch kopfstand. „Wie? Wie kannst du nur leben?!", fragte sie, während sie in das metallische Auge zurückstarrte.

Hakan erwiderte, ohne seinen Blick von der Kreatur abzuwenden: „Warum nicht? Ich habe Spinnen ohne Hirn und Magen gesehen, gegen Klingenwürmer gekämpft und wurde fast von einer tausendäugigen Riesenschnecke gefressen. Da find ich das Ding jetzt nicht viel schlimmer."

„Dutzende dieser Kreaturen waren neben mir in den Röhren, als ich in dieser Welt aufgewacht bin. Wie kann so etwas nur vor mir stehen? Ich dachte, die wären alle tot!"

„Ganz ehrlich", erwiderte Hakan trocken, „der Typ scheint nicht überlebt zu haben."

Mit einem Mal bewegte sich das metallene Auge und der Humanoide fokussierte Hakan. Beide erschreckten sich vor der plötzlichen Bewegung. Es schien gewartet zu haben. Wie eine Spinne, die darauf lauerte, dass die Fliege ins Netz flog. Eine irritierte Spinne, denn es legte seinen Kopf schief, während es sich langsam in Bewegung setzte. Es wandte sich zu Hakan und schritt schwerfällig auf ihn zu.

„Ich glaub', ich habe es beleidigt", sagte der Türke mit einem leichten Grinsen. Mit den zombieartigen Bewegungen ließen der Humanoide sein klumpiges Bein über den Wüstenboden schleifen. Auch wenn sein Körper gerade ohne Probleme einige Patronen geschluckt hatte, ließ das träge Wandern es sehr schwach erscheinen. Es zog eine Furche hinter sich her durch den Sand, als es Stück für Stück die Distanz zwischen sich und dem Türken verringerte. Hakan schoss sein Magazin leer, wobei einige Kugeln das groteske Gesicht trafen. Die Projektilspitzen sprangen von der Haut des Humanoiden wie

Flummis ab. *Ich brauch' was Härteres*, dachte er und blickte hinüber zu seinem Motorrad. *Ich müsste noch ein paar Granaten haben.*

„Bei der Geschwindigkeit bin ich dreimal beim Motorrad, bevor der da ist!“, murmelte er selbstsicher. Hakan sprintete los. Nach wenigen Metern packte ihn etwas am Kragen. Eine Kraft, gegen die er nichts ausrichten konnte, zog ihn nach oben. Das Wesen, das gerade noch weit hinter ihm gestanden hatte, begutachtete ihn wie der Metzger sein Fleisch. Panik überkam Hakan, doch er konnte sich beim besten Willen nicht aus dem Griff befreien. Verzweifelt versuchte er immer wieder sich loszureißen. Als weder die Hand noch seine Kleidung nachgaben, packte er die Pranke des Humanoiden und versuchte sie gewaltsam zu öffnen. Fest wie Stahlträger ließen sich die Finger – geschweige denn der gesamte Arm – keinen Millimeter bewegen. Nach einer Weile des erfolglosen Abrackerns ließ er sich kraftlos herunterhängen. Das Ungetüm schien bis zu diesem Moment gewartet zu haben, denn nun holte es aus und schleuderte den Türken einige Meter weit durch die Luft. Er rollte noch ein Stück über den Sand, bis er schließlich liegen blieb. Mühsam öffnete er die Augen und beobachtete, wie der Humanoid zu ihm gerannt kam. Es war kein Vergleich zu den zombieartigen Bewegungen zuvor. Zwar sahen seine Bewegungen immer noch bizarr aus, dennoch war er schneller, als ein Mensch es je sein könnte. Als würde man ein Video von ihm in erhöhter Geschwindigkeit abspielen.

Der Humanoid ergriff seinen Kragen und zog ihn erneut hoch. Hakan krümmte sich vor Schmerzen. An seinen Armen und Beinen öffneten sich wieder seine verklebten Wunden. Er stöhnte und keuchte, doch sein Blick fixierte den anderen Arm, den das Ungetüm langsam erhob. Das Ende des Rohres, das statt einer Hand den Arm schmückte, begann langsam die Farbe zu wechseln. Aus dem silbrigen Grau wurde violett, dann rot, orange und schließlich ein glühendes gelb. Wie Stahl aus dem Hochofen glühte das Rohr.

Langsam rannten Tropfen aus dem Inneren hervor und fielen in den Sand hinab, in dem sie schlagartig zu grauem Metall erkalteten.

„Das hast du nicht von jemandem erwartet, der scheinbar nicht überlebt hat", sprach plötzlich der Humanoid in einer grässlichen, metallverzerrten Stimme. Hakans Augen weiteten sich. Angst fuhr durch seinen gesamten Körper, denn die Stimme weckte einen Urinstinkt in ihm. Wie wild fing er an, an dem Arm zu ziehen, doch die Stahlträgerfinger ließen ihn nicht los. Ganz im Gegenteil. Der Griff wurde fester und schnürte ihm langsam den Hals zu. Er schnaufte und keuchte und spuckte dem Humanoiden Speichel und Rotz entgegen. Schließlich erschöpfte sich Hakan und sein Widerstand schwand. Sein Körper erschlaffte und seine Atmung verlangsamte sich, bis er wieder reden konnte.

„Wie?", fragte er.

„Was ‚wie'?", antwortete es mit seinen geschlossen-verwachsenen Lippen, wobei sich aber der Unterkiefer deutlich hob und senkte.

„Wie kannst du leben? Wie kannst du denken? Warum greifst du uns an?"

Das Ungetüm legte verwundert seinen Kopf schief. „Das sind deine letzten Worte?" Es machte ein verächtliches Geräusch und führte das glühende Ende des Rohres in die Richtung von Hakans Gesicht. Plötzlich blieb der Arm in der Bewegung hängen. Das Monster drehte verdutzt den Blick und sah, wie eine Hand seinen Ellenbogen festhielt. Eine mechanische Hand.

„Auch endlich wach?", keuchte Hakan nach Luft ringend.

„Bin halt kein Morgenmensch", presste Erik hervor, der mit der gesamten mechanischen Kraft seines Armes dem Ungeheuer Einhalt gebot. Die Geräusche eines überdrehenden Uhrwerkes ließen erahnen, wie weit an den Grenzen des Möglichen der Arm arbeitete.

Doch der Humanoide schien sich nicht anzustrengen. Er wirkt eher verwirrt. „Interessant", sagte er mit einer Stimme wie zerberstendem Metall, „ich suchte Anomalien, doch fand ich den Menschen aus Fleisch und Stahl."

Zu einer Nebensache verkommen, ließ er Hakan los. Er fiel zu Boden und begann zu hyperventilieren.

„Das ist kein Stahl!", sagte Erik und ließ den Arm des Ungetüms los. Blitzschnell formte er eine Faust und spannte sie bis zum Anschlag an. Lautes Rotorenbrausen erstarrte in dem Moment, in dem er mit der Faust auf das Gesicht des Humanoiden einschlug. „Das ist Osram!!!"

Die Faust war in dem feindlichen Gesicht gelandet, doch nichts passierte. Die Zeit schien still zu stehen. Erik hatte seinen stärksten Angriff mitsamt der Notfallfeder eingesetzt, doch der Humanoide rührte sich keinen Zentimeter. Er ließ den Angriff unbeeindruckt über sich ergehen. Als hätte ein Insekt ihn angegriffen.

„Starke Ansprache", entgegnete er. Dann nahm er blitzschnell die Faust des sichtlich irritierten Erik aus seinem Gesicht und drehte sie ihm auf den Rücken. Erik musste niederknien, um den Arm nicht zu verlieren. Schmerzen donnerten durch die Knochen, an denen seine Prothesen hingen. Doch er spürte auch, dass das Monster die Legierung seines Armes nicht verbiegen konnte. Es war zwar stark, aber nicht stärker als die Technik der alten Welt. Die Stabilität seiner Prothese verhinderte es jedoch nicht, dass man ihm die Schulter auskugeln konnte. Doch bevor es dazu kommen konnte, rief Erik: „Jetzt, Vanessa!"

Mit beiden Schwertern bewaffnet sprang Vanessa vor das Monster und ließ beide Klingen scharf über die Hand gleiten, die Erik festhielt. Lediglich feine Rillen waren es, die die Schwerter hinterließen, was wohl dem Äquivalent eines Kratzers entsprach. Es reichte jedoch aus, um den Griff zu lockern, sodass Erik sich befreien konnte. Vanessa hieb noch einige Male mit ihren Klingen auf den Oberkörper des menschlichen Legionärs ein. Obwohl er selbst sehr schnell angreifen konnte, schien er Probleme zu haben, den Bewegungen der ebenfalls recht schnellen Vanessa zu folgen. Das Auge folgte ihr zwar immer, aber seine Gegenangriffe gingen ins Leere. Die Kratzer von ihren Klingen verkraftete er leider ohne Probleme.

Erik flüchtete sofort hinter den nächsten Felsen und beobachtete das David-gegen-Goliath-Schauspiel. Er atmete schwer, während er sich noch von seiner Beinahe-Amputation erholte. Er wusste, dass Vanessa nur auf Zeit spielte, da ihre Waffen nie seine Haut durchdringen konnten. Auch bemerkte er, wie ihre Angriffe immer langsamer wurden. Ihre Arme schienen schwerer zu werden. Ein Volltreffer seitens des Legionärs hingegen würde zu ihrem Ende führen, das immer absehbarer wurde. Besonders mit dem immer noch glühenden Ende des Rohrarmes...

Es fehlt uns an Durchschlagskraft! Bei dem Wort fiel der Groschen und Eriks linke Hand schoss zu seiner Hosentasche. Doch bei dem Gedanken, seine Pistole einzusetzen, begann sein gesamter Arm zu zittern. *Nicht jetzt!*, schrie er sein Innerstes an, doch er konnte sich einfach nicht beruhigen. Er blickte zu seiner Freundin, die alles gab, und er konnte nicht einmal einen Abzug ziehen. Hinter ihr sah er Hakan. Stark blutend kniete er im Sand und atmete ebenfalls angestrengt. Ansonsten schien er sich soweit erholt zu haben, dass er sich aufraffen konnte. Erik hatte eine Idee! Er riss sich hoch und schrie: „Hakan! Schieß ihm die Seele aus dem Leib!!!"

Mit Schwung zog Erik seine P18 Putin aus der Innentasche und warf sie über das Schlachtfeld zu Hakan. Der Türke, ohne einen Gedanken zu verschwenden, sprang auf und fing die Waffe. Zielgenau hielt er sie mit einer Hand auf das Monster gerichtet. Vanessa nutzte den Moment und warf sich aus der Schusslinie.

Erik beobachtete, wie Hakan die Waffe hielt, und rief: „Nein, nicht so! Du musst..."

Ein Schuss löste sich aus der Waffe. Ein gleißender Lichtblitz flutete das kleine Schlachtfeld, gefolgt von einem Donnern, lauter als jedes Gewitter. Gefolgt von Hakans Aufschrei. Er stand mit schmerzverzerrtem Gesicht da und hielt sich seine verkrampfte Hand. Die Putin lag rauchend einige Meter hinter ihm. Doch Erik hatte gerade kein Auge für Hakan, denn er beobachte den Legionär, wie er auf dem Rücken lag. Er bewegte sich noch und versuchte wieder aufzustehen, doch er war eindeutig verwundet. Sofern man eine schwach orange glühende Delle in der Brust als Wunde bezeichnen konnte. Auch die gigantischen Projektile besaßen nicht genügend Kraft, um die Haut zu durchdringen, aber genug, um sie zu verbeulen. Ihre Hitze und Kraft brachten die Haut zum Glühen.

„Wie konntet ihr... mich... beschädigen?!?"

Der erhabene Unterton in der haarsträubenden Stimme war gänzlich verschwunden. Ein Hauch von Wut ließ sich stattdessen erahnen. Der Legionär, nachdem er sich wieder ganz erheben konnte, begann die drei abwechselnd mit dem Auge anzustarren. Mit den Zähnen knirschend versprach er den dreien: „Ich werde euch, einen nach dem anderen, zerreißen, begonnen mit dir!"

Das Auge blieb bei Hakan stehen und das Ungetüm setzte sich blitzschnell in Bewegung.

„Fang mit mir an!", schlug Erik vor und griff den Legionär von der Seite an. Trotz des Wissens, dass die Waffe höchstwahrscheinlich wirkungslos war, zog Erik sein Klappschwert aus der Rucksacktasche und ließ die Klinge in die Richtung seines Feindes schnellen. Wie erwartet hinterließ die Schneide nicht einmal einen Kratzer auf der getroffenen Schulter, doch der Angriff erfüllte seinen Zweck. Der Legionär blieb stehen und starrte Erik einen Moment lang an. Diese Chance nutzte Hakan, um sich wieder auf die Putin zu stürzen. Er zielte grob mit beiden Händen das silberne Wesen an und drückte ab. Ein Lichtblitz gefolgt von Donner erhellte erneut das Schlachtfeld und ließ die Aufmerksamkeit des Monsters auf Hakan zurückfallen. Der Schuss hatte sein Ziel verfehlt. Weder konnte er die Waffe mit beiden Händen richtig halten, noch konnte er den Rückstoß ausreichend abfedern. Es gelang ihm gerade so, die Waffe nicht wieder aus der Hand gleiten zu lassen. Das Monster ignorierte nun Erik gänzlich und preschte dem Türken entgegen. Hakan sammelte sich, atmete tief durch und schoss erneut. Treffer. Der Legionär kippte nicht um, aber er erstarrte in der Bewegung. Eine weitere orange glühende Delle zierte seine Brust. Hakan atmete noch einmal durch. Und schoss. Die frische Delle vergrößerte sich und die orangene Farbe wich einem Gelbton. Noch ein Schuss. Die Beule verformte sich weiter und wurde zu einem fast weißen Fleck. Das Monster versuchte weiterhin beharrlich der Schwerkraft zu trotzen.

„Das reicht!", rief Erik, als er von der Seite heranpreschte und mit der Klinge in die weißglühende Kuhle stach. Wie ein Dosenöffner schob sich das scharfe Metall durch die Haut und riss einen Teil des silbernen Fleisches heraus. Der Legionär ging zu Boden.

„Geschafft!", jubelte Vanessa. Erleichtert über den Sieg, schob sie souverän die Klingen zurück in die Scheiden. Die Taubheit hatte sich bereits in ihren Armen ausgebreitet. Sie war froh, dass Erik und Hakan es auch allein geschafft hatten. Sie hoffte nur, dass die beiden es nicht bemerkten. Auch Hakan jauchzte und ließ sich auf seinen Hosenboden fallen.

Erik packte sein Schwert an beiden Enden und klappte es wieder zusammen. „Also ich habe schon einige Titanen erledigt, aber so etwas Zähes habe ich noch nicht erlebt", sagte er erschöpft. „Wir können von Glück reden, dass wir nicht ernsthaft verletzt wurden."

„Machst du Witze?!", entgegnete Hakan. „Ich fühl mich wie durchgekaut und wieder ausgespuckt. Ich glaube, meine Wunden haben sich wieder geöffnet, aber der Kleber hält das meiste zurück. Sonst wäre ich jetzt schon verblutet."

„Ach, Kopf hoch, jetzt ist es ja vorbei..."

Kapitel 20 Blut aus flüssigem Metall

„Ja, das wäre es…"

Die abstoßende Stimme des menschlichen Legionärs ließ den dreien das Blut in den Adern gefrieren. Sie erstarrten in der Bewegung und drehten die Köpfe langsam in Richtung der vermeintlichen Leiche.

„Es wäre vorbei. Bei jedem anderen meiner Art."

Das Ungetüm erhob sich langsam, fast schon menschlich, stützte sich auf seinen Armen ab und stand schließlich aufrecht vor ihnen. Hakan zielte sofort wieder mit der Putin auf ihn und auch die anderen beiden zogen ihre Waffen.

„Ich aber besitze eine besondere Gabe", fuhr das Monster fort, mit der Hand seine Wunde haltend. „Mein Körper ist sein eigener Hochofen."

Es zog seine Hand weg und präsentierte ihnen das Loch. Das Fleisch glühte weißgelb und schien herunterzufließen. So füllte sich die Wunde von unten her langsam auf, bis die klaffende Wunde wieder komplett verschlossen war. Zudem kühlte die Brust sofort wieder ab, sodass nur noch eine leichte Anlauffarbe an die Wunde erinnerte.

„Das ist doch unfair!", rief Hakan. Er fuhr sich mit der Hand durch die Haare und unwillkürlich schossen ihm Tränen in die Augen.

Erik hingegen ließ keinen Moment verstreichen und griff sofort mit seinem Schwert an. Der Legionär fing die Klinge jedoch mit der Hand ab und warf Erik nur einen enttäuschten Blick zu.

„Du hast doch eigentlich schon aufgegeben, oder?", fragte er kopfschüttelnd. Dabei schob sich ein Schwall glühendes Metall durch das Rohr, das eine seiner Hände darstelle. Statt aber hinabzufließen und zu Boden zu tropfen, formte es einen langen, festen Dorn, der in einer spitzen Nadel endete. Wie eine Lanze führte er die neue Waffe gegen Erik. Argwöhnisch beobachtete dieser den Vorgang, doch der Legionär hatte recht. Sein Angriff war eher ein Automatismus als eine geplante Attacke gewesen. Eriks Gehirn lief auf Hochtouren. Szenario um Szenario ging er durch, schätzte Wahrscheinlichkeiten und Entfernungen ab, während seine Augen wie wild umherblickten und die Umgebung nach Ideen absuchten. Er suchte den einen Weg, die eine Möglichkeit, bei der sie alle überleben würden.

„Schau mich gefälligst an!", brüllte der Legionär und stach mit der Lanze zu. Der lange Dorn glitt an der Klinge des Schwertes entlang und verfehlte Eriks Kehle nur knapp, verletzte aber sein Ohr. Es war nur ein kleiner Schnitt, doch das Blut lief wie Wasser an ihm hinunter und färbte den Rand seiner grauen Uniform rot. Bei einem weiteren Angriff packte der Humanoide Eriks Kragen und fixierte ihn vor sich. Dann stach mit der Lanze mittig nach Eriks Brust. Im letzten Moment fing Erik die Spitze mit seiner mechanischen Hand ab. Patt. Der Humanoide zog ihn an sich heran und blickte finster zu ihm herab. Erik spürte den kalten, trockenen Atem des mutierten Menschen in seinem Gesicht. Es roch nach Trockenfleisch und altem Keller. Und einem Hauch von Benzin. Er schloss vor Ekel seine Augen. Da hatte er plötzlich die Idee! Erik riss seine Augen wieder auf und blickte dem silbernen Wesen zähneknirschend ins Gesicht.

„Endlich! Nun habe ich deine Aufmerksamkeit!", sprach der Legionär in seiner blechernen, arroganten Stimme und ließ ihn los. Erik sprang sofort ein Stück nach hinten und ging in Verteidigungsposition. Der Humanoide umfasste nun mit der Hand das Ende der Lanze und brach sie mühelos ab.

Plötzlich holte er Schwung und die Lanze flog pfeifend über das kleine Schlachtfeld. Sie blieb nur wenige Zentimeter vor Vanessa im Sand stecken.

Diese hatte den Moment nutzen wollen, um die Motorräder fluchtbereit zu machen. Sie war wie erstarrt vor Schreck.

„Nicht so schnell!", kratze es in den Ohren der drei. Die Aufmerksamkeit des Ungetüms war nun voll auf Vanessa gerichtet, was Erik gar nicht gefiel. Er näherte sich ihm wieder und griff mit dem Klappschwert an, doch das Monster schlug ihn fast mühelos mit einer Hand zu Boden.

„Stör mich jetzt nicht!", spottete es. Durch ein schwungvolles Schwenken des Armes schoss wieder glühendes Metall aus dem Rohr und erstarrte erneut in einer Art Klinge. Bereit zum Angriff schritt der Legionär Vanessa entgegen. Noch während sie ihre Klingen zog, spürte sie eine bekannte Ohnmacht aufkommen. Verzweiflung und Angst machten sich in ihr breit. Dass der Legionär trotz der übermenschlichen Geschwindigkeit, mit der er sich bewegen konnte, nur im Schritttempo auf sie zuging, vermittelte ihr noch mehr, wie sehr sie ihm unterlegen war. Die Taubheit stieg von ihren Fingerspitzen bis hoch zu den Schultern. Auch fühlte es sich an, als würde sie sich über ihre Lunge legen, denn das Atmen fiel ihr immer schwerer.

In dem Moment trat Hakan vor den Legionär und hielt ihm die Putin direkt ins Gesicht. Der Feind erstarrte kurz in der Bewegung und blickte in den Lauf der Waffe. Doch der Blick zeigte keine Furcht, keine Angst, keine Emotionen irgendeiner Art. Dann aber wanderte das Auge von der Pistolenöffnung zu Hakans Gesicht. Die weißen Backenzähne bewegten sich. „Willst du mich verarschen?"

Die Breitseite der Armklinge erwischte Hakan und fegte ihn mühelos zur Seite. Er flog einige Meter durch die Luft und landete im Sand. Vor Schmerzen stöhnend versuchte er gleich wieder sich aufzurichten.

Noch während er seinen Schritt Richtung Vanessa wiederaufnahm, sagte der Legionär mit seiner grässlichen Stimme zu Hakan: „Glaubst du, ich hätte nicht bemerkt, dass die Waffe leer ist?"

Nun stand er direkt vor Vanessa, die vor Angst erstarrte. Mit einer kleinen minimalen Handbewegung stieß er sie an und sie fiel zitternd zu Boden. Wehrlos saß sie da und schaute hinauf zu dem Ungetüm. Sie hatte Angst. Große Angst. Keine Zelle ihres Köpers gehorchte ihr mehr. Erbarmungslos hob das Monstrum seine Klinge über den Kopf und ließ sie dann auf Vanessa hinabfallen. Sie schrie auf.

Dann überschallte ein kreischendes Klirren von Metall auf Metall das Schlachtfeld. Vanessa verstummte augenblicklich, doch sie verspürte keinen Schmerz, nur ein schweres Gewicht auf ihrem Körper. Sie öffnete langsam die Augen und blickte in Eriks Gesicht. Er hatte sich im letzten Moment über sie geworfen und lag nun zwischen ihr und der massiven Klinge. So traf die Schneide des Monsters nicht sie, sondern seinen Rücken.

„Töricht!", brüllte der Legionär. Doch dann bemerkte er, dass kein Blut unter der Klinge hervorquoll und dass auch keine Körperteile abgetrennt wurden. Während es noch versuchte, sich seinen Misserfolg zu erklären, ergriff Erik eines von Vanessas Schwertern und verbarg es unter seiner Jacke. Nun endlich bekam Erik die Möglichkeit, seinen Plan in die Tat umzusetzen. Dem Legionär war noch immer ein fragender Ausdruck ins Gesicht gezeichnet, als Erik sich aufrichtete und scheinbar wutentbrannt angriff. Brüllend holte er mit seinem Schwert aus. Der Humanoide legte nun seinen Kopf schief, was die Fragen in seinem Gesicht nur verstärkten. Erik schlug zu, doch der Legionär wehrte den Angriff wieder mühelos ab, indem er das Schwert mit seinem Handrücken wegstieß.

„Weshalb wiederholst du ein derart sinnloses…?", sagte der Legionär, doch brach er seinen Satz ab, als er hinabblickte.

Erik zog unter der Jacke Vanessas Schwert heraus und stieß dieses hinauf in das Auge des Humanoiden. Um es noch tiefer in den Kopf des Legionärs zu hämmern, ließ Erik sofort den Klappspalter fallen und schlug mit voller mechanischer Kraft hinten auf den Griff.

Das Katana splitterte in tausend Teile, doch ein Großteil der Klinge blieb in der Iris des Monsters stecken. Es taumelte einige Schritte zurück und tastete panisch sein Gesicht ab. Vanessa erhob sich langsam und zitternd. Sie blickte an Erik vorbei auf den Legionär. Erleichterung machte sich in ihr breit, obwohl sie an einen Sieg noch nicht so recht glauben wollte. Als sie sich noch in Eriks Schatten versteckte, bemerkte sie etwas an ihm.

Das T-Shirt und das Hemd waren durch die Klinge der Länge nach aufgeschnitten und ließen sie einen Blick auf seinen blanken Rücken werfen. Zumindest was davon übrig war. Seine gesamte rechte Seite, über die die Klinge herabgefallen war, war gepflastert mit Metallplatten. Wie Fischschuppen überlagerten sie sich und ließen keinen Fleck Haut durchscheinen. Die Platten waren jedoch nicht *auf* der Haut, sondern *in* ihr. Es sah nicht nach einer Rüstung aus, vielmehr wie ein Ersatz für Fleisch. Sowohl die Form als auch die Farbe der unterschiedlichen Fragmente verrieten ihr, dass sie erst nach und nach seinen Rücken ersetzt hatten. Dieser Anblick erschütterte sie schon, doch dann entdeckte sie die frisch geschlagene Rille auf dem Schuppenpanzer. Vanessa konnte nicht anders, als das Metall auf – nein, *in* – seinem Rücken anzufassen. Sie legte vorsichtig ihre Hand auf seine Uniform. Unter der dünnen Kleidung spürte sie, wie seine natürliche Haut am Rand uneben wie verbranntes Narbengewebe wurde und schließlich in die Platten überging. Er spürte die Berührung und unterband sie, indem er ihre Hand wegstieß.

„Wie viel Mensch bist du noch?“, flüsterte sie leise.

Doch Erik fuhr sie an: „Wir haben gerade andere Probleme!“ Er zog sie am Arm hoch und deutete auf Hakan. „Wir müssen ihn holen und dann auf in die Eishölle! Ich weiß nicht, wie viel Zeit uns bleibt, bis sich das Vieh regeneriert.“

Vanessa wurde aus ihren Gedanken gerissen und nickte zustimmend, einen Blick zum Legionär werfend. Er hatte mittlerweile die Klinge in seinem Auge gefunden und zog daran, konnte sie mit seiner missgestalteten Hand aber nicht richtig greifen. Während Vanessa zu Hakan sprintete und versuchte ihm hoch zu helfen, schmiss Erik bereits einige Dinge auf sein Motorrad. Auf einmal hörte der Legionär auf, an seinem Auge zu hantieren und begann zu brüllen und wie wild um sich zu schlagen.

„Was habt ihr vor?! Kommt her und bringt es zu Ende!"

„Und drauf warten, dass du dich regenerierst? Kannst du knicken! Wir machen die Fliege!", antwortete Erik forsch.

„Nein!!!"

Der Legionär brach die Klinge vom Rohr ab und schmiss sie zur Seite. Dann begann er, das Rohr an seinem Arm wie ein Gewehr vor sich zu halten und Brocken von geschmolzenem Metall um sich zu schießen.

„Verdammt!", fluchte Hakan, der mit Vanessa zusammen hinter einem Motorrad in Deckung ging. Der Legionär drehte sich zu ihnen und feuerte in ihre Richtung. Die Brocken trafen Hakans Motorrad und einige der Vorräte. Erik war außer sich vor Wut beim Anblick des dahinschmelzenden Proviants. Doch beherrschte er sich und unterdrückte seine lauten Flüche. Dabei kam ihm die nächste Idee. Er riss in einer Bewegung die gesamte Ladung von dem Gefährt herunter, hinter dem er sich versteckte. Dann verband er einen seiner wenigen F^2-Sticks mit der Maschine.

„Mich erwischst du nie, du Silberguhl!", schrie er.

Augenblicklich drehte sich der Legionär um und schoss Salven heißen Metalls in Eriks Richtung. Mit gezogener Kupplung drehte er den Gashebel bis zum Anschlag und verbog ihn so, dass er nicht mehr zurückschnellen konnte. Dann ließ er die Kupplung frei und das Motorrad raste unbemannt an dem Legionär vorbei.

„Du entkommst mir nicht!", kreischte das Monster wütend und begann blind dem Motorrad hinterher zu rennen.

Erik blickte der Kreatur hinterher, wie sie sich immer weiter von ihnen entfernte. Ungläubig verzog er sein Gesicht. „Wow… der hat das echt geschluckt."

Auch Vanessa und Hakan kamen hinter dem zusammengeschmolzenen Motorrad hervor und schauten dem Monster zu.

„Wir sollten uns trotzdem beeilen", wandte Vanessa ein, „ewig wird das Ding nicht einem führerlosen Motorrad hinterherhetzen. Wenn es irgendwo gegenfährt, weiß es sofort, dass es ein Fake war."

„Genau, laden wir die letzte Sachen auf und dann ab in die Eishölle. Vorher schauen wir aber noch, welche Vorräte… Scheiße!", rief Erik aus. Der Geruch von verbranntem Leder ließ ihn herumwirbeln. Ein Stück heißes Metall fraß sich gerade durch die Außenhaut seines Rucksacks und verbreitete neben ekligem Geruch auch schwarzen Rauch. „Nein nein nein NEIN!"

Erik kippte den Rucksack aus und durchwühlte wie wild den Haufen aus halbgeschmolzenen Airbots, verbrannten Aufzeichnungen und nun unbrauchbaren Verbandsmaterialen. Doch dann fand er seinen grünen Zylinder, in der die Mooskultur war.

„Ein Glück, das wichtigste hat es überstanden…"

Nach ihrem ersten Anflug ließ seine Freude allerdings nach und er blickte wehleidig auf seine zerstörten Besitztümer. Es kam ihm vor, als hätte er alte Freunde für immer verloren. Doch da kam ihm wieder etwas in den Sinn. Er drehte sich zu Vanessa, die sich zu ihm herunter gebeugt hatte und ihm bei seinem Ausbruch zusah.

„Hey, Vanni, es tut mir leid mit deinem Schwert. Ich weiß, wie wichtig es dir war."

„Alles gut, Erik. Ich mochte das Schwert, aber Leben mag ich mehr. Außerdem kann man es ersetzen. Du hast alles richtig gemacht."

Erik nickte erleichtert und wandte sich dann wieder seinem brennenden Rucksack zu.

Hakan, der die Zeit damit zubrachte, herumliegende Ausrüstung auf das übrig gebliebene Motorrad zu laden und dabei schmerzerfüllt umherstöhnte, meldete sich zu Wort: „Ich habe sowas noch nie gesehen. Wisst ihr eigentlich, was dieses Ding war?"

„Wir schon", antwortete Vanessa. „In den Röhren in der Vita Vault."

„Ja, das hast du schon gesagt. Nur nicht, dass sie rumgelaufen und Wanderer überfallen", entgegnete der Türke.

„Natürlich nicht, immerhin waren sie alle tot...", brummte sie.

„Sicher? Ich meine... Beweisstück A", Hakan hielt seine Hand in die Richtung des verschwundenen Legionärs.

Vanessa begann zu grübeln.

Auch Erik legte seine Hand ans Kinn. „Wenn es bisher noch niemand gesehen hat, ist es vielleicht kein Mensch aus der Vault. Es könnte auch anders entstanden sein. Vielleicht ist es eine späte Mutation oder eine ganz neue Art Legionär."

„Ich glaube nicht, dass das Vieh neu ist", antwortete Hakan. „Seit Jahren gibt es Gerüchte von einem silbernen Mann, der in der Dämmerung gesichtet wurde und etliche Gefallene getötet hat."

„Warum hattest du uns nicht gewarnt?!", fragte Vanessa verärgert.

„Wie gesagt, es waren Gerüchte. Und um ehrlich zu sein, dachte ich, dass der ‚metallene Mann' und ‚La Mort de Fer' ein und dieselbe Person sind. Und da ich mit dem ja unterwegs bin, hatte ich nicht damit gerechnet, eben von diesem angegriffen zu werden!"

„Okay, das stimmt..." Erik nickte verständnisvoll. „Aber dieses Ding war übermäßig stark. So viel Kraft in einem Körper habe ich noch nie gesehen. Selbst wenn es nur zum Töten geschaffen wurde."

„Wie alles, was durchs Virus mutiert ist", murmelte Hakan.

Zustimmend nickte Erik.

In der Zwischenzeit beendete Vanessa das Verstauen der Vorräte und fragte in die kleine Runde: „Aber es hat gesagt, dass es Anomalien suchen würde. Was hat es damit gemeint?"

„Ich habe keine Ahnung. Und du?", gab Hakan die Frage an Erik weiter. „Hast du eine vage Vorstellung?"

„Seeker!", rief Erik plötzlich.

„Was?", fragten die anderen wie aus einem Munde.

„Es meinte, es gibt mehrere von sich. Also braucht die Spezies einen Namen. Und da es anscheinend nur hier war, um irgendwas zu suchen, ist es ein Sucher. Seeker also!"

„Ist das alles, worüber du dir gerade Sorgen machst?", fragte Hakan skeptisch.

„Naja, die anderen Fragen kann ich nicht beantworten und wir haben noch einen weiten Weg vor uns, auf dem wir darüber nachdenken können", gab Erik zurück. Nachdem ihm beide achselzuckend zustimmten, fuhr er fort: „Die einzig relevante Frage ist gerade, wie wir zu dritt mit einem Haufen – fast – verkohlter Vorräte auf nur ein Motorrad passen. Hakan, kannst du fahren?"

Dieser schaute erschrocken auf, nickte dann aber.

„Gut, dann auf in die Eishölle!", rief Erik.

Kapitel 21 Die Eishölle

Das Motorrad blieb einige Meter vor den gigantischen, mit breiten Scheinwerfern beleuchteten Stalagmiten stehen, die den Übergang zur Eishölle markierten. Vom Motorrad aus blickten die drei in den Schlund der ewigen Nacht. Wie Reißzähne wirkten die eisigen Pfeiler, die meterhoch in aus dem Boden ragten. Noch vom letzten Kampf erschöpft stiegen sie nacheinander von dem Wüstenrad ab und standen ihrer nächsten Herausforderung gegenüber. Trotz der letzten Lichtstrahlen im Rücken spürte Erik deutlich den eisigen Luftzug, der ihm zwischen den starrgefrorenen Gebilden aus Sand und Dreck entgegen wehte. Die kalten Winde erzeugten dabei ein derart gruseliges Heulen, dass die Dunkelheit vor ihnen wie ein riesiges, erdrückendes Monster schien. Für Erik und Hakan, die seit Jahren in einer Welt des permanenten Tages lebten, weckte die Abwesenheit des Lichtes Urängste in ihrem Inneren, von denen sie gedacht hatten, dass sie sie längst begraben hätten.

Erik atmete tief durch. Er schaute nach links und rechts zu Hakan und Vanessa und nickte ihnen zu. Dann ließen sie ihre Rücksäcke ab und kramten ihre winterfeste Kleidung heraus – oder zumindest das, was nach dem Kampf mit dem Seeker noch davon übrig war. Schnell zogen sie alles über, was sie finden konnten. Immer mit einem flüchtigen Blick hinter sich. Zum Schluss band sich Erik sein Tuch um Kopf und Gesicht und setze anschließend wieder seine Fliegerbrille auf. Vanessa warf er ebenfalls ein Tuch zu, woraufhin sie es ihm gleichtat. Hakan kramte aus einer seiner Dutzend Hosentaschen eine Sturmmaske hervor und zog sie sich zusammen mit einer Schneebrille über. Nun betraten sie zusammen die Eishölle. Sie schmiegten sich an den

Stalagmiten vorbei und erreichten schnell das Ende des künstlichen Lichtes. Sofort fegte der eisige Wind über sie hinweg und brachte den Stoff auf ihrer Haut zum Flattern. Sie schritten langsam vorwärts. Erik stapfte zitternd voran. Dabei hielt er Firefly wie eine Taschenlampe in seiner Rechten und leuchtete so den Weg vor ihnen aus. Dafür blockierte er den Mechanismus der Flügel, was dem kleinen Konstrukt seine Flugfähigkeit nahm. Der Rotor zuckte ab und an widerwillig in seiner Hand, doch Erik beruhigte ihn.

„Ganz ruhig, Firefly. Lass ich dich jetzt fliegen, wirst du mir nur vom Sturm weggeweht. Und das möchtest du doch auch nicht, oder?“

„Hast du was gesagt, Erik?“, rief Vanessa besorgt, die auf selber Höhe wie Hakan hinter ihm her stapfte. Obwohl nur wenig Schnee am Boden lag, froren die Stiefel der drei bei jedem Schritt am Boden fest, was das Gehen enorm erschwerte.

„Ich hab' nichts gesagt“, antwortete Erik, während sie auf eine weitere Reihe Stalagmiten zugingen. An diesen blieb er stehen. Der arktische Wind peitschte in sein Gesicht, doch die Gebilde aus Eis zogen seine Aufmerksamkeit auf sich.

„Irgendwie sehen die anders aus. Sie schimmern so gläsern. Anders als die, die weiter vom Weg abliegen“, rief er den anderen zu.

Hakan, der gerade durch kräftiges Schütteln seine Taschenlampe zum Leuchten brachte, antwortete: „Das liegt daran, dass die noch nicht so alt sind.“

„Ach, die wachsen nach?“, hakte er nach.

„Ja. Eigentlich ist diese gesamte Passage mit gefrorenen Stalagmiten durchzogen. Aber wir sprengen in regelmäßigen Abständen die Wege wieder frei. So können wir sicherstellen, dass unsere Transportrouten nicht einbrechen.“

„Du meinst Schmugglerrouten“, grinste Vanessa.

„Ohne Regierung, die es verbietet, ist es kein Schmuggeln“, verteidigte Hakan sich.

Vanessa zog nur eine Augenbraue hoch und erwiderte: „Ja, vielleicht. Aber zum Glück existiert so zumindest noch ein halbwegs sicherer Weg durch die Hölle.“

„Wenn dieser Weg so stark von deinen Leuten frequentiert wird, dann müsste er doch bewacht werden, oder?“, wandte Erik ein.

„Wird er auch. Nur zurzeit nicht. Sie bereiten wieder eine Sprengung vor. Dafür werden die Wachen abgezogen. Deshalb ist es die Zeit, in der man die Passage am sichersten durchqueren kann.“

„Moment, du meinst es können hier überall scharfe Sprengsätze herumliegen?!“, rief Erik panisch und blieb auf der Stelle stehen.

„Also scharf würde ich jetzt nicht unterschreiben“, zuckte Hakan mit den Schultern.

„HIER LIEGEN SCHARFE SPRENGSÄTZE RUM?!“, brüllte Erik Hakan an, aber dieser entgegnete: „Ich hab’ immer nur gesagt: der ‚sicherste Weg‘, nie ein ‚sicherer Weg‘!“

„Wortklauberei“, grummelte Vanessa.

Nach kurzem Verharren auf der Stelle erhob Erik resigniert das Wort. „Jetzt sollten wir auch nicht mehr umdrehen. Wir müssen dir einfach vertrauen, Hakan. Hoffen wir mal, dass das hier wirklich der ‚sicherste‘ Weg ist.“

Erik setzte seinen Marsch fort und die beiden folgten ihm weiter in die Nacht hinein. Nur das Licht Fireflys und das der alten Taschenlampe erhellten die Umgebung, die zumeist aus dünnen glasigen und dicken braunen Stacheln bestand. Wie Stämme in einem dichten Wald reihten sie sich um die drei, immer nur ein wenig Licht reflektierend. Der gefrorene Sand, aus denen sie bestanden, schluckte das meiste vom Spektrum und ließ die eisigen Säulen dunkel und matt erscheinen. Vor den Füßen der Wanderer zeichnete sich ein schmaler Weg ab, der gerade breit genug für eine Person war.

„Scheiße, ist das kalt!", fluchte Erik irgendwann.

„Stell dich nicht so an, du Vorzeigesoldat!", lachte Vanessa. Sie erntete böse Blicke.

„Ich hoffe, du erfrierst zuerst", murmelte er laut.

„Ihr habt euch ja lieb", lachte Hakan unter seiner Maske.

„Schnauze", brummten beide gleichzeitig.

Nach einer Weile fragte Vanessa: „Sag mal, woher weißt du von dieser Passage? Vor allem von der Sprengung? Bist du häufiger hier unterwegs gewesen?"

Hakan lachte kurz auf. „Nein, zumindest nicht häufig. Ich war bisher nur einmal auf der anderen Seite. Also bin ich zweimal hier durchgelaufen. Auf dem Rückweg bin ich sogar im Fahrzeug mitgefahren. Ich weiß so viel über die Sprengung, weil ich vor einiger Zeit dazu eingeteilt wurde. Wahrscheinlich hätte ich hier bei dieser oder bei der nächsten Freiräumaktion mein Leben gelassen, wenn ich irgendwann genug Köder gespielt habe." Vanessa und Erik blieben stehen und blickten auf ihren neuen Freund zurück. Dieser aber zuckte wieder nur mit den Schultern und fuhr fort: „Fast jeder, der bei den Sprengungen dient, lässt irgendwann sein Leben dabei. Das wird hier in den nächsten Tagen auch so sein. Es ist quasi eine Mischung aus Arbeitslager und Hinrichtung."

„Aber warum? Ich mein, es ist sicher nicht gewollt, oder ist es einfach so gefährlich?", fragte Vanessa, während sich alle wieder in Bewegung setzten.

„Wir arbeiten mit handgemachten Sprengstoffen, die bei Tieftemperaturen mal nicht, mal schon, mal sehr gut funktionieren. Also ja, es ist gefährlich. Sogar ohne die Kälte. Deshalb habe ich mich bei den wenigen, die die Sprengungen überlebt haben, so gut wie möglich über alles informiert. Besonders über die selbstgebauten Granaten und Sprengsätze. Seitdem fasse ich auch keine Rohrgranaten mehr an, die bei uns so verbreitet sind. Dabei finden gerade die jüngeren Mitglieder die Dinger Bombe."

Hakan lachte wieder, doch Erik spürte den überzogenen Witz. Eine Art von Sarkasmus, der die Ohnmacht über das eigene Schicksal in dieser neuen Welt verschleiern sollte. Erik war bereits vielen begegnet, die diese Art des Humors zu nutzen pflegten, er selbst tat es ja auch. Aber es hätte ihn gewundert, wenn Vanessa es ebenfalls bemerkt hätte. Er fragte sich eh schon eine Zeit lang, ob sie sich in dieser Welt bereits besser zurechtfand. Ob sie mittlerweile alles als Herausforderung sah, oder immer noch innerlich zerbrach. Aber so, wie er sie kannte, als Vanessa Löwenherz, würde sie Letzteres nicht zeigen. Er begann unter seinem Kopftuch zu grinsen, als er sich an Momente ihrer gemeinsamen Vergangenheit zurückerinnerte. Denn damals schon hatte sie alles als Herausforderung gesehen. Zu Ausbildungszeiten war Vanessa immer die gewesen, die noch über ihre Kraftreserven hinaus alles gegeben hatte. Wenn alle schon aufgegeben hatten, war sie immer noch weiter marschiert. Und während alle von Freizeit oder der Heimat geträumt hatten, war sie schon geistig beim nächsten Feldzug gewesen. Erik hatte sie anfangs dafür gehasst, genauso wie die anderen Kameraden in ihrem Zug. Alle hatten gedacht, sie wollte einfach im Mittelpunkt stehen. Sich hervorheben. Doch bald hatten sie erkannt, dass Vanessa nicht nur sich selbst, sondern sie alle hatte pushen wollen. Sie half jedem, der zurückfiel und wiederholte alles für die, die nichts verstanden. Nach dem Training hatte sie dann immer Zeit und ein offenes Ohr für die Probleme der anderen. Daher war sie in der Einheit schnell als Vanessa Löwenherz bekannt geworden. Nicht zuletzt wegen ihres Hangs zu Löwensymbolen auf ihrer Bettwäsche und den Schreibmappen. Das gigantische Löwenplüschtier, das sie zu Übungen immer dabei hatte, tat sein Übriges. Rückblickend war ihr Löwentattoo nur eine Frage der Zeit gewesen. Woher Vanessa ihre Kraft, Erfahrung und ihr Können nahm, war Erik lange Zeit ein Rätsel geblieben. Bis eines Tages der Oberst seiner Kaserne höchstpersönlich vor ihm stand und Vanessa, Richard und ihn spontan zum Essen einlud. Es stellte sich heraus, dass der Oberst ihr Stiefvater war. Diese

Erkenntnis schockte Erik damals. Sie hatte nie von ihm geredet und auch sonst schien sie sich sehr vom Stab fernzuhalten. An dem Tag erfuhr er, dass alle aus ihrer Familie bei der Armee waren und dass Vanessa einer alten Militärdynastie entstammte, die bis ins 18. Jahrhundert zurückreichte. Da verstand Erik es – es lag ihr einfach im Blut.

„Wie kommst du eigentlich mit der Kälte klar?", riss Hakan ihn aus seinen Gedanken.

„Hä, was?", fragte er irritiert.

„Ich meine durch dein Metall im Körper? Du hattest gestern groß und breit erklärt, dass du ohne Wärmekartuschen nicht so lange durchhältst, aber heute Morgen hast du dir keine umgeschnallt."

„Wusste gar nicht, dass du mich permanent überwachst."

„Tue ich auch nicht!", rechtfertigte sich der Türke.

„Kann es sein, dass du ein Auge auf mich geworfen hast?", neckte Erik kaum hörbar unter seinen Bandagen.

Hakan aber ließ sich das nicht gefallen. „Du hast eine interessante Art, nach Prügel zu bitten."

„Ach komm schon, ich kann es ja verstehen, immerhin habe ich die größte Knarre, wie du immer wieder gerne betonst! Ist doch nichts dabei."

Aber Hakan wurde die Stichelei zu bunt. „Fresse. Als würde ich den menschenmordenden La Mort de Fer der liebreizenden Vanessa mit ihrer göttlichen Schönheit vorziehen."

Erik wandte seinen Blick von Hakan ab. Vanessa konnte spüren, dass Hakan ihn irgendwie mit der Aussage verletzt hatte. Auch Hakan erkannte, dass er zu weit gegangen war.

Nach einer Weile der unangenehmen Stille hob Erik wieder seinen Blick und sagte: „Respekt, dass du dir noch traust sowas zu sagen, nachdem, was diese Furie dir schon angetan hat."

München, 04. März 2048

Zeitung der neuen europäischen Ge

Rückzug der föderalen Truppen

Die Regierung der Föderation Europa ist den Waffenstillstandsbedingungen des Oststaatenbündnisses nachgekommen und hat den Abzug aller Einheiten von der Front befohlen. Neben der Niederlegung aller Kampfhandlungen werden viele Teile der östlichen Sektion Ungarns an das Bündnis übergeben. Somit ist der Nahrungskrieg vorerst für beendet erklärt worden. Die Kampftruppen werden zurück in ihre jeweiligen Heimatsektionen geschickt und sollen dort wieder integriert werden. In der deutschen Sektion werden die Soldaten vorerst in die Wehr aufgenommen, bis sie ihre zivilen Eingliederungsmaßnahmen abgeschlossen haben. Das Militär darf weiterhin erhalten bleiben, muss aber einen erheblichen Anteil ihrer Waffensysteme als Reparationen abgeben. Die Offiziere, die im Krieg gedient haben, werden als Kommandanten der Wehr eingesetzt. So übernehmen die Generäle die Führung einer zugewiesenen Region. Offiziere des nächstkleineren Dienstgrades (Oberst) erhalten die Befehlskraft über je eine Kaserne. Die Majore werden unverändert jeweils eine Kompanie erhalten. Die Größe der Kompanie wird sich jedoch von 160 Soldaten auf 40 reduzieren. Hauptmänner erhalten einen Zug (20 Mann, statt ursprünglich 80) mit jeweils 8 Kampfeinheiten (je ein Schützer und ein Jäger) und vier Sondereinheiten. So sollen mehr Stellen für Offiziere geschaffen und Forderungen der Reduzierung der Kampfstärke für den Waffenstillstand nachgekommen werden.

Bamm. Ein dumpfes Geräusch hallte wider, als Vanessa Erik ihre Schwertscheide zu spüren gab.

„Aua...“, maulte er.

„Ha!“, lachte Hakan laut auf. Vanessa drehte sich aber blitzschnell zu ihm und drohte ihm ebenfalls wortlos eine Tracht Prügel an. Er verstummte sofort.

Nach geraumer Zeit des bedrückenden Im-Eiswind-stur-geradeaus-laufens begann Erik wieder das Gespräch. „Wegen der Kälte: ich habe einen anderen Weg gefunden, mein Fleisch warm zu halten.“

Alle drei blieben kurz im Schein der zwei Lichtquellen stehen, während er Firefly an Vanessa übergab. Auch in ihren Händen zuckte er nervös hin und her. Mitten in der Kälte begann Erik seine Jacke am rechten Arm hochzuschieben und den Ärmel seines grauen Hemdes darunter umzukrempeln. Der nackte Metallarm war frei von Frost und Tau. Viel mehr noch. Trotz der schlechten Sichtverhältnisse konnte man heiße Luftschwaden von ihm aufsteigen sehen.

„Wow!“, stieß Hakan beeindruckt aus. Erik wusste allerdings nicht, ob er es ernst meinte, oder nur was gutmachen wollte. Letztendlich war es ihm egal und er nahm es an.

„Und wie machst du das?“, fragte der Türke nach.

„Ich spanne und entspanne schnell die Mechanik im Arm und Bein immer wieder. Durch die Reibung wird’s dann warm. Es ist zwar nur ein Provisorium, aber es klappt besser als erwartet. Es geht nur sehr auf meine Energiereserven. Ich gehe mal davon aus, dass wir auf dem Weg zur Zuflucht nicht mehr an vielen Elektromotoren vorbeikommen. Daher weiß ich jetzt schon, dass ich den Verlust der Kartuschen bereuen werde.“

„Und warum jammerst du ständig über die Kälte, wenn du unter der Jacke deinen eigenen Ofen hast?“, fragte Vanessa.

„Noch besteh' ich nicht komplett aus Metall und mein restlicher Körper friert wie ein Nacktmull beim Eisbaden." Erik packte seinen Arm schnell wieder ein und die drei setzten ihren Weg fort.

Vanessa dachte lange und ruhig nach und sagte schließlich: „Du weißt schon, dass Nacktmulle keine Kälte oder Schmerzen wahrnehmen können, oder?"

„Klappe!", brummte Erik.

Kapitel 22 Froschgesang

„Aber warum ausgerechnet die Gefallenen, Hakan?", fragte Vanessa.

Die drei stapften schon über eine Stunde lang durch die ewige Nacht, während unerbittlich der eisige Wind auf sie einpeitschte. Die Kälte zog immer weiter in ihre Körper, aber sie waren frohen Mutes. Immerhin hatten sie bereits die Hälfte des Pfades bewältigt. Um sich wenigstens ein bisschen von der Kälte abzulenken, unterhielten sie sich über Gott und die Welt.

„Es ist als Außenstehender vielleicht schwer zu verstehen, warum man sich so einer paramilitärischen Organisation anschließt", erklärte der Türke, der auf den Pfad vor sich starrte, „aber manchmal muss man zum Überleben Dinge tun, die man nicht mag."

„Wow... schreibst du Werbe-Jingles in deiner Freizeit?", stöhnte Erik unbeeindruckt.

„Ach, das sagt der mit dem silbernen Löffel im Mund. Ich habe die Postapokalypse nicht in einem Biotop verbracht, vollgestopft mit essbaren Pflanzen und Tieren."

„Ich bin nicht in diesem Biotop aufgewacht. Es war alles harte Arbeit. Ich selbst habe die meisten Pflanzkästen der Hydrokulturen aufgebaut. Ich habe auch die sterbenden Pflanzen von der Oberfläche runter in die Base gebracht. Ohne mich wären viele aus der Second Base verhungert."

„‚Ich... ich... ich...' und was haben die anderen getan? Dir zugeguckt?", spottete Hakan.

„Natürlich war es eine Gruppenleistung. Ohne mich wäre es nur nicht so gut gelaufen. Trotz der 86er-Prothesen. Aber zumindest haben wir keine

Menschen getötet, nur um 'nen Tag länger nicht zu hungern. Wir haben durch Wissenschaft und Ingenieurskunst überlebt."

„Ich war sieben am Tag Null! Weder ich noch meine Familie wussten, wie man eine Hydrokultur anlegt."

Erik senkte beschämt den Kopf. „Tut mir leid, ich wollte dich nicht anfahren."

„Schon okay, unsere Nerven sind einfach blank", räumte Hakan ein.

„Erzähl aber weiter, ich würde gern mehr über deine Vergangenheit erfahren", wandte sich Vanessa an Hakan.

„Oh echt?", fragte er erfreut. Dann räusperte er sich und fuhr mit seiner Geschichte fort: „Nun gut. Wie gesagt, ich war gerade erst zwölf geworden. Ich wohnte mit meiner Familie bis Tag Null in Izmir an der Ägäis. Wir hatten eigentlich ein schönes Leben, mein Vater war Arbeiter in einer Fabrik und meine Mutter war Hilfsärztin." Hakan hielt einen Moment inne.

„Die beiden weilen wohl auch nicht mehr unter uns, oder?", fragte Erik vorsichtig.

Hakan schüttelte den Kopf. Er atmete tief durch, dann erzählte er seine Geschichte weiter: „Es war schon spät am Abend gewesen, als das Licht plötzlich ausging. Ich war draußen auf der Straße und überall in der Nachbarschaft wurde es dunkel in den Häusern. Mein Vater kam zu mir und meinem Bruder raus, um uns zu suchen. Als er uns nach Hause brachte, zündeten wir Kerzen an. Die guten von Oma, die sonst nur in der Vitrine standen. Meine Mutter las uns dann noch eine Geschichte aus einem alten Buch vor, bevor wir dann früh schlafen gingen. Es ging um einen haarigen Zauberer, so viel weiß ich noch. Das war der letzte schöne Tag."

„Du hast einen Bruder?", fragte Vanessa verwundert, doch Hakan schüttelte leicht den Kopf, bevor er dann mit seiner Geschichte fortfuhr.

„Am nächsten Tag wurde der Himmel immer dunkler. Die lilabraunen Wolken zogen auf und man spürte im Stundentakt, wie die Temperatur sank. Wir haben dann alles, was wir tragen konnten, eingepackt und auf den kleinen Bus unseres Nachbarn geladen, der noch ohne Strom fuhr. Unser Nachbar war ein guter Freund von meinem Vater, deswegen nahm er uns mit nach Norden. Je länger wir fuhren, desto mehr erfror die Welt um uns herum. Ich dachte damals, dass wir in dem Bus auch erfrieren würden. Aber nach einer Ewigkeit erreichten wir ein Gebiet, in dem es heller wurde, obwohl es mitten in der Nacht war. Es wurde wärmer und wärmer, bis wir schließlich einen Ort erreichten, in dem es keinen Frost mehr gab. Mein Vater wollte nicht mehr die Gutmütigkeit seines Freundes ausnutzen und beschloss, dass wir alleine weiterziehen würden. Wir hatten schon zu viel von ihm verlangt, meinte er später zu mir. Wir sind also nach Budapest weitergezogen, zusammen mit vielen anderen Menschen, die wir an der Grenze zur späteren Eishölle trafen. Dort kamen wir in einem der Auffanglager unter, die schnell zu großen Slums am Rand der Stadt wurden. Von dort aus konnten wir schon damals Teile der Feuersäulen sehen. Aber niemand konnte uns damals erklären, was sie waren. Die Erwachsenen schwiegen das Thema einfach tot. Soweit ich mich erinnern kann, fiel es mir an dem Tag zum ersten Mal auf, dass es nicht mehr dunkel wurde." Hakan versank in seinen Gedanken.

Als er nach einer kleinen Weile immer noch nichts sagte, blickte Erik Vanessa ratlos an. Sie hakte daraufhin nach: „Und wie seid ihr dann untergekommen? Hattet ihr alte Gebäude besetzt?"

„Das damalige Militär, das die Stadt abriegelte, ließ uns nicht in die Nähe der Gebäude. Also bauten wir uns eine einfache Unterkunft, die nicht aus viel mehr als ein paar Brettern bestand. Aber wir waren dankbar und da es auch nicht mehr regnete, reichte es uns erst mal. Die Armee dort brachte uns damals auch das Essen. Dafür mussten wir immer lange anstehen. Das ging wochenlang so. Schnell waren zwei Monate vergangen und die Rationen schrumpften auf wenige Bissen zusammen. Zu dem Zeitpunkt mutierten dann die ersten Pflanzen durch das Quecksilbervirus und als einigen klar wurde, dass der Regen ausblieb, fiel es den Erwachsenen wie Schuppen von den Augen: Man konnte keine Landwirtschaft mehr betreiben! Das Essen wurde über Nacht zum Luxusgut. Da brachen dann die ersten Unruhen aus. Die Menschen stürmten die Barrikaden und griffen die Soldaten an, um ins Innere der Stadt zu gelangen. Sie dachten, sie würden dort dicke Menschen finden, die ein Leben in Luxus und Konserven führten. Doch da hatten sie sich geirrt. Budapest war eine Geisterstadt. Das Militär hatte nicht die Bewohner vor uns beschützt, sondern uns vor der Stadt. Einige Soldaten erzählten uns dann, dass die Leute in den Ballungsräumen schnell krank wurden und auch begannen zu mutieren. Die meisten hatten sie erschossen, bevor sie verrückt wurden und Menschen angriffen. Aber so stellte sich dann heraus, dass wir von der Mutation der Stadtbevölkerung profitierten. Hätten die Menschen in den Städten überlebt, wären die Vorräte schon nach zwei Wochen aufgebraucht gewesen. Ein Glück für uns, oder? So konnten uns die Soldaten über die ersten Monate hinweg versorgen. Aber seit diesem Tag sind wir zusammen mit ihnen in die Stadt gegangen und haben nach Nahrung gesucht. Insgesamt haben wir so noch drei weitere Monate von den Reserven der Stadt leben können. Straßen durchkämmen und Essen sammeln wurde mein täglich' Brot. Um aber nicht selbst am Virus zu erkranken, verbrachten wir so wenig Zeit wie möglich in den Städten. Neben Nahrung und Alltagsgegenständen sammelten wir auch Unmengen an Antibiotika. Wir nahmen es täglich und teilten es wirklich mit jedem."

„Ihr wusstet aber schon damals, dass es nicht gegen Viren helfen würde, oder?", hakte Erik nach.

Hakan zuckte mit den Schultern. „Keine Ahnung. Es heilte niemanden, der bereits erkrankt war, aber die, die es nahmen, mutierten langsamer als die anderen."

„Interessant... wir waren noch gar nicht auf die Idee gekommen, es damit zu behandeln...", dachte Erik nach.

„Ihr hattet ja auch das Heilmittel."

„Stimmt... aber zu dem Zeitpunkt noch nicht. Das haben wir erst seit sechs Jahren", führte Erik weiter aus, „vorher mussten wir auch mehr schlecht als recht mit dem Virus leben."

Vanessa stieß Erik am. „Psst! Ich will wissen, wie es weiter geht!"

„Okay?" Hakan räusperte sich. „Ja, so konnten wir zumindest damit leben. Und nach den drei Monaten zogen wir zusammen mit den restlichen Soldaten weiter zur nächsten Großstadt. Dort versorgten wir uns wieder mit den Überresten der Zivilisation. Wir wurden zu Plündernomaden. Unser Handwerk wurde es, so viel Nützliches wie möglich aus einer Stadt herauszuholen, ohne viel Zeit in ihr zu verbringen. Nach drei Jahren hatte unsere kleine Gemeinde schon über 300 Leute. Wir waren quasi ein Wanderdorf. Mit jeder Stadt kamen neue Gesichter hinzu, aber es starben auch viele zwischendurch. Damals noch an dem Virus. Mein kleiner Bruder auch. Er war gerade mal zwölf Jahre alt. Also so alt wie ich war, als die Scheiße losging. Zu dieser Zeit kamen dann die ersten Gefallenen. Wir waren gerade bei München angekommen, da wurde unser Dorf zum ersten Mal angegriffen, mit Panzern und Motorrädern. Unser Lebensstandard, den wir mühevoll aufgebaut hatten, war über Nacht verschwunden. Sie raubten alle unsere Vorräte und fragten zum Abschied scheinheilig, ob jemand ihnen beitreten will. Aber keiner von unserer Gemeinde tat es. Doch als sich die Überfälle häuften und immer mehr Mitglieder umgebracht wurden, traten ihnen paradoxerweise auch immer mehr von uns bei. Meine Eltern wurden bei einem der Angriffe getötet. Alles nur, weil sie eingelegtes Obst besaßen und es nicht ‚teilen' wollten. Nach deren Tod war ich so am Ende, dass ich mich beim nächsten Angriff direkt freiwillig meldete."

„Obwohl sie deine Eltern getötet haben?", fragte Vanessa ungläubig.

„Ja", nickte Hakan, „sie nahmen mir alles, was ich noch hatte, aber sie gaben mir dann doch auch eine Chance auf ein besseres Leben."

Erik legte seine Hand auf Hakans Schulter. „Wow… man, das tut mir echt leid.“

„Naja, jeder hat sein Paket zu tragen. Aber ich glaube, dass diese Umstände dazu geführt haben, dass ich nie ein Vollblutgefallener geworden und schließlich desertiert bin“, erklärte der Türke weiter.

„Ah, daher deine fragwürdige Behandlung als Menschenköder“, merkte Erik trocken an.

„Genau, jetzt aber genug von mir. Was ist mit euch, ihr kanntet euch schon vor Tag Null?“

„Genau“, antwortete Vanessa, „wir wurden gleichzeitig eingezogen und haben uns dann während der Ausbildung angefreundet. Mein Freund war sein Waffenpartner, daher haben wir viel Zeit miteinander verbracht. Militärisch haben wir uns aber ein wenig auseinandergelebt. Während ich mich auf Schwerter spezialisiert hatte, wurde Erik ein Hochpräzisionsschütze.“

Hakan wandte sich zu Erik und lehnte fragend seinen Kopf schief. „Okay? Und warum musste ich mit deiner Pistole schießen, als unser Arsch beim Seeker auf Grundeis gegangen ist? Und warum überhaupt hat deine Waffe so einen großen Wumms? Mal ernsthaft! Ich habe mir fast die Arme gebrochen beim Abdrücken!“

„Das Kaliber und damit auch der ‚Wumms‘ ist so groß gewählt, damit die Legionäre nach einem Schuss auch liegen bleiben“, erklärte er. „Das Fleisch dieser Mutanten ist so homogen und weich, dass normale Feuerwaffen einfach durchschießen, ohne wirklich Schaden anzurichten.“

„Das verstehe ich, aber warum musste *ich* auf den Seeker schießen, obwohl *du* ein Scharfschütze bist?“

„Weil er nicht mehr schießen kann“, mischte sich Vanessa ein.

„Und warum nicht?“, fragte Hakan nach.

Sie zuckte mit den Schultern. „Das verstehe ich auch nicht. Der Erik, den ich mal kannte, konnte auf 50 Meter den Hals einer Flasche wegschießen. Im Nebel."

Erik streckte seinen Kopf plötzlich in verschiedene Richtungen.

„Hört ihr das?", sagte er gerade so laut, dass es in dem ewigen Sturm wie ein Flüstern wirkte.

„Jetzt lenk nicht ab!", antwortete Vanessa giftig.

„Nein ernsthaft!", erwiderte er und hinderte die beiden am Weitergehen.

„Ich glaube, er hat recht. Ich hör auch was", stimmte Hakan zu.

Alle drei blieben still stehen und lauschten in das stürmische Rauschen hinein. Ein leises Grölen hallte aus der Ferne in dem eisigen Wind mit.

„Was zum Teufel ist das?", fragte Vanessa.

Es wiederholte sich. Einmal. Und noch einmal. Dabei wurde es lauter. Die drei schauten um sich und versuchten, das Geräusch zu lokalisieren, was bei dem Sturm nahezu unmöglich war. Das nächste Grölen klang wieder etwas lauter, sodass die drei es deutlich vernehmen konnten.

„Als würde jemand laut rülpsen", sagte Hakan.

Vanessa entgegnete ihm: „Wohl eher, als wenn ein Elch röhren würde."

„Was ist denn ein Elch?", fragte Hakan und erntete erneut ungläubige Blicke.

„Du weißt nicht, was ein Elch ist? Erst die Pinguine und jetzt Elche?"

„Woher denn? Ich bin in dem Nachkriegsgebiet aufgewachsen und war sieben, als ich meine Heimat verlassen habe. Wenn es ein Tier ist, das nicht vor elf Jahren in der Türkei heimisch war, werde ich es wohl nicht kennengelernt haben."

„Okay... sorry... Dann lass es mich erklären...", überlegte Vanessa kurz, „stell dir ein Pferd vor, oder besser ein Kamel..."

„Ein Kamel?!", wurde Hakan auf einmal laut. „Was glaubst du, woher ich komme? Saudi-Arabien?"

Vanessa verdrehte die Augen. „Okay, ein Pferd... mit einem Kamelgesicht. Und richtig langen, großen Hörnern."

„Gehörnte Pferde? Was für Tiere lebten denn bei euch?"

„Also eigentlich...", setzte sie zur Erklärung an, wurde aber unterbrochen.

„Und Flughäute", sagte Erik monoton.

„Flughäute?!", rief Vanessa entgeistert. „Elche haben doch keine Flughäute! Hör auf so einen Schwachsinn zu labern. Nachher glaubt uns Hakan das noch."

„Nee, Elche haben keine Flughäute", stimmte Erik ihr zu, dann zeigte er gen Himmel und sagte trocken: „die da oben aber!"

Drei große Kreaturen segelten direkt über ihnen im Wind und bewegten sich dabei kaum von der Stelle. Wie Fische im Wasser wippten sie leicht mit den Böen. Der Anblick hatte fast eine hypnotische Wirkung auf die drei. Während sie die Kreaturen beobachteten, verfärbte sich eine von ihnen. Der ursprünglich grauschwarze Rumpf leuchtete orange auf, dabei erklang ein lautes Grölen.

„Die Viecher machen die Geräusche!", rief Vanessa verwundert.

„Interessant", nickte Erik, „ich würde schon gern wissen, wie die Dinger aussehen."

Wie aufs Stichwort klappten die drei Wesen ihre Flügel zusammen und fielen wie Steine vom Himmel. Der Boden erzitterte, als sie direkt neben Erik, Vanessa und Hakan landeten. Erik zog reflexartig sein Schwert und öffnete die Klinge. Hakan zog seine beiden Pistolen und Vanessa zückte ruckartig ihr verbliebenes Schwert. Alle drei nahmen jeweils eines der Kreaturen ins Visier. Doch nichts passierte. Die Kreaturen reagierten nicht. Sie zeigten weder Angriffs- noch Verteidigungsmuster. Bis sich eines von ihnen plötzlich mächtig aufblähte. Auf dem Höhepunkt stieß es ein kraftvolles, nebelhornartiges Grölen aus, bei der sich das Wesen vollständig rot färbte. Erik, Vanessa und Hakan richteten schlagartig ihre Waffen auf das Tier. Aber es passierte wieder nichts. Das Grölen verklang und die Hautfarbe normalisierte sich. Vanessa senkte langsam ihre Waffe, Erik hingegen traute dem Frieden nicht und ließ die klappbare Klinge steif in seinen Händen. Sie lehnte ihren Kopf nachdenklich nach links, dann nach rechts und wieder nach links.

„Das sind Flugfrösche!", sagte sie schließlich.

Ihre Gefährten schauten sie verdutzt an. Dann sagten sie gleichzeitig: „Was sind das?"

Erik und Hakan begutachteten die Kreaturen einen Moment. In der Tat ähnelten sie Fröschen. Zumindest um den Kopf herum, vor allem das Aufblähen ähnelte einer Kröte beim Quaken, doch war an ihren Köpfen keine Öffnung wie einer Nase oder einem Mund. Stattdessen besaßen sie fünf Augen. Jeweils zwei saßen auf beiden Seiten des Gesichts und eins in dessen Mitte. Der Körper selbst war nicht so gedrungen wie der einer Kröte, sondern langgezogen wie der einer Echse. Allerdings endete er nicht in einem Schwanz oder zwei Beinen, sondern in einem Stumpf. Anders konnte Erik es nicht beschreiben. Die eingeklappten Flughäute erstreckten sich von den kräftigen Vorderbeinen bis zu dem Stumpf.

Wieder begann eine zu grölen. Erik musste zugeben, dass er das Verhalten imposant fand. Auch schienen sie nicht aggressiv zu sein – sie standen einfach nur da. Selbst im Angesicht der gezogenen Waffen griffen diese Legionäre offenbar nicht an.

„Interessante Kreaturen", überlegte er laut „aber wie können sie in so einer Kälte überleben?"

Hakan schüttelte den Kopf. „Ich glaube, das ‚Wie und Warum' ist bei den Viechern eher verschwendeter Hirnschmalz. Das sind Legionäre, die haben Münder ohne Mägen und Fleisch ohne Muskeln. Der letzte wollte uns mit flüssigem Metall grillen."

„Nein, das glaub' ich nicht. Was ich bisher gesehen habe, waren alles Mutationen und Anpassungen von Metall an organische Körper. Irgendwie war da immer ein gewisser Plan dahinter… naja, bis auf den Seeker…"

„Wie – ein Plan?", fragte Hakan nach.

Erik atmete einmal durch und blickte dann zu ihm. „Ist dir nie aufgefallen, dass alle Würmer, Fledderer und Wüstenfresser gleich aussehen?"

„Ja doch, na und?"

„Was sind Wüstenfresser?", wunderte sich Vanessa. Die beiden ignorierten sie jedoch.

„Legionäre können sich nicht fortpflanzen. Also müssen alle Kreaturen, denen wir in den letzten elf Jahren begegnet sind, einmal Menschen oder Tiere gewesen sein. Und wenn die Mutationen zufällig sind, warum sehen die Legionäre einer Spezies immer gleich aus? Jeder Wurm gleicht dem anderen. Jeder Fledderer sieht gleich aus. Es ist fast so, als würde das Virus den Wirt so anpassen, wie er es für richtig hält. Oder ihn zumindest nach Archetypen hin verändern. Und das unabhängig davon, was der Wirt mal war. Ich habe schon Hunde, genauso wie Schweine zu Fledderern werden sehen."

„Was sind Wüstenfresser?", wiederholte Vanessa, wobei sie sich ganz nah an Eriks Gesicht lehnte. Sie bekam aber immer noch keine Reaktion.

Hakan steckte seine Pistole wieder ein und faltete die Hände über seinem Kopf zusammen.

„Da hast du recht… darüber habe ich noch nie nachgedacht. Also gibt es so eine Art Bauplan in den Viren? Oder unterschiedliche Virenarten?"

„Das kann sehr gut sein", sagte Erik schulterzuckend.

„Konnte Amelie die Viren nicht untersuchen?", fragte der Türke weiter.

„Nein, für Viren ist das Lazarett-Labor nicht ausgelegt. Und Dank des Fingerprint-Schnelltests hat man vor 50 Jahren das letzte Mal Viren für die Diagnostik untersuchen müssen. Und der schlägt auch bei diesem Virus nicht an. Es ist also keine uns bekannte Art von Virus, aber ich glaube, das überrascht niemanden von uns. Für die Erkrankung gibt es eben nur die Quecksilberbelastung im Blut als sicheren Indikator."

Hakan überlegte. Erik war sogar der Auffassung, dass er beobachten konnte, wie Hakans Kopf zu brodeln begann.

So fing er an, seinen eigenen Gedankengang wieder aufzugreifen und weiter zu spinnen. „Ich wollte aber darauf hinaus, dass trotz Mutation das Wasser nicht schon bei 10 °C siedet und Körper ohne Krafteinwirkung nicht schweben können. Die Naturgesetze ändern sich nicht von heut' auf morgen. Und Fleisch unabhängig von der Konsistenz und Herkunft muss bei den Temperaturen nun mal warmgehalten werden. Es friert sonst schlichtweg ein."

In diesem Moment schoss ein Gedankenblitz durch Eriks Kopf. Er klappte seine Klinge zusammen, schob sie zurück in den Rucksack und zog den Handschuh der linken Hand aus. Unter Schmerzen ertrug er den arktischen Wind zwischen seinen Fingern und richtete die Handfläche auf den Flugfrosch. Er wartete kurz, bis der Frosch wieder zum Grölen ansetzte. Der Oberkörper des Frosches färbte sich orangerot und strahlte Hitze aus, die Erik an seiner Hand spürte.

Fasziniert von dieser Fähigkeit sagte Erik: „Unglaublich... friedfertige Legionäre, die sich durch gezielte Explosionen selbst erwärmen. Respekt, Virus."

„Und was sind denn nun Wüstenfresser?", bedrängte Vanessa nun Hakan. Dieser antwortete schließlich: „Wüstenfresser habe ich noch nie gehört, aber er meinte wohl Klüftenbeißer. Sie schießen aus Felsspalten hervor und können Menschen im Ganzen schlucken. Besonders gefährlich, wenn man einfach nur in Ruhe irgendwo pinkeln will."

Hamburg, 18. Juni 2031

Nobelpreis für genetische Schnellerkennung

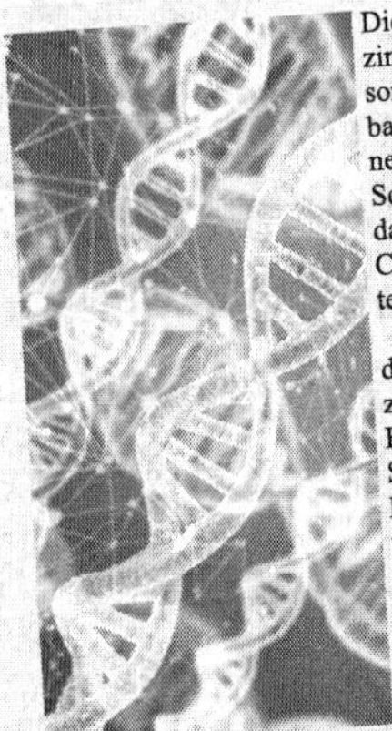

Dieses Jahr geht der Nobelpreis für Medizin nach Amerika. Die kanadische Professorin Beshina Chantie hat einen auf mRNA basierenden Schnelltest erfunden, der seines Gleichen sucht. Der Fingerprint-Schnelltest. Die Technik und die Theorie dahinter sind an sich nichts Neues, doch hat Chantie geschafft, woran andere scheiterten: Ein Test-Kit für alle Lebewesen!

Der Test nutzt die Gegebenheit aus, dass sich die Vielfalt der Tier- und Pflanzenwelt nicht in ihrer DNA widerspiegelt. Bei höheren Lebewesen teilen sich viele Spezies einen Großteil ihrer genetischen Informationen. So gleicht sich das Erbgut von Mensch und Hausfliege etwa zu 50 %.

Die namengebenden Fingerprint-Primer können gezielt die spezifischen Gene einer jeden Lebensform finden und diese sogar in ihrer Quantität bestimmen.

Diese Primer sind bereits seit einigen Jahren erhältlich. Das Nobelpreisträchtige, das Frau Dr. Chantie erreichte, war die Komplexität, ***alle*** bisher bekannten Tiere, Pilze, Pflanzen und Mikroorganismen in einem 30-Minuten-Schnelltest einzubinden. Und das mit einer 99 prozentigen Genauigkeit. Unsere Redaktion applaudiert dieser Leistung.

Vanessas Gesichtsausdruck sprach Bände. Unter anderem, dass sie lieber doch nicht gewusst hätte, was ein Wüstenfresser oder Klüftenbeißer war... und dass sie mehr denn je eine Pinkelfreundin brauchte.

Erik streckte seine Hand weiterhin der Kreatur entgegen und wartete auf die nächste Hitzewelle. Dabei blickte er zu ihr hinüber und schüttelte den Kopf über ihre Nervosität. Das Grölen begann wieder und Eriks Hand wurde wohlig warm. Plötzlich schallte ein lauter Schuss durch den Wind. Ein Metallstab sauste wenige Zentimeter an Eriks Hand vorbei. Das anschließende Grölen des Frosches erinnerte an das Geräusch, das ein geöffneter Luftballon machte. Erik warf sich vor Schreck zu Boden. Er schaute seine Hand an und begann die Finger zu zählen. Mehrfach. Er war kurzeitig so abgelenkt, dass er nicht merkte, wie die beiden anderen Flugfrösche die Flucht ergriffen und im Sturm verschwanden. Vanessa eilte sofort zu Erik, während Hakan zum Frosch ging und die Metallstange untersuchte. Es musste ein präziser Schuss gewesen sein, denn die Kröte war sofort tot. Aber erst, als er direkt vor der Stange stand, erkannte er, dass eine lange Kette an ihr befestigt war. Er packte sie und blickte in die Richtung, in die sie führte. Zwischen den Stalagmiten strahlten wie aus dem Nichts zwei Lichter auf, direkt auf die drei gerichtet. Hakan trat unsicher einige Schritte zurück, die Hände an seinen Waffen. Als die Lichter näherkamen, entpuppten sie sich als die Fluter eines Panzerwagens, auf dessen Fahrerhausdach ein Mann an einer Art Geschütz saß. Einer Harpune, dem Geschoss nach zu urteilen. Hakan erkannte sofort am Typ des Wagens, dass es Gefallene waren. Die Angst fuhr ihm durch Mark und Bein. Die Gedanken sprangen in seinem Kopf hin und her. Nach dem, was er seinem Vorgesetzten angetan hatte, war er wohl ein gesuchter Mann. Andererseits hatte keiner den Vorfall überlebt, somit dürfte es auch keiner wissen. Er wiederum *hatte* überlebt und als bereits bekannter Deserteur konnten sie sich den Rest sicherlich ausmalen.

Erik und Vanessa waren ihrerseits auch nicht von der Begegnung begeistert. Bei der kleinsten Chance, so war sich Erik sicher, würden sie zum Fahrerhaus sprinten, den Fahrer rauszerren und den Mann am Geschütz erschlagen. Zumindest konnte er nur zwei Personen in dem Wagen erkennen. *Vielleicht ließe sich ja Vanessa dazu hinreißen, auf das Fahrerhaus zu klettern,* überlegte er. Mit einem Mal stand der Mann hinter dem Geschütz auf und kletterte vom Wagen herunter. Präsent, aber nicht im Anschlag hielt der Gefallene sein Sturmgewehr im Arm, als er auf die drei und dem toten Frosch zuging.

Als er auf Hörweite herangetreten war, rief er: „Hakan? Bist du das?"

Hakan war verdutzt, aber er antwortete vorsichtig: „Philippe?"

Erik hörte durch die Art, wie Hakan den Namen aussprach, dass Philippe wohl zur französisch-spanischen Föderation gehört hatte oder zumindest dort geboren worden war... als es sie noch gegeben hatte.

Philippe antwortete auf jeden Fall sehr enthusiastisch. „Ha! Da habe ich doch tatsächlich deine räudige Sturmmaske wiedererkannt!"

„Von wegen räudig", entgegnete ihm der Türke kleinlaut.

„Egal! Wollt ihr mit zur Stadt? Hier kann man schlecht quatschen."

„Ich weiß ni..."

Noch bevor Hakan vollständig antworten konnte, trat Vanessa an ihm vorbei auf den Weg. Erik war für einen Moment ebenfalls verwirrt, wie sie so offenherzig in die Richtung des Wagens der feindlich gesinnten Truppen laufen konnte. Ihr war wahrscheinlich genauso arschkalt wie ihm. Allein um dem Wind zu entkommen, würde sie wahrscheinlich töten. Buchstäblich. Daher nahm er es ebenfalls in Kauf und folgte ihr. Als Nahkämpfer hatten sie sowieso mehr Chancen, wenn sie bereits im Wagen waren. Nur Hakan war anscheinend nicht so begeistert.

Wütend stieß er ein „Hey!" aus. Aber alle Beteiligten, Philippe eingeschlossen, ignorierten ihn. Als Vanessa und Erik an dem Mann vorbei wollten, hielt er sie auf.

„Bevor ihr unsere Gastfreundschaft nutzen könnt, müsst ihr mir zuerst helfen, die Flugkröte in die Ladebucht zu tragen. Dann muss Joseph wenigstens nicht aussteigen."

In dem Moment war Erik kurz beeindruckt, wie sehr der Legionärsname dem ähnelte, den er der Kreatur gegeben hatte. Doch im nächsten Moment erinnerte er sich daran, dass Vanessa den Kreaturen den Namen gegeben hatte. Ohne dass er es kontrollieren konnte, ließ er einen enttäuschten Blick zu ihr wandern. Dann fing er sich wieder und willigte auf die Bedingung ein.

Ark Three

Überleben

Kapitel 23 Spazierfahrt

Das gepanzerte Fahrzeug fuhr zwischen den eisigen Pfeiler durch die Landschaft. Erik und Vanessa saßen auf der Bank direkt vor dem toten Flugfrosch und wurden bei jeder Unebenheit durchgeschaukelt. Noch komplett vermummt blickten die beiden auf den dahingeschiedenen Legionär und malten sich in Gedanken aus, wie es sich wohl anfühlen würde, mit einer Harpune getroffen zu werden. Ein kurzer Blickkontakt zeigte deutlich, dass keiner von beiden es drauf ankommen lassen wollte. Anschließend blickten beide auf und schauten interessiert Philippe zu, der gegenüber, direkt neben Hakan sitzend, sein Messer schärfte. Philippe hingegen warf ihnen nur einen skeptischen Blick zu und wandte sich dann an seinen Nachbarn, der seine Sturmmaske bereits vom Kopf gezogen hatte.

„Aaaalso? Was machst du denn so Schönes in der Eishölle mit den beiden? Ich dachte, du wärst mit François Lavie unterwegs gewesen?"

Sofort schossen Hakan die Bilder durch den Kopf, wie sie François niedergeschlagen und in der Wüste zurückgelassen hatten. Es kostete ihn eine Menge Kraft, sein Lächeln zu unterdrücken. Schließlich antwortete er aber: „Ja, das war ich. Ich bin aber morgen zum Sprengen eingeteilt, deswegen hat er mich hierher wandern lassen. Unterwegs habe ich die beiden hier getroffen. Ich wollte sie nach Rusty Hope bringen." Hakan zwinkerte Philippe mit einem Auge zu.

Dieser hob kurz die Brauen und antwortete leise: „Ah, ich verstehe." Dann wand er sich Erik und Vanessa zu. „Hey, ihr beiden. Ich weiß, es ist auch hier im Wagen irre kalt, trotzdem könnt ihr eure Kopftücher abnehmen und euch mal vorstellen. Immerhin bringen wir euch schnell in die Stadt."

Naja, schnell ist was anderes. Zu Fuß wären wir schneller, aber so bringt uns zumindest der Wind nicht um, dachte sich Erik, dann nahm er aber der Gastfreundschaft zuliebe die Fliegerbrille und das Kopftuch ab.

„Hi, Philippe, richtig? Mein Name ist Erik."

Auch Vanessa nahm das Kopftuch ab. „Ich bin Vanessa, danke fürs Mitnehmen."

„Klar, kein Ding", antwortete Philippe.

Erik schielte wieder hinab zu dem toten Legionär, der zwischen ihm und dem Gefallenen auf dem Boden lag. „Sag mal, warum jagt ihr diese Kreaturen?", fragte er schließlich.

Breit grinsend antwortete Philippe: „Es ist eine regionale Spezialität hier!"

Die angewiderten Gesichter der drei brachten ihn noch mehr zum Grinsen – es sah aus, als würde sein Gesicht gleich explodieren. Wobei Eriks Gesicht noch am wenigsten angewidert aussah. Vanessa hatte diesen Ausdruck schon unzählige Male bei ihm gesehen. Meist, wenn es ein neues Gericht in der Kantine gab und Erik sich fragte, ob es schmecken würde.

„Ihr versteht? Froschschenkel? Altfranzösische Küche?", fragte Philippe. Aber keiner lachte. Der Gefallene ließ enttäuscht die Schultern hängen. „Spaß beiseite, wir jagen die Kröten, um aus ihnen Sprengstoff herzustellen."

Eriks Augen leuchteten plötzlich auf. „Sprengstoff? Aus 'nem Legionär? Wie macht ihr das?"

„Aus einem – was?"

„Aus Silberhautviechern", erklärte Hakan.

„Ach so... ja, die Herstellung ist ganz einfach", fuhr Philippe fort, während er sein Messer wieder in die Hand nahm. Dann beugte er sich hinunter zum Kopf des Frosches und entblößte dessen Hals. Mit Leichtigkeit durchdrang das kurze Messer die glänzende Haut der Kreatur. Trotz des Ruckelns des

Fahrzeuges holte er mit nahezu chirurgischer Präzision einen vollgefüllten Gedärmesack heraus. Da Legionäre nicht bluteten und eher metallisch wirkten, sah das Schauspiel sehr nach einem mechanischen Eingriff aus.

„Das ist der Brüllsack. Er ist gefüllt mit einer hochexplosiven Flüssigkeit, die in Kontakt mit Metall, Hitze oder durch einen Stromstoß sofort hochgeht."

Hakan und Vanessa verkrampften vor Angst. Bei Erik hingegen obsiegte die Faszination.

„Keine Sorge, hier in dem Sack ist das wirklich sicher", beruhigte der Gefallene die beiden.

„Und was dann? Ich mein', ihr zündet ja keine Hautsäcke an", fragte Erik weiter.

„Genau. Wir mischen es mit Wasser und Sand oder Lehm und packen es in kleine Pakete. Am Stadtrand trocknen wir es dann in dem Licht der Säulen. Wenn wir es zünden wollen, brauchen wir nur noch zwei Elektroden befestigen und dann ... Kaboooom!!"

Hakan, der schon viel von den Unfällen gehört hatte, und Vanessa, die sich einen schöneren Tod vorstellen konnte, als in dieser fahrenden Metallkiste hochzugehen, erschraken durch den lauten Ausruf.

Erik schaute nur noch interessierter. „Und für wie viele Sprengkörper reicht so ein Sack? Ich meine, die Jagd ist ja nicht unbedingt einfach..."

„Doch, es geht. Durch die Harpune mit der Kette können sie nicht einfach davonfliegen. Meistens landen sie an denselben recht geschützten Orten. Wenn sie dann rot aufleuchten, kann man sie selbst durch den Sturm hindurch gut sehen. Besser als man euch sehen konnte."

„Ja, du hättest mich beinahe erwischt", sagte Erik mit einem falschen Grinsen.

In dem Moment hielt der Panzerwagen abrupt an. Kurz daraufhin schlug jemand mit der Hand dreimal gegen die Außenwand. Wahrscheinlich Joseph, der Fahrer. Kurz abgelenkt blickte Philippe zurück zu Erik.

„Ja stimmt, ich hatte dich fast erwischt. Dann wärst du wahrscheinlich nicht so einfach mit eingestiegen, oder La Mort de Fer?“

Vanessa hatte das Gespräch bisher nur unbeteiligt verfolgt, hob aber nun erschrocken ihren Blick, als hätte jemand sie mit eiskaltem Wasser überschüttet. Erik hatte schon einige Konfrontationen mit den Gefallenen überstanden, doch auch er war überrascht. Die vielen Begegnungen, die vor allem seine Vorurteile den Gefallenen gegenüber verstärkt hatten, hatten ihn neben vielen Narben vor allem Eines gelehrt: nie unvorbereitet einem Gefallenen gegenüberzustehen. Da er die Hand sowieso permanent am Schwert hatte, hatte er es jetzt sofort griffbereit. Noch während er es aufklappte, führte er die Waffe durch den engen Laderaum und rammte die Klinge gen Philippe. Dieser aber zog schnellseinen Körper weg, sodass das Schwert seine Schulter knapp verfehlte und stattdessen die dünne Zwischenwand zum Fahrerhaus durchstieß. Erik stoppte nur wenige Zentimeter vor dem Gefallenen. Doch als Reaktion grinste Philippe nur noch breiter. Blut begann in dünnen Bahnen von seiner Schulter zu fließen, doch es machte ihm nichts aus.

Für Vanessa benahm sich der Gefallene so, als wenn La Mort de Fer statt er selbst mit dem Rücken zur Wand stünde. Erst als sie ihr Schwert aus der Scheide ziehen wollte, sagte Erik mit ruhiger, aber kraftvoller Stimme: „Halt, lass das!“

Vanessa schüttelte verständnislos den Kopf, ließ dann aber die Klinge wieder zurück in die Scheide gleiten.

„Was ist los?“, fragte sie.

„Seine Hände“, sagte er, den Blickkontakt mit Philippe nicht eine Sekunde brechend.

Vanessa schaute an dem Gefallenen hinunter und sah, wie er den Dolch nah an den Brüllsack hielt.

„Dein Freund hat echt eine Nase für brenzlige Situationen", sagte Philippe mit einem arroganten Unterton. „Und er weiß, wie man in solchen Momenten handeln muss. Deswegen wollte er mich nicht töten, sondern nur meinen Arm mit dem Dolch an der Wand fixieren."

„Eigentlich wollte ich ihn abtrennen", zischte Erik.

„Kommt doch aufs Gleiche hinaus. Wenn du es geschafft hättest, müsstest du jetzt nicht fürchten, zusammen mit deinen Freunden in die Luft zu gehen. So jedoch hattest du ein wenig Pech."

Mit diesen Worten stieß Philippe Erik von sich weg. Erik fiel zurück auf die Bank, seine Waffe steckte noch immer fest in der Fahrerwand. Sein Blick aber wich nicht eine Sekunde von den Augen seines neuen Erzfeindes.

Vanessa, die sich ihrer Hilflosigkeit langsam bewusstwurde, schaute hinüber zu Hakan. Der Türke war ebenfalls mit der Situation vollends überfordert. Vanessa konnte seinem Gesicht Entrüstung, aber auch Enttäuschung entnehmen. Doch verstand sie nicht, warum er nichts tat, nicht mal was sagte.

Da sagte Philippe plötzlich zu ihm: „Hey, Hakan. Es ist echt scheiße für dich gelaufen, dass du in uns reingerannt bist. François ist gestern erst nach Rusty Hope zurückgekommen. In einer mächtigen Ansprache hat er uns erklärt, was du getan und wie du ihn verraten hattest. Nicht zu vergessen, wie ihr ihn daraufhin zum Sterben zurückgelassen hattet. Seine ganze ‚ich bin wie Jesus durch die Wüste gewandert, ohne Vorräte und mit gebrochenen Rippen"-Scheiße kaufe ich ihm zwar nicht ab, aber so angepisst habe ich ihn noch nie erlebt. Er hat auch erzählt, dass du in Begleitung einer Hure und jemandem warst, der nur der eiserne Tod sein konnte. Ich dachte bis gerade eben noch, dass er nur sein Versagen rechtfertigen wollte, aber gottverdammt nochmal, er hatte recht."

„Und nun? Lieferst du uns jetzt aus?“, fragte der noch immer schockierte Hakan.

Philippe schaute verwundert drein. „Und meinen alten Kameraden im Stich lassen? Auf keinen Fall. Wir von der Donnervogel-Garde müssen zusammenhalten. Joseph und ich erzählen einfach, dass du La Mort de Fer freiwillig ausgeliefert hast. Ich bürge auch für dich. Dann werden wir dich da sicher rausboxen können.“

Hakan schaute zu Erik und Vanessa. Anschließend blickte er zu Philippe und dann zum Brüllsack. Dann ließ er seine Schultern hängen und stieß ein resigniertes Seufzen aus.

Auch wenn dies schon eine eindeutige Antwort war, ließ es sich der Gefallene mit dem französischen Namen nicht nehmen und sagte: „Hier, ich nehme dir die Entscheidung ab.“ Er griff in eine Kiste neben sich und warf Hakan zwei Seile sowie eine Kette mit Schloss hin. „Fessel die beiden an Händen und Beinen zusammen. Bei Marik, oder wie er hieß, machst du die Ketten besonders fest. Hab’ mir sagen lassen, er hat ein paar besondere Körpermodifikationen.“

„Er heißt Erik“, sagte Hakan leise, den Blick auf die Ketten gesenkt.

Philippe fragte laut: „Wie bitte?“

„Ach nichts“, murmelte Hakan und nahm die Kette und die Seile.

„Ich hoffe, es ist selbsterklärend, dass du ihnen noch die Taschen ausräumst.“

Hakan riss die Augen auf. „Na klar“, antwortete er plötzlich motiviert grinsend, als ob er Gefallen am Verrat gefunden hatte. Er fesselte Vanessa und wickelte anschließend die Kette um die fest montierte Bank. Das Ende schlug er stramm um Eriks Beine und reichte es hoch zu seinen Armen. Dort wickelte er die Kette um seine Handgelenke, führte sie einmal um seinen Körper und zurück zur Bank. Zum Schluss verband er die Enden mit dem massiven Schloss. Erik konnte sich kaum noch bewegen. Nachdem er die beiden gefesselt hatte, begann er damit, Vanessa abzutasten. Im vorderen Bereich des Oberkörpers gab er sich besonders viel Mühe. Sie versuchte sich krampfhaft zu wehren. Doch vergeblich.

„Hab' dich doch nicht so Mon Amour! So einer schönen Frau sollte es doch gefallen, angefasst zu werden", sagte der Türke mit einer schmalzigen Stimme. Bei den Worten zerrte Erik an seinen Ketten und stemmte sich gegen die Fesseln. Schon zischte der andere Gefallene warnend. Erik blickte zu Philippe, der mit dem Kopf schüttelte, und dessen Messer in der Hand eine „Beruhig dich!"-Bewegung machte.

„Verdammter Sprengsack", flüsterte Erik.

In der Zwischenzeit hatte Hakan Vanessa um ihre Habseligkeiten erleichtert und diese in ihren Rucksack gesteckt. Dann befasste er sich mit Erik. Er nahm ihm die TCR, seinen Gürtel mit den Airbots, seine Taschen voll mit Kleinkram sowie seine Fliegerbrille ab. Die Ausrüstung steckte er in Eriks Rucksack. Danach tastete er noch gründlich seine Ober- und Unterschenkel ab, bis er auf die geheime Innentasche mit der Putin stieß. Hakan hielt einen Moment inne und blickte auf, um Erik in die Augen zu schauen, die ihm jedoch nichts als Verachtung zeigten. Dann aber ließ er davon ab, ohne die Putin an sich zu nehmen.

Er sagte zu Philippe: „So, wir haben alles. Die beiden Schwertkämpfer hier sind leer wie der Garten Eden."

„Okay, dann hoffe ich mal, dass sie auch ein paar schöne Sachen dabei hatten", sagte Philippe mit einem süffisanten Grinsen.

„Ach, mehr als genug!", sagte Hakan überschwänglich, während er die beiden Rucksäcke zusammen mit seinem eigenen packte. Nach einem Klopfzeichen öffnete Joseph von außen die Tür und ließ die beiden Gefallenen heraustreten. Beim Verlassen des Fahrzeuges hörte man noch Hakan reden. „La Mort de Fer ist ein richtiger Bastler. Du wirst Augen machen, wenn du siehst, was er alles dabeihat!"

Hakans Stimme verstummte in der Ferne. Joseph betrat den Laderaum und schaute sich die beiden an. Seinen Nacken hielt er mit einem Stück Tuch fest, das mit Blut vollgesogen war. Er ging zu Erik, holte aus und schlug ihm mit aller Kraft ins Gesicht. Durch seinen blutigen Nacken reimte sich Erik zusammen, dass er wohl Joseph im Fahrerhaus mit seinem Schwert erwischt hatte. Aus der frischen Platzwunde lief Erik Blut das Gesicht herunter. Nachdem sich der Fahrer für seine Nackenwunde gerächt hatte, blieb er an dem Schwert in der Wand stehen. Er versuchte, das störende Stück Metall herauszuziehen, versagte er aber nach einigen Anläufen unter schwerem Stöhnen. Erik leckte Blut aus seinem Mundwinkel und begann süffisant zu grinsen. *Bist wohl ein bissel schwach auf der Brust,* dachte er sich, sagte aber nichts, um nicht noch eine zu kassieren. Mit einer wegwerfenden Handbewegung gab Joseph schließlich auf und sprang aus dem Wagen.

Als sich die massive Fahrzeugtür hinter ihm schloss, lachte Erik auf. *HA! Zwei Verwunderte mit einem Hieb!,* dachte er. Vanessa aber rastete neben ihm aus: „Was gibt's da zu lachen? Dieser Vollarsch hat uns verraten! Ich hatte angefangen, ihm zu vertrauen! Wenn ich den erwische! Dem reiß ich seine Locken raus und stopf' sie ihm einzeln in den Arsch!!! Dieser Vollpfosten, den machen wir alle, oder?!"

„Mh...", murmelte er nur.

„Was? Willst du dich nicht für die Scheiße hier bei ihm bedanken?! Und überhaupt, was machen wir jetzt, Erik?"

„Nichts...", sagte er leise.

„Was?! Aber..."

„Kein Aber."

Der Motor des Wagens startete mit einem Surren und die beiden spürten, wie sich ihre Reise fortsetzte.

Kapitel 24 Der General

Ein monotones Geflüster breitete sich im großen Saal aus und hallte von den leeren Wänden des antiken Zimmers wider. Überall waren Farb- und Staubränder zu sehen, die von Bildern oder Schränken zu stammen schienen, die wohl bis vor kurzem noch diese altmodischen Wände geschmückt hatten. In der Mitte stand, umgeben von alten, mit weißen Laken abgedeckten Möbeln, ein einzelner, jedoch reichlich verzierter Schreibtisch. An diesem saß ein Mann, der leise vor sich hinsprach und etwas auf einen Zettel schrieb. Um den Schreibtisch herum schossen ein Dutzend durchsichtige Rohre aus dem Boden und verschwanden in der Decke. Anhand der Mörtelarbeiten konnte man deutlich erkennen, dass die Rohre erst kürzlich und recht provisorisch eingebaut worden waren.

Der Mann, der über sein glattrasiertes Kinn strich, stieß ein lautes „Herein!" aus, als es an der Tür klopfte. Neben dieser wachte eine Frau, gekleidet in grüner Uniform und bewaffnet mit einem Sturmgewehr. Militärisch akkurat stieß sie ein „Jawohl!" aus und öffnete die schwere und prunkvoll beschlagene Tür. Ein kahlköpfiger Mann betrat den Raum. Seine ungleichmäßigen Schritte hallten leise von den Wänden wider und unterbrachen das Murmeln des Mannes am Schreibtisch. Der Kahlkopf erreichte schwerfällig das Möbelstück, woraufhin der andere Mann aus Höflichkeit kurz aufstand. Er schob seinen gemütlichen Sessel ein Stück nach hinten und präsentierte eine tiefrote Schärpe, die er quer über seiner Uniform trug. Er verwies auf einen mit einem Laken abgedeckten Sessel neben dem Schreibtisch, bevor er sich wieder setzte. Der kahlköpfige Mann, der einen seiner Arme in einer Schlinge trug, zog mit der anderen Hand das Laken vom Sessel und ließ sich mühevoll nieder. Er versuchte dabei möglichst kein Geräusch von sich zu geben.

„François, was verschafft mir die Ehre?" Von der anfänglichen Höflichkeit war nichts mehr zu erkennen. Der Mann am Tisch kritzelte weiterhin auf einem Stück Papier herum und lauschte eher geistesabwesend den Worten seines Gastes.

„Wir haben soeben Nachricht erhalten. Der Verräter Hakan Muhamed Amil wurde aufgegriffen. In der Passage durch die Eishölle."

„Na, das ist doch schön!", antwortete der Mann, der sich weiterhin nicht von seiner Arbeit ablenken ließ.

„Ja und er hatte den eisernen Tod bei sich, wie ich es gesagt hatte!", redete François weiter, was seinen Vorgesetzen schließlich veranlasste, seine Schreibarbeit einzustellen und aufzublicken.

„Aha. Und was soll nun geschehen?", fragte er.

„Er wurde gefangen genommen und ist auf dem Weg zur Baracke. Vor der Kaserne soll er hingerichtet werden, damit alle sehen, was passiert, wenn man sich...", erzählte der Glatzkopf, doch der andere unterbrach ihn und winkte ab.

„Zu gefährlich. Erschießt ihn einfach. Er hat uns genug Truppen gekostet."

„Aber er soll...", setzte François an.

„Er soll WAS?! Sterben? Das wird er doch. Ihre persönlichen Probleme können Sie mit sich selbst ausmachen!"

François ballte seine Faust.

Sein Vorgesetzter zuckte nur mit den Schultern. „Stellen Sie sich nicht so an, Sie sind viel zu emotional. Zeigen Sie Würde und akzeptieren Sie den Befehl. Was ist eigentlich mit dem Herrn Amil?", fügte er dann hinzu.

„Er wurde wie gesagt aufgegriffen. Er hat sich aber anscheinend wieder auf unsere Seite geschlagen und La Mort de Fer verraten."

„So schnell? Fragwürdig. Aber selbst wenn es so sein sollte, war er trotzdem fahnenflüchtig. Das können wir nicht tolerieren", überlegte der Mann laut und fuhr nach kurzem Nachdenken fort: „Ich habe eine Idee. Wir degradieren ihn auf Lebenszeit zum Fußsoldaten und zu Ihrem persönlichen Handlanger. So können Sie sich jeden Tag Ihres Lebens an ihm rächen und nach Belieben die Scheiße aus ihm herausprügeln. Und er darf weiterleben. Eine Win-Win-Situation, oder nicht?"

Ein breites Grinsen machte sich auf François' Gesicht breit. „Okay, dann ist es beschlossen!", rief der Mann und schrieb einen Dreizeiler auf ein anderes Stück Papier. Anschließend steckte er es in einen Zylinder und öffnete eines der Rohre neben dem Schreibtisch. Mit einem schmatzenden Sauggeräusch verschwand der Behälter in dem Rohr und rauschte hinab durch den Boden. Der Mann verschloss die Klappe wieder und blickte hinüber zu dem Kahlkopf. „So, alles in Sack und Tüten."

François stand auf und salutierte vor dem Mann am Schreibtisch. „Vielen Dank, General Samund!"

Der General hingegen blieb sitzen und sagte einfach: „Siegfried reicht."

Daraufhin wandte sich François wieder zur Tür und humpelte einige Schritte, bis plötzlich Samund noch einmal die Stimme erhob.

„Wie geht es eigentlich Ihrer Frau und der kleinen Camille?" Der Glatzkopf blieb wie erstarrt stehen. Ohne dass er sich rührte oder anderweitig reagierte, sprach der General weiter: „Ich weiß, wie schlecht es um Ihre Tochter steht. Ein Platz hier in der Stadt würde der Gesundheit Ihrer Kleinen sicher guttun. Daher erwarte ich auch weiterhin hundert Prozent von Ihnen, verstanden?"

„Natürlich…", antwortete François und setzte unsicher seinen Weg aus dem Zimmer fort. Die Wachhabende öffnete und verschloss die Tür wieder.

Grummelnd wandte sich Siegfried wieder seinen Papieren zu, bis er nach einigen Momenten in die Stille fragte: „Fähnrich[17] Kash?“

Die Frau an der Tür antwortete sofort: „Jawohl, Herr General?“

„Wenn der Trottel noch mal kommt, dann sag ihm künftig, dass ich nicht anwesend sei.“

„Nein, Herr General, das kann ich nicht tun.“

„Ja ja, ich weiß, Vorgesetzte belügen und so.“

„Nein, deswegen nicht. In der Tür ist kein Türspion. Ich kann nicht erkennen, wer davor ist. Soll ich vielleicht einen anbringen lassen, Herr General?“

Samund begann breit zu lächeln. „Ja gern.“

---

[17] Ein Offiziersanwärter im Dienstgrad eines Unteroffiziers.

Kapitel 25 La Mort de Fer

Es verging eine Weile im Panzerwagen. Vanessa und Erik saßen nebeneinander gefesselt und schwiegen sich an. Niemand konnte mit Sicherheit sagen, wie viel Zeit vergangen war. Erik bemerkte, wie Vanessa mehrfach Luft holte und zum Sprechen ansetzte, doch es kam nie ein Wort über ihre Lippen. Einen Moment später holte sie wieder Luft. Aber bevor sie etwas sagen oder sich doch wieder dagegen entscheiden konnte, sagte er: „712."

„Hä?", antwortete sie verdutzt.

„712 Menschen… nein, Gefallene habe ich auf dem Gewissen. Das wolltest du doch fragen, oder? Ich mein', du fragst dich sicher, warum wir hier abgeführt und wie der Staatsfeind Nummer Eins behandelt werden."

Vanessa verschlug es die Sprache. Sie wusste, dass er die Second Base beschützt hatte. Sie wusste auch, dass La Mort de Fer, so wie es Hakan einige Male erwähnt hatte, eine mordende Bestie war. Aber irgendwie konnte sie die beiden Sachen bisher nicht miteinander verbinden. Besonders da sie gehofft hatte, dass doch der Seeker für die Morde verantwortlich war. Verwirrt begann sie sich in dem Wagen umzuschauen. Dabei schweifte ihr Blick immer wieder zu Erik, sie schaute dann aber immer schnell woanders hin.

„Vanessa, du musst verstehen, es ist ein Krieg hier in dieser Welt", versuchte er beruhigend zu erklären, doch es half nichts.

„Komm mir jetzt nicht damit! Es ist jetzt nun auch meine Welt!", rief sie aufgebracht. „Und ich muss damit klarkommen, dass mein Richard tot ist! Der Rest meiner Familie wahrscheinlich genauso! Und alles was ich kannte und liebte ist verschwunden. Und nun, mein bester Freund, der letzte Rest aus meinem alten Leben, ist ein Massenmörder in den Mitdreißigern!"

„Wow...", sagte er beeindruckt.

„Ja, du sagst es!"

„Nein, ich mein', ich bin 29."

Vanessa warf Erik einen warnenden Blick zu.

„Nur ein kleiner Scherz", versuchte er sie zu beschwichtigen.

Der Wagen schaukelte plötzlich noch heftiger, als hätte Joseph die Straße gänzlich aufgegeben.

„Bevor ich dich wiedergefunden habe, waren es 709", sagte Erik trocken.

„Was willst du damit sagen?"

„Na, du hast es ja selbst erlebt, wie schnell man in so eine Situation kommt... in der es plötzlich heißt: die oder wir."

„Ja, aber sie haben uns angegriffen... und wir haben uns nur gewehrt!", erklärte sie immer lauter werdend.

„Sie greifen *immer* an!", schrie er nun auch.

„Es ist okay. Vielleicht habe ich es überdramatisiert. Wir sind beide Soldaten und Töten ist unser Beruf", beruhigte sie ihn und zum Teil auch sich selbst.

Erik lachte kurz auf. „Ist das jetzt deine Meinung? So hat die Vanessa, die ich kannte, nicht gesprochen..."

„Warum? Was ist falsch daran?" Fragend hob sie eine Braue.

„Alles. Du warst immer diejenige, die alle verurteilt hat, die nur für die Waffen der Armee beigetreten sind. Du warst auch diejenige, die am Stammtisch nie müde wurde zu erklären, dass wir nur Beschützer und Bewahrer sind. Und ohne es jetzt hoch zu loben, das war auch das einzige, was wir gelernt hatten: zu beschützen. Es war ja auch nur die Wehr, der wir beigetreten sind. Außer den Veteranen aus dem Nahrungskrieg musste niemand von uns auch nur einen Fuß auf ein Kampffeld setzen... Ich bin ja auch nur zur Wehr gegangen, um nach drei Jahren Militär sorglos studieren zu können. Es war ja nur die verfickte Wehr, nicht die Euro Force oder wat weeß ich... Aber schau mich nur an", sagte Erik und schaute demonstrativ an sich hinab. „Ich bin nur noch ein Abbild von dem, was du mal kanntest... Aber ich habe das gemacht, was ich gelernt hatte... unter anderem von dir. Ich habe jeden Menschen in der Second Base beschützt so gut ich konnte und auch das, was wir uns dort aufgebaut haben. Und ich bereue nicht einen Menschen, den ich dafür niedergeschlagen habe. Ich bereue es nur, so viele verschont zu haben."

„Wie meinst du das?"

„Vor allem in der Anfangszeit", begann Erik auszuholen, „haben wir, soweit es möglich war, die Gefallenen bei ihren Angriffen nur entwaffnet. Die kamen dann aber meistens mit noch mehr Leuten zurück. Immer und immer wieder. Mein Kommandant war der Meinung, dass sie nicht wiederkommen würden, wenn wir sie nur oft genug zurückschlagen. Aber das stimmte nicht. Sie kamen immer und immer wieder. Vor allem kamen sie mit immer besseren Waffen wieder. Eigentlich war es ein Wunder, dass damals niemand von uns bei den Kämpfen gestorben ist. Zumindest bis zu dem einen Tag." Erik legte seinen Kopf in den Nacken und atmete tief durch. Mit geschlossenen Augen erzählte weiter: „Es war wie immer ein vergleichsweise kleines Feuergefecht. Die Gefallenen kamen hinter den Dünen hervorgesprungen und rannten wie die Blöden auf unsere Mauern zu. Wir haben erst Warnschüsse abgegeben und sind dann mit aufs Schlachtfeld, um sie wie immer zu entwaffnen. An dem Tag kam aber eine weitere Welle an Gefallenen hinter den Dünen hervorgesprungen, als ich zusammen mit den meisten von uns vor den Mauern stand. Sie hatten Sprenggürtel um, die sie mitten zwischen uns zündeten. Es war ein Massaker. Über die Hälfte von uns ist innerhalb von wenigen Minuten gestorben. Als alles vorbei war, versorgten wir trotz allem auch die feindlichen Verwundeten. Ich habe noch einem jungen Gefallenen das Leben gerettet und ihn zur Versorgung in unser Krankenzimmer gebracht. Das ist mein schlimmster Fehler gewesen." Erik schaute verbittert zu Boden.

„Was ist denn passiert?", fragte Vanessa und beugte sich soweit es ihre Fesseln zuließen hinunter, um seinen Blick aufzufangen.

„Er hat sich befreit, seine Krankenschwester niedergestochen und noch zwei unserer Kameraden auf dem Weg nach draußen getötet. Mich hat er auch verletzt, seitdem habe ich einen Lungenlappen weniger. Auf seiner Flucht entdeckte er die Welt, die wir in der Second Base geschaffen hatten. Zuvor waren wir nur irgendeine Kolonie, nun waren wir aber das ersehnte Eden in der Wüste. Du weißt ja wie Hakan reagiert hatte, als er unsere Grünanlage sah. Nur so konnte ich mir damals erklären, wie die Wochen darauf zur reinsten Hölle wurden. Jeden Tag wurden die Angriffe heftiger und häufiger. In den Zeiten sind dann so gut wie alle anderen unserer Kameraden gestorben. Erst als wir anfingen, die Gefallenen zu töten und nicht nur zu entwaffnen, haben sie uns langsam in Ruhe gelassen. Und hätte ich den Wichser gleich umgebracht, dann wäre ich heute wohl nicht mehr der letzte Soldat der Second Base."

„Oh… und wie war das? Das erste Mal zu töten?"

Ein Schmerz schoss plötzlich durch Eriks metallischen Arm. Er zuckte schlagartig zusammen. Nach einem Moment erlangte er schließlich die Kontrolle über seinen Körper wieder.

„Was ist los? Habe ich was Falsches gesagt?", fragte Vanessa besorgt.

„Nein, alles gut, die Kette scheuert nur", log er und richtete sich so weit wie möglich auf. Dann fuhr er fort: „Wir konnten froh sein, dass wir im Frieden gedient haben, so mussten wir es nicht früher erfahren. Denn es ist wirklich schrecklich. Aber das Seltsame daran: Es wird leichter. Sogar deutlich. Besonders wenn man jede Sekunde, in der man atmet, daran erinnert wird, was einem die anderen angetan haben." Erik schaute an seinem Körper hinab und musterte seine rechte Seite.

„Ist das von dem Gefallenen? Ich meine… ich habe ja gesehen, wie es unter deinem Shirt aussieht", fragte sie.

„Alles? Nein. Das war nur der Anfang. Quasi die erste Narbe. Viele, viele Kämpfe haben zu dem geführt, was ich jetzt bin. Oft sind auch Auseinandersetzungen bei Erkundungen nicht gut ausgegangen, einiges ist auch von Legionären. Manchmal bin ich schwerverletzt wiedergekommen und Manfred musste dann vom Motorrad kratzen, was noch von mir übrig war… Das Geschimpfe von Amelie war aber immer das Schlimmste", lachte Erik kurz auf.

Vanessa legte die Stirn in Falten. Der Gedanke, von der ohnehin schon einschüchternden Frau zusammengeschissen zu werden, jagte ihr Angst ein. Allerdings machte ihr die Leichtfertigkeit, mit der Erik über seine Nahtoderfahrungen redete, noch mehr Angst.

„Oft konnte sie an einigen Stellen nichts mehr retten. Deshalb ist hier und dort etwas Fleisch verschwunden. Und zwei Rippen."

„Ah! Und so hast du auch deinen Arm und dein Bein verloren?"

„Ähm… genau! Ich hatte eh schon Prothesen, die habe ich dann durch eine besondere Mechanik weiterentwickelt. Als die Technik mehr und mehr von meinem Körper einnahm, baute ich mir eine zweite Wirbelsäule, die direkt rechts von der echten liegt. Sie verbindet meinen mechanischen Arm mit meinem mechanischen Bein. So bin ich überhaupt in der Lage, das Gewicht der Prothesen, oder das des Schwertes so zu halten, wie du es kennst. Ich habe aus meinen Verlusten Stärken gemacht", erzählte er stolz.

„Oha…", murmelte Vanessa, „als ich gemerkt habe, dass du mit diesen Prothesen kämpfst, hatte ich echt Angst um dich."

„Ja, das hast du wirklich raushängen lassen."

„Aber wie viel ist denn noch von *dir* da?"

„Wie meinst du das?"

„Na, ich meine, wie viel von dir ist denn jetzt Metall und wie viel ist Mensch?"

„Zu allererst mal ist das alles Erik. Ich hab's gebaut, also bin ich das. Punkt. Aber ja, Massentechnisch bin ich nur noch etwas über 40 Prozent Mensch. Mein organischer Teil war beim letzten Wiegen 52 kg schwer. Insgesamt wiege ich über 125 kg."

„Du bist nicht nur alt, sondern auch fett geworden!", grinste sie.

„Hey, es kann nicht jeder in den Jungbrunnen fallen."

Vanessa überlegte eine Weile und sagte schließlich: „Ich will auch weiterhin niemanden töten, egal wen. Ich finde es immer noch falsch, aber nach deiner Erklärung jetzt, werde ich dich zumindest nicht mehr davon abhalten."

Erik verzog den Mund. „Ich weiß nicht, was ich sagen soll. Ich glaube, ich muss dir danken. Das hat dich viel Überwindung gekostet, oder? „

Plötzlich hielt der Wagen abrupt an.

Erik flüsterte: „Wo wir grad beim Thema sind: Mach dich bereit!"

Kapitel 26 Willkommen in Rusty Hope

Erik saß angekettet auf der Bank. Als das Fahrzeug stoppte, lehnte er sich nach vorn. Ein Surren ertönte in seinem Arm, das zunehmend lauter wurde. Mit einem Ruck riss er sich von der Sitzbank los. Mit den Ketten an Armen und Beinen humpelte er einige Schritte in den Wagen hinein. Dann schmiss er sich gegen sein Schwert, das immer noch in der Wand zur Fahrerkabine steckte. Die Klinge wurde noch ein Stück tiefer in die Wand gerammt, woraufhin Erik sein Gleichgewicht verlor und direkt neben dem aufgeschnittenen Flugfrosch zu Boden fiel. Liegend riss er sich erst die Ketten von den Händen, dann befreite er seine Beine. Als er wieder aufstand, zog er die Klinge mit Leichtigkeit aus der Wand und blickte einmal kurz durch den Spalt.

„713“, flüsterte er leise vor sich hin, während er sich zu Vanessa begab. Schnell befreite er sie ebenfalls von den Seilen.

Als beide erlöst waren, fragte Vanessa nachdenklich: „Wenn das die ganze Zeit dein Plan war, warum hast du es nicht gleich gemacht? Jetzt sind wir sinnlos durch die Kante gefahren!“

„Beim Fahren den Fahrer zu töten war noch nie eine gute Idee... Ich wollte warten, bis wir stehen. Außerdem bringt er uns wahrscheinlich zu einem Gefängnis. Und da Gefallene eigentlich keine Gefangenen machen, werden uns hier sicher nicht viele Wachen erwarten“, erklärte Erik selbstsicher.

Doch als er die Wagentür öffnete, um einen Blick ins Freie zu riskieren, staunte er nicht schlecht. Dutzende Gesichter glotzten zu ihm genau so verwundert zurück, wie er in sie starrte. Die Leute waren von Kopf bis Fuß in

Militärkleidung gehüllt und sicher nicht nur zur Übung hier. Nach wenigen Sekunden des stupiden Dreinblickens griffen die Wachen zu ihren Waffen. Dass der Gefangene selbst die Tür öffnete, hatten sie wohl nicht erwartet. Erik schmiss die Wagentür blitzartig wieder zu und schaute Vanessa entgeistert an.

„Tja, falsch gedacht", sagte er trocken.

„Und nun?", fragte sie mit hochgezogener Augenbraue.

„Naja, ich werde hier nicht warten, bis meine Freunde da draußen wieder die Tür öffnen."

Sofort begannen die offensichtlich militärisch schlecht erzogenen Soldaten, ihre gesamte Munition auf den Wagen zu leeren, sodass Erik und Vanessa die Ohren klingelten. In der Panzerung bildeten sich sofort tausende kleine Dellen, die den beiden verrieten, dass die Wände nicht ewig halten würden. Wie ein Hagelsturm klirrten die Schüsse um sie herum.

„Hier lang!", rief Erik. Mit Mühe riss er den Spalt in der Zwischenwand weiter auf, bis er groß genug zum Passieren war. Vanessa schlängelte sich zuerst durch das scharfkantige Loch hindurch und gelangte hinter den Fahrersitz, auf dem Joseph noch immer saß.

„Ich darf doch mal", sagte Erik kühl, als er sich an dem Toten vorbeipresste. Damit fing er sich einen bösen Blick von Vanessa ein. Kopfschüttelnd kletterte er vorsichtig aus der Tür und prüfte, ob die Luft rein war. Sie hatten Glück, denn auf dieser Seite des Panzerwagens stand niemand. Geduckt liefen die beiden zur nächsten Mauer. In dem Moment, als sie sie erreicht hatten, hörten sie eine ohrenbetäubende Explosion. Der Wagen war komplett in Flammen aufgegangen.

„Da hatte wohl jemand einen Granatwerfer… also, dass hatte Joseph nicht verdient…", flüsterte Erik. Sofort bekam er Vanessas Ellenbogen zu spüren.

„Kannst du mal damit aufhören?! Wir hätten jetzt darin verbrennen können!", zischte sie.

Er reagierte nicht einmal. Viel mehr war er von etwas gebannt.

„Was ist los?“, fragte sie.

Doch er antwortete nur: „Scheiß die Wand an…“

Verwundert blickte sie erst ihn an, dann aber folgte sie seinem Blick und war ebenfalls sprachlos. Ihr fiel regelrecht die Kinnlade herunter. Die beiden blickten hinab auf eine gigantische Stadt, erbaut in einem riesigen Krater. Überall standen kleine Häuser aus Metall und Stein, die sich in Ringen um das Zentrum herum ausbreiteten. Die gegenüberliegende Seite war so weit von ihnen entfernt, dass sie die Gebäude dort kaum noch erkennen konnten. Die Ringe verliefen stufenartig ineinander und wurden mit jeder Ebene kleiner. Am tiefsten Punkt, dem Zentrum, war ein grauer See, in dem eine Anzahl riesig wirkender Apparate stand. Da, wo das Licht der einzigen Feuersäule diesseits der Eishölle nicht mehr hinreichte, leuchteten bunte Laternen und spendeten kontrastreiches, wechselwarmes Licht in der Dunkelheit. Obwohl in der ganzen Stadt der namensgebende Rost seine Präsenz zeigte, war es ein beeindruckender Anblick. Überall waren Menschen zu sehen, die ihrem Tagesgeschäft nachgingen. Seit Ewigkeiten hatte Erik nicht mehr so viele Leute an einem Ort gesehen. Selbst Vanessa war beeindruckt von dem Anblick und dem Gewusel in der Stadt, obwohl sie noch an Menschenmassen gewöhnt war.

Ein lautes, aber offenbar weitentferntes metallenes Dröhnen ließ die beiden aufschrecken. Sie blickten hinauf und sahen direkt über dem Krater Bahnschienen in der Luft schweben. Die Schienen formten ein ausladendes Spinnennetz und wurden nur durch wenige hohe Säulen gestützt. Diese dienten anscheinend auch als Haltestationen. Das Dröhnen kam von einer einfahrenden Bahn, die etliche Waggons hinter sich herzog. Mehr konnten die beiden von dort unten nicht erkennen, doch es reichte, um sie wieder in Staunen zu versetzen. Die Mauer, hinter der sie sich verschanzt hatten, stand direkt am Rand zum nächsttieferen Ring. Sie überlegten nicht lange und begannen vorsichtig, die recht steile Klippe hinunterzurutschen.

Unsanft landeten sie im Dreck, mitten im Hinterhof eines der Häuser. Wobei der Begriff ‚Hinterhof' hier vielleicht nicht der richtige war. Diese Bereiche, die eher Müllkippen mit Gehwegen waren, wurden spärlich durch kleine Zäune getrennt und wirkten ziemlich abschreckend. Und die Häuser, zu denen die Höfe gehörten, hätte man bestenfalls als Schuppen bezeichnen können. Schlimmstenfalls als fünf Wellblechplatten, die ungefähr quaderförmig zusammengeschraubt worden waren. Löchrige Wellblechplatten. Erik wusste nicht, ob einige Löcher gezielt Fenster darstellen sollten oder einfach dem Lochfraß des Rostes unterlegen waren. Zumindest vor Regen brauchten die Bewohner hier keine Angst haben. Aus dem Inneren des Wohnquaders, auf dessen Hof die beiden gelandet waren, drang Licht durch die tausend Löcher heraus. Jederzeit könnten also die Inhaber dieses Wellblechschuppens herauskommen und die beiden bei ihrer Flucht erwischen. So entschieden sie sich, schnell zu verschwinden. Sie sprangen über kleine Zäune aus halbierten Wellblechen, was anscheinend das universale Baumaterial hier war, und gelangten schließlich in einen der benachbarten Grundstücke. Es war ein großer Hof, auf dem gut sortiert kleine Haufen Stöcke, Metallschrott oder mit Planen abgedeckte Maschinen standen. Sie entschieden sich, das Haus zu betreten, da es die erste Hütte war, in der kein Licht brannte.

Die Tür quietschte laut, als sie das Gebäude betraten. Nicht dass man es von einem Stück Rost an zwei Scharnieren anders erwarten würde. In der Hütte selbst setzten sich die beiden erst einmal auf zwei Kisten, die anscheinend auch von den Bewohnern als Sitzgelegenheiten verwendet wurden. Zum Glück reichte das Licht aus, das durch die Löcher hineinfiel, um gerade so etwas sehen zu können. Somit mussten sie kein eigenes Licht anzünden.

Vanessa atmete einmal tief durch und sagte dann leise: „Puh, das war knapp. Woher wusstest du, dass hier keiner wohnt?"

Erik streckte sich. „Wusste ich nicht, aber wenn hier jemand wohnen würde, dann hätten wir's schnell bemerkt und wären weitergelaufen. Spätestens die Tür hätte jeden Bewohner geweckt."

„Ich weiß nicht, irgendwie kotzt mich heute dein ‚intuitives' Handeln an. Gefühlt bin ich heute schon dreimal durch deine Fehleinschätzung gestorben", zischte Vanessa, während sie sich den Brustkorb hielt.

„Ach", winkte er ab, „mein ‚intuitives' Handeln hat mich öfter aus lebensgefährlichen Situationen geholt, als ich zählen kann."

„Und sicher hast du deinem Handeln auch mindestens die Hälfte dieser Situationen zu verdanken."

„Ach sei still", antwortete er.

Es verging eine Weile, in denen sich die beiden erst einmal akklimatisierten.

„Es hätte wirklich nicht viel gefehlt, dann wären wir draufgegangen. Dass die mit Granaten arbeiten würden, hätte ich nicht gedacht", sagte er schließlich.

„Ja", antwortete Vanessa nachdenklich, „ich verstehe sowieso nicht, warum sie uns erst fesseln und dann doch sofort beim ersten Kontakt hinrichten wollten."

Erik nahm seine Denkerpose ein, bei der er den Daumen ans Kinn legte und mit dem Zeigefinger über die Oberlippe strich. Die Bartstoppeln verrieten ihm, dass Vanessa nun fast eine Woche wieder bei ihm war. Doch das war es nicht, was ihn beschäftigte. Sie hatte recht. Sie würden mit ihm nicht über eine Stunde durch die Pampa gurken, nur um ihn dann im Auto umzubringen. Außer der Plan der Gefallen hatte sich geändert. Vielleicht hatten sie auch einfach zu viel Angst, dass ein freilaufender Massenmörder sie mit in den Tod reißen würde. Oder sie hatten das mit Joseph gesehen und wollten schnellstmöglich Rache. Erik schüttelte kurz den Kopf. *Hätten sie Joseph gesehen, dann hätten sie uns bei der Flucht entdeckt.*

Erik beschloss schließlich, den Gedanken nicht weiter zu verfolgen. Also blickte er Vanessa in die Augen und sagte: „Egal, warum sie auf uns gefeuert haben, wir müssen zusehen, dass wir Land gewinnen. Die werden schnell merken, dass in dem ausgebrannten Wagen keine zweieinhalb Leichen liegen. Und bei der Überzahl hier werden die uns sicher schnell finden..."

„Warum zweieinhalb?", fragte Vanessa. Als Erik gegen seinen Arm klopfte, dämmerte es ihr. „Oh!"

Erik wollte grinsen, doch selbst nach seinem aufgesetztes Alltags-Ironie-Grinsen war ihm nicht zumute. Er schaute Vanessa an und sagte: „Wir müssen so schnell wie möglich meine Sachen zurückbekommen und die Stadt verlassen. Hakan meinte, dass einer der Züge zur Zuflucht fährt. Das ist unsere Fahrkarte aus der Stadt."

„*Deine* Sachen? Und was ist mit meinen?" Vanessas Stimme wurde immer höher. Doch als sie sah, wie Erik mit böser Miene nur eine Augenbraue hochzog, wurde sie ruhiger und sagte: „Wegen des Serums gegen das Fieber, ja schon klar."

„Genau. Dafür müssen wir aber Philippe finden. Wieso ist diese Stadt nur so groß?! Wenn die Gefallenen hier eigene Gebäude haben und frei herumfahren können, müssen wir davon ausgehen, dass wir hier überall in Gefahr sind!"

„Aber nicht nur Philippe will ich finden. Neben diesem Armleuchter mit dem Froschfresser-Namen will ich auch Hakan, dem Verräter, die Fresse polieren!"

„Sei mal nicht so voreilig mit deinen Anschuldigungen, Vanni. Ich kann verstehen, dass Hakan sich in dieser Situation auf die Seite der Gefallenen gestellt hat. Auch wenn wir ihn wahrscheinlich als Freund verloren haben, hat er uns aber noch Geschenke dagelassen."

Erik griff in seine Geheimtasche und zog die P18 Putin hervor. Einen Moment lang war Vanessa voller Euphorie, die dann aber schnell wieder verebbte.

„Yeah! Er hat dir eine Waffe dagelassen, die du sowieso nicht verwendest!"

„Hey, nicht so vorlaut! Er hätte uns schlecht eine Waffe dalassen können, die offensichtlich war. Er hat einfach nur gut seine Rolle gespielt. Schau mal bei dir nach. Vielleicht hat er dir auch was hinterlassen."

Vanessa begann ihre Taschen abzusuchen. Dabei sagte sie: „Vielleicht habe ich wirklich das falsche Bild von ihm gehabt. Wahrscheinlich hat er das nur gemacht, um sein und unser Leben zu retten." Beim Abtasten spürte sie etwas auf ihrer Haut und zog ein Stück zusammengefaltetes Papier hervor, direkt aus ihrem Busenhalter. Vanessa explodierte fast. „Diesen arschohrigen Teilzeitschmarotzer werde ich grün und blau prügeln!!! Wenn ich ihn in die Finger kriege, amputiere ich ihm alle Gliedmaßen! Und dann kann er Dreck fressen!"

„Wow", sagte Erik mit aufgerissenen Augen, „bei dir ist das aber auch eine Achterbahn der Gefühle." Und nachdem sie sich beruhigt hatte, meinte er: „Nun lass uns mal auf den Zettel schauen."

Vanessa klappte ihn auf. Er entpuppte sich als Bierflaschenetikett.

Sie las vor: „Vlads Kartoffelbier. Aus echten Kartoffeln und frischen Kräutern gebraut. Zwischen drei und neun Volumenprozent Alkohol."

Erik schaute beeindruckt und angeekelt zugleich. „Bei *der* Alkoholschwankung entscheidet wohl mehr die Hygiene des Braumeisters als sein Können über den Erfolg der Gärung. Es darf sich heutzutage wohl alles Bier schimpfen, was annähernd betrunken macht." Erik schüttelte resigniert den Kopf.

„Hey, hier steht noch was!", sagte sie und las weiter, „Frisch gebraut in Vlads Saloon. Im Norden von Rusty Hope. 7. Ring, Haus 153."

„Hakan hat dir wohl nicht umsonst das Etikett zugesteckt. Wir müssen so schnell wie möglich dorthin."

Vanessa nickte zustimmend. Dann ging sie zu einem Loch-Fenster und blickte hinaus auf den Teil der Stadt, den sie sehen konnte. „Hier gibt es elf Ringe. Ob man von oben oder von unten beginnt mit Zählen?“

Erik zuckte mit den Schultern. „Gute Frage.“

Kapitel 27 Siegfried Samund

Genervt saß Siegfried am Schreibtisch in seinem leeren Büro und schrieb auf ein paar Blättern. Seine gerunzelte Stirn ließ jeden sofort erkennen, dass das nicht seine Lieblingsaufgabe war. Er war zudem nicht zufrieden damit, was er dort schrieb.

„Es kann doch nicht sein, dass wir zu wenige und zeitgleich zu viele Leute haben", brummte er vor sich hin. Fast schon zufällig schaute er auf die Taschenuhr, die neben den Zetteln auf dem Tisch lag. Erleichterung durchfuhr Siegfried. Feierabend. Er streckte seine nicht mehr ganz so jungen Glieder von sich und schaute hinüber zu seiner Wache.

„Fähnrich Kash, schließen Sie die Tür ab und bringen Sie mir was zum Trinken."

„Jawohl!", antwortete die uniformierte Frau. Kurz blickte sie durch den neuen, eingebauten Türspion, bevor sie den Schlüssel drehte. Dann ging sie zu einer Vitrine und nahm eine gläserne Karaffe mit einer goldenen Flüssigkeit heraus.

Währenddessen öffnete Siegfried eine Tür an seinem Schreibtisch und holte ein Glas hervor. „Möchten Sie einen mittrinken?", fragte er.

„Sehr gern", antwortete die Offiziersanwärterin. Daraufhin holte Siegfried ein zweites Glas heraus und stellte es auf die Seite des Tisches, auf der der Sessel war.

Kash goss Siegfried, dann sich selbst etwas ein und stellte die Karaffe beiseite. Gefühlvoll nahm sie das Glas und roch an der goldenen Flüssigkeit, bevor sie sich einen Schluck gönnte. Siegfried nahm ebenfalls sein Glas, schluckte aber gleich die Hälfte auf einmal hinunter.

„Und Fähnrich, wie geht es Ihnen? Was macht Ihr Mann?"

„Ach, er hat die Tage frei genommen und ist mit unserem Kleinen unterwegs. Er wollte ihm mal das Randgebiet der Stadt zeigen."

„Ach, das ist doch schön. Gefällt ihnen denn die Stadt?", fragte er, woraufhin sie nickte. Dann fuhr er fort: „Es ist doch herrlich, wenn es wieder ein bisschen Normalität gibt. Kommen Sie denn auch gut mit Ihrer Freizeit klar? Ich meine, Sie sind ja fast immer im Dienst."

„Ja, natürlich wäre..."

Ein lautes, pfeifendes Geräusch unterbrach sie und kündigte eine Nachricht per Post an.

Siegfried schaute genervt zu dem Rohrsystem neben sich und grummelte leise: „Bitte flieg einfach vorbei."

Doch die Rohrpost schoss durch den Zylinder und stoppte direkt neben ihm. Lustlos öffnete er das Rohr und entnahm den Zettel. Das Unvermeidliche erwartend trank er erst sein Glas leer, bevor er zu lesen begann. Mit einem Mal schmiss er das Glas gegen eine Wand. Voller Wut riss er seinen Arm über den Schreibtisch und warf alles auf den Boden, was sich darauf befunden hatte. Kash nahm rechtzeitig die Karaffe hoch und stellte sie vorsichtig auf den gefliesten Boden.

„Dieser Idiot François!", brüllte er. „Würde er nur einmal überlegt handeln, würde La Mort de Fer jetzt die Radieschen von unten zählen und nicht meine Stadt unsicher machen! Nach nicht mal zwei Stunden ist er uns entkommen! Womit habe ich nur so inkompetente Leute verdient?! Ich sollte allen den Sold kürzen!"

Siegfried tobte. Kash stand auf, wischte sich den Staub von der Kleidung und ging hinüber zum General. Obwohl er mehr als einen Kopf größer war als sie, packte sie ihn am Kragen und schlug ihm mit der flachen Hand ins Gesicht. Dann ging sie wieder zu ihrem Sessel und setzte sich wortlos hin.

„Danke", sagte Siegfried und nickte ihr zu, „das habe ich gebraucht. Ich war wieder zu emotional." Dann blickte er hinunter auf den Brief und dachte laut vor sich hin. „Ich muss mir jetzt etwas Neues überlegen, aber ich sollte auf Nummer sicher gehen. La Mort de Fer darf man auf keinen Fall unterschätzen. Ich aktiviere alle verfügbaren Einheiten! Keiner hat Freizeit, bis er tot oder geschnappt ist!"

„Und eine Soldkürzung würde ich wirklich durchführen", pflichtete Kash ihm bei. „Am besten einen Monat für jeden Tag, an dem er nicht geschnappt wurde. Bei dem Fußvolk kann man wohl sonst nicht mehr Motivation erzwingen."

„Sehr gute Idee. Motivation ist immer gut. Aber wie sieht es mit Feuerkraft aus?", fragte Samund.

„Der Großteil der einfachen Garden haben immer noch primitive Treibladungsfeuerwaffen. Eine Aufrüstung innerhalb eines Tages ist unrealistisch."

„Das meine ich auch nicht. Wie viele Servos haben wir einsatzbereit?"

„Servos? In der Stadt?", fragte die Offiziersanwärterin verständnislos.

„Fähnrich Kash, sehen Sie es so: Wenn wir es nicht schaffen, eine einzelne Person zu ergreifen, wird die Stadt uns nicht mehr unterstützen und wir verlieren die Kontrolle. Lieber nehme ich ein paar Kollateralschäden in Kauf, als eine Stadt zu verlieren. Also, wie sieht es nun mit der Einsatzbereitschaft der Servos aus?"

„Drei Grillen und zwei Mantis waren heute Morgen zum Dienstbeginn einsatzbereit. Das sollte sich seitdem nicht geändert haben."

„Dann lassen Sie sie auch ausrücken. Ich möchte heute keinen Rückschlag mehr erleben."

Kapitel 28 **Vlads Saloon**

Zwei Gestalten standen vor einer blechernen Tür, die durch Rostfraß weder als Schall- noch als Windschutz sonderlich dienlich war. Maximal als Sichtschutz. Das Gebäude, zu dem die Tür gehörte, war im Vergleich zu den anderen Hütten gigantisch. Laute Stimmen brüllten sich im Inneren des Saloons an, andere sangen unmusikalisch Lieder. Es schien eine feuchtfröhliche Atmosphäre zu herrschen.

Die eine, etwas kleinere der beiden Gestalten riss ein Plakat von der Tür.

„Drecksteckbriefe", zischte Erik und knüllte das Papier zusammen, bevor er es in seine Tasche zu ähnlichen Kugeln steckte. Er war kaum wiederzuerkennen. Ein braunes Tuch bedeckte seinen Kopf und den Großteil seines Gesichts. Seine Fliegerbrille versteckte seine Augen. Zudem trug er einen weiten, ausgewaschenen Pullover unter einer offenen Wildlederjacke und eine Hose, der man schon von Weitem ansehen konnte, dass sie mal eben schnell über eine andere gezogen worden war. Dank der Nähe zur Eishölle war der Zwiebel-Look nichts Ungewöhnliches hier. Unter der Hose waren seine Stiefel zu sehen, von denen er sich erhoffte, dass sie als normale Schuhe durchgingen. Sein Schwert trug er für jeden sichtbar, aber eingeklappt auf seinem Rücken mit sich.

„Musst aber zugeben", sagte Vanessa fast beeindruckt, „die haben dich gut getroffen. Das Bild könnte man sich glatt rahmen lassen."

Da man nicht nach ihr fahndete, hatte sie es einfacher. Trotzdem hatte auch sie sich getarnt und trug nun einen bodenlangen Faltenrock über ihrer Hose. Dazu einen Pferdeschwanz, eine langärmlige Jacke und einen

Schlapphut, den sie tief ins Gesicht gezogen hatte. Beide hatten sich in der Wäschetruhe der Hütte sowie den Kleiderständern der nächsten drei Nachbarhäuser bedient. Scheinbar gab es nicht viele Kleidungstücke in Vanessas Größe. Oder ihrem Geschmack.

„Unter Kunst versteh' ich was anderes", grummelte Erik. „Ich würde das Zeug maximal zum Feuerentfachen verwenden. Genug davon gesammelt haben wir auf jeden Fall."

„Wir hätten weniger Zettel, wenn du mir geglaubt hättest, und wir gleich den 5. Ring von *oben* genommen hätten!"

Erik ignorierte die unterschwellige Kritik und antwortete trocken: „Na dann war es ja gut, dass wir unten angefangen haben."

Vanessa schlug mit ihrer Faust gegen Eriks menschlichen Oberarm. Er versuchte es zu überspielen, doch es pochte ganz schön.

„Wollen wir jetzt rein oder weiter rumpimmeln?", fragte sie schließlich.

„Haben wir eine Wahl?" Er öffnete vorsichtig die Tür, denn er wusste nicht, was ihn erwarten würde. Immerhin betrat er den Saloon, der nach einem Vlad benannt worden war. Der Name klang recht osteuropäisch. Und auch wenn er sich keinen Saloon im Balkan-Stil hatte vorstellen können, wurde er nicht enttäuscht. Hinter der löchrigen Tür wartete eine andere Welt, die einen die Trostlosigkeit der Postapokalypse vergessen ließ. Oder die das zumindest krampfhaft versuchte. Der Saloon hatte den typischen Aufbau eines Wildwestern-Lokals, wie Erik es noch aus den Filmen seiner Großeltern kannte. Überall sprossen runde Holztische, an denen notdürftig zusammengezimmerte Stühle standen. Auf der anderen Seite der Eingangstür war ein langer Tresen, hinter denen sich Fässer, Flaschen und ein alter, kauziger Mann versteckten. Neben dem typischen Western-Stil war deutlich ein osteuropäisches Flair zu erkennen. Teppiche lagen nicht auf dem Boden, sondern hingen von den Wänden. Prunkvolle geschwungene Keramiken mit bunten Zeichnungen dienten als Kronenleuchter, Vasen und ausgestelltes

Geschirr zierte die Regale. Allerdings waren es Leuchtstoffröhren, die den Raum erhellten. Das orangefarbene Flimmern verlieh dem Ort ein düsteres, aber zugleich gemütliches Ambiente, wie das Leuchten einer Kerze.

Vanessa blickte sich erstaunt um. „Verrückt", sagte sie und begutachtete die Inneneinrichtung.

Dann schloss sie zu Erik auf, der schon einige Schritte vorausgegangen war. Zusammen blieben sie in der Mitte des Raumes stehen. „Okay und jetzt? Wir sind hier, aber was sollen wir tun?", fragte Vanessa.

Erik zuckte mit den Achseln. „Ich habe keinen Plan. Vielleicht sollten wir uns hier an ein paar Dauergäste wenden."

Erik blickte sich um. Neben einigen vereinzelten Trinkerpaaren, die versuchten sich ihre Begleitung schön oder intelligent zu saufen, konnte Erik deutlich drei Gruppierungen ausmachen. Links in der Ecke am großen Stammtisch saß ein Rudel von jüngeren Männern und Frauen in Tarnfleckanzügen, denen genauso gut „Gefallene" auf die Stirn hätte tätowiert sein können. Hinter sich konnte er eine Gruppierung rauchender Männer in dunkler, vergleichsweise hochwertiger Kleidung erkennen, die im Gegensatz zu den meisten anderen Gästen eher Gebranntes zu bevorzugen schienen. Sie spielten Karten um kleine metallene Dinge, die wohl mehr wert waren als Manfreds Gemüseration. Als sie bemerkten, dass Erik zu ihnen herüberstarrte, warfen sie einen Blick zurück, als wollten sie ihm Betonschuhe verpassen. Abgeschreckt schaute Erik schnell weg und widmete sich der letzten Gruppe, die an einen Mob erinnerte. Nicht unweit von ihm und Vanessa standen sie am Tresen. Mit einer Vielzahl von Leuten bildeten sie einen Halbkreis um einen einzelnen Mann, der etwa in Hakans Alter sein musste. Sie riefen wüste Beschimpfungen und redeten auf ihn ein, während er sich brüllend rechtfertigte.

„Okaaaay…", sagte Erik entmutigt. „Holen wir uns was zu trinken und fragen dann den Barkeeper. Der weiß meistens am besten, was in der Stadt los ist."

Vanessa nickte und schon machten sich die beiden auf den Weg zum Tresen. Erik blickte hinab auf den Mann hinter der Theke und dachte: *Oh Mann, der versteckt sich nicht, der ist ja wirklich so klein!* Er verzog keine Miene und rief aufgrund der Hintergrundgeräusche aus Schreien und Pöbeleien recht laut: „Bitte was Alkoholfreies."

Vanessa hob einen Finger. „Bitte ein Bier!"

Der kleinwüchsige Barkeeper öffnete wortkarg zwei Flaschen und stellte beiden ein Bier hin. Erik nahm die Flasche in die Hand und erkannte das Etikett des Kartoffelbiers wieder.

„Hey, ich wollte was Alkoholfreies!", rief er zum Barkeeper.

Dieser antwortete schulterzuckend: „Vielleicht hast du ja Glück."

Erik erinnerte sich an die Alkoholschwankungen auf dem Etikett, die auf diesem Bier sogar noch nachträglich auf „1-7 Vol%" geändert worden waren. Naserümpfend trank er gleichzeitig mit Vanessa einen Zug aus der Flasche. Beide schauten angewidert hinab auf ihr Getränk. Nach kurzem Blickkontakt tauschten sie die Flaschen und nahmen noch einen Zug.

„Besser", sagten beide einstimmig.

Vanessa schwenkte nachdenklich ihre Flasche, bis sie erneut einen Zug nahm. „Mh… eigentlich ganz lecker, das Zeug."

„Ja, wenn man den Bodensatz außer Acht lässt."

Der Barkeeper warf ihm einen grimmigen Blick zu. „Wenn dir das Bier nicht schmeckt, kannst du gehen. Drei Mumpeln macht das trotzdem."

„Mumpeln?"

„Na, Munition, Kugeln, Schuss."

„Ja, klar weiß ich, was das heißt, aber ich wusste nicht, dass man hier mit Patronen bezahlt."

„Na klar, Mumpeln. Oder meinst du, hier hat noch jemand Euros?"

Erik griff in seine hintere Tasche und holte einen ziemlich zerknitterten Zehn-Euro-Schein hervor, den er auf den Tisch packte.

Die Augenbrauen des kleinen Mannes schossen in die Höhe. Schnell griff er den Schein und untersuchte ihn auf Echtheit. Eine Sekunde später nahm sein Gesicht wieder seinen grimmigen Ausdruck an. „Wechselgeld gibt's aber nicht!"

„Okay, aber dafür will ich noch eine Info", sagte Erik.

In dem Moment knallte ein alter Holzstuhl direkt vor Erik auf den Tresen. Er schreckte zurück und versuchte den Ursprung des Angriffs zu orten. Scheinbar waren die Auseinandersetzungen zwischen dem jungen Mann und dem Mob ausgeufert. Doch was er da sah, hielt er zunächst für eine Sinnestäuschung. Erik beobachtete, wie sich die Hände und Arme des jungen Mannes vergrößerten. Mit den überdimensionierten Pranken wehrte er sich gegen die Meute. Instinktiv gingen Erik und Vanessa einige Meter zurück und flohen aus der Kampfzone des sich ausbreitenden Gewusels.

Als sie ein ruhiges Plätzchen gefunden hatten, fragte Vanessa vorsichtig: „Hast du das auch gerade gesehen?"

„Du meinst das mit seinen Armen?", antwortete Erik.

„Genau."

Er schüttelte mit dem Kopf. „Nein. Wie auch, das kann ja gar nicht möglich sein."

Eine dunkle, kratzige Stimme mischte sich plötzlich ein. „Das ist auch kein Mensch, das ist ein Pretender."

Beide drehten sich erschrocken um. Hinter ihnen stand ein älterer, sehr verbrauchter Mann, der seine dünnen schwarzen Haare zu einem Zopf gebunden trug. Er strich sich durch den Bart. Erik konnte nicht recht zuordnen, wohin er gehörte, er schien zu keiner der Gruppen zu gehören. So ließ er sich neugierig auf das Gespräch ein.

„Er ist ein – was?"

„Ein Pretender", sagte der Mann, „jemand, der sich anmaßt ein Mensch zu sein, obwohl er keiner ist. Versteht mich nicht falsch. Ich finde sie faszinierend. Sie sind extrem stark und würden eine großartige Waffe abgeben, wenn sie nicht so labil wären."

„Eine Waffe?", hakte Erik nach.

„Ja, eine Waffe. Ich bin der Tüftler des Ortes hier, deswegen interessiert mich Potential."

„Verstehe… aber was sind sie dann, wenn sie keine Menschen sind? Nach einem Legionär sieht das nicht aus."

„Einem – was?", fragte der Mann verdutzt.

„Na, diese metallenen Kreaturen? Die Mutanten?"

„Ach so, du meinst Silberhäuter."

„Ich glaube, ja", zuckte Erik mit den Schultern.

„Nein, das sind sie auch nicht. Aber sie sind genauso Kinder des Nullten Tages. Sie sind überall in der Nähe der Feuersäulen aufgetaucht, nur wenige Tage nach der Katastrophe."

Vanessa und Erik zogen beide skeptisch eine Augenbraue hoch.

Der verbrauchte Mann hob kapitulierend seine Arme. „Schaut mich nicht so verwirrt an. Viel mehr weiß ich auch nicht. Nur dass jeder Pretender eine eigne Fähigkeit besitzen soll, ähnlich wie die Silberhäuter." Der Mann verwies auf den Jungen, der sich gerade – wortwörtlich – mit Händen und Füßen wehrte. „Er da heißt Carl und ist der einzige Pretender hier in der Stadt. Daher knüpfen ihn die Leute regelmäßig auf und diskriminieren ihn, weil er mehr kann als sie. Sie fürchten ihn, und was den Leuten Angst macht, wollen sie beseitigen." Der Mann schüttlete den Kopf beim Anblick des Mobs. „Ich finde ihn großartig. Seine Fähigkeit ist der Riesenwuchs, wie ihr sehen könnt."

Erik schüttelte seinen vermummten Kopf. „Moment, nur damit ich mitkomme. Hier gibt es Mobs, die jemanden verfolgen und lynchen wollen, der beliebig seine Größe verändern kann?!"

„Yup."

Vanessa murmelte irritiert: „Verrückte Welt."

Tassen und Teller, Bruchstücke von Stühlen sowie eine ganze Menge Bierflaschen flogen durch die Gegend. Erst als Carl mit seinen überdimensionalen Händen eine der Keramikvasen zerstörte, schritt der kleinwüchsige Barkeeper ein.

„Lass den Typen und vor allem meinen Laden in Ruhe oder ich werde euch mal zeigen, wie man jemanden aufmischt!", schrie er und zog eine in seinen Händen gigantisch wirkende Schrotflinte hervor.

„Okay, jetzt sollten wir langsam gehen", sagte der ältere Mann zu den beiden und bewegte sich Richtung Ausgang. Nach einem Blick auf den bewaffneten Barkeeper und Carl, der seit Beginn der Auseinandersetzung mindestens einen Meter Körpergröße dazugewonnen hatte, stimmten sie zu. Sie folgten ihm nach draußen. Dort reichte er den beiden erstmal die Hand.

„Mein Name ist von Fink. Nett euch kennengelernt zu haben."

„Von Fink? Ein Adliger?" Vanessas Augen strahlten, wohl weil sie selbst dem Militäradel angehörte.

„Naja. Ich würde es schon gern bejahen, aber ich gehöre weder einer Dynastie noch einem Geldadel an. Alles, was ich habe, ist der Name."

„Ist doch zumindest etwas", entgegnete ihm Erik und nickte ihm wohlwollend zu. „Mein Name ist Erik und das ist Vanessa."

In dem Moment, in dem er ihre Namen aussprach, erntete er von Vanessa einen bösen Blick.

„Schön. Was habt ihr heute noch vor? Ich wohne einige Ringe höher. Wenn ihr wollt, können wir gern zu mir gehen." Von Fink blickte hinauf und versuchte, auf sein Haus zu zeigen.

Als er sich wegdrehte, zuckte Erik mit den Schultern und flüsterte: „Was ist? Jeder kennt mein Gesicht, aber niemand meinen Namen."

„Das wird sich aber noch ändern!", zischte Vanessa.

„Was ist los? Macht ihr euch Sorgen um Carl?", fragte der Mann.

Plötzlich flackerten Lichter im Inneren des Saloons auf und Gewehrschüsse knallten. Erik und Vanessa fuhren erschrocken herum, doch von Fink winkte ab. „Keine Sorge, das passiert hier jede Woche. Wäre Carl so einfach zu töten, hätte er nicht mal den ersten Monat hier überlebt."

„Genau, wir hatten Sorgen um den Pretender", log Erik etwas unsicher, aber von Fink fiel es nicht auf.

„Und? Was ist jetzt? Lust noch auf ein Getränk bei mir?"

Erik schaute Vanessa an, die nur mit den Achseln zuckte. „Okay, warum nicht", sagte er schließlich.

Kapitel 29 **Affentheater**

Mit gesenkten Köpfen folgten Erik und Vanessa dem Tüftler von Fink nach Hause. Sie stiegen gerade die Stufen hinauf, die den vierten und fünften Ring verbanden, als sie merkten, wie das künstliche Licht der Häuser und Straßenlaternen dem natürlichen wich. Vanessa schloss die Augen und genoss die wärmenden Strahlen der Feuersäule auf ihrer Haut.

„Hier oben kommt man ja langsam aus dem Flutlicht heraus", sagte sie.

„Ja, die Lichtgrenze ist sogar ziemlich wichtig hier. Sie ist der Übergang von den billigeren Häusern unten zu den standfesteren Häusern in den oberen Ringen. Hier wohnen die Wohlhabenden und die meisten Soldaten."

„Du meinst die Gefallenen?", berichtigte Erik scharf.

„Ja, so nannten sie sich. Aber sie haben sich vor langer Zeit hier niedergelassen, als eine Art Militärpolizei. Das hat viel Ordnung und Routine in die Stadt gebracht. Deshalb mögen sie das Wort ‚Gefallene' auch nicht mehr so gern."

„Erinnert sie wohl zu sehr an ihre Jugendsünden", bemerkte Vanessa sarkastisch.

Von Fink nahm lachend den Unterton zur Kenntnis. „Ihr seid wohl nicht gut auf sie zu sprechen, was?"

„Sind doch viele nicht", rechtfertigte sich Erik und versuchte dabei nicht zu viel Hass zu zeigen.

Der ältere Mann verzog das Gesicht. „Da hast du wohl recht", stimmte er zu. „Trotzdem kann man hier wirklich nicht viel Schlechtes über sie sagen. Sie haben geholfen, die Gewächshäuser außerhalb der Stadt aufzubauen und haben viele Nutztiere nach Rusty Hope gebracht. Einige koordinieren immer noch die Landwirtschaft. Ohne sie würden viele Hunger leiden."

„Dank ihnen leiden *draußen* etliche Menschen an Hunger und noch mehr sind wegen ihnen tot", knurrte Erik.

Von Fink zuckte mit den Schultern und so kam es zu einem unangenehmen Schweigen.

Irgendwann fing Vanessa an weiter nachzufragen. „Aber wenn oben die Felder sind, warum wohnen die Arbeiter in den unteren Ringen?"

„Die Stadt ist historisch einfach so gewachsen", antwortete der Mann. „Bei der Besiedelung des Kraters haben wir die ersten Felder noch auf den Ringen angelegt. Das wichtigste war natürlich das Wasser in der Mitte des Kraters. Das ist die Quelle des Lebens hier. Die Bewohner haben ihre Häuser zwischen den Feldern gebaut und alles selbst bewirtschaftet. Die Gemeinschaft ist schnell gewachsen – das hier ist weit und breit der einzige Ort, an dem man Landwirtschaft betreiben kann. Nach und nach wurden dann die Ackerflächen und Gewächshäuser nach außen verlegt und die Bewohner haben die Ringe im Krater angelegt und besiedelt. Die neuen Siedler haben dann auch neue Grundstücke auf den oberen Ringen gebaut, den ehemaligen Ackerflächen. Natürlich mit besseren Häusern. So blieb das dann. Deswegen sieht die Stadt heute so aus, wie sie aussieht Das Wasser wird direkt nach oben auf die Felder gepumpt. Aber wir müssen sehr, *sehr* sparsam damit sein. Alleine im letzten Jahr ist der Grundwasserspiegel über einen Meter gesunken."

„Und warum baut ihr keine Hydrokulturen? Da kann man Wasser recyclen und den Bedarf fast dritteln. Die kann man direkt neben das Wasser bauen, die brauchen das Licht der Feuersäulen nicht", warf Erik ein.

„Echt? Interessant. Aber das funktioniert hier nicht. Alle Pflanzen sind bisher unter dem Lampenlicht eingegangen. Ich selbst habe es oft versucht. Pflanzen unter Lampen wachsen zu lassen, das geht nicht."

Bestimmt, weil das alles nur primitive Scheinwerfer hier sind, dachte Erik, während er verständnisvoll nickte.

„So, da sind wir!", sagte von Fink überraschend.

Sein Haus war auf dem zweiten Ring recht nahe der Treppe. Im Gegensatz zu den Wellblechbauten der unteren Ringe bestand es aus Stein und Beton. Zudem war es deutlich größer und besaß eine zweite Etage – einer erhöhten Reihe von Fenster nach zu urteilen. Erik und Vanessa waren nicht wirklich beeindruckt. Es war kein Vergleich zur Second Base oder den Häusern aus der Zeit vor Tag Null. Allerdings war es wohnlicher als alle Häuser, die sie bisher in Rusty Hope gesehen hatten. Als Vanessa sich umschaute, bemerkte sie, dass jedes Haus auf dem Ring diesem ähnelte.

Von Fink ging zur Tür und holte nach einer Weile des Wühlens einen Schlüssel hervor. Schließlich öffnete er mit Quietschen und Ziehen die Tür. Die beiden folgten ihm ins Gebäude und schauten sich erschrocken um. Von Fink schaltete das flackernde Licht an, das nur spärlich die Unmengen an Gerätschaften beleuchtete, die halb zusammengeschraubt die Böden und Tischflächen bedeckten. Überall lagen verdreckte Werkzeugteile herum. Der Tüftler ging unbeirrt durch den vollgemüllten Flur in einen Raum, in dem einige halbzerfallene Sessel und ein kleiner Couchtisch waren. Auf dem Tisch standen ein Gerät sowie einige veraltete Messwerkzeuge. Von Fink deutete einladend auf das beschädigte Mobiliar, woraufhin sich Vanessa und Erik setzten. Der ältere Mann verschwand kurz darauf und tauchte mit einer Flasche und drei Gläsern wieder auf.

„Hier, feinster Wrukenwein."

Angesichts des Namens betrachtete Vanessa neugierig die Flasche und ließ sich etwas einschenken.

Als er Erik etwas eingießen wollte, hob er abweisend die Hand. „Für mich bitte keinen Alkohol. Der bekommt mir nicht."

„Ah, in Ordnung. Ich hätte noch Rotebeetesaft hinten", bot der Mann an.

„Klingt lecker."

Von Fink verschwand wieder. Erik begutachtete intensiv das Gerät auf dem Tisch, das seiner Meinung nach etwas hybridartig aussah. Als hätte man willkürlich unterschiedlichste Motorenteile auseinandergenommen und zu einem einzelnen wieder zusammengebaut. Von Fink kam mit einer Flasche zurück, in der ein dickflüssiger Sirup herumschwappte. Er schwenkte sie und kippte honigdicken Saft in Eriks Glas. Er bedankte sich nickend, schaute dann aber wieder auf den Motor.

„Erik, richtig? Du kannst hier drinnen gerne dein Kopftuch abnehmen. Hier weht ja kein Wind."

„Ähm..."

Erik blickte verunsichert zu Vanessa, die wie auf Zuruf für ihn antwortete. „Er trägt es nicht wegen des Windes, sondern wegen Narben. Er wurde vor Jahren angefallen und sieht aus, als wenn er von einem Esel ausgeschissen wurde."

Erik fiel die Kinnlade herunter. Dafür hätte er sie am liebsten selbst mit dem Gesicht in Eseldung geschupst. Aber da das Kind schon in den Brunnen gefallen war, stimmte Erik einfach mit hängenden Schultern zu. „Genau, ganz hässlich. Ich will das niemandem zumuten, deswegen trage ich das Kopftuch quasi immer."

„Oh, das tut mir leid. Ich kenne einige, denen es genauso geht. Ist immer wieder eine schreckliche Geschichte. Dann lass es ruhig auf."

Als der Tüftler wegsah, grinste Vanessa schelmisch zu Erik hinüber. Er wand sich eingeschnappt ab und widmete sich wieder dem Motor auf dem Tisch.

„Was hat es eigentlich mit diesem Gerät hier auf sich?", fragte er ihren Gastgeber.

„Ah, das ist mein derzeitiges Projekt. Es ist aber fast gestorben, ich komme einfach nicht weiter. Ich habe von einem alten Flugzeug die F²-

Hochleistungsturbine ausgebaut und versucht in einen Generator einzusetzen. Ich wollte dadurch einen stärkeren Nutzstrom erzeugen."

„Okaaaay…", murmelte Erik. „Ein interessanter Gedanke… Darf ich?"

Noch bevor er eine Antwort bekommen konnte, schnappte er sich das umherliegende Werkzeug und begann an dem Motor herumzuschrauben. Von Fink war etwas verwirrt, aber da er es eigentlich sowieso aufgegeben hatte, war es ihm gleich. Zu verlieren hatte er ja nichts.

„Allgemein bin ich für vieles hier zuständig", fing er an zu erzählen, „zum Beispiel habe ich für die gesamte Beleuchtung hier im Ort gesorgt. Dank mir hat jedes Haus Licht."

Erik reagierte nicht und auch Vanessa sah wenig beeindruckt aus. Sie nahm währenddessen einen Schluck aus ihrem Glas.

„Mh… der schmeckt wirklich gut! Haben Sie ihn selbst gemacht?"

Von Fink wirkte etwas enttäuscht, da seine Leistung ignoriert wurde, antwortete aber freundlich: „Nein, ich habe für sowas keine Zeit, aber es gibt hier in der Stadt einige gute Winzer. Vielleicht liegt es daran, dass man den Alltag betrunken einfach besser übersteht."

„Kann ich verstehen. Trotzdem würde ich echt gern wissen, wie man so etwas Widerliches wie Steckrüben in so einen leckeren Wein verwandeln kann."

„Da musst du den Winzer schon selbst fragen", antwortete der Mann grinsend. In dem Moment leuchteten die blauen Signallampen der vier F^2-Sticks im Gehäuse des Gerätes auf und der Generator begann leise zu brummen.

„Fertig!", rief Erik, beschwingt von der eigenen Überheblichkeit.

Von Fink stellte beeindruckt sein Glas auf den Tisch und schaute sich den Motor näher an. Er beugte sich über das Geflecht aus Kabeln und Geräten und blickte dann zu Erik. „Wie hast du das geschafft?!"

„Also, im Ernst, das war keine Kunst. Die Turbine wird anders als normale Motoren mit Wechselstrom betrieben. Die Sticks erzeugen einen hochamperigen Gleichstrom, der normalerweise über einen Wechselrichter der Turbine zugefügt wird. Den hast du ausgebaut und versucht, falsch herum am Ende einzubauen. Ich frag' mich nur wieso?"

„Na, damit der Wechselstrom aus dem Generator in Gleichstrom umgewandelt wird."

„So funktioniert das nicht. Aber jetzt läuft der Stromumwandler."

„Ich bin echt beeindruckt, bist du auch ein Tüftler?", fragte von Fink hoffnungsvoll.

„Ich würde mich eher als Erfinder bezeichnen."

Während Vanessa mit den Augen rollte, klopfte sich Erik selbstbewusst mit der Linken gegen seinen mechanischen Arm.

„Ist dein Arm etwa aus Metall?!"

„Ja! Selbst entworfen und gebaut."

Vanessa hatte das Gefühl, dass Erik vor Überheblichkeit bald abheben würde, doch von Fink war begeistert.

„Darf ich mal?"

„Ja klar", sagte er und zog seinen Ärmel hoch.

Ein aus Winden und Schrauben bestehender Metallarm kam zum Vorschein. Der Gastgeber riss ihn zu sich heran und erforschte ihn mit seinen Augen so intensiv, als würde er versuchen, etwas Kleingeschriebenes zu entziffern. „Hervorrangende Verarbeitung! Gute Ideen. Sieht aber auch empirisch entwickelt aus..."

„Ja, die Legierung besteht aus Osram mit Stahlzusätzen. Wir hatten immer weniger von der Legierung, deswegen war ich gezwungen viele Sachen gleichzeitig auszuprobieren. Oft habe ich Funktionen ein- und später wieder ausgebaut oder erst mal deaktiviert. Wie zum Beispiel eine ausfahrbare Klinge. Nette Idee, aber wenn man sich permanent daran schneidet, ist das auch nur Mist."

„Aha... ich verstehe. Und was ist das?"

Von Fink zog an einem kleinen Hebel. Blitzschnell löste sich die Notfallsprungfeder und der Arm verlängerte sich um eine Elle. Die Faust traf mit voller Wucht einen Bilderrahmen, der neben dem Sessel aufgebahrt stand und ließ ihn in einen Haufen Einzelteile zerspringen. Doch es störte den Mann nicht, es weckte nur noch mehr Begeisterung. „Und der hier?", fragte er weiter und zog mit dem Finger an einem anderen Hebel hinter dem Ellenbogen. Als die Mechanik begann sich zu verändern, zog Erik seinen Arm schnell wieder zu sich.

„Nee, das lassen wir mal."

„Okay, aber ich bin auf jeden Fall begeistert! Ich habe noch niemanden kennengelernt, der so viel von Technik versteht wie du. Wenn ich ehrlich bin, habe ich auch schon einige Erfindungen gemacht. Darf ich sie dir mal zeigen?"

„Klar, ich schau mir gern an, was andere so machen."

Von Fink stapfte freudig wieder aus dem Zimmer und kam breit grinsend wieder. Er trug ein Buch mit sich, das er mit beiden Händen umklammert hielt und dann mit fast königlicher Geste überreichte. Erik schlug das Buch auf und bekam einen Einblick in die Gedankenwelt ihres Gastgebers. Sein zunächst erwartungsvoller Gemütszustand verwandelte sich nach wenigen Seiten zu „Was zum Teufel?". Vanessa sah genervt dabei zu, wie er mehr und mehr beim Lesen den Kopf schüttelte. Schließlich dachte sie sich: *Oh Mann, gleich geht's wieder los... Aber vorher gönne ich mir noch was.* Sie griff heimlich nach der Flasche mit dem Wrukenwein und goss ihr Glas unter dem Tisch noch einmal randvoll.

„Ganz ehrlich, von Fink?", sagte Erik in dessen große, erwartungsvolle Augen blickend.

„Ja? Was meinst du?"

Erik verzog sein Gesicht, während sein Blick auf das Buch geheftet blieb. „Die Zeichnungen sind zum Teil echt miserabel. Ich erkenne das Prinzip der meisten Apparaturen oft nur, weil ich weiß, welche Farben manche Kabel haben müssen."

„Ja, stimmt schon, aber ich habe auch nicht Kunst studiert. Aber deswegen habe ich ja die Beschreibungen der Geräte. Die sollten doch eigentlich ausreichen."

Erik schaute wieder hinauf zu von Fink. „Kennst du das Infinite-Monkey-Theorem? Es besagt, dass unendlich viele Affen, die zufällig auf einer Schreibmaschine herumtippen, in unendlich langer Zeit per Zufall ein Buch wie ‚Moby Dick' schreiben können."

Während von Finks Gesichtsausdruck langsam düsterer wurde, setzte Vanessa an und trank ihr Glas auf ex.

„Was willst du damit sagen?", fragte der Mann.

Erik hob das Buch an und sagte trocken: „Zwölf Affen und drei Stunden."

Wutentbrannt riss von Fink ihm das Buch aus den Händen und stapfte mit schweren Schritten ein weiteres Mal aus dem Zimmer.

Vanessa, die das leere Glas abstellte, wandte sich zu Erik hinüber und belehrte ihn: „Du kannst unseren Gastgeber doch nicht so beleidigen! Ihm war deine Meinung echt wichtig."

„Ja, die hat er doch gekriegt. Aber ganz ehrlich, da war nur Schrott drin. Er hat zwei Motoren auf einer Welle mit doppeltem Wirkungsgrad beschrieben. Der Typ braucht konstruktive Kritik!", rechtfertigte er sich.

Sie schüttelte nur mit dem Kopf. „Konstruktive Kritik? Das war destruktiv. Du hast ihm wahrscheinlich seinen kompletten Traum zerstört. Du solltest froh sein, wenn du noch austrinken darfst, bevor er uns rausschmeißt."

„Stimmt", sagte Erik und blickte auf das Glas vor sich, „ich habe den Saft noch gar nicht probiert." Er zog einen Spalt in seinem Kopftuch auf und nahm einen Schluck von der dickflüssigen Pampe. „Lecker!", sagte er überrascht.

Vanessa atmete einmal tief durch. „Schön, dass du noch auf deine Kosten gekommen bist."

In diesem Moment stürmte von Fink wieder herein und warf Erik ein kleines Gerät in den Schoß.

„Hier, was ist damit?!"

Erik nahm und betrachtete es. Er konnte nicht fassen, was er da gerade in seiner Hand hielt. Empört stand er auf und schritt von Fink entgegen. Der Tüftler war so irritiert, dass er aus der Tür heraus so weit zurückwich, wie die kleine Hütte es erlaubte. Erik schritt aggressiv auf ihn zu, bis ihre Gesichter sich fast berührten. Mit Wucht schlug er seine mechanische Faust in die Wand neben von Fink, der vor Schreck zusammenzuckte.

„Woher hast du das?", zischte Erik und hielt ihm den Gegenstand vor sein Gesicht. „Woher hast du meinen Airbot?!"

Von Fink, der mit der Situation absolut nicht umgehen konnte, winselte und fuchtelte mit seinen Händen herum, bis er am Kopftuch von Erik hängen blieb und es ihm vom Gesicht zog.

Erik schlug erneut in die Wand. „Antworte mir!"

Von Fink erkannte nun das Gesicht vor sich und erstarrte beim Anblick von La Mort de Fer. Ängstlich rutschte er an der Wand hinab auf seinen Hosenboden. „Da drüben", sagte er mit ausgestreckter Hand und ließ den Kopf zwischen seinen Beinen hängen.

„Pass mal auf ihn auf, Vanni!", befahl Erik und folgte der ausgestreckten Hand in das Nebenzimmer. Es war ein Raum, der randvoll mit verschiedenen Geräten und Waffen war. Die meisten davon waren mit Blutflecken übersät. Mitten in dem Sammelsurium an allem Anschein nach erbeuteten Geräten sah er seinen und Vanessas Rucksack samt ihrem verlorenen Schwert liegen. Als er näherkam, sah er den Großteil ihrer Ausrüstung um die Säcke herum verteilt. Unter anderem auch seine Airbots und den Glaszylinder mit dem Moos. Wütend stopfte er alles wieder in die Taschen hinein, wobei jedoch ein Dolch seine Aufmerksamkeit auf sich zog. Ein Dolch, dessen Klinge gestanzt war und dessen Schneide aus einem dünnen, roten Band bestand.

„Wie kommst *du* hierher?“, flüsterte Erik leise.

Dann ertönte plötzlich ein lautes Scheppern, das ihn dazu veranlasste, die restlichen Sachen noch schneller in die Taschen zu stopfen. Bis auf das Schwert und den Dolch, die er in den Händen behielt. Schnell warf er sich die Rucksäcke über und rannte zurück zu von Fink und der Quelle des Lärms. Zu seinem Unbehagen fand er jedoch keinen Tüftler wieder, sondern nur Vanessa umgeben von tausenden Glasscherben am Boden. Langsam blickte sie hinauf und rieb sich den Kopf.

„Ich habe nicht erwartet, dass er Widerstand leistet“, sagte sie mit schmerzerfüllter Stimme.

Erik folgte dem Flur und traf von Fink an der Eingangstür wieder. Er hielt ein altes Funkgerät in der Hand.

„Du bist zu spät, gleich stürmen sie das Haus!“

Kapitel 30 Belagerung

Mit seinem Arm im Anschlag sprang Erik auf von Fink zu. Im letzten Moment blieb er stehen – der Schrottverwalter war es einfach nicht wert. Von Fink hatte nicht gelogen, als er die Soldaten angekündigt hatte. Schon wenige Momente nach dem Funkruf konnte er Aufruhr in der Ferne erkennen. Erik hätte darüber kotzen können, dass er seine Deckung wegen so einer Lappalie verloren hatte. Aber es passte irgendwie zu ihm. Zumindest hatte er im Moment wieder alles, was ihm zuvor genommen worden war. Vielleicht könnte er Rusty Hope verlassen und so tun, als wäre er nie hier gewesen. Dafür müsste er nur die Flucht überleben. Genervt zog er von Fink am Kragen hoch, bis er mit ihm auf Augenhöhe war.

„Hast du Windbeutel einen Geheimgang in deinem Keller?", fragte Erik mit Mühe zurückgehaltener Wut.

„Ähm, lass mich nachdenken...", von Fink kratzte sich am Kinn, „ich weiß es nicht. Ich meine, warum sollte ich dir auch helfen?", spottete der alte Tüftler. Einen ängstlichen Unterton konnte er dabei allerdings nicht verbergen.

„Das letzte Mal, als die Miliz-Idioten versucht haben mich auszutreiben, haben sie Granaten benutzt. Vergeblich. Ich kann dir versprechen, dass sie es wieder versuchen werden, aber dieses Mal wird dein Haus dran glauben müssen, nicht nur ein Militärfahrzeug."

Das Argument schien von Fink schlüssig. Nachdem Erik den alten Mann losgelassen hatte, ging dieser wieder ins Haus. Hinter der Tür, die er gleich wieder schloss, nachdem Erik eingetreten war, brummte er: „Na schön, folgt mir."

Vanessa sah nicht begeistert aus, als Erik mit einem offensichtlich unversehrten Tüftler in den Flur trat. Sie saß noch immer auf dem Beton und hielt sich den Kopf. Da Erik es ja nicht getan hatte, erhob sie sich, um sich selbst an ihrem Angreifer zu rächen. Doch Eriks strenger Blick unterband ihr Vorhaben.

„Ganz ruhig, wir brauchen ihn noch. Gleich stürmen hier ein paar Gefallene rein, die mit uns tanzen wollen. Der Schwachmat hier hat aber wohl noch 'nen Hinterausgang."

„Na gut", grummelte Vanessa, „auf die Party habe ich grade auch keinen Bock."

Sie ließ von Fink an sich vorbei, warf ihm aber Blicke zu, die ihm zurecht Unbehagen bereiteten. Die beiden folgten ihm dann bis ans Ende des Flures. Mit einem schwungvollen Tritt stieß er einen Teppich weg. Eine Klappe im Boden offenbarte sich.

„Hier, das ist der unterirdische Weg ins nächste Haus. Das steht leer. Glaubt aber nicht, dass ich euch keine Soldaten hinterherschicke!", drohte von Fink den beiden, doch sie scherten sich nicht um seine Worte. Dass er überhaupt weiterleben durfte, war aus Eriks Sicht schon ein sehr großes Geschenk. Bevor er die Klappe öffnete, gab Erik Vanessa einen der Rucksäcke zusammen mit ihrem Schwert und dem Dolch. Als er ihr diesen in die Hand drückte, blickte er ihr kurz in die Augen. Dann nickte er.

Sie nickte ebenfalls und er wandte sich der Tür zu. Dabei zog er sein Schwert vom Rücken, ohne es zu aktivieren. Mit der Waffe im Anschlag drehte er sich noch einmal zu dem alten Mann.

„An deiner Stelle würde ich laufen. Und wehe das ist eine Falle. Dann komme ich zurück, finde dich und reiße dir den Arsch auf! Und wenn es das Letzte ist, was ich mache."

Von Fink schluckte hörbar. Schließlich nickte er und entfernte sich. Erik zog die Klappe hoch und die beiden schritten durch die Tür. Sie fanden sich in einem dreckigen Kellergewölbe wieder. Überall lag Sand. Staub rieselte von der Decke. Sie spürten, wie der Boden über ihnen durch das Getrampel von Menschenmassen erschüttert wurde.

„Schnell!“, zischte Vanessa und schlich an Erik vorbei. „Ich habe keine Lust auf Blei im Arsch“, fügte sie noch hinzu.

„Hey, ein alter Mann ist keine Monorail!“, antwortete er und legte ebenfalls einen Zahn zu. Auch wenn die Nachbarhäuser nicht weit voneinander entfernt standen, dauerte es einige Minuten, bis sie das Ende des Kellers erreichten. Die unterirdischen Gänge waren sehr verwinkelt. Schließlich fanden sie eine Treppe, die wieder hinaufführte. Vanessa tastete vergeblich nach einer Türklinke. Das schlechte Licht und der hinabrieselnde Sand machten es ihr praktisch unmöglich, etwas zu erkennen. Nach wenigen Momenten entschied sich Erik für die Holzhammermethode.

„Zur Seite“, flüsterte er, während er mit seiner mechanischen Faust ausholte. Mit einem lauten Surren der Notfallfeder schlug er die gesamte metallene Tür im Boden samt Riegelmechanismus in die Luft. Die Tür schlug gegen die Decke des Raumes und fiel dann wieder hinab auf den Rahmen. Vanessa konnte nun die Tür zur Seite schieben und zusammen verließen sie das Gemäuer. Sie schoben die Tür sowie einige umherstehende Möbelstücke in das Bodenloch, um es zu versperren.

„Das sollte wenigstens für ein paar Minuten Vorsprung reichen“, keuchte Vanessa angestrengt und wischte ihre Hände an ihrer Hose sauber. Dann blickte sie hinüber zu Erik, der eine wütende Miene zog. „Was ist los?“, fragte sie und verdrehte die Augen. „Also außer, dass uns gleich ein paar bewaffnete Stümper mit allem beschießen werden, was sie haben.“

„Drecks-Eishölle!“, fluchte Erik und hielt seinen mechanischen Arm mit ausgefahrener Sprungfeder ausgestreckt von sich. „Meine Kinbat ist quasi leer. Ich habe fast meinen gesamten Energievorrat zur Wärmeerzeugung draufgehen lassen.“

„Das hört sich gar nicht gut an. Und jetzt?“, fragte sie besorgt.

Erik setzte seinen Rucksack ab und begann darin herumzuwühlen. Er holte zwei tief vergrabene kinetische Batterien hervor und begutachtete sie. Dann streckte er seinen Arm wieder aus und ließ durch einen Hebelzug die aktiven Kinbats hervorspringen Die alten zog er heraus, die neuen spannte er ein. „Ich hab' es echt übertrieben“, murmelte er dabei. „Die hier hatte ich schon vor der Eishölle in Benutzung. Maximal zehn Prozent Restleistung könnte ich aus den Dingern hier noch rauskitzeln.“

Nach dem Einsetzen der alten Kinbats zog er die Feder wieder ein. Besorgt sagte er, mehr zu sich als zu Vanessa: „Jetzt muss ich wohl sehen, wie ich klarkomme... Der Kampf darf auf jeden Fall nicht so lange gehen.“

Dann packte er die leeren Batterien in den Rucksack und warf sich diesen über. Die beiden gingen durch den Flur des leeren Gebäudes in ein Zimmer hinein, dessen Fenster mit einem sehr löchrigen Wellblech zugenagelt war. Durch die Löcher konnten sie sehen, wie von Finks Haus auf der anderen Straßenseite umzingelt wurde. Es waren nicht nur ein paar Gefallene, es war eine ganze Horde bewaffneter Männer. Sie liefen mit den Waffen im Anschlag scheinbar unkoordiniert umher. Wie Betrunkene vor einer Diskothek liefen sie rastlos auf und ab, immer mit dem Gesicht zur Eingangstür. Schließlich schloss sich ein Ankömmling der Meute an. Sofort versammelten sich alle in einem Halbkreis um ihn herum. Er trug etwas, das wie ein improvisierter Granatwerfer aussah. Wie einen Mörser stellte er ihn kurzerhand auf den Boden und richtete ihn aus. Eine Sekunde später flog eine Granate aus dem Rohr direkt durch eins der Fenster im oberen Geschoss. Erik und Vanessa schauten sich beeindruckt an.

„Die haben echt an Technik und Taktik zugelegt. Mit einer Tränengasgranate das Haus auszuräuchern und uns dann beim Entkommen zu erschießen, ist für Gefallene echt bemerkenswert!“, meinte Erik nickend.

Dann blitzte ein tiefroter Lichtkegel durch alle Fenster und ein gewaltiger Knall hallte die Straße entlang. Fenster wurden samt Rahmen aus der Fassade gerissen und landeten zum Teil auf einigen der bewaffneten Milizen. Scheinbar ungerührt von den eigenen Verlusten brüllte die Horde plötzlich auf und die ersten Reihen der Meute stürmten das Haus.

„Wow… also jetzt bin ich beeindruckt“, schüttelte Erik ungläubig den Kopf, „beeindruckt, wie sehr ich mich geirrt habe.“

Vanessa lehnte sich an die Wand. „Also jetzt fühl’ ich mich schlecht für von Fink“, sagte sie.

„Ich nicht“, brummte er. „Er hat vielleicht nicht gleich den Tod verdient, aber irgendwas in dieser Richtung *hat* er verdient.“

„Was?! Hättest du ihn nicht beleidigt, wäre sein Haus jetzt nicht zerstört und es würde ihm wahrscheinlich gutgehen.“

„Hätte ich ihn nicht beleidigt, wüssten wir jetzt nicht, dass er der Technologie-Leichenfledderer der Gefallenen ist. Außerdem haben wir nur so unsere Sachen wiedergekriegt. Für diese Verhältnisse hier ist er recht clever. Er hat bestimmt rechtzeitig einen Unterschlupf gefunden.“

„Hoffen wir es mal“, sagte Vanessa reumütig.

Erik kramte aus seinen Rucksack zwei Airbots hervor.

„Hey, die kenn’ ich doch!“, sagte Vanessa. „Die hast du schon gegen die Prototypes eingesetzt.“

„Genau, findest du hier irgendwo ein größeres Loch?“

Vanessa schaute sich um. „Ja, hier ist der Fensterbeschlag lose.“

„Gut, sei aber leise. Wenn es losgeht, sollten sie möglichst nicht merken, woher es kommt. Das mindert den Effekt.“

Vanessa nickte.

Dann fiel Erik der Dolch an ihrer Hüfte auf. „Was ich vergessen habe“, sagte er und zog ihn vorsichtig heraus, um ihn ihr dann mit beiden Händen feierlich zu präsentieren. „Happy Birthday, Vanni. Also nicht heute. Aber damals. Ein paar Mal. Egal."

Vanessa nahm den Dolch an sich und begutachtete das erstaunlich leichte, aber stumpfe Messer. „Danke, aber ich glaube, das ist der falsche Zeitpunkt. Ich bräuchte ein richtiges Schwert, kein stumpfes Brotmesser."

Erik wühlte unter der Lederjacke in seinem Hemd herum, bis er einen kleinen F^2-Stick zum Vorschein brachte. Diesen steckte er in das Heft der kleinen Klinge und betätigte dann einen unscheinbaren Schalter unterhalb der kurzen Parierstange. Die gestanzte Klinge schob sich auseinander und wuchs auf die doppelte Länge heran. Das rote Band spannte sich auf und begann wie der Glühfaden einer alten Lampe hell aufzuleuchten. Vanessa schaute beeindruckt auf ihre neue Hightechwaffe.

„Ein Ultrahochtemperaturschneider, analog zu dem Hitzemodus meiner Klinge", erklärte Erik stolz. „Deine Waffe verbraucht den Stick nicht, schneidet aber trotzdem problemlos durch alle Metalle und Legierungen, die unter 2000 °C schmelzen. Sie ist aber leider alles andere als stabil, also wehr bitte nichts mit dem Blatt ab, okay?"

„Ich bin sprachlos, Erik. Danke!"

„Bitte, bitte. Und führe sie mit Stolz!" Dann wandte sich Erik wieder seinen Airbots zu. „Jetzt aber los."

Kapitel 31 Kontrollverlust

Erik und Vanessa aktivierten gleichzeitig je einen Airbot und ließen sie lautlos aus dem geöffneten Fenster auf die Horde der Gefallenen zufliegen. Diese waren viel zu sehr damit beschäftigt herumzuschreien und zu wüten, als dass sie das leise Surren der kleinen Flugmaschinen mitbekommen hätten. So flogen sie in die tobende Menge, bis eine gegen einen Hinterkopf stieß. Verwundert rieb sich der Betroffene den Schädel und pflückte neugierig den Airbot aus der Luft. Just in dem Moment stieß Erik in seinem Versteck einen schrillen Pfiff aus. Es folgten gleichzeitig zwei Explosionen innerhalb der Meute. Es dauerte einige Momente, bis wieder Ruhe einkehrte. Gespannt auf den Erfolg seines Manövers blickte Erik durch eine der löchrigen Wände hinaus und versuchte die Lage einzuschätzen. Um die zwei kleinen Krater herum lagen fast alle Gefallenen auf dem Boden.

„Sehr gut! Es funktioniert. Keine Ahnung, wie viele noch leben, aber da sie nur schlecht geschützt waren, müssten wir mindestens dreiviertel von ihnen ausgeschaltet haben", schätzte er murmelnd ab.

„Also deiner Einschätzung traue ich heute gar nicht mehr. Wahrscheinlich haben sie es alle überlebt. Und sie wissen jetzt genau, wo wir sind!"

„Vanni, sei nicht so pessimistisch. Sicher haben sie…"

Plötzlich schlugen Projektile durch das dünne Wellblech und hinterließen kleine Krater in der Wand gegenüber. Sofort suchten sie Deckung auf dem Boden und hielten sich die Hände über die Köpfe, bis die Patronensalve abebbte. Vanessa warf Erik einen vernichtenden Blick zu.

„Kannst du bei sowas nicht einmal deine Fresse halten?! Langsam glaub' ich, du machst das irgendwie mit Absicht!", schnauzte sie ihn an.

Viel Zeit zum Ausdiskutieren blieb den beiden jedoch nicht, denn sie hörten, wie sich die restlichen Soldaten mobilisierten. Also nutzten sie den Moment, um sich in das Innere des Hauses zurückzuziehen. Vanessa entschloss sich dazu, ihr Versteck beim Hauseingang zu verlegen. Weit weg von Erik, der gleich in eine andere Richtung abgebogen war. Zum einen wollte sie einen taktischen Vorteil, zum anderen wollte sie nicht, dass Erik es sah, falls sie wieder kampfunfähig werden würde. Doch lange hatte sie nicht, um sich selbst zu bemitleiden. Drei Gefallene stürmten durch den Hauseingang und schossen sofort auf alles, was ihrer Meinung nach als Versteck hätte dienen können. Zu Vanessas Glück übersahen sie dabei die Ecke direkt hinter der Tür, in der sie stand. Sie blickte auf die Rücken der drei Schützen. Für die alte Vanessa wäre dies ein Freischein für den perfekten Angriff gewesen, doch jetzt sah es für sie anders aus. Noch bevor sie überhaupt ihre Waffen ziehen konnte, schob sich die Taubheit in ihre Finger. Sie biss die Zähne zusammen.

Verflucht, nicht jetzt! Verdammter Körper! Beweg dich! Es sind doch nur Menschen, keine metallenen Untoten oder zehnbeinige Spinnen!, brüllte sie ihr inneres Ich an, während sich die Taubheit so schnell wie nie zuvor in ihren Armen ausbreitete. Sie hielt ihren Atem an. Sie traute sich nicht, ihre Augen zu schließen, doch versuchte sie sich zu beruhigen. *Panik ausblenden, Angst nutzen. Panik ausblenden, Angst nutzen. Panik ausblenden, Angst nutzen. Immer wieder wiederholte sie ihr Mantra. Ja, sie flehte ihr Innerstes förmlich an. Ab*er es half nicht. Die Panik wurde nur immer stärker.

Wehr dich nicht, sagte eine Stimme in ihrem Kopf.

Vanessa riss die Augen auf. Das war nicht *ihr* Gedanke gewesen! Doch war es eindeutig in ihrem Kopf. „Wer bist du?", flüsterte sie schockiert.

Die drei Soldaten drehten sich zu ihr. In diesem Moment, in dem die Läufe der Waffen auf sie gerichtet und die Männer bereit waren zu feuern, erklang die fremde Stimme wieder in ihrem Kopf.

Ich übernehme, sagte sie. Vanessa spürte, dass sie die Wahl hatte, sich zu wehren, doch sie blickte in ihren sicheren Tod. Also ließ sie sich darauf ein und sofort verschwand die Taubheit aus ihren Armen. Ihr Körper bewegte sich jetzt wie ferngesteuert. In einer schnellen Bewegung ließ sie ihren Rucksack fallen und zog ihre beiden Waffen. In dieser Sekunde fielen auch schon die ersten Schüsse. Vanessa wich ihnen aus, indem sie sich auf den Boden warf. Dann ging sie in den Angriff über und sprang auf den ersten Gefallenen zu. Sie durchschnitt mit dem aktivierten Dolch seine Waffe. In derselben Bewegung rammte sie die Schneide des Katanas in die Hand des zweiten Soldaten, die am Abzug war. Dann trat sie dem dritten aus dem Stand in den Kehlkopf, wodurch er ohnmächtig wurde und in sich zusammensackte. Die anderen beiden Soldaten flohen schreiend aus der Tür, durch die sie gerade erst hereingestürmt waren. Binnen weniger Sekunden hatte das Wesen in ihr, das Vanessa wie eine Marionette lenkte, die drei Soldaten ausgeschaltet – ohne sie zu töten.

Vanessa war schockiert über das Ergebnis, über ihre Kraft und Fertigkeiten. Auch wenn sie ihre eigenen Bewegungsmuster wiedererkannte, wusste sie in dem Moment nicht, ob es wirklich *ihre* Kraft war.

Wer oder was bist du?, fragte sie erneut in sich hinein. Die Stimme, die immer noch die Oberhand über ihren Körper hatte, antwortete nicht. Vanessa war sich ihrer selbst bewusst und blickte durch ihre eigenen Augen, doch war sie nur Beifahrerin in ihrem Körper. Sie sah durch die Tür wie weitere Soldaten anmarschiert kamen. Um den Durchgang zu verriegeln, riss sie einen nahen Schrank um und versperrte so die Verbindungstür. Als sie in die Ecke zurückging, fiel ihr Blick auf die Löwenmaske in ihrem Beutel. Er musste sich geöffnet haben, als sie ihn vorhin durch den Angriff fallen gelassen hatte.

Nicht nur Vanessa, auch ihrem Autopiloten gefiel die Maske. Ohne zu zögern, griff sie danach und legte sie an. Kleine Schienen fuhren aus dem Rand und fixierten sich an ihrem Kinn und ihren Schläfen. Sie konnte durch das enganliegende Metall besser hindurchsehen, als sie erwartet hatte. Es schränkte ihr Sichtfeld praktisch überhaupt nicht ein. Erik hatte wirklich hervorragende Arbeit geleistet.

Wie es ihm wohl gerade geht?, dachte Vanessa in dem Augenblick. Sofort griff ihr Körper den Beutel und rannte zurück in das Zimmer ihrer Observierung. Der Geist schien ihre Gedanken zu hören. Dort sah sie, wie unzählige Gefallene auf dem Boden herumlagen und sich vor Schmerzen krümmten. Von Erik war aber keine Spur. Plötzlich krachte es und er brach direkt neben ihr durch die Wand. Im letzten Moment sprang sie aus dem Weg. Seinen metallischen Arm hielt er schützend vor sich und nutzte ihn als Rammbock, um mit Leichtigkeit durch die dünnen Wände des Hauses zu rennen. Er hatte schnell gemerkt, dass dies sowohl für einen Überraschungsmoment sorgte als auch Gift für die Moral der Gefallenen war. Viele begannen einfach zu flüchten, wenn la Mort de Fer durch die Wand zu ihnen hereinplatzte. Mehr als verständlich, fand Erik. Nachdem er nun aber zum Stillstand kam, blickte er zu ihr und sagte: „Hey Vanni, bei dir alles gut? Ich hab' echt Probleme mit meiner Restenergie… Ist das meine Maske?"

Vanessa antwortete nicht, legte aber fragend ihren Kopf schief.

„Erst der Dolch und dann die Maske… vor dir kann man echt nichts geheim halten!", lachte er. Dann zuckte er einfach mit den Schultern und sagte: „Ist ja auch egal, es war eh alles für dich..."

Auf einmal krachten Schüsse aus einem Nebenzimmer.

Blitzartig riss er seinen Arm wieder hoch und verdeckte sein Gesicht mit dem Blatt seines Schwertes. Kampfbereit stürmte er durch die dünne

Gasbetonwand[18] in das nächste Zimmer. In dem Moment kamen Schreie aus dem Nebenzimmer. Vanessa war sich nicht sicher, ob sie überrascht oder schmerzerfüllt klangen. Durch das Loch in der Wand konnte sie beobachten, wie Erik die Feinde niederschlug.

Angelockt von den Schreien ihrer Kameraden stürmten fünf weitere Soldaten herein. Sofort zog Vanessa ihren Dolch und sprang auf sie zu. Ohne dass sie sie wirklich sehen konnten, zerschnitt sie deren Waffen binnen weniger Sekunden. Erschrocken von dem plötzlichen Angriff blieben sie stehen und richteten ihre Gewehre auf Vanessa.

„Stirb!", schrie einer noch, bevor sie alle abdrückten.

Als sich kein Schuss löste, hoben sie verunsichert ihre Köpfe und schauten Vanessa verwirrt drein. Viel Zeit blieb ihnen nicht, denn schon in diesem Moment raste Erik über sie hinweg und schaltete sie aus. Langsam bremste er ab und blickte sich nach Luft ringend um. Überall lagen seine Opfer am Boden. Es war plötzlich ziemlich ruhig geworden. Niemand schien mehr in das Haus einzudringen oder aus der Ferne anzugreifen. Nur das Wehklagen und Stöhnen der Verletzten war zu hören.

„Kann es sein, dass das schon alle waren?", fragte Erik ungläubig und ließ erschöpft die Arme sinken.

Vanessa atmete auch einmal tief durch und nahm ihre Maske ab. Wieder in Kontrolle über ihren Körper steckte sie sie an ihren Gürtel. „Das bezweifle ich, aber anscheinend lassen sie uns gerade in Ruhe und formieren sich neu", antwortete sie.

„Stimmt, für einen Sieg war das zu einfach."

Genau in dem Zeitpunkt, in dem Erik das aussprach, stürzte die Zimmerwand hinter ihnen ein. Keine Explosion. Keine Eruption. Die Wand fiel

---

[18] Gasbeton ist ein Material, das aus aufgeschäumtem Beton hergestellt wird. Dieser wiederum besteht aus gebranntem Kalk (Zement), Sand und Wasser. Es isoliert gut, ist sehr leicht und einfach zu verbauen. Allerdings ist es nicht sehr witterungsbeständig.

einfach in sich zusammen und wirbelte Staub in die Luft. Sofort griff Vanessa nach Erik, denn die Sicht war von einer Sekunde auf die nächste gleich null.

„Was war das?“, rief sie hustend.

„Keine Ahnung, aber ich bezweifle, dass wir glücklich sein werden, wenn wir es rausfinden“, antwortete er.

Er versuchte wenig erfolgreich seine Sicht mit dem Schwert frei zu wedeln. Als sich der Staub langsam legte, kam inmitten des Raumes eine mit Eisenstangen verstärkte Kabine zum Vorschein, durch deren dünne Schlitze eine Person zu erkennen war.

„Ach du Scheiße!“, rief Erik mit zitternder Stimme Vanessa zu, „die haben 'ne Grille!“

In dem weiter sinkenden Staubpegel konnten die beiden erkennen, dass die mannshohe Kabine um einen massiven, maschinellen Hinterbau erweitert war, der scheinbar in der Luft schwebte. Aus diesem Hinterbau, dem Kernstück der Grille, ragten zwei mächtige, kranartige Arme hervor. Der eine hatte einen hydraulischen Greifer, der andere ein automatisches Gewehr. Unter dem maschinellen Hinterleib stampften zwei riesige metallene Beine durch den Staub, deren Knie nach hinten gerichtet waren und das gesamte Gewicht mit Leichtigkeit abfederten.

Beim Anblick des zweibeinigen Kampfmechas schoss Erik die reine Panik durch die Adern. Für den Bruchteil einer Sekunde wurde ihm bewusst, dass er sich normalerweise der Frage hingegeben hätte, woher die Gefallenen diese Kampfmaschinen aus Vorwehrzeiten herhatten. Doch in diesem Moment überlagerte sein Fluchtinstinkt alles andere in ihm. Er packte nur Vanessas Hand und raste den Flur entlang zum Hinterausgang. Er riskierte einen Blick zurück zur Grille, während sie aus dem Haus stürmten. Doch da spürte er einen schmerzhaften Druck auf seiner Brust. Er war so verängstigt gewesen, dass er gar nicht bemerkt hatte, dass auch draußen ein Servo

Berlin, 27. August 2041

Die Servos übernehmen das Schlachtfeld

Der erste Servo vom Typ „Grille“ (siehe Bild) erreichte am heutigen Tag die Kriegsfront an der moldawischen Grenze.

Es ist der erste Servo aus europäischer Produktion, der als bipodisch gilt, also auf zwei Beinen steht. Dies wird einen großen Einfluss auf die von Mechas dominierten Kampfhandlungen haben, wie wir selbst es beim Verlust des ukrainischen Gebietes erfuhren. Der erste großproduzierte Servo war der *Mantis* MK I, welcher eine Weiterentwicklung des Panzers darstellte. Der *Mantis* bewegte sich weiterhin auf Ketten, doch wurde durch Automatisierung und einem VR-Steuersystem das Führungspersonal von fünf auf eine Person reduziert. Er unterliegt jedoch der chinesischen Mecha-Einheit in Geschwindigkeit und Flexibilität. Auch das größtenteils urbane Terrain ist ein Schwachpunkt des *Mantis*. Die *Grille* wird dies ändern. Betrachtet man die Leistung, Größe und Bewaffnung, so ist sie die mächtigste Kampfeinheit auf dem Schlachtfeld. Ob dies hilft, das Oststaatenbündnis erfolgreich zurückzudrängen, kann nur spekuliert werden.

vom Typ Grille wartete. Dieser hatte Erik, sobald er in Reichweitewar, mit seiner hydraulischen Hand gepackt und hob ihn jetzt langsam hoch. Auch wenn dieses Exemplar ein ganzes Stück kleiner als das im Haus war, hob es Erik problemlos einige Meter in die Luft.

„Lauf, Vanessa, hier kannst du nichts mehr machen!", brüllte er zu ihr hinunter. Er riss sich den Rucksack vom Rücken und warf ihn ihr zu. Sie fing ihn zwar auf, blieb aber weiterhin wie angewurzelt stehen. „Jetzt renn endlich, bevor sie dich auch erwischen!"

Wie aus einer Trance gerissen nickte sie ihm einmal kurz zu, zögerte dann aber noch einen Moment bei der Wahl des Fluchtweges. Erst als hinter ihr ein weiterer Servo auftauchte und sich mit Leichtigkeit durch die Wände des Hauses bewegte, sprintete sie in Richtung Rusty Hope-Zentrum. Als sie schließlich hinter einer Hauswand verschwunden war, widmete sich Erik wieder seinem eigenen Problem. Er bekam kaum Luft, jedoch hielt der mechanische Teil seines Körpers den Mecha davon ab, ihn zu zerdrücken.

„So leicht mache ich es dir nicht!", zischte Erik dem Führer der Waffe zu und stach mit seinem Schwert immer wieder auf die Kabine ein. Hoffnungslos. Die engen Sichtschlitze des Führerhauses waren zu klein für seine Klinge. Zudem wurde der Griff des Servos immer fester. Dann kam ihm noch eine verzweifelte Idee. Mit letzter Kraft spannte er sein mechanisches Kreuz an und holte tief Luft. Dann hielt er den Atem an und presste seine Brust zusammen. Es funktionierte. Zwischen den Fingern des hydraulischen Greifers entstanden einige Zentimeter Platz. Schnell zog er einen F^2-Stick aus seiner Brusttasche und schob ihn in den Griff seines Schwertes, bevor sein hydraulischer Käfig sich die Zentimeter wieder zurückholen und ihn noch fester packen konnte. Die Klinge glühte auf, sodass er die Hitze auf seiner Haut spüren konnte. Auf dem Zenit des Farbwechsels holte er aus und schnitt durch die Kabinenwand wie durch Butter. Ein markerschütterndes Brüllen schallte aus dem Servo, während die Maschine zu taumeln begann. Doch tot konnte der

Pilot nicht sein, denn der Mecha fing sich wieder und stellte sich gerade auf. Durch den neu geschaffenen riss in der Kabine sah Erik, wie der Pilot der Kabine seinen verletzten Bauch hielt.

„Du Schwein, das zahl' ich dir heim!", schrie der Soldat wütend. Noch bevor Erik erneut ausholen konnte, schlug der Servo mit der Faust, in der er Erik immer noch fest umgriff, auf den Boden. Dann holte er aus und katapultierte Erik in die Ferne.

Kapitel 32 Bruchlandung

Erik blickte aus dem mächtigen Schatten des Zyklopen an diesem empor. Der Blutverlust und die damit einhergehende Übelkeit ließen ihn von Augenblick zu Augenblick schwächer werden. Er wischte sich mit seiner verbliebenen Hand übers Gesicht, um das Blut loszuwerden, das ihm aus einer Platzwunde in die Augen lief, doch es half nur minimal. Es war ihm egal. Er dachte in diesem Moment nur noch darüber nach, wie er lieber sterben wollte: ausgeknockt vom Blutverlust oder lieber heldenhaft durch die Klinge der Bestie. Schließlich überließ er es dem Schicksal und schloss die Augen.

„Wehe du stirbst mir hier weg!", brüllte Vanessa ihn an. Mit gezogener Klinge sprang sie auf den Zyklopen zu. Erik öffnete die blutverschmierten Augen und sah, wie sie eins der Beine des Ungetüms mit einem mächtigen Schwung durchtrennte. Es brüllte auf, verlor das Gleichgewicht und kippte zur Seite weg. Ein weiterer Angriff folgte. Nur nicht von Vanessa. Ein ohrenbetäubender Knall durchzog die Luft, als würde ein Flugzeug die Schallmauer durchbrechen. Blaues Licht glomm auf der Haut des Monsters auf. Wiederholt stieß es schmerzerfüllte Schreie aus und reckte den Kopf zum Himmel. Wie aus dem Nichts erschien Richard und sprang auf den verwundeten Gegner. Mit dem Gaussgewehr im Anschlag schoss er immer wieder auf den Zyklopen. Immer wieder folgten ein lauter Knall und ein blaues Licht. Und nochmal. Und nochmal. Der Knall und das Licht wechselten sich so lange ab, bis sich die Bestie schließlich nicht mehr bewegte. Die Waffe, die Richard mit sich trug, stammte aus dem Waffenturm, den Erik normalerweise besetzte. Es war Erik ein Rätsel, wie er sie aus der Halterung hatte brechen oder überhaupt so eine schwere

Waffe hatte tragen können. Durch den Anblick des verreckenden Monsters machte sich eine tiefe innere Zufriedenheit in ihm breit. Triumphierend stand Richard auf dem regungslosen Körper und ließ einen letzten Schuss fallen, bevor er die Waffe langsam senkte. Er blickte stolz auf, als hätte er allein die Menschheit gerettet. Erst schaute er zu Vanessa, die mit einem erschöpften, aber anerkennenden Nicken antwortete. Dann schaute er zu Erik. Sein Blick sprach Bände, wobei das „Ich habe es geschafft!" am lautesten zu vernehmen war.

Mit einem Mal bäumte sich der vermeintlich leblose Körper des Monsters unter Richard wieder auf und schmiss sich über ihn. Mit gekreuzten Sichelklingen drückte er den Soldaten fest auf den Boden. Es schien den Moment zu genießen. Lange verharrte es in dieser Position und blickte mit seiner gigantischen Linse genüsslich in Richards Gesicht. Anscheinend wollte es ihm als Dank für die Schmerzen langsam die Luft aus dem Leib pressen. Vanessa fiel in der Schrecksekunde nichts Besseres ein, als ihr Schwert wieder zu ziehen und den Hinterleib des Monsters zu malträtieren. Allerdings ließ es sich nicht von seinem Vergnügen abbringen, Richard zu erdrücken, auch wenn es dabei deutlich an Körpermasse verlor.

Erik kämpfte weiter gegen seinen Kreislaufschock an. Dabei konnte er nichts weiter tun, als beobachten, was um ihn herum geschah. Er wischte sich mit der Hand noch einmal Blut aus den Augen und griff auf seine rechte Seite zum Holster. Mühevoll zog er seine Pistole hervor, doch statt wie gewohnt sofort zu schießen, begann er zu zielen. Er konnte vom Gaussgewehr freigeschossenes Fleisch am Kopf der Bestie erkennen, sofern er es als Fleisch bezeichnen konnte. Es sah eher aus wie Götterspeise aus Chromlack, doch das war ihm gleich, solange das Monster keine Panzerung mehr hatte. Seine Augen brannten vom Blut und seine Hand zitterte. Er hielt den Atem an ... und schoss.

Ein Schrei schallte über das Schachtfeld. Ein Schrei, der einem das Blut in den Adern gefrieren ließ. So tief drang er in die Ohren von jedem, der ihn vernahm.

Denn es war nicht der Schrei der Bestie. Es waren Richards Lungen, die sich leer brüllten, bis sein Kopf schließlich zur Seite kippte.

Erik blickte zu seiner Waffe auf und konnte nicht glauben, was gerade geschah... er hatte seinen besten Freund erschossen. Mit letzter Kraft und voller Wut schleuderte er seine Pistole in den Dreck der Straße, auf der er gerade lag.

*

Erik öffnete langsam seine Augen. Der altbekannte Schmerz schoss ihm durch den Arm. Allerdings schmerzte auch sein restlicher Körper derart, dass das Leiden im Arm doch gar nicht so schlimm war. So erstaunte es ihn ziemlich, dass er sich bewegen konnte. Er richtete sich vorsichtig auf und führte eine Inventur seines Körpers durch. Nacheinander bewegte er jeden noch organischen Teil ein kleines Stück. Er zog jeden Muskel kurz an und knackte zum Abschluss mit dem Genick. Dann schloss er die Augen und sprach leise vor sich hin: „Erik Weizholt, geboren am 14.03.2035 in Greifswald. 2, 4, 8, 16, 32, 64, 128, 256, 516, 1032...“

Plötzlich musste Erik husten. Alles an ihm schmerzte, aber er konnte sich das Grinsen nicht verkneifen. *Scheiße... wie hab' ich das nur ohne eine ernsthafte Verletzung überlebt?* Er legte sich wieder hin und schaute hinauf. Über ihm war ein leichter Staub in der Luft. Anscheinend lag er hier noch nicht lange. Der Boden unter ihm war recht gemütlich. Als er sich umsah, identifizierte er ein großes Haus oder eine provisorische Scheune um sich herum. Über ihm war ein großes Loch in der Decke, durch das sich Licht in dem sonst dunklen Raum ausbreitete. Vorsichtig richtete er sich erneut auf. Er konnte verschiedene Kisten mit diversen Inhalten erkennen. Haarbürsten, Besen, Geschirr, Sprayflaschen und einiges mehr. Es waren alles Gegenstände, die normalerweise Nomaden aus verlassenen Städten holten. Erik war sich sicher, dass dies hier ein Umschlagsplatz für Beute oder Handelswaren sein musste. Langsam versuchte er sich ganz aufzurichten. Dabei merkte er, worauf er eigentlich gelandet war: alten Teppichen. *Puh, um Haaresbreite…,* dachte er sich, als er den Haufen mit alten Spiegeln neben sich aufgetürmt sah. Er ließ sich von den Teppichen heruntergleiten und landete mit zusammengebissenen Zähnen auf dem Boden der Scheune. „Schhhhhh… Auauauaua."

Die Schmerzen lagen noch tiefer, wie er plötzlich merkte. Er humpelte zu den Spiegeln. Er nahm sich vom Stapel eine große Spiegelscherbe und erblickte darin, wie sein Gesicht grün und blau geschlagen war. Angetrocknetes Blut verzierte es zudem wie eine Kriegsbemalung. Aber es war ihm egal. Er hatte eine Konfrontation mit einer Grille überlebt. Egal, wie. Er schaute die Menge an Spiegeln an und sah an einer großen Scherbe einen Löwenaufkleber. Erik grinste bei dem Anblick des hässlichen Aufklebers. *Vanessa würde der gefallen,* dachte er. Dabei schoss ihm wieder durch den Kopf, dass sich Vanessa gerade allein durchschlagen musste. Erik rannte so schnell los, wie seine Schmerzen es zuließen. Nach wenigen Metern wurde er aber wieder langsamer und blieb schließlich stehen.

„SCHEISSE!", schrie er.

Er blickte auf seinen mechanischen Arm hinab und versuchte ihn anzuspannen. Trotz der glücklichen Landung sah es nicht gut für ihn aus. Er hatte keine Airbots, sein Schwert war gerade beim Servo flöten gegangen und in seinem Arm hatte er auch kaum noch Kraft. Seine Chancen, Vanessa hilfreicher zu sein als ein Briefbeschwerer, sanken gerade gegen null. In diesem Moment der Hilflosigkeit holte er seinen Schwarzen Peter heraus, die P18 Putin, und untersuchte sie. Sie war unversehrt. Er wusste jedoch auch, dass sie ihm im Kampf nichts nützen würde. *Moment mal!,* schrien ihn seine grauen Zellen aus seiner hinteren Hirnrinde an. Erik drehte sich um und blickte in die langen Gänge zwischen den verschiedenen Lagerbereichen. Er humpelte zurück zu einer Wand, an der er gerade vorbeigerannt war. An diese war ein Zettel geschlagen geworden, der alt und faltig aussah. Erik riss ihn mit beiden Händen ab und ließ sich auf den Boden fallen. Tränen schossen ihm in die Augen.

Kapitel 33 Einsicht

Vanessa keuchte vor Erschöpfung. Mit dem Rücken an eine Mauer gelehnt flutete sie ihre Lungen mit Sauerstoff. Ihr Körper war mit Schürfwunden übersät. Blut floss ihr unter der Maske hervor und lief ihr in dünnen Rinnsalen den Hals entlang. Die Schwerter hielt sie im Anschlag. Es war ein kurzer Moment der Erholung, den sie sich durch Respekt verdient hatte. Respekt seitens der Gefallenen. Keiner von denen traute sich gerade, sie direkt anzugreifen. Denn alle, die es bisher versucht hatten, lagen bewusstlos oder vor Schmerzen schreiend am Boden. Es war aber auch nicht das Fußvolk, das Vanessa Angst machte. Die Stimme, die wieder ihren Körper übernommen hatte, kam spielend mit diesem klar. Es war die Grille.

Vanessa drehte sich und riskierte einen Blick über die Mauer hinweg. Sie sah eine Straße mit verlassenen Häusern, deren Antlitz geprägt von Projektileinschlägen war. Es war ein trostloser Anblick. Doch für Vanessa sah es aus wie ein Spielplatz. Überall sah sie Möglichkeiten, sich zu schützen, zu verstecken oder Deckung zu finden. Doch suchte sie nicht nach neuen Verstecken, sondern nach ihrem Feind. Dieser bewegte sich gerade in großen Schritten am anderen Ende der Straße von einem Haus zum Nächsten, begleitet von lauten, hydraulischen Geräuschen. Die Grille wies schon deutliche Schnittspuren von Vanessas neuer Klinge auf. Besonders an den Beinen. Bisher hatte sie den Servo aber nicht kampfunfähig machen können. Das wurmte sie. Denn es war nicht ihr einziger mechatronischer Feind hier. Sie wusste von einer weiteren Grille, die sich auf der anderen Seite des Ringes befand und ihr langsam den Weg abschnitt.

In dem Moment schlugen wieder Gewehrkugeln um sie herum ein und sie nahm schnell den Kopf runter. Vorsichtig kroch sie unter Beschuss die Mauer entlang und gelangte in ein Haus, das am Rand zur tieferen Ebene stand. Sie blickte aus einem Seitenfenster der kleinen Klippe hinab und begutachtete den Kampfplatz.

Weiter unten waren nur noch Gebäude aus Wellblech zu finden, die bei der Feuerkraft der mobilen Gefechtseinheiten genauso gut aus Papier hätten sein können. Deshalb stand auf dem unteren Ring, mittig der Ringstraße ein Mantis, ausgerüstet mit zwei breiten Gatlinggeschützen[19]. Diese Art von Mecha hatte in Vanessas Augen immer die Anmut eines Reiters, da er so aussah, als würde die gepanzerte Kabine mit den Waffenarmen auf dem Kettenfahrzeug reiten. Ihre Bewunderung hielt sich hier auf dem Schlachtfeld jedoch in Grenzen. Die Feuerkraft vom Mantis war die der Grille weit überlegen. Und diese trieb ihr auch den Angstschweiß ins Gesicht.

Vanessa musste zugeben, dass sie auf den unteren Ringen keine Minute überleben würde. Sie hoffte auch, dass die Stimme, die gerade ihren Körper steuerte, ebenso dachte. Allgemein gingen ihr langsam die Optionen aus. Immerhin hatte sie nur noch zwei Schwerter, zwei Rucksäcke voller Plunder und noch Ausdauer für etwa 20 Minuten. Sie war selbst überrascht, wie gut sie durchhielt, vor allem wenn sie bedachte, dass sie schon lange nichts mehr gegessen hatte.

Vanessa beobachtete, wie das Haus gegenüber der Grille dem Erdboden gleichgemacht wurde. Der Servopilot hätte eigentlich wissen müssen, dass sie nicht darin sein konnte, aber vielleicht wollte er ihr auch nur Deckungsmöglichkeiten nehmen. Oder er hatte einfach Spaß bei der Arbeit. Ihr hätte

---

[19] Das Gatling ist eine Spezialart des Maschinengewehrs und zeichnet sich durch mehrere, rotierende Waffenläufe aus. Durch diese können höhere Salvengeschwindigkeiten erreicht werden, da in einem einläufigen Maschinengewehr die Überhitzung des Laufes und die Lademechanik die Schussrate limitiert. Die Gatling hat ein weit höheres Gewicht, weshalb es als Personenwaffe ungeeignet ist.

es jedenfalls Spaß gemacht. Es tat ihr aber auch leid, wie viele Menschen in dieser kleinen Stadt schon ihr Heim verloren hatten. Und dass nur wegen Erik und ihr. Der halbe Ring bestand praktisch nur noch aus Schutt und Asche. Andererseits fühlte Vanessa auch eine tiefe innere Zufriedenheit. Noch nie hatte sie sich so wichtig gefühlt. Und so gefährlich. Und das, obwohl sie nicht mal wirklich selbst kämpfte. Noch ein Grund nicht aufzugeben.

Aber jetzt musste sie erst einmal schnell überlegen, was sie noch ausrichten könnte. Sie nahm die Maske vom Gesicht und hatte plötzlich wieder die volle Kontrolle über ihren Körper. Eine Staubwolke auslösend warf sie die Rücksäcke vor sich auf den Boden und begann in Eriks Tasche herumzuwühlen. Ihre eigene kannte sie in- und auswendig. Doch wegen des Kampfes mit dem Seeker konnte sie auch in dieser nicht mehr viel Nützliches finden. Die Airbots mit Sprengsätzen waren aus und der Rest war größtenteils Gelumpe, darunter Ersatzteile und Munition für die Putin. *Eriks Superwaffe... na toll...,* dachte sie, während sie eine längliche Hülse aus dem Rucksack zog. *Eine Signalfackelpatrone... vielleicht ist die nützlich!* Mit einer Hand die Fackel haltend spähte sie aus der Zimmertür hervor und lokalisierte den Servo. Nachdem sie ihre Maske wieder aufgesetzt hatte, richtete sie die Hülse auf das Kampffahrzeug und schnitt mit ihrem Hochtemperaturschwert in das metallene Ende.

Ein brennendes Leuchtgeschoss raste in hohem Bogen durch Türen und Fenster auf die Grille zu. Der Servo trat merklich überrascht einige Schritte zurück und feuerte dann schnell einige Salven mit dem Maschinengewehr in die Richtung, aus der das Geschoss gekommen war. Durch den roten Rauch der Signalfackel wurde die Sicht für den Pilot immer schlechter, weshalb er sich entschied, das Feuer wieder einzustellen. Er ließ die Greifarme seines Servos ausfahren und machte sich bereit für den Nahkampf, denn etwas anderes ließ die Sicht nicht zu. Eingeschränkt durch die dünnen Schlitze, durch die er nur seine Umgebung wahrnehmen konnte, untersuchte er sein Umfeld.

Auf einmal sah er vor sich etwas aufleuchten. Mit einem gezielten Griff packte der hydraulische Greifer das Objekt und zerdrückte es. Doch nur kleine Einzelteile eines leuchtenden Gerätes mit Propellern fielen zu Boden. Der Pilot führte den Greifer näher an die Kabine, um das Objekt genauer betrachten zu können. In dem Moment verlor der Servo das Gleichgewicht und kippte nach vorn. Vor der Kabine erschien die maskierte Vanessa, die ihr Schwert schwang und schon weiter zur nächsten Deckung sprintete. Aber die Reaktion des Servopilot war schneller. Er packte sie mit seinem Greifarm. Obwohl er es gekonnt hätte, zerdrückte er sie nicht gleich. Er hielt sie vor seine Kabine und sah zu, wie sie versuchte sich zu befreien. Für sie war es ein Todeskampf in einer metallischen Pranke, die sich keinen Millimeter bewegte. Sie wandte sich hin und her und drückte an dem hydraulischen Arm. Doch nichts half. Schemenhaft konnte sie die Person in dem Servo durch das verstärkte Gitter hindurch erkennen.

„Jetzt bring mich endlich um, du sadistischer Teufel!“, schrie sie ihn an. Eine kühle Stimme antwortete: „Nicht so ungeduldig, Prinzessin.“

Der andere Greifarm bewegte sich auf Vanessa zu, sodass sie direkt in den Gewehrlauf des Geschützes schauen musste. Sie schloss die Augen und stieß ein Gebet gen Himmel. Nicht einmal ihr Autopilot schien ihr helfen zu können. Im nächsten Moment ertönte ein gewaltiger Knall. Ihre Ohren dröhnten vor Schmerz. Tatsächlich war sie aber erleichtert, dass sie überhaupt noch Schmerzen spüren konnte. Sie öffnete die Augen und sah, wie das Führerhaus vor ihr eine riesige, glühende Delle hatte. Ein weiterer Knall ertönte und die Kabine zersprang vollständig in seine Einzelteile.

Sofort erschlafften die Greifarme und Vanessa konnte ohne Probleme ihrem Griff entkommen. Sie richtete sich schnell wieder auf und suchte Deckung hinter einer fast vollständig eingefallenen Hauswand. Endlich traute sie sich nach der Quelle des rettenden Schusses zu suchen. Sie blickte zur Straße hinüber, konnte aber nichts erkennen. Trotz guter Lichtverhältnisse sah sie einfach niemanden. Sie nahm die Maske wieder ab und begann schon an die Gnade Gottes zu glauben, bis ihr dann doch etwas in der Ferne auffiel. Es war eine Hand. Eine Hand in der Luft, die einen Kreis zeichnete. „Sammeln", deutete sie die Geste noch mit dem Wissen aus ihrer Ausbildungszeit.

Erik!, schoss ihr durch den Kopf. Sie stürzte sofort ungeschützt los. Vom oberen Ring aus ragten zwei Oberkörper hervor, die ihre Waffen auf die rennende Vanessa richteten. Doch so schnell wie die Körper erschienen waren, so schnell beendeten zwei donnernde Schüsse ihr Vorhaben. Nach einer gefühlten Ewigkeit erreichte sie Erik und fiel ihm in die Arme.

„Ich bin so froh, dass du das überlebt hast! Ich dachte schon echt, du wärst tot. Es sah so brutal aus, wie dich die Grille weggeworfen hat. Und du kannst wieder mit deiner Pistole schießen! Was ist mit dir... „, Vanessa blickte hinauf zu Erik und schaute in sein Gesicht. Seine Augen waren rot, als hätte er tagelang durchgeweint. „Was ist los?", fragte sie.

Erik, der immer noch nicht richtig die Fassung bewahren konnte, sagte fast stotternd: „Ich habe... meine Seele... wiedergefunden."

Währenddessen übergab er ihr das Blatt Papier. Darauf erkannte sie sofort Richard wieder. Es war ein Steckbrief über die „Grüne Bestie".

Auch ihr schossen die Tränen in die Augen. „Heißt das etwa...?"

„Ja, Richard muss noch am Leben sein. Und anscheinend macht er den afrikanischen Gefallenen die Hölle heiß."

Vanessa verstummte. Dann umarmte sie Erik, während sie hemmungslos zu schluchzen begann.

„Das ist wundervoll... Aber im Moment bin ich einfach nur froh, dass du überlebt hast."

„Ich auch...", antwortete Erik erleichtert.

Vanessa schaute auf und versuchte mit Tränen in den Augen ihn böse anzuschauen.

„Ähm, ich mein, dass *du* überlebt hast", sagte er dann. Aus seinen verheulten Augen kamen immer noch kleine Tränen.

Dann nickte sie ihm zu und warf sich wieder an ihn. Erik hingegen schaute schon wieder aus der Deckung hervor.

„Wir müssen versuchen hier herauszukommen. Diese Stadt nervt mich langsam. Zumindest der militärische Anteil der Bevölkerung", knurrte er.

„Aber wie? Hakan meinte ja, wir müssen nur die Bahn erreichen und können damit weiter zur Zuflucht reisen. Dafür müssten wir doch nur einen der Stützpfeiler erreichen, der zu den Schienen da oben führt", überlegte Vanessa.

Erik ließ seinen Blick über das Schlachtfeld wandern. Er nickte nachdenklich und antwortete kurz: „Klingt einleuchtend."

„Dann müssen wir nur noch einen Zug kapern und die Besatzung überwältigen und dazu zwingen, uns zur Zuflucht zu bringen."

Erik sah verunsichert zu Vanessa hinab, die sich offensichtlich schon innerlich die Hände rieb. Letztendlich konnte er jedoch nichts anderes tun, als dem Plan seiner semi-sadistischen Freundin zuzustimmen. Trotzdem musste erstmal der erste Teil des Planes ausgeführt werden.

Er schaute hinauf zu dem Schienennetz und versuchte, den nächsten Pfeiler ausfindig zu machen. „Ehrlich gesagt, sieht's nicht gerade prickelnd für uns aus...", sagte er und ließ seinen Blick von dem Turm rechts von ihnen im obersten Ring zu dem nächstgelegenen schweifen, der ganz unten im vorletzten Ring stand. „Lass uns den oberen Pfeiler nehmen. Die große Treppe ist gleich da vorne", sagte er schließlich.

Vanessa schüttelte mit dem Kopf. „Ich glaube nicht, dass wir das schaffen. Da oben warten mehr als nur zwei Dutzend Gefallene und zwei Servos. Selbst wenn du jetzt schneller schießen könntest als damals, bezweifle ich, dass du alle gleichzeitig triffst."

„Okay. Und wie kommt es, dass sich alle da oben verschanzen?", fragte er.

„Weil sie verstanden haben, dass sie sich mir nicht nähern sollten. Und die Servos haben keine andere Wahl, da ich ihnen die Beine abgeschnitten habe. Leider heißt das nicht, dass sie nicht auf uns feuern können. Wenn sie mich sehen, halten die sich sicher nicht zurück."

„Und nach unten?", fragte er.

„Da wartet ein Mantis an der Treppe."

„Das schaffen wir!", sagte er und grinste sie zuversichtlich an. Dann hielt er ihr die Pistole hin.

Sie schaut erst die Waffe, dann ihn ungläubig an.

„Mein Arm ist lahm, meine Energiereserven sind hinüber und ich bin froh, dass ich gerade noch so laufen kann", erklärte er. „Würdest du mir daher bitte die Waffe laden?"

Schließlich stöhnte sie: „Okay, wo ist die Munition?"

„In meiner rechten Hosentasche, tief drin." Er grinste.

Vanessa rollte mit den Augen, dann griff sie ihm in die Tasche, während sie vor sich hinmurmelte: „Das kann doch nicht sein, du perverser Penner, ey. Das machst du doch mit Absicht." Dann holte sie ein Magazin heraus und lud die Waffe nach.

„Danke, gerne wieder", sagte er noch breiter grinsend.

Doch sie schlug nur gegen seine Schulter. „Vergiss es"

Dann standen sie auf und rannten zur Klippe. Schnell sprangen sie den Vorsprung hinunter und schlitterten den Abhang hinab. Der Mantis erkannte die beiden sofort und richtete seine Waffen auf sie. Aber Erik war schneller. Aus der Bewegung heraus feuerte er mit seiner linken Hand zweimal kurz hintereinander. Dabei federte er die gewaltigen Rückstöße ab, indem er die Hand bei jedem Schuss nach hinten schnellen ließ. Die Schüsse trafen jeweils einen der Waffenarme des Mantis, sodass sie sofort herabfielen und kampfunfähig wurden. Fast schon verhöhnend liefen die beiden an der Gefechtskampfeinheit vorbei, ohne dass sie groß was ausrichten konnte. Die

Führerkabine drehte sich mit den beiden mit. Auch begannen die Ketten des Mantis sich zu bewegen, doch es war schlicht zu langsam, um etwas an der Situation ändern zu können. So rannten Erik und Vanessa die Treppe weiter hinunter und erreichten den vorletzten Ring. Der Pfeiler war zum Greifen nahe. Doch plötzlich wurde das Feuer auf sie eröffnet. Sie hatten in ihrer Flucht ein wichtiges Detail unterschätzt. Der Pfeiler stand frei im Zentrum des Ringes und war von allen Seiten aus gut einsehbar. Sie standen nun vollkommen auf dem Präsentierteller für die bewaffneten Einheiten auf den höheren Ringen. Aber sie hatten sich auch bei der Wahl des Pfeilers zwischen Pest und Cholera entscheiden müssen. Und nun hatten sie Cholera.

Selbst die beinlosen Servos konnten sie uneingeschränkt ins Fadenkreuz nehmen. In letzter Sekunde brachten sich Vanessa und Erik hinter einem Haufen Stahlschrott in Sicherheit.

„Der Plan war dumm", zischte Vanessa.

„Klappe. Ich muss mich konzentrieren", fauchte er zurück.

„Ist doch egal", sagte sie resignierend, „mit so vielen kann es auch deine Wunderwaffe nicht aufnehmen. Wir sind geliefert. Oder hast du noch einen Zaubertrick, den du aus dem Ärmel schütteln kannst?"

Eriks Miene hellte sich auf. Bei dem Wort ‚Ärmel' kam ihm eine Idee. Es war damals eine Notlösung gewesen, die aus dem beschränkten Vorrat an Osram entstanden war.

„Was hast du vor?", fragte sie, während er sie anlächelte.

Aber er antwortete nicht. Er hob nur mit letzter mechanischer Kraft seinen rechten Arm in Richtung des oberen Ringes und zog an dem kleinen Hebel hinter dem Ellenbogen. Die Notfallfeder schoss heraus und seine Hand spaltete sich in der Mitte. Erik spannte jeden Muskel in seinem Körper an. Dann griff er mit seiner linken Hand den mechanischen Daumen und zog ihn wie einen Hebel über seine Elle hinweg nach hinten. Dadurch schob sich ein breites Rohr aus der Handfläche.

„Was hast du vor? Rede mit mir!", wiederholte Vanessa etwas hysterisch.

„Erinnerst du dich an die verbotene Waffe in meiner Werkstatt? Ich bin dem ‚Was ist damit möglich?' irgendwann erlegen und habe den letzten Prototypen in meinem Arm verbaut. Nenn mich verrückt, aber so konnte ich Osram sparen und *gleichzeitig* meine Erfindung zu Ende konstruieren. Ich hätte aber nie gedacht, dass ich sie in so einer Situation testen müsste", erklärte er.

„Was? Meinst du das Ding, das dieses Loch in die Wand gerissen hatte?"

„Ja, genau. Ich hoffe, der Erfolg wird hier ähnlich. Immerhin ist jetzt alles eine Dimension größer. Aber die Messgeräte stören jetzt nicht mehr..."

„ERIK!"

„'tschuldigung... ich bin ins Quatschen gekommen. Ich wollt' nur sagen, dass das hier ein Experiment ist. Ich habe keine Ahnung, was gleich passiert. Also versprich mir bitte, wenn was schief geht, dass du mich hier einfach liegen lässt und dich mit dem Serum zur Zuflucht aufmachst!"

Vanessa schaute ihn ängstlich an. „Aber ich kann dich nicht noch einmal..."

„Versprich es mir! Wir gehen sonst beide drauf!"

Nach einigem Hadern nickte sie schließlich. Er begann etwas unsicher zu grinsen. Kurz umarmte er sie einarmig, dann widmete er sich wieder den Horden von Feinden. Diese waren mittlerweile dazu übergegangen, mit allem, was sie hatten, auf den massiven Schrotthaufen zu feuern, hinter dem die beiden sich verschanzten. Es flogen in einer Sekunde derart viele Kugeln gegen das Metall, dass Vanessa nicht mehr einen einzelnen Schuss aus dem Dauerfeuer heraushören konnte. Durch ein kleines Lichtloch erkannte Erik den entwaffneten Mantis. Dieser fuhr direkt auf sie zu und drohte, deren Deckung in wenigen Momenten aus dem Weg zu räumen. Das Dauerfeuer ließ nach, um dem Kriegsgerät Platz zu machen.

Erik nutzte das sich schließende Zeitfenster und schrie zu Vanessa: „Schließ die Augen und halt dir die Ohren zu! So fest du kannst!"

Kapitel 34 Höllenfeuer

Erik sprang aus seiner Deckung hervor in den Windschatten des heranfahrenden Servos. Auf dem Rücken liegend rammte er sein rechtes, mechanisches Bein in den Boden, um mehr Rückhalt zu gewinnen. Mit seiner linken Hand hielt er sich sein rechtes Ohr zu, während er sein anderes auf die Schulter presste. Grob zielte er mit seinem Arm durch den Servo hindurch auf die lauernde Meute bei den Treppen. Dann presste er seine Augen zusammen und hielt die Luft an. Im Geiste schloss er seine Hand zu einer Faust, wodurch sich in seinem Arm der Schuss löste.

Ein Blitz tauchte das Kampffeld in gleißendes Licht. Selbst durch seine geschlossenen Augenlider hindurch blendete es Erik. Dann geschah nichts mehr. Er konnte weder etwas hören noch etwas spüren. Sein Körper fühlte sich an, als würde er schweben. Nur noch das Licht existierte. Eine gefühlte Ewigkeit lang passierte nichts, bis mit einem lauten Knacken ein entsetzlicher Pfeifton in seinen Ohren ertönte. Das schreckte ihn derart auf, dass er schlagartig seine Augen aufriss. Alles um ihn herum sah dunkel und schemenhaft aus, als hätte er zu lange in die Feuersäulen gestarrt. Er wusste nicht wo er war oder was mit ihm geschah, nur das Pfeifen schrillte durch seinen Gehörgang. Langsam aber wurde es leiser und Erik konnte vage Stimmen hören. Es war eine helle, weibliche, ja eindeutig Vanessas Stimme. Zudem hörte er noch andere. Einige. *Sind wir doch noch erwischt worden? Sind jetzt die Gefallenen gekommen, um uns zu beseitigen?* Er blinzelte einige Male, doch seine Sicht wurde kaum besser. Er spürte eine Kraft auf seinem Körper. Er wurde hochgezogen, doch er hatte keine Kraft, um sich zu wehren. Irgendetwas stützte ihn, aber er konnte nicht auftreten. Etwas blockierte seine Mechanik. Wieder hallten die Stimmen auf. Erik schaute neben sich und konnte nun grob den Umriss von Vanessa erkennen. Doch sie stützte ihn nicht allein. Er blickte zur anderen Seite.

„Hakan?“, flüsterte er leise und schmerzerfüllt.

„Ja, mein alter Schlachtengaul? Kannst du uns wieder verstehen?“, sagte Hakan laut und grinste dabei von Ohr zu Ohr, obwohl er bei Eriks Körpergewicht ganz schön aus der Puste kam.

„Vage, aber geht langsam“, stöhnte Erik leise.

Vanessa rang ebenfalls nach Atem, als die beiden Erik in Richtung des Pfeilers schleppten. „Du hast uns mit der Armwaffe gerettet“, erklärte sie stolz, „aber sie hat dir auch ganz schön geschadet. Ich bin zwar kein Mechaniker, aber ich glaube, du bestehst jetzt nur noch aus Schrott.“

Das wäre für Erik die Erklärung, warum er nicht selbst gehen konnte. Die Mechanik, die alles in ihm verbunden hatte, musste sich wohl verzogen haben. Ihm wurde gerade klar, dass es nun ein langer Marsch für ihn werden würde.

Vanessa fuhr fort und blickte dabei besorgt an ihm hinab. „Aber auch der Rest an dir sieht scheiße aus! Überall wo Fleisch und Metall zusammentreffen, blutest du. Selbst aus deinen Ohren! Du siehst aus wie Hackfleisch.“

„Ach, hör auf ihm das vorzuhalten. Egal, was er getan hat, er hat dir damit das Leben gerettet“, sagte Hakan. Dabei zog er seinen Freund ein Stück zur Seite, sodass Erik auf die Treppen hinaufschauen konnte.

„Du hast mit einem Schuss drei Servos und dutzende Gefallene ins Jenseits geschickt!“

Erik schaute mühevoll auf. Von dem Mantis, so konnte er es erkennen, waren nichts weiter als die Kettenräder übrig. Die steinernen Stufen der Treppe wiesen bis zum obersten Ring eine große, runde Schneise auf, die die Flugbahn des Geschosses sein musste. Die Grillen oben auf dem Ring waren komplett verschwunden. Die anderen Servos, ebenso wie die Soldaten, die nicht direkt in der Flugbahn des Geschosses gestanden hatten, lagen überall verstreut und schienen sich nicht zu bewegen. Anscheinend waren sie allein durch die Druckwelle des Projektils gestorben. Die Waffe war alles andere als ausgereift, vor allem der Rückstoß, wie Erik selbst hatte spüren müssen. Doch war sie weitaus effektiver, als er zu träumen gewagt hätte. Ihm war aber alles andere als fröhlich zu mute. Der Anblick weckte in ihm eher Argwohn und Ehrfurcht. Schließlich schob Hakan ihn zurück und die beiden zogen ihn weiter zum Pfeiler. Da realisierte Erik erst, dass nicht nur Hakan und Vanessa bei ihm waren. Sechs weitere Männer und Frauen in einfarbig hellgrauen Uniformen standen um die drei herum und suchten eifrig die Umgebung ab. Sie waren mit Elektropulswaffen bewaffnet, die selbst Erik nur bei Spezialeinheiten vor Tag Null gesehen hatte.

Hakan sah, wie Erik zu den Wachen blickte und begann zu erzählen: „Ja, die Leute sind nur wegen dir hier. Als ich mich von meinen Kameraden losreißen konnte, bin ich zu Vlad, dem Barkeeper gerannt und habe mit ihm einen Treffpunkt für euch ausgemacht. Dann war ich oben auf den Schienen und habe einen Warenzug zur Zuflucht abgefangen. Diese netten Herren hier…"

Eine Frau der Wachsoldaten räusperte sich laut und ungehalten.

„Sei doch nicht so ungeduldig, Valentina", sagte Hakan und wendete sich dann wieder an Erik. „Diese netten Damen und Herren hier gehören zum Wachtrupp der Zuflucht, die normalerweise dafür sorgen, dass wir, die Gefallenen, nicht die Waggons plündern. Als ich ihnen erzählt habe, was du mit dir rumträgst, konnte ich sie davon überzeugen, uns zu helfen."

Die drei erreichten schließlich den Pfeiler. Hakan löste sich als Stütze und öffnete vor ihnen eine Tür. Sie war alt und rostig und übersät mit Querschlägern aus der Schießerei, ließ sich aber problemlos öffnen und gab so den Zugang zum Fahrstuhl frei. Dieser war aber, wie vieles in dieser Stadt, bestenfalls als vorsintflutlich zu beschreiben. Wenn man optimistisch war. Hakan eilte zurück zu Erik und half ihm in den Lift hinein. Zwei der Wachen gesellten sich zu ihnen, dann betätigte Hakan den großen Hebel und das starre Gerät setzte sich in Bewegung. Rüttelnd hob sich die Plattform empor. Vorsichtig setzten die beiden Erik ab, wobei sich Vanessa neben ihn hockte und ihn weiter stützte. Die drei schauten hinaus durch die Fenster des Pfeilers. Erik wusste gar nicht, wie ihm geschah. Seine Schmerzen, obwohl sie riesig hätten sein sollen, waren wie weggeblasen. Vanessa hingegen war verunsichert wegen des rüttelnden Liftes. Jede Unwucht in der Mechanik ließ ihren Griff an Erik noch fester werden.

Hakan beobachtete, wie die Ringe der Stadt unter ihnen langsam kleiner wurden. „Heilige Scheiße, Erik", sagte er auf einmal, „ihr beide wart gerade mal zwölf Stunden hier und habt es geschafft, die halbe Stadt in Schutt und Asche zu legen!"

„Ich war gar nichts…", brummte Erik. „Hätten deine ehemaligen Dienstherren nicht die verdammten Servos auf uns gehetzt, würden die meisten Häuser jetzt noch stehen."

„Ach, meinst du?", fragte Hakan.

Er half Erik sich aufzurichten, damit er sich besser umschauen konnte. Dann zeigte er auf einen langen konischen Krater. Von hier oben aus konnte man das Ausmaß des Angriffs erst so richtig erkennen. Die Kerbe in den steinernen Treppen breitete sich ab den dritten Ring zu einem fächerartigen Graben aus, dessen Zentrum eine glattgeschliffene Bohrung bildete. Der obere Servo, der das Pech gehabt hatte, im Zentrum dieser Bohrung gewesen zu sein, lag über mehrere Meter verstreut herum. Von unten war auch nicht zu erkennen gewesen, dass nach den oberen Ringen das Projektil nicht zum Stillstand gekommen war. Es hatte den Pfeiler auf dem zweiten Ring durchschlagen und stoppte erst nach etwa hundert Metern hinter der Stadt. Es sah so aus, als wäre der Teil der Stadt einfach ausgelöscht worden.

„Krass… das wollte ich nicht."

„Nicht gewollt? Deine Waffe könnte als Massenvernichtungswaffe eingestuft werden!", entfuhr es Hakan.

„Ach Quatsch. Dafür hätte ganz Rusty Hope draufgehen müssen."

„Aber mal im Ernst. Was ist das?", fragte Hakan nach und blickte auf seinem Arm.

„Es war eigentlich eine tote Erfindung, wie Vanessa bezeugen kann. Ich hatte das Konzept eigentlich mehr per Zufall entdeckt. Ursprünglich wollte ich nur die Energie für eine Railgun[20] vor Ort generieren. Über Spulen sollte sich das Geschoss selbstinduzieren und beschleunigen. Es wurde aber sehr viel schneller und zerstörerischer, als es hätte sein dürfen. Ich kann es mir immer noch nicht ganz erklären. Es ist, als hätte das Projektil die Trägheit überwunden. Und auch, wenn sie uns heute den Arsch gerettet hat, bleibt es eine verdammte Teufelswaffe. Es war echt nur meinem Erfindungsdrang zu verdanken, dass ich sie behalten hab'", redete Erik halb im Delirium, während er auf den Krater unter sich starrte.

„Ich… habe zwar nur die Hälfte verstanden, wie fast immer, wenn du was erklärst", grinste Hakan in einem Versuch, ihn zu beschäftigen, „aber wenn man die Stadt fragen würde, bist du sicher der Teufel." Dann ließ er ihn wieder vorsichtig aus der gestützten Haltung herunter. Neugierig fragte er aber noch: „Wie heißt die Waffe eigentlich? Du hast ja für alles einen Namen."

„Ich hab' keinen."

„WAS?!", entfuhr es Hakan. „Du hast für etwas *keinen Namen*?! Irgendwie bin ich enttäuscht…"

Soweit es ging, zuckte Erik mit der Schulter, die er noch bewegen konnte. „Denk du dir einen aus", sagte er fast gleichgültig.

---

[20] Ein Waffensystem, das derzeit noch in der Entwicklung ist. Ein bereits beschleunigtes Projektil wird über Schienen weiter angetrieben, wobei große Strommengen und die darin resultierenden Lorentzkräfte als Antrieb genutzt werden. Bisher konnten Geschwindigkeiten erreicht werden, die viermal höher sind, als sie durch Treibladungen möglich wären.

„Wow. Das ist eine Ehre. Ich denk' darüber nach."

Der Lift kam zum Stehen und die schweißgebadete Vanessa fand ihre Stimme wieder.

„Hey, ihr Quatschtanten, wir müssen hier raus."

Vanessa und Hakan packten Erik wieder unter den Schultern und schleiften ihn aus dem Lift hinaus. Zum ersten Mal sahen Erik und Vanessa das komplette Rusty Hope mit seinem Umland. Überall um die Stadt herum waren große, durchsichtige Zelte aufgespannt, durch die man grüne Pflanzen erkennen konnte. Neben den Treibhäusern lagen Ackerflächen, die rund um die Uhr mit kleinen Sprinkleranlagen bewässert wurden. Zwischen den Feldern erkannten sie auch Hühner und andere Tiere, die auf kleinen Weiden herumsprangen. In der Trostlosigkeit der fremden Welt erfüllte Vanessa dieser Anblick mit Hoffnung. Mehr sogar noch als das kleine Eden in der Second Base, denn dieses hier ernährte eine ganze Stadt. Vielleicht sogar mehr. Am Ende von den Ackerflächen war eine kleine Mauer, hinter der gigantische silberne Konstrukte standen.

„Was ist das?", fragte sie, als sie Erik stützend in den Zug begleitete, der bereits an der Haltestelle wartete.

Hakan antwortete zähneknirschend: „Das ist der Dschungel, von dem ich mal erzählt hatte. Da sind riesige mutierte Pflanzen und unzählige Legionäre unterwegs, von denen wir mit Sicherheit noch nicht alle Arten kennen. Wenn du schon die Wüste für unwirklich und gefährlich gehalten hast, dann solltest du dort nie campen gehen. Rasiermesserscharfes Gras und Bäume, die dich aktiv angreifen, sind da noch deine kleinsten Probleme. Es gibt schönere Orte."

„Wow... und ich hatte schon die Angriffe der Würmer für das Nonplusultra gehalten", sagte Vanessa beeindruckt. Der Waggon, in dem Erik untergebracht wurde, war überfüllt mit Kisten, in denen Rüben und Fisch transportiert wurden. Hier konnte er ohne Probleme hingelegt werden, ausgestreckt auf ein paar leeren Säcken. Seine Kleidung war fest von getrocknetem Blut. Erschöpft und müde ließ er seinen Kopf nach hinten fallen. Seine verzogene Mechanik schränkte die Bewegungen seines Zwerchfells ein, sodass er nur noch kurz und stoßartig atmen konnte.

„So, jetzt geht's zur Zuflucht", kündigte einer der uniformierten Männer an.

Plötzlich fielen aus heiterem Himmel Schüsse um sie herum und Projektile durchschlugen die dünnen Waggonwände.

„Hat das denn nie ein Ende!?", brüllte Vanessa genervt.

Sie rannte mit Hakan zusammen zum nächsten und letzten Waggon des Zuges und schaute durch die Hintertür hinaus. Sie sah einen verbliebenen unzerstörten Servo in der Ferne. Eine Grille. Diese lief auf den Schienen dem Zug nach und schoss im Dauerfeuer. Vanessa und Hakan suchten sofort wieder Schutz hinter der dicken Waggontür, denn die Außenhaut des Transportgefährtes war nicht viel stärker als das Wellblech der Hütten. Allgemein passte der Zug gut zu Rusty Hope. Viel improvisiert, sehr rostig, aber gerade noch funktionstüchtig. Bisher zumindest.

Eine der Wachen schrie dem Lokführer zu, dass er endlich starten sollte. Aber durch die Sprechanlage rauschte nur ein hoffnungsloser Ton: „Wir starten sofort die Maschinen, aber es wird uns nichts bringen. Bei dem Dauerfeuer werden wir komplett zerstört sein, bevor wir Rusty Hope überhaupt verlassen haben."

In der Tat begann sich das Fahrzeug zu bewegen. Von dem Servo weg, doch viel zu langsam. Unaufhaltsam zogen die Kugeln ihre Pfade durch die Waggons. Es war ein Wunder, dass noch niemand getroffen war. Plötzlich ertönte noch eine andere rauschende Stimme, die von außerhalb des Zuges kam. „Ihr werdet nicht einfach von hier verschwinden!"

Die Stimme kam eindeutig aus der Richtung der Grille. Hakan erkannte sie.

„François, du Drecksack!", rief er im Schall der Kugeln.

Wieder schrillte die Lautsprecherstimme zum Zug. „La Mort de Fer, die Hure und du, Amil. Ihr drei werdet die Stadt nicht lebend verlassen!"

Hakan zog wütend seine beiden Pistolen hervor und feuerte sie aus seiner Deckung heraus ab, bis sie leer waren. Doch mehr als kleine Funken auf der Außenhaut des Servos konnte er nicht ausrichten.

„Verdammt, mir fehlt die Feuerkraft!"

Erik, der alles mitgehört hatte, rief aus dem anderen Abteil nach Hakan. Der Türke huschte geduckt durch den Waggon zu ihm.

„Hier, versuch es damit", sagte Erik und überreichte ihm seine Putin.

Hakan öffnete das Magazin und überprüfte die Munition. Zwei Patronen. Dann schob er den Ladestreifen zurück in die Pistole. „Danke", sagte er. Bevor er sich zurück zum letzten Waggon machte, blieb er aber noch einmal kurz bei ihm stehen. „Hey, Mann, was hältst du von Hellfire? Also als Name für die Waffe in deinem Arm."

„Höllenfeuer? Wegen mir als Teufel?"

„Genau. Ist doch irgendwie ein Upgrade vom eisernen Tod."

„Gefällt mir", sagte Erik schwach.

Hakan nickte ihm grinsend zu, dann schlich er zurück zur verstärkten Waggontür, die mittlerweile mehr Dellen als glatte Flächen aufwies. Er zielte beidhändig aus der Deckung heraus und schoss auf François in seinem Servo. Der Rückstoß schlug ihn nach hinten. Er konnte gerade noch die Waffe festhalten. Zu seiner maßlosen Enttäuschung hatte er François aber verfehlt. Durch die Bewegung des Zuges konnte er nicht richtig zielen. Hakan drehte sich mit dem Rücken zur Tür und dachte nach.

„Vielleicht hat François recht... Vielleicht werden wir *drei* die Stadt nicht verlassen...", flüsterte er Vanessa zu.

„Was meinst du damit?", fragte sie verwirrt.

„Bring Erik unter allen Umständen sicher zur Zuflucht!", instruierte Hakan und öffnete die Waggontür noch ein Stück. Mit einem großen Satz sprang er hinaus auf die Schienen, wobei er sich nur mit Müh und Not auf der schmalen Spur fangen konnte.

„Nein, Hakan, nicht! Was machst du da?", schrie Vanessa ihm hinterher. Doch es war bereits zu spät. Hakan spürte, wie einige der Projektile ihn durchbohrten. Aber er ließ sich nicht aufhalten. Das Adrenalin, das ihn durchfuhr, schaltete jeglichen Schmerz aus. Mit beiden Händen hielt er die Putin ruhig vor sich und zielte fokussiert auf den heranschreitenden Servo.

Ein lauter Knall ertönte über ganz Rusty Hope. Das Maschinengewehrgewitter erstarb und es wurde schlagartig still. Nur das Geräusch des beschleunigenden Zuges war noch zu hören. Vanessa sah aus der Ferne, wie Hakan noch für einen Moment auf den Gleisen stand und dann langsam in sich zusammensackte. Er fiel gleichzeitig mit François die Schienen hinab, hinein in Rusty Hopes Krater. Der Zug verließ die Stadt, bevor Vanessa sehen konnte, wie Hakan auf dem Boden aufschlug. Nachdem sie ihm noch einen Moment hinterher sah, schleppte sie sich langsam durch den Waggon und setzte sich schließlich neben Erik.

„Ihr habt es geschafft, das Dauerfeuer hat aufgehört!", sagte Erik triumphierend zwischen kurzen Atemstößen. Dann blickte er sich mühevoll um. „Wo ist Hakan?"

Vanessa nahm seine Hand und legte ihren Kopf auf seine Brust. Dann begann sie bitterlich zu weinen.

„Wo ist Hakan?!?"

Kapitel 35 **Die Zuflucht**

Der Zyklop schleuderte Richards regungslosen Körper zur Seite, wie wenn ein Kind seines Spielzeuges überdrüssig wurde. Das Monster schrie mit grausamer Stimme auf, bis es anscheinend bemerkte, dass es fast den halben Hinterleib durch Vanessas Klinge verloren hatte. Mit einer schnellen Bewegung des Oberkörpers drehte sich das Ungetüm zu dem Mädchen, das in dem Moment nichts anderes machen konnte, als fassungslos auf den Körper ihres Geliebten zu starren. Es schien, als wäre auch aus ihr alles Leben gewichen. Doch der Bestie war es gleich. Mit einem langgezogenen Schlag der Sichel durchzog sie Vanessa und teilte ihren Körper auf der Höhe ihres Bauches. Wieder schrie das Monster auf, während Vanessas Teile zu Boden fielen. Dieses Mal klang der Schrei jedoch triumphierend.

Erik beobachtete die Szene ungläubig, in einer dünnen Pfütze seines eigenen Blutes liegend. Immer wieder wischte er mit dem Ärmel über sein Gesicht. Seine Fassungslosigkeit war in dem Moment genauso groß wie seine Hilfslosigkeit. Beides fügte ihm mehr Schmerzen zu als seine fehlenden Gliedmaßen. Alles hätte er jetzt dafür gegeben, aufstehen zu können und das Ungetüm mit seinem Schwert zu stoppen. Noch bevor Richard und Vanessa dran glauben mussten. Er hätte die Bestie in Gyros verwandelt. Viel Gyros. Sehr klein geschnitten. Schmerz und Wut türmten sich in Erik auf, bis das Ungetüm mit einem Mal aufschrie. Es blieb auf der Stelle stehen und krümmte sich. Es schien wieder Schmerzen zu haben. Erik konnte kaum etwas erkennen. Dann vernahm er ein vertrautes Geräusch. Wie wenn ein Jet die Schallmauer durchbrach. Erik schaute sich um und sah hellgrün aufleuchtende Punkte in der Ferne, gefolgt von lautem Knallen. Es waren Schüsse von Gaussgewehren, jedoch viel größere als das, was Richard von seinem Turm genommen hatte. Mehrere dutzend Schüsse in wenigen Sekunden trafen das Vieh, das schreiend zu Grunde ging. Erik war kaum noch in der Lage, irgendwas zu verarbeiten. Er vernahm nur noch das laute Rauschen der zwei Helikopter, die über ihm wie aus dem Nichts erschienen waren. Kampfhubschrauber mit schwerer Bewaffnung. Nachdem sie das Geschöpf niedergeschossen hatten und es auch regungslos liegen blieb, landeten sie direkt neben Erik. Er spürte, wie ihn mehrere Personen anpackten und an ihm herumzerrten. Mühevoll öffnete er die Augen und starrte in vermummte Gesichter. Er spürte, wie er auf einer Trage transportiert wurde. Unter großen Anstrengungen drehte er seinen Kopf und blickte zu Vanessa. Er sah, wie beide Teile von ihr in einer Pfütze ihres Blutes lagen. Die Rettungskräfte mussten sie bereits aufgegeben haben, denn niemand stand bei ihr, um sie zu versorgen. Erik streckte mit letzter Kraft seinen Arm aus und griff mit seiner verbliebenen Hand nach Vanessa, bis er das Bewusstsein verlor.

*

Erik erwachte durch den plötzlichen Stillstand des Waggons. Vanessa, die heulend auf Erik eingeschlafen war, schreckte ebenfalls hoch. Erik spürte nun überall die Schmerzen seiner letzten Strapazen. Doch überwiegte die Euphorie, es endlich hinter sich gebracht zu haben. Vanessa stützte ihn zusammen mit einer der Wachen, während sie aus dem Waggon stiegen. Eine gewaltige Stadt ersteckte sich vor ihnen. Überall standen riesige Häuser auf Stelzen im Wasser, künstliche Kanäle und Rohre transportierten das lebensnotwendige Nass an jeden Winkel der Metropole. An jeder Ecke und auf jeder Straße waren Menschen, die ihrem Alltag nachgingen. Und es waren hunderte. Der Bahnhof war leicht erhöht, wodurch Erik rund um die Stadt herum die gewaltige Stahlmauer erblicken konnte, die die Zuflucht beschützte. Ein großer Mann mit einem Trupp von Wachen schien auf ihn zu warten. Freudig begrüßte er ihn.

„Hallo Erik, wir haben dich schon sehnsüchtig erwartet! Wir haben gehört, dass du uns die Heilung für das Quecksilberfieber mitgebracht hast."

Vanessa wühlte kurz in seinem Rucksack und übergab Erik den Zylinder mit dem Moos. Zusammen überreichten sie dem Mann das Serum.

„Vielen Dank, Erik, du rettest damit bestimmt das Leben von Tausenden, wenn nicht Millionen. Ich danke dir im Namen meiner schönen Stadt, aber auch allen anderen Menschen der Welt."

Der Mann nahm den Zylinder entgegen und legte seine Hand auf Eriks Schulter, da er bemerkt hatte, dass Erik nicht mehr in der Lage für einen Handschlag war.

„Ich bin der Bürgermeister und oberste General der Zuflucht. Jetzt ruh dich aus und werde wieder gesund. Ich heiße dich hier in meiner Stadt willkommen. Mein Name ist übrigens Siegfried Samundt."

War dies das Ende der Reise für Erik und Vanessa?

Wird das Heilmittel alle Menschen erreichen und den gewünschten Erfolg erzielen? Werden die Legionäre die letzten Menschen überrennen, oder geht die Menschheit als Sieger hervor? Und welche Rolle spielen hierbei die Pretender und Seeker?

Antworten hierzu findest du im nächsten Teil der Reihe:

Quecksilber Wahnsinn

Von Edward Applegriebsch